ALAN COHEN

DIE LETZTE REALITÄT

ALAN COHEN
DIE LETZTE REALITÄT

PRONG PRESS

„If the doors of perception were cleansed everything would appear to man as it is, infinite."
„Würden die Pforten der Wahrnehmung gereinigt, erschiene den Menschen alles, wie es ist: unendlich." - William Blake

Die auf den Seiten 248–253 und 265+266 zitierten Passagen stammen aus dem Band:
Aldous Huxley: Die Pforten der Wahrnehmung
© 1970 Piper Verlag GmbH, München
Wir danken dem Piper Verlag für die Erteilung der Abdruckrechte.

IMPRESSUM
Alle Rechte vorbehalten.

© 2016: PRONG PRESS, 8428 Embrach, ZH
Originaltext: Alan Cohen, Zürich
Lektorat: Rolf Bächi, Embrach
Cover: Anaëlle Clot, Lausanne
Layout: Meret Bächi, Embrach
Korrektorat: PRONG PRESS, Embrach
Druck: Medico Druck, Embrach
ISBN: 978-3-906815-06-0
2. Auflage Juli 2021

KAPITEL 1

„Jeff, sieh dir das mal an."

Jeff öffnete die Augen und blinzelte gegen das Sonnenlicht. Marvins Silhouette stand vor seinem Liegestuhl und hielt ein Glas Limonade in die Höhe. Mit dem Zeigefinger tippte er auf den Strohhalm, der darin lag.

„Durch den Effekt der Lichtkrümmung erscheint uns der Strohhalm in diesem Glas in zwei Teile halbiert, oder?"

„Ja", sagte Jeff, „und?"

„Und trotzdem ist er in einem Stück. Oder etwa nicht?"

„Doch, natürlich." Statt etwas zu sagen, betrachtete Marvin einen Moment lang bloss fasziniert das Glas in seiner Hand.

„Ist es nicht unglaublich, dass das Sonnenlicht eine 150 Millionen Kilometer lange Reise auf sich nimmt, nur um uns wortwörtlich hinters Licht zu führen? Jahrtausende lang müssen die Menschen mit offenen Mündern auf ihre Limonadengläser gestarrt haben weil sie sich nicht erklären konnten, von wo dieser zweite Strohhalm auf einmal aufgetaucht war? Welche Theorien sie sich haben einfallen lassen, um dieses Geheimnis zu lösen, welche Götter sie erfunden und Religionen ausgedacht haben, nur weil diese Sonnenstrahlen uns so lange an der Nase herumgeführt haben? So viele unbeantwortete Fragen ..."

„Mhm, die interessanteste davon ist, mit was für Halluzinogenen du deine Limonade trinkst."

Marvin verzog das Gesicht. „War ja klar, dass du so was nicht verstehst ...", sagte er und wandte sich mit seinem Glas in der Hand von Jeff ab.

Muss wohl die Hitze sein, dachte Jeff und rückte sich auf seinem Liegestuhl wieder in eine bequemere Position. Er lag unter einem Baum in seinem Garten, gedämpft konnte er Mungo Jerry's Song

Summertime aus dem hinteren Teil des Hauses vernehmen. Jeden Tag der vergangenen Woche hatte er auf diese Weise zugebracht und bisher keine Sekunde davon bereut. Ab und zu waren Marvin und andere Bekannte vorbeigekommen, doch die meiste Zeit hatte er für sich allein. Das war ihm bloss recht. In den Wochen und Monaten bevor die Tage anfingen so richtig heiss zu werden, hatte er im Gemischtwarenladen des alten Barkley gearbeitet wie ein Stier. Als es ihm dann zu mühselig wurde, kistenweise Kohlköpfe und Auberginen zu schleppen, hatte er gekündigt. Nach kurzem Protest des alten Barkley, bei dem sich dieser über das mangelnde Durchhaltevermögen der heutigen Jugend beschwerte und den Überschallfliegern der Regierung die Schuld an der miesen Kohlkopfernte in der Region gab, liess er ihn erstaunlich widerstandslos gehen. Seit dem war er hier. Und es hatte keinen Tag gegeben, an dem es nicht verdammt heiss gewesen war. Jeff stand auf, um ins Haus zu gehen. Als er um die Ecke bog, wäre er beinahe auf Marvins Limonadenglas getreten, das achtlos im Gras stand. Offenbar hatten das Mysterium des sich brechenden Strohhalmes und die unbeantworteten Fragen des Universums ihren Reiz verloren. Jeff hob es auf und schüttete den Inhalt in den trockenen Rasen. Wer konnte wissen, was da wirklich drin war. Er trat durch die offene Hintertür der Veranda und schloss sie hinter sich.

„Marvin, verdammt noch mal, schliess die Tür wenn du rein- oder rausgehst, sonst verwandelt sich die Bude hier in einen Backofen!"

Als ob sie das nicht ohnehin schon ist. Jeff erhielt keine Antwort. Er ging in die Küche, stellte das Glas in die Spüle und machte den Gefrierschrank auf, an dessen Innenseite er ein Weilchen die Stirn presste. Fast hätte er wieder angefangen zu dösen, hätte das kleine Warnlicht ihn nicht nach einer Minute geblendet. Er schloss die Tür wieder und begann, sich ein Sandwich zuzubereiten. Toast,

Schinken, Erdnussbutter, Schinken, Toast. Als er sich bückte, um das Brot aus einer der unteren Schubladen zu holen, sah er durch den Türrahmen, wie Marvin im Wohnzimmer im Schneidersitz auf dem Teppich sass und ein Buch las. Dabei wippt er mit dem Oberkörper hin und her, wie ein fleissiger Talmudschüler.

Kein Wunder, dass er so geworden ist, wie er ist, dachte Jeff, der Apfel fiel ja bekanntlich nicht weit vom Stamm. Wenn schon die paar Monate beim alten Barkley Jeffs geistige Gesundheit an den Rand ihrer Vernichtung gebracht hatten, was mochte wohl mit jemanden geschehen, der sein ganzes Leben bei ihm zugebracht hatte? Marvin war die Art von Mensch, die in der Grundschule zuerst von den coolen Kids vermöbelt wurde und dann zum Aussenseitergrüppchen geschubst wurde – um von diesen noch einmal vermöbelt zu werden. Trotz seines aussergewöhnlichen Intellekts hatte Marvin noch nichts Beachtliches in seinem Leben geschafft, dafür waren ihm sein Aussenseitertum (und seine Verrücktheit), einfach zu grosse Hindernisse gewesen. Ein schräger Vogel eben, wie Jeff meinte. Er holte das Brot aus der Schublade, beschichtete sedimentartig sein Sandwich und ging ins Wohnzimmer.

„Was liest du denn da?", fragte er Marvin und biss beherzt in sein Sandwich.

„Weiss nicht", meinte dieser, ohne vom Buch aufzuschauen, „lag hinten in deinem Bücherregal."

„Und was steht vorn drauf?"

„Weiss nicht", antwortete Marvin, ohne Anstalten zu machen, das Buch umzudrehen und den Namen auf dem Umschlag zu lesen. Jeff liess sich mit einem Seufzer in den breiten, braunen Sessel fallen. Nach wenigen Sekunden spürte bereits, wie sein Schweiss vom mottenzerfressenen Leinenstoff aufgesogen wurde.

Mein Gott, dachte Jeff, wie lange wird diese verdammte Hitze noch andauern? Gestern Abend hatten die im Fernsehen gesagt, die nächste Woche würde ebenso heiss werden wie diese, am Montag sollte sogar ein neuer Hitzerekord aufgestellt werden. Apropos. Jeff schaute auf die Standuhr in der anderen Ecke des Raumes. Erst vier Uhr. Um sechs kamen die Abendnachrichten und anschliessend die Wettervorhersage. Ob sich etwas an der Prognose geändert haben mochte? In dieser Hoffnung schaltete Jeff jeden Abend den Fernseher ein. Jeff hielt den Handrücken der rechten Hand an den metallenen Knauf der Kommode. Dort liess er sie für eine Weile ruhen, während er Bissen für Bissen seinem Sandwich den Garaus machte. Er genoss das Gefühl des kühlen Schinkens auf seinen Lippen. Als er zu Ende gegessen hatte, hob er seine rechte Hand vom Knauf der Kommode und presste sich den kühlen Handrücken gegen die Stirn. Er wiederholte die Prozedur ein paar Mal, bis der Knauf selbst warm wurde und liess dann ab. Langsam, wie ein Greis, erhob er sich aus dem Sessel, wobei sein T-Shirt klebrigen Widerstand leistete, als es sich fauchend vom Sessel löste.

Die üppige Mahlzeit hatte ihn träge gemacht und nun begab er sich an einen kühleren Ort. Genauer gesagt zum Badezimmer, wo er am frühen Morgen, noch vor den Morgennachrichten um sechs Uhr, Wasser in die Badewanne einliess. Es war der kühlste Ort im ganzen Haus und wenn er könnte, würde er den ganzen Tag darin verbringen. Doch er musste immer daran denken, wie ihnen Miss Russel in der Grundschule eingebläut hatte, nicht länger als eine Stunde in der Badewanne zu bleiben, da sich sonst die Haut abschälen würde. Natürlich wusste er, dass das nicht stimmte, doch damals hatte sie ihnen damit allen eine Heidenangst eingejagt. Und ein kleiner Teil dieser kindlichen Angst musste wohl in Jeffs Gehirn noch stark genug verankert sein, um noch heute ein mulmiges Gefühl in ihm auszulösen, wann immer er ans Baden dachte. Als er das Badezimmer betrat, umschlang die relative

Kühle angenehm seinen Körper; schnell schloss er die Tür hinter sich. Die Rollläden des kleinen Fensters waren zugezogen, so dass, bis auf zwei senkrechte Lichtschlitze links und rechts des Fensters, welche zwei entsprechende Lichtstreifen auf dem Fussboden hinterliessen, der kleine Raum in vollkommener Dunkelheit lag. Ohne diesen Zustand zu ändern, streifte sich Jeff schnell die Kleider vom Leib und tauchte ins Wasser. Entspannt lehnte er seinen Kopf auf das bereits vorbereitete, zusammen gefaltete Handtuch und schloss die Augen. Das kühle Wasser war eine wahre Wohltat und verlangsamte auf beruhigende Art und Weise jegliche Gedankengänge, die noch durch seinen überhitzten Kopf streifen mochten. Nach und nach wurden sie immer loser und selbständiger, bis sie seinem Bewusstsein ganz entglitten und Jeff einschlafen liessen.

Als er aufwachte waren die zwei Lichtstreifen bereits vom Fussboden bis zur Tür gewandert. Bibernd erhob er sich aus der Wanne und trocknete sich mit dem Handtuch ab. Er verliess das Badezimmer und ging ins Schlafzimmer, wo er sich frisch einkleidete. Der Blick in den Kleiderschrank verriet ihm, dass es bald Zeit für den Waschtag war. Das hiess bei Jeff, dass er alle Kleider zur halbblinden Mrs. Snyder in den Waschsalon brachte, wo sie für ihn wusch, während er ihr aus einer ihrer Zeitschriften vorlas. Er ging in die Küche und blickte durch den Türrahmen auf die Standuhr, die hinter der Stelle stand, an der Marvin zuvor im Schneidersitz das Buch gelesen hatte. Fünf nach sechs. Schnell machte sich Jeff ein weiteres Sandwich, diesmal mit Mayonnaise, sauren Gurken und Schinken. Dann ging er ins Wohnzimmer, wo er sich auf den Sessel setzte und den Fernseher einschaltete. Der dunkle Schirm flackerte auf und der Moderator erschien auf der Bildfläche.

"... teilte die kalifornische Polizei mit. Bei dem Entflohenen soll es sich um den Indianer-Aktivist Leonard Peltier handeln, der vor zwei Jahren zu einer lebenslangen Haftstrafe wegen Mordes an zwei FBI-Agenten verurteilt worden war. Den Ermittlern zufolge ist Peltier überaus gefährlich und womöglich bewaffnet. Die Bevölkerung im ganzen Staat wird zu äusserster Vorsicht und Wachsamkeit gemahnt." Ein Fahndungsfoto von einem Mann mit langen, schwarzen Haaren und einen rundlichem Gesicht wurde eingeblendet. „Wenn Sie Peltier sehen oder einen Hinweis haben wo er sich befinden könnte, alarmieren Sie umgehend die Polizei." Sofern Peltier nicht vorhatte, sich in Vermont abzusetzen, musste er sich wohl keine Sorgen machen, dachte Jeff und nahm einen ersten Bissen von seinem Sandwich.

„Präsident Carter bekundete heute vor Pressevertreten, ein weiteres Mal, die Dringlichkeit der Umsetzung seines Gesetzesentwurfs zur Zufallsgewinnsteuer. Er attackierte die Blockadehaltung der Ölfirmen mit scharfen Worten. Durch die Ölkrise ist der Preis für einen Barrel Öl auf mittlerweile 38 Dollar gestiegen, was amerikanischen Ölfirmen astronomisch hohe, unbesteuerte Gewinne ermöglicht. Auslöser der jüngsten Krise war der Sturz des Schah im Iran durch islamistische Kräfte, vor wenigen Wochen." Genüsslich verschluckte er das letzte Stück Schinken. „Eine DC-10 Passagiermaschine der United Airlines musste heute nach dem Ausfall einer Turbine in Cleveland notlanden. Alle 172 Passagiere blieben unverletzt." Die Bilder vom Clevelander Flughafen verschwanden und die Kamera zeigte eine Wetterkarte der USA. „Kommen wir zum Wetter, für die kommende Woche erwartet uns im gesamten Land wieder durchgehend sonniges, heisses Wetter, mit Ausnahme des äussersten Nord ... äh ..." Der Moderator blickte kurz auf seine Notizen und Jeff richtete erwartungsvoll sich in seinem Sessel auf. „... mit Ausnahme des äussersten Nordwestens." Enttäuscht liess sich Jeff wieder in den Sessel sinken. „Im gesamten Südwesten und Südosten sind mit Höchstwerten von 43 Grad zu rechnen, die Ostküste und der Nordosten haben es mit 39 Grad etwas angenehmer, im mittleren Westen ..."

Jeff schaltete ab und liess einen Seufzer fahren. Dann richtete er sich auf und ging durch die Küche zur Hintertür und trat auf die Veranda. Das Thermometer, das an einen Holzbalken genagelt war, zeigte erträgliche 28°C an. Kühl genug um einen kleinen Spaziergang zu unternehmen. Barfuss machte sich Jeff auf den Weg. Er umrundete das Haus und trat auf die Strasse. Einen Moment lang blieb er stehen und genoss die kühle Abendbrise. Die Strasse schlängelte sich durch den Wald den Hügel hinauf, der hinter Jeffs Haus lag. Eine ihm unbekannte Melodie vor sich her summend, lief Jeff sie gemächlich hoch, die Hände hinter dem Rücken gefaltet. Auf der Hügelspitze angekommen, setzte er sich auf eine Bank, von der man einen wunderbaren Blick auf die Stadt hatte. Jeff war beinahe täglich hier, und genoss die ruhigen Momente, in denen er nachdenken oder ein Nickerchen halten konnte. Da er Letzteres bereits vor kurzem getan hatte, entschloss er sich nachzudenken.

Jeff meinte, erste hellrote Streifen über dem Horizont erkennen zu können, als ihm etwas einfiel, worüber er nachdenken konnte. Er hatte vorhin über zwei Stunden in der Badewanne verbracht und aus irgendeinem Grund überkam ihn nun ein mulmiges Gefühl bei diesem Gedanken. Ohne es zu merken, fasste er sich an den linken Unterarm, und prüfte ob die Haut dran blieb, wenn er an ihr zog. Verwirrt liess er ab. In seinem Kopf schwebte eine vage Erinnerung herum, die erklärte, wieso er Angst davor hatte, zu lange in der Badewanne zu bleiben. Jeff versuchte die Erinnerung einzufangen, er schloss die Augen und konzentrierte sich. Nach ein paar Sekunden fiel es ihm ein und ein verblüffend lebendiges Bild erschien vor seinem inneren Auge. Als er zwei Jahre alt war, hatte ihn seine Mutter mal, während sie mit ihrer Schwester telefonierte, in der Badewanne vergessen. Als das Wasser immer kälter und kälter wurde und seine Mutter einfach nicht wieder kam, bekam der kleine Jeff es mit der Angst zu tun. Er schrie und heulte, doch seine Mutter war im anderen Ende des Hauses und hörte ihn nicht. Nach einer Stunde hatte sie schliesslich den bibbernden Jeff aus der Wanne geholt. Nach diesem Zwischenfall war er bis in seine Jugendzeit nie mehr freiwillig in die Badewanne gestiegen.

Jeff öffnete wieder die Augen und blickte in den mittlerweile dunkelroten Horizont. War schon so viel Zeit vergangen? Er hatte das sonderbare Gefühl, dass nur wenige Minuten verstrichen waren, seit er sich auf die Bank gesetzt hatte, doch dem tiefroten Horizont und seinen kalten Füssen nach zu urteilen, musste bereits eine Menge Zeit vergangen sein. Bin wohl eingeschlafen, dachte Jeff und beschloss, nach Hause zurück zu gehen. Auf dem Weg den Hügel hinab, zwischen den dunklen Silhouetten der Bäume, war das Gefühl wieder verschwunden.

KAPITEL 2

Wer Perkinsville an einem sonnigen Morgen von oben betrachtete, vielleicht aus einem Heissluftballon heraus, dem fielen sofort zwei Umstände auf: Der erste war, dass es gar nicht so einfach war, den Ort zwischen all den Bäumen aus der Luft auszumachen. Offenbar hatten sich die Erbauer nicht die Mühe gemacht, den Wald zu roden, bevor sie anfingen, die Stadt zu bauen. Im Laufe der Zeit waren zwar viele der Bäume asphaltierten Strassen und Einfamilienhäusern gewichen, doch die grossen und alten mit den mächtigen Kronen, waren meist belassen worden. Diese Entwicklung hatte dazu geführt, dass Perkinsville viel mehr einem Wald mit Häusern darin glich, als einer Stadt mit ein paar Bäumen zwischen ihren Häuserreihen. Deswegen konnte ein Betrachter von oben, bloss etwa die Hälfte aller Häuser erkennen und Perkinsvilles tatsächliche Grösse nur erahnen.

Die zweite Sache war, dass sich um Perkinsville herum, in alle vier Himmelsrichtungen meilenweit Wald erstreckte, was für eine Kleinstadt im Gliedstaat Vermont jedoch nichts Ungewöhnliches war. Zwischen den sanften Hügeln, die die Wälder durchzogen, konnte der aufmerksame Betrachter ab und zu auch kahle, quadratische Flecken inmitten der Baumhorden erkennen, Zeugen des gescheiterten Versuches, in dieser Gegend Kohlköpfe anzubauen.

Schuld an diesem Scheitern waren jedoch nicht die Überschallflieger der Regierung – was manch örtlicher Ladenbesitzer auch immer behaupten mochte – sondern die Folgen einer zunehmend globalisierten Welt. Noch war jedoch in diesem Teil Amerikas wenig davon zu spüren, insbesondere in Perkinsville, wo das Leben gemächlich seinen gewohnten Gang ging. Wenn der Betrachter seinen Blick gen Süden wandte, war die nächste grössere Stadt, die er erblickte, Springfield, etwa 20 Meilen weit entfernt. Nördlich von Perkinsville, auf der anderen Seite der Grenze, gab es nur unerschlossene, kanadische Wildnis.

Wenn der Betrachter nun sein Luftfahrzeug zur Landung absinken liess, war das Nächste, was er sah, die Hauptstrasse von Perkinsville, die Perkins Street, zur Hälfte verdeckt von dunklen Baumwipfeln. Neben der Strasse konnte er bereits die ersten Gebäude ausmachen, welche aus der Baumdecke herausstachen: Das grosse mit dem weissen Flachdach musste das Rathaus sein, die roten Ziegelsteindächer gehörten zu Läden, Waschsalons oder einem Kino. Am nördlichen Ende der Strasse, unverkennbar, der Kirchenturm der hiesigen Kirche, womöglich eine von Methodisten, für eine kleine Gemeinde im Herzen Neuenglands nicht unwahrscheinlich. Der Betrachter konnte sehen, wie sich von der Perkins Street etwa ein Dutzend Nebenstrassen abzweigten, die meisten von ihnen schienen nicht allzu lang zu sein, was aber aufgrund der dichten Baumdecke nur schwer zu beurteilen war. In diesen Nebenstrassen mussten wohl die Bewohner Perkinsvilles wohnen, jedenfalls liessen die Dächer, die denen von Einfamilienhäusern ähnelten, den Betrachter darauf schliessen. Je näher er nun dem Boden kam, desto mehr Einzelheiten konnte er erkennen: Autos in Einfahrten, Blumenbeete, Strassenlaternen, die ein oder andere Sitzbank und schliesslich sogar die Fussmatten, bestickt mit Sätzen wie *Home Sweet Home* oder einem schlichten *Welcome*, manche mit Blumen- oder Katzenmustern. Vor den Türen der Häuser, wo der Zeitungsjunge seine kurze Runde bereits gedreht hatte, lagen zusammengerollte Zeitungen und Zeitschriften. Entschied sich der Betrachter für eine Landung, so bot sich ihm in der gesamten Stadt nur eine Stelle an: Der grosse, völlig baumfreie Rasen vor dem Rathaus.

Nach einer geglückten Landung sah sich der Betrachter zuerst das Rathaus an, ein bescheidener, gepflegter Bau aus weissen Backsteinen, nicht dazu gedacht, mehr als zweihundert Leute in sich aufzunehmen. Trat der Betrachter nun auf die Strasse, so entschied er sich meistens dafür, links abzubiegen, da es rechts, in Richtung Süden, nichts Anderes ausser der zwanzig Meilen langen Strasse nach Springfield und den Wald gab. Links hingegen, in nördlicher Richtung, konnte er die Kirche von Perkinsville erblicken. Auf dem Weg dorthin verliess der Betrachter die sonnige Lichtung des Rathausrasens und trat durch die zwielichtige, baumüberhangene Allee der Perkins Street.

Nach einigen Schritten auf dem Bürgersteig und einigen Blicken nach beiden Seiten, hatte der Betrachter die meisten Geschäfte des Ortes bereits gesehen: Gleich zu seiner Linken, ein aus roten Ziegelsteinen gebauter Gemischtwarenladen mit der Aufschrift *Barkley's General Goods*, auf der gegenüberliegenden Seite ein Waschsalon und ein Jagdgeschäft, jedoch nirgendwo ein Kino. Weiter sah er eine Autowerkstatt und eine Kneipe oder ein Lokal namens *Tucker's Corner*. Die Blicke auf die Häuser an den Nebenstrassen verrieten dem Betrachter, dass es sich wie vermutet um Einfamilienhäuser handelte, einstöckige, genügsame Häuslein mit hübschen Vorgärten, die gut geschützt im Schatten der mächtigen, wächterhaften Bäume lagen.

Die einzigen zweistöckigen Gebäude waren in der Tat das Rathaus und der Gemischtwarenladen, die Kirche mit ihrem Kirchturm ausgenommen. Diese war der wohl eindrücklichste Ort in Perkinsville. Nicht aufgrund des Kirchengebäudes an sich, welches mit seinen frisch in Weiss gestrichenen Holzplanken einen seltsam leichtfüssigen, lockeren Eindruck vermittelte, wie ein Luftschiff, das jeden Augenblick abheben und im Wolkenmeer davonfliegen könnte, sondern aufgrund der zwei gewaltigen Eichen, die die Kirche an beiden Flanken überragten, und nur noch vom Kirchturm selbst an Höhe übertroffen wurden – was dem Betrachter auch erklärte, wieso er vorhin in der Höhe nur den Kirchturm, aber nicht die Kirche selbst hatte sehen können. Fast schien es so, als seien die beiden Eichen vor langer Zeit über Nacht an genau dieser Stelle aus dem Boden geschossen, um die abtrünnige, träumerische Kirche am Wegfliegen zu hindern. Tatsächlich war diese eine Methodistenkirche, wie der Betrachter dem Schild auf dem Rasen entnehmen konnte, was nicht ganz jeglicher Ironie entbehrte. Das Ergebnis des breiten, dichten Blätterdaches war, dass die Kirche allzeit in einen tiefen, schummrigen Schatten getaucht war.

Dennoch war Perkinsville kein finsterer oder gar unheimlicher Ort, jedenfalls nicht tagsüber, denn trotz der allgegenwärtigen Schatten und des Zwielichts auf den Strassen, vermittelte die Stadt den Eindruck eines durchaus vorhandenen, wenn auch gemächlich voran schreitenden Lebens. Das bezeugten die an die Häuserfronten gelehnten Fahrräder, die aufgezogenen Vorhänge, die gepflegten Blumenbeete und der meist gemähte Rasen. Der wirklich unheimliche Teil begann hinter der Kirche. Ein überwucherter Kiesweg, der auf den ersten Blick zu einem kleinem Gartenschuppen führen mochte, endete vor der Laubwand des Waldes, welcher unmittelbar an die Kirche angrenzte. Schob ein neugieriger Betrachter die Äste bei Seite, so enthüllte sich ihm ein schmaler Trampelpfad, welcher sich im Schatten der Bäume zwischen deren Stämme dahin schlängelte. Entschloss sich der Betrachter, diesem geheimen Pfad zu folgen, so erwartete ihn ein langer Weg. Erst führte dieser eben über den Waldboden, bald schon fiel er ab und überquerte auf einem breiten, umgefallenen Baumstamm einen Bach. Der moosige Untergrund dämpfte die Schritte und liess jeden Spaziergänger geräuschlos an den schlafenden Bäumen vorbeiziehen. Nach einiger Zeit begann er schlangenartig einen kleinen Hang zu erklimmen, an dem sich mickrige Kiefern mit krallenartigen Wurzeln festzuhalten versuchten, was nicht allen gelungen war, wie die vielen toten, krummen Kieferstämme am Fuss des Hanges bezeugten. Hatte der Betrachter den finstern Hang erklommen, so fand er ein abruptes Ende des Pfades vor sich: Ein Windsturz aus umgefallenen Bäumen erhob sich hoch und bedrohlich vor dem Betrachter und versperrte jedem abenteuerlustigen Spaziergänger Weg und Sicht, auf das, was dahinter lag. Entschloss sich der Betrachter dennoch, den morschen Holzberg zu erklimmen und die nadelreichen Kieferäste wie schwere Vorhänge auf die Seite zu schieben, so blieb er gewiss einen Augenblick vom plötzlichen Sonnenlicht geblendet stehen und blickte erst dann auf die Waldlichtung herab und auf das, was sich auf ihr befand. Vor ihm lag ein kleiner, verwaister Friedhof, der bis auf eine grosse Trauerweide in der Mitte völlig baumfrei war. Die Kieswege waren von Unkraut durchzogen und die verwitterten, mit Efeu überwachsenen Grabsteine standen wie unglückselige Versinkende im kniehohen Gras. Manche von ihnen waren bereits umgestürzt und hatten bei ihrem Fall Erdkuhlen hinterlassen, in denen Spinnen ihre Netze gespannt hatten. Die Äste der grossen Trauerweide reichten bis zum Boden und umschlossen das Innerste des Friedhofes wie ein einziger, grosser Vorhang.

Der ganze Ort schien einer zeitlosen Lethargie verfallen zu sein, die wohl von vielen Jahren der Unberührtheit und Isolation herrührte. Trat der Betrachter auf den Kiesweg und durchbrach die Stille mit knirschenden Schritten, so schien die ganze Umgebung den Eindringling mit teilnahmslosen, unsichtbaren Blicken zu beobachten. Aus den Inschriften auf den Grabsteinen erfuhr er, dass die ältesten von ihnen noch aus der Kolonialzeit stammten, was ein beunruhigend hohes Alter für eine Stadt darstellte, die vor der letzten Jahrhundertwende noch gar nicht existiert hatte. Die jüngsten waren jedoch keine zehn Jahre alt, was die Frage aufwarf, wieso der Friedhof dem Verfall überlassen worden war, wenn es doch gewiss noch Angehörige geben musste, die ihre Verstorbenen besuchen wollten. Durchquerte der Betrachter den Friedhof bis zur Trauerweide, so blieb er vor ihr stehen. Entschloss sich der Betrachter hineinzugehen, so verschwand er im dichten Blättervorhang und entwand sich jeden Blickes. Friedlich und leer lag der Friedhof nun da. Vögel zwitscherten in den umliegenden Baumwipfeln und ein Eichhörnchen huschte zwischen den Grabsteinen umher. Wenn man ganz genau hinhörte, konnte man aus der Ferne vielleicht sogar das Rauschen der Überschallflieger vernehmen.

KAPITEL 3

DING DONG ertönte es von der Vordertür. Jeff grunzte und versuchte das Geräusch zu ignorieren. DING DONG. Er wand sich im Bett und blinzelte gegen das schummrige Sonnenlicht. DING DONG. Ächzend erhob er sich und schlurfte durch das Zimmer.

DING DONG DING DONG DING DONG. Seine Füsse scharrten über den schweren Perserteppich, als er den Flur durchquerte.

„Lass gut sein Marvin, bin ja schon da", rief er. Er schloss die Tür auf und sah wie erwartet in Marvins rundes, blasses Gesicht, welches durchzogen von seinem breiten Morgenlächeln war.

„Immer noch im Bett, Sportsfreund?", sagte Marvin und sein Lächeln wurde noch etwas breiter.

„Jetzt ja nicht mehr", sagte Jeff und renkte den Nacken ein.

„Und was führt Sie zu solch früher Stunde in meine bescheidene Bude, Mister?"

„Frühstück!", sagte Marvin und trat ein. Er ging durch den Flur in Richtung Küche.

„Na dann hoffe ich, dass du Eier mitgebracht hast, denn ich hab keine mehr", sagte Jeff. Marvin hob seine rechte Hand, in der er eine braune Einkaufstüte trug.

„Eier und Milch. Du hast nämlich auch keine Milch mehr."

„Ach, wirklich", murmelte Jeff, als er auf den Weg hinaustrat und zum Briefkasten ging.

Es war ein warmer und freundlicher Morgen, der stahlblaue Himmel erstreckte sich wolkenlos vom einen Ende des Horizontes zum anderen. Hätte Jeff nicht gewusst, was das für den Rest des Tages bedeutete, hätte ihn der Anblick bestimmt aufgeheitert. Doch warmen Sonnenstrahlen und Optimismus am Morgen, folgte brennendes Himmelsfeuer und Verderben am Nachmittag, wie er in den letzten Wochen hatte feststellen müssen.

Er öffnete den Briefkasten und fand nichts vor, wie schon seit einer Woche. Jeff hatte langsam den Verdacht, dass der Postbote womöglich einen Hitzschlag erlitten hatte und nun irgendwo im Strassengraben vor sich hin faulte. Doch er verwarf seine Theorie wieder, denn bei der Hitze hätte man den Gestank bereits in ganz Perkinsville riechen müssen. Viel wahrscheinlicher war, dass er keine Lust mehr hatte, jeden Tag in seinem unklimatisierten Wagen die Strasse hinauf nach Perkinsville und in die umliegenden Ortschaften zu fahren, wenn er doch stattdessen bei einem kühlen Bier und Fernsehanschluss im klimatisierten Springfielder Postamt den Sommer aussitzen konnte. Oder dass niemand mehr Lust drauf hatte, Jeff zu schreiben. Welche Erklärung auch immer zutreffen mochte, wer konnte es den Verantwortlichen verübeln?

Jeff wandte sich vom Briefkasten ab und sah auf die Vorderseite seines Hauses. Ein bescheidenes, einstöckiges Gebäude, wie die meisten in Perkinsville. Die Holzfassade hatte bereits einen leicht verblichenen Farbton angenommen und dem Dach fehlten ein paar Schindeln. Das Gras stand hoch, so hoch, dass es den Rasenmäher, den er vor zwei, vielleicht drei Wochen nach getaner Arbeit liegen gelassen hatte, vollständig verdeckte. Wie konnte dieser elende Rasen bei der Hitze und dem Wassermangel bloss so schnell wachsen? Hinter seinem Haus, dass das letzte in der Oak Road war, erhob sich ein Hügel, der Hügel auf dem er gestern Abend eingeschlafen war. Dahinter gab es nur meilenweit Wald.

Jeff ging wieder ins Haus und schloss die Tür hinter sich. In der Küche hörte er Marvin vor sich her summen und als er den Geruch von Pfannkuchen roch, knurrte sein Magen. Er ging in die Küche, wo Marvin gerade mit dem Schneebesen eine zweite Ladung Teig rührte, während die erste bereits in der Pfanne brutzelte.

„Riecht gut", sagte Jeff, setzte sich auf einen Stuhl am Küchentisch und sah dann zu Marvin.

„Sag mal, wann hast du das letzte Mal einen Brief bekommen?"

„Vor zwei Jahren oder so", sagte Marvin.

„Nein, ich meine Post im Allgemeinen. Rechnungen, Werbung, Behördenbriefe, du weisst schon."

„Ach so", sagte Marvin und hielt einen Moment mit dem Schneebesen inne. „Ich denke vor etwa einer Woche. Seltsam nicht? Normalerweise gibt's jede Woche jemanden, der Geld von einem will."

Hab ich's mir doch gedacht.

„Und dein Paps?", fragte Jeff.

„Der auch, vermute ich", sagte Marvin und rührte wieder weiter den Teig, „jedenfalls habe ich ihn nicht drüber fluchen hören."

„Wären wir schon drei ..."

„Was?"

„Ich hab auch schon seit einer Woche keine Post erhalten", sagte Jeff. Marvin lachte.

"Der Postbote hat bestimmt einen Hitzschlag gekriegt."

„Nein, aber ich werde mal nach Springfield ins Postbüro hinunter fahren und der Sache auf den Grund gehen."

„Ist doch egal Jeff", sagte Marvin. „ist doch deren Problem, wenn sie deine Rechnungen nicht abliefern. Dann kann man ja nichts dafür, wenn man die Zahlungsfrist verpasst. Und eine Woche ohne Rechnungen ist doch auch nicht schlecht."

„Darum geht's nicht, diese Woche hätte der Brief vom MIT ankommen müssen", sagte Jeff.

„Ach stimmt, diese Geschichte ..."

Mit dieser ‚Geschichte' war sein Bewerbungsschreiben ans Massachusetts Institute of Technology gemeint. Marvin hielt nichts von Schulen, Universitäten und sonstigen Bildungsstätten. Das lag wohl an den Erlebnissen aus seiner Schulzeit. Nicht, dass Jeff viel mehr davon hielt, doch war er vernünftig genug gewesen, die High-School nicht abzubrechen und für ewig in Perkinsville herum zu lungern. Er blickte zu Marvin hinüber.

„Sind die Pfannkuchen fertig?"

„Ja, hol sie dir." Jeff stand auf und griff sich die Pfanne. Dann türmte er die Pfannkuchen zu zwei grossen Bergen auf die zwei Teller am Tisch, übergoss seinen mit Ahornsirup (dem Grundnahrungsmittel eines jeden echten Vermonters) und begann ihn hinunterzuschlingen. Marvin setzte sich zu ihm und machte sich ebenfalls ans Essen. Nach dem sie eine Weile schweigend gegessen hatten, hielt Marvin inne.

„Fährst du noch heute zum Postamt? Muss in Springfield nämlich noch was erledigen." Eigentlich hatte Jeff die Angelegenheit noch eine Weile vor sich herschieben wollen. Doch jetzt blieb ihm keine Ausflucht mehr.

„Ja, wieso nicht. Ist der Wagen deines Vaters wieder mal kaputt?"

„Mhm. Irgendwas mit der Achse, sagt er. Hat versucht ihn selber zu reparieren, aber es geht nicht. Hat aber auch nicht die Kohle für die Reparatur. Schuldet Hopkins sowieso noch Geld."

Jeff lachte.

„Was, Hopkins der Geizkragen hat deinem Dad was geliehen? Dachte, die hassen sich bis aufs Blut. Weisst du noch, als ich damals pleite war und den alten Hopkins fragte, ob er mir bei meiner Bobcat das Radlager wechseln kann?"

„Ja, ja, daran erinner ich mich nur zu gut ...", sagte Marvin und grinste. „Als du ihm sagtest dass du erst nächste Woche zahlen könntest, rastete der Typ völlig aus und brüllte uns an, wir sollen uns zum Teufel scheren und ihn ins Knie ficken." Beide lachten.

„Ein richtiger Psychopath", meinte Jeff, „dem würd ich nicht gern Geld schulden wollen." Das Lachen verebbte. Jeff kratzte mit der Gabel auf seinem Teller. Er hatte schon fertiggegessen.

„Wieso überhaupt zu Hopkins? Was ist mit Jeffersons Garage?" Jefferson gehörte die Garage in Perkinsville, Hopkins' jene in Springfield.

„Weil Jefferson Urlaub macht. Oder so. Auf jeden Fall hab ich ihn seit einer Woche nicht mehr gesehen", sagte Marvin. „Und er und mein Dad hassen sich noch mehr als Hopkins und mein Dad."

„Gibt es eigentlich irgendjemanden in Vermont mit dem dein Dad keinen Krach hat?"

„In Vermont? Da musst du schon weiter weg suchen ..." Jeff schnaubte heiter und erhob sich. Er räumte die Teller in die Spüle und blickte auf die Küchenuhr an der Wand. Zwanzig Minuten vor Elf.

„Wollen wir?", fragte Jeff und wies mit einer geschmeidigen Handbewegung in Richtung Haustür.

„Klar."

Jeff ging ins Schlafzimmer und zog sich um, während Marvin aus dem Haus ging. Als er ein paar Minuten später, mit mehr oder weniger frischen Klamotten, auf die Einfahrt trat, sass Marvin auf der Motorhaube von Jeffs 75er Mercury Bobcat und blickte in den von Baumwipfel verdeckten Himmel. Sie stiegen ein und fuhren los. Im Auto war es heiss und sie hatten die Fenster heruntergekurbelt. Die Klimaanlage war schon seit Ewigkeiten kaputt. Sie bogen in die Perkins Street ein und fuhren Richtung Süden. Ausser zwei Jungen auf ihren Fahrrädern und einem Säufer, der an die Fassade des *Tucker's Corner* gelehnt, auf dessen Öffnung wartete, war niemand in Perkinsville zu sehen. Nachdem die Hitze aus dem Auto gewichen war, kurbelten sie die Fenster wieder hoch und die friedliche Stille der Umgebung breitete sich im Inneren des Autos aus. Marvin schaltete das Radio ein und wie immer an warmen Sonntagmorgen, wurde ein alter Creedence-Song gespielt, fast wie ein Naturgesetz. Schweigend fuhren sie im Schatten der Bäume die kurvige Strasse hinab, es begegneten ihnen nur ein oder zwei Wagen.

Hope you got your things together
Hope you are quite prepared to die
Looks like we're in for nasty weather
One eye is taken for an eye

Nach etwa einer halben Stunde kamen sie an. In Springfield gab es zwar weniger Bäume als in Perkinsville doch dafür mehr Menschen. Mit 9000 Einwohnern war Springfield die grösste Stadt in der näheren Umgebung und Hauptort des County. Auch Springfield war ein verschlafenes Nest, aber verglichen mit Perkinsville war hier deutlich mehr los. Leute spazierten auf den Strassen umher und Kinder spielten im städtischen Park, während man aus der Ferne das Läuten der Kirchenglocken vernehmen konnte. Jeff parkte den Wagen vor dem Postamt und sie stiegen aus.

„Wie lange wirst du brauchen?", fragte Jeff und drehte sich zu Marvin um.

„Nicht lange", sagte Marvin, „höchstens eine halbe Stunde."

„Okay, ich werde dann hier auf dich warten."

Marvin ging in Richtung Innenstadt und verschwand hinter einer Strassenecke aus Jeffs Sichtfeld. Er wusste nicht, was Marvin vorhatte, und er hatte ihn auch nicht danach gefragt. Wenn eine Plaudertasche wie Marvin einem etwas nicht erzählte, dann meist aus einem guten Grund. Er wandte sich wieder dem Postamt zu. Es war ein altes, massives Gebäude aus roten Backsteinen, welches noch aus der Zeit vor dem Bürgerkrieg stammte. Im 19. Jahrhundert war die ganze Gegend ein florierender Umschlagplatz für den Holzhandel gewesen. Die Holzfäller banden ihre Baumstämme zu Flössen zusammen und durchquerten auf ihnen über den Lake Champlain die kanadische Grenze, von wo sie der Le

Fleuve Saint-Laurent Strom bis hinab nach Quebec trug. Von dort aus wurde das Holz entweder weiterverarbeitet oder direkt nach England und Europa verschifft. Durch Jeffersons Handelsembargo von 1807, das die Ausfuhr von Holz an die britische Kolonie Kanada verhindern sollte, wurde der Holzhandel noch lukrativer, da die Vermonter und New Yorker Holzfäller nun als einzige in der Lage waren, Holz im Ausland zu verkaufen, indem sie es über die Wasserwege schmuggelten. Mit Ende des Handelsembargos und der Erbauung des Champlain Kanals 1823, der den Lake Champlain mit dem südlicheren Hudson River und den grossen Häfen an der Ostküste verband, explodierte die Holzindustrie regelrecht und Holzfällerbetriebe schossen in ganz Vermont wie Pilze aus dem Boden. Zwischenzeitig war Burlington am Lake Champlain der drittgrösste Holzhandelshafen in den Vereinigten Staaten gewesen.

Mit dem Aufkommen der Eisenbahn war man nicht mehr darauf angewiesen, ganze Baumstämme über die Flüsse zu transportieren, sondern konnte das Holz direkt weiter verarbeiten und die fertigen Holzprodukte mit der Eisenbahn in die Städte bringen. Die Holzindustrie florierte derart, dass bis Ende des Jahrhunderts ein Grossteil der Vermonter Wälder gerodet war. Nun befanden sich die Holzfäller und -verarbeiter in einer schweren Krise, viele wanderten nach Westen, wo es noch riesige, unberührte Wälder gab oder wurden zu Goldschürfern. Schliesslich gingen sie alle nach Westen und dies war das Ende der Glanzzeit Vermonts gewesen. Es sollte noch bis zum Ende des Zweiten Weltkrieges dauern, bis Vermonts Wälder sich durch Wiederaufforstung erholt hatten. Doch viele der mächtigen, Jahrhunderte alten Bäume waren für immer verloren.

Die einzigen noch sichtbaren Zeugen dieser Zeit waren alte Gebäude wie dieses Postamt hier, das früher das Büro eines grossen

Holzfällerbetriebes oder eines Sägewerkes gewesen sein mochte. Jeff stieg die Stufen hoch und klopfte an die dunkle Holztür. Nichts rührte sich. Gerade wollte Jeff ein zweites Mal an die Tür klopfen, als sein Blick auf ein kleines Blechschild fiel, das links davon angebracht war:

Springfielder Postamt
Öffnungszeiten
Mo–Fr 9.00 – 18.00
Sa 10.30 – 16.00
So GESCHLOSSEN

Was für ein Tag heute wohl war? Jeff kniff die Augen zusammen und versuchte sich daran zu erinnern. Er wusste es nicht. Er suchte in seinem Kopf nach einer Erinnerung, nach irgendeinem Hinweis, von dem er auf den heutigen Tag hätte schliessen können, doch ihm fiel nichts ein. Seit einer Woche hatte jeder Tag für ihn genau gleich ausgesehen, doch war es wirklich eine Woche gewesen?

Er kratzte sich am Hinterkopf, als auf einmal die Tür aufging. Ein kleiner, älterer Mann mit einer Hornbrille auf dem Gesicht und einer altmodischen Taschenuhr in der Hand, war aufgetaucht und musterte Jeff mit argwöhnischem Blick.

„Das Postamt ist heute geschlossen", sagte er und verzog den Mund in einer Schnulzen artigen Bewegung, „können Sie etwa nicht lesen?" Er wies mit dem Kopf auf das Schild rechts von ihm.

„Heute ist Sonntag?" Jeff schaute ihn ungläubig an. Er hatte vermutet, dass es Mitte der Woche sein musste.

„Ja, und jetzt scheren Sie sich hinfort, Sie Trunkenbold, oder ich rufe den Sheriff!"

„Wieso ... ich bin nicht betrunken", stammelte Jeff. „Ich habe heute keine Post bekommen. Schon seit einer Woche nicht. Und ich erwarte einen wichtigen Brief."

„Ach ... Sie sind aus Perkinsville." Der Postbeamte errötete. „Schon seit einer Woche rufe ich bei Rennie an, doch der Bursche ist wie vom Erdboden verschluckt..." Der Beamte bemerkte Jeffs fragenden Blick und fügte hinzu: „Rennie ist der Postbote, der für Perkinsville zuständig ist. Seit letzten Montag ist der Bursche nicht mehr zur Arbeit aufgekreuzt und hat nichts von sich hören lassen." Der Postbeamte lächelte hilflos und sagte dann: „Kommen Sie doch rein und dann sehen wir nach, ob ich was für Sie habe."

Er öffnete die Tür nun ganz und ging ins schummrige Innere des Gebäudes. Jeff folgte ihm. Wie die Eingangstür war auch der Raum mit dunklem Holz verkleidet, an den Wänden befanden sich unzählige kleine Schliessfächer. Hinter dem Tresen hing eine grosse Karte von Vermont und seinen Counties. Der Postbeamte blieb vor dem Tresen stehen und drehte sich zu Jeff um.

„Sobald sich der Rotzlöffel das nächste Mal hier blicken lässt, sag ich ihm, dass er gefeuert ist, das garantier ich Ihnen. Noch habe ich jedoch keinen Ersatz für ihn gefunden ..."

„Und was ist mit Ihnen?", fragte Jeff und musterte nun seinerseits den Postbeamten.

„Ich? ... Ähm ... ich hab hier selber schon genug Arbeit. Papierkram und solche Sachen, Sie verstehen schon ...", stammelte der Beamte und wies mit einer Hand auf den beinahe gänzlich leeren Schreibtisch. Als er die Lächerlichkeit seiner Geste bemerkte, errötete er noch mehr. Aus der Ecke des Raumes hörte Jeff das Surren einer Klimaanlage. „Sie wollen bestimmt wissen ob, ich einen Brief für Sie habe, nicht?", sagte der Beamte mit einem schuldbewussten Lächeln.

„Richtig. Everett Jeff, 13 Oak Road." Der Beamte verschwand hinter dem Tresen und durchsuchte eine der unteren Schubladen.

„Eugene, Evan ... Everett. Jack, Jason ... Jeff. Hier." Der Postbote erhob sich und überreichte Jeff einen kleinen Stapel Briefe. Jeff sah ihn schnell durch. Neben einem ganzen Haufen Rechnungen und ein paar Werbeprospekten fand er bloss einen unbeschrifteten Briefumschlag, aber nichts vom MIT. Enttäuscht liess er einen Luftschwall durch die Nase fahren.

„Nicht das, was sie erwartet haben?", fragte der Postbeamte, der Jeffs Seufzer bemerkt haben musste.

„Leider nein."

„Das tut mir leid", sagte der Beamte und seine Anteilnahme wirkte echt.

„Hören Sie", sagte Jeff „würde es Ihnen etwas ausmachen, mich anzurufen, wenn ich einen Brief vom MIT erhalte? Ich erwarte nämlich ein Antwortschreiben, ob die mich aufgenommen haben."

„Selbstverständlich nicht. Ich werde Sie anrufen, sobald er da ist."

„Danke. Moment, ich schreibe Ihnen meine Telefonnummer auf ..."

„Ist nicht nötig, Mr. Everett", sagte der Beamte und klopfte auf das dicke Telefonbuch auf dem Tresen. „Hier drin habe ich alle Nummern des County."

„Ah ja, natürlich. Also, danke nochmals. Schönen Tag."

„Keine Ursache. Ihnen auch." Jeff wollte sich gerade umdrehen, als ihm noch etwas einfiel.

„Nur noch etwas, wieso sind Sie eigentlich an einem Sonntag bei der Arbeit?"

„Ach, wissen Sie ...", sagte der Beamte, „manchmal gibt es hier so vieles zu erledigen, dass ich auch sonntags vorbeikomme. Nur für ein oder zwei Stunden, nicht länger ..."

Die Klimaanlage in der einen, und der Fernseher in der anderen Ecke liessen Jeff zu einem anderen Schluss kommen, doch er beliess es dabei. Stattdessen verabschiedete er sich noch einmal und verliess das Postamt. Im Vergleich zum klimatisierten Inneren des Postamtes herrschte draussen bereits die Hölle, obwohl es erst kurz vor zwölf Uhr sein musste. Marvin war noch nicht da, also beschloss Jeff einen kleinen Spaziergang zu unternehmen. Er ging an den Geschäften vorbei, durch den kleinen Park und beobachtete wie die Kinder Seifenblasen in die Luft bliesen, während ihre Hunde diesen wie toll hinterher jagten und erstaunlich hoch in die Luft sprangen. Mütter unterhielten sich zu zweit oder zu dritt, während die Kinder lachend um ihre Aufmerksamkeit buhlten.

Jeff setzte sich auf eine Bank im Schatten und dachte nach. Wenn das MIT ihm absagen würde – was sehr wahrscheinlich war, denn immerhin wurden jedes Jahr 95 Prozent aller Bewerbenden abgelehnt – musste er sich etwas Anderes überlegen. Die Bewerbung beim MIT hatte er völlig spontan eingereicht. In der Grundschule war Jeff ein ziemlich mieser Schüler gewesen, der sich ständig Ärger einhandelte und oft die Schule schwänzte. Zwar gehörte er in Mathematik und Naturwissenschaften immer zu den Klassenbesten, doch machte er nichts aus seinem Wissen. Die fünfte Klasse hatte er sogar wiederholen müssen.

Mit zwölf hatte ihn seine Mutter auf einen Ostküstenurlaub mal ins Boston Museum of Science mitgenommen. Wie die Blitze mit einem lauten Knallen aus dem Van-de-Graaff-Generator geschossen waren, und der Wissenschaftler im Metallkäfig sie unbeschadet überstanden hatte, hatte den jungen Jeff damals derart beeindruckt, dass er sich ab diesem Moment sicher war, dass er eines Tages ebenfalls Physiker werde wollte. Von da an war Jeff ein Musterschüler geworden. Vor einem Jahr hatte er die Springfield High School mit einem ziemlich guten Zeugnis abgeschlossen. Zu diesem Zeitpunkt wusste Jeff zwar, dass er Physik studieren wollte, jedoch noch nicht wo. Ein Jahr hatte er sich ziellos und relativ sorglos durchs Leben treiben lassen, hatte ein paar Wochen bei *Barkley's* gearbeitet, ein paar Wochen wieder nicht und schliesslich war bereits fast ein halbes Jahr vorüber, als Jeff merkte, dass die Anmeldefristen der meisten Universitäten bereits verstrichen waren – die der meisten, diejenige des MIT zum Glück noch nicht.

Innerhalb weniger Tage hatte er einen – seiner Meinung nach – ganz passablen Aufsatz zusammen geschustert, diesen samt seinem Einser-Zeugnis in einen Briefumschlag gesteckt und an die Aufnahmekommission des MIT geschickt. Das war vor rund vier Monaten gewesen. Seither trieb er wieder mehr oder weniger planlos durchs Leben. Manch einer behauptete, Jeff sei ein höchst widersprüchlicher Mensch. Diesen Leuten entgegnete Jeff, dass sie wohl Recht hätten. Er steckte in der Tat voller Widersprüche. Auf dem Rückweg zum Wagen sah er Marvin auf der anderen Strassenseite, wie er aus der städtischen Leihbibliothek, mit einem Stapel Bücher in den Armen, heraus torkelte. Jeff überquerte die Strasse und ging auf Marvin zu.

„Hast du etwa die Bibliothek ausgeraubt oder was?", fragte Jeff und musterte den windschiefen Stapel, der beinahe Marvins Kopf überragte.

„Gewissermassen", sagte dieser gepresst.

„Hilf mir mal lieber."

Die Spitze des Stapels kippte bedrohlich zur Seite. Jeff nahm sich einen Teil davon und begutachtete das oberste Buch. Das Platonsche Höhlengleichnis stand auf dem Einband. Mit übersetzten Originaltext und Analyse von Ed Sherman. Als sie den Wagen etwa zehn Minuten später erreicht, die Bücher auf dem Rücksitz verstaut und sich in den Wagen gesetzt hatten, waren ihre Gesichter hochrot und nass vom Schweiss.

„Für was brauchst du all diese Bücher?", fragte Jeff und wischte sich den Schweiss von der Stirn.

„Nachforschungen", antwortete Marvin wobei er schwer keuchte. "Und du hast deinen Brief bekommen?" Jeff schüttelte den Kopf.

„Nein."

„Und der Postbote, was ist mit dem?", fragte Marvin.

„Der Beamte meint, er hat ihn schon seit einer Woche nicht gesehen. Hat sich anscheinend aus dem Staub gemacht, ohne was zu sagen." Jeff verstellte den Rückspiegel und sah auf den Stapel. Wissenschaftliche Abhandlungen und Essays, das ein oder andere Physiklexikon und ein Buch über griechische Mythologie.

„Darf man sich überhaupt so viele Bücher auf einmal ausleihen? Und hast du nicht sowieso schon vor ein paar Jahren deinen Bibliotheksausweis verloren?"

„Keine Ahnung und ja", sagte Marvin.

„Du hast die Bücher gestohlen?" Jeff grinste. Marvin blickte starr durch die Frontscheibe.

„Nicht gestohlen. Ausgeliehen. Wenn auch nicht über den offiziellen Weg. Die Tür stand halt offen. Übrigens, hast du gewusst, dass heute Sonntag ist?" Jeff lachte und startete den Wagen. Sie kurbelten die Fenster hinab und liessen sie diesmal die ganze Fahrt über offen.

In Perkinsville angekommen, hatte Jeff Marvin mitsamt seinem Nachforschungsmaterial vor Barkleys Gemischtwarenladen abgesetzt und war nach Hause gefahren. Als er in die schattige Oak Street einbog, sah er, wie eine junge Frau die Einfahrt zu seinem Haus hochging und die Türklingel betätigte, soweit er das aus dieser Entfernung beurteilen konnte. Jeff näherte sich und als die Frau das Motorengeräusch vernahm, drehte sie sich in seine Richtung um. Jetzt hatte Jeff sie erkannt: Es war Linda Burton, das hübsche Mädchen aus der High School, mit dem er damals in die gleiche Klasse gegangen war. Jeff hatte nie viel mit ihr zu tun gehabt und sie das letzte Mal vor etwa einem Jahr, auf dem Abschlussball, gesehen. Er konnte sich nicht vorstellen, was sie von ihm wollte, doch wenn er ihren Körper und ihr Gesicht betrachtete, war er gar nicht allzu sehr dagegen abgeneigt, dass sie da war. Jeff bog in die Einfahrt ein und stieg aus. Linda trug eine enge Dreiviertelhose aus Jeansstoff und eine blaues T-Shirt, auf dem die Aufschrift *Child in Time* prangte. Was auch immer das bedeuten mochte. Ihre im Sonnenschein goldig glänzenden Haare lagen vorne auf ihrer Brust, wo sie friedlich ruhten. Kurzum: Sie sah bezaubernd aus.

„Hi Jeff", sagte sie und lächelte ihn an.

„Hi Linda", sagte Jeff und lächelte zurück. „Du siehst umwerfend aus!" Linda errötete. Sie hatte Jeffs Direktheit schon immer gemocht.

„Danke", sagte sie und lachte ein wenig.

„Und was führt dich hierher, zu mir?", sage Jeff und lachte ebenfalls.

„Ach, da gerade Semesterferien sind, bin ich nach Perkinsville gekommen, um meine Eltern zu besuchen. Doch du kennst sie ja, kein Mensch kann es länger als eine Dreiviertelstunde bei ihnen aushalten, selbst ich nicht."

Sie lächelte verlegen. Jeff hatte keinen blassen Schimmer wer ihre Eltern waren. Eigentlich komisch in einem solchen Kaff wie Perkinsville, aber vermutlich fiel es ihm einfach nicht ein.

„Da dachte ich mir, dass ich bei dir vorbeischaue, du wohnst ja gerade in der Nähe." Wohnte in Perkinsville nicht jeder in der Nähe des jeweils anderen?

„So? Nun, hier bin ich!", sagte Jeff grinsend und breitete die Arme zu einer Geste aus, wie sie ein Zauberer nach einem gelungenen Zaubertrick vor einem erstaunten Kinderpublikum machen würde. Ta-da! Linda lachte abermals und trat auf ihren Füssen herum. Er war immer noch der alte, lustige Jeff geblieben, den sie aus der High School kannte.

„Hast du Lust heute bei uns zu Abend zu essen?", fragte ihn Linda. „Meine Mutter kocht immer viel zu viel und viel zu gut, wenn ich sie und Dad besuche, daher könnte ich ein wenig Hilfe gebrauchen ..." Sie sah ihn vielsagend an. Jeff verstand.

„Klar", sagte er, „liebend gern!" Sie lächelten sich gegenseitig an.

„Also dann", sagte Linda, „bis heute Abend, Jeff."

„Bis dann, Linda. War mir eine Freude dich wiederzusehen."

Sie warf ihm einen letzten Blick zu, drehte sich, noch immer lächelnd um, und ging in ihrem eleganten Gang die schattige Oak Street hinab. Jeff sah ihr eine Weile hinterher, dann ging er ins Haus. Nach diesem unerwarteten, aber durchaus willkommenen Besuch, würde er sich nun gemütlich ein Sandwich machen, entspannt im Wohnzimmer sitzen, sich auf das Abendessen mit Linda freuen und bis dahin jede Menge Zeit mit nichts Tun verbringen.

KAPITEL 4

Wenn da nicht der Brief gewesen wäre. Jeff lag bereits in seinem Sessel im Wohnzimmer, als er ihm wieder einfiel. Der unbeschriftete Briefumschlag, der zwischen den Rechnungen und Werbeprospekten gelegen war. Er hob seine rechte Pobacke, fischte den Stapel Briefe aus seiner Gesässtasche und zog den unbeschrifteten Umschlag heraus. Dieser bestand aus gelbem, rauem Papier und war der grösste Brief von allen. Er drehte ihn um, aber auch auf der Rückseite war er unbeschriftet. Jeff riss ihn auf, ein kleines Blatt Papier fiel heraus und landete auf seinem Schoss. Etwas stand drauf. Jeff hob den Zettel auf und hielt ihn sich näher vors Gesicht, um besser lesen zu können. In kleiner, kaum leserlicher Schreibmaschinenschrift, war ein einziger Satz darauf geschrieben worden:

Sieh dich um.

Jeff sah sich um. Er sah sein Wohnzimmer im Zwielicht, die Bücherregale, die Tür zur Küche und die zum Flur, den Fernseher in der einen und die Pendeluhr in der anderen Ecke, das Sofa unter dem Fenstersims, den kleinen Tisch in der Mitte des Raumes und den Teppich darunter. Er blickte noch einmal auf den Zettel. Er drehte den Zettel um. Auf der Rückseite stand:

Drin und rum und aussen herum!
Was nicht gerade ist, das ist krumm.
Wenn sich einer abknallt macht es Bumm!
Wer sich nicht erschiesst, der trinkt sich dumm.

Er drehte den Zettel wieder auf die Vorderseite, suchte nach einem Namen oder Initialen, die er womöglich übersehen haben könnte. Doch da war nichts. Jeff richtete sich in seinem Sessel auf. Was das wohl bedeuten mochte? Er kratzte sich am Kopf. Ein Scherz? Eine versteckte Botschaft? Und von wem? Wer auch immer der Verfasser war, er musste den Brief persönlich in Jeffs

Postschliessfach in Springfield deponiert haben, denn ohne Adresse hätte der Brief nicht seinen Weg dorthin finden können. Die einzigen Leute, die Zugriff auf die Schliessfächer hatten, dürften die Postangestellten sein. Jeff kannte niemanden bei der Post. Vielleicht war auch der Brief für jemand anderen bestimmt gewesen und jemand hatte ihn versehentlich in sein Schliessfach gelegt. Er dachte noch eine Weile über die Sache nach, doch wie er es drehte und wendete, er kam auf keine befriedigende Erklärung. Er legte den Brief beiseite und blickte auf die Uhr. Mittlerweile war es halb zwei und die tägliche Hitze war ins Haus eingedrungen. Jeff versuchte ein wenig zu schlafen, doch es gelang ihm nicht. Er stand auf und ging in seinem Wohnzimmer umher. Diese Warterei auf den Brief machte ihn ganz verrückt. Schon die ganze Woche. Er hatte es bisher einfach nicht wahrhaben wollen, doch nun störte er sich umso mehr daran. Konnten diese Typen nicht mal schneller seinen Aufsatz lesen? Vier Monaten sollte doch genug Zeit sein, um zehn Seiten durchlesen und bewerten zu können.

Stattdessen liessen sie ihn hier schmoren. Psychisch wie physisch. Ärgerlich zog er die Vorhänge zu. Konnte da oben nicht endlich mal eine verdammte Wolke aufziehen, nur eine einzige Wolke, und diese verfluchte Sonne nur für ein paar Minuten verdecken? Den ganzen Winter über waren sie in Hülle und Fülle dagewesen, monatelang schissen sie auf Jeff und Perkinsville pausenlos ihre Schneescheisse, regelrechte Wolkenmeere hatten ganz Vermont zugeschissen. Und nun, wenn man sie sie einmal wirklich hier brauchte, kamen sie einfach nicht. Als ob sie die Menschen absichtlich ärgern wollten. Jeff streifte im Kreis durch sein Wohnzimmer, wie ein Tiger in einem zu engen Käfig.

Und dann war da noch dieser andere Brief. Den irgendein Scherzkeks von Postbote ihm untergejubelt hatte, da er genau wusste, dass Jeff auf seinen Brief vom MIT wartete, und ihm noch mehr auf die Eier gehen wollte. Ja, vielleicht war es der fette, kleine Postbeamte von heute Morgen selbst gewesen, der sich an seinem vor Arbeit nur so überquellenden Schreibtisch langweilte und sich auf Jeffs Kosten einen Spass erlaubt hatte. Bestimmt sass er gerade in diesem Moment mit klimatisiertem Fettarsch in seinem Bürosessel und lachte sich einen ab, wenn er daran dachte wie Jeff hier schwitzend und tollwütig wie ein Hund auf den Anruf wartete, den er nie tätigen würde, während er mit einer Dose Bier in der Linken und der Fernbedienung in der Rechten, sich *Starsky & Hutch* oder *Geopardy* oder weiss der Geier was ansah, ohne einen einzigen Tropfen Schweiss auf der Stirn.

Jeff hielt die Hitze in seinem Wohnzimmer nicht mehr aus. Er ging in die Küche und wollte den Kopf unter den kalten Wasserstrahl in der Spüle tauchen. Doch natürlich hatte die gottverdammte Hitze die Rohre bereits aufgeheizt und es floss nur ein lauwarmes Rinnsal heraus. Natürlich hätte er zwei Minuten warten können, bis das Wasser aus den tiefer gelegenen, kälteren Rohren herauskommen würde, doch Warten war etwas, wovon er in diesem Moment absolut die Nase voll hatte. Jeff ging also ins Badezimmer, um ein Bad zu nehmen, doch natürlich war er heute Morgen mit Marvin nach Springfield gefahren und hatte vergessen, das Wasser in die Badewanne einzulassen.

„So eine Scheisse", brummelte er vor sich hin. „So eine verfluchte Drecksscheisse." Seine Wut hatte nun ein gefährliches Mass erreicht, auf Kosten seiner Denkleistung und seines Vokabulars. Wutentbrannt verliess er das viel zu kleine und viel zu heisse Haus, fest entschlossen, dem nächsten Typen, der ihm begegnete, die Fresse zu polieren. Direkt auf dem Bürgersteig vor seinem Haus sass der kleine Billy Hawkins, der Nachbarjunge, auf seinem knallroten Bonanzarad und grinste frech zu ihm hinüber.

„Hi Jeff", rief er. - „Geh sterben Junge", antwortete dieser.

Der Kleine konnte dabei von Glück reden, denn hätte seine Mutter zwei Jahre früher eines Nachts vergessen, in angetrunkenem Zustand ihre Pille zu nehmen, dann hätte ihm Jeff wohl sämtliche Zähne aus dem Gebiss geschlagen. Stattdessen liess er den völlig verdutzten Billy links liegen und machte sich auf den Weg zur Perkins Street. Sein Ziel war das *Tucker's Corner*. Wenn ein Mann sein Bedürfnis befriedigen wollte, sich um zwei Uhr nachmittags an einem Sonntag mit betrunkenen Hinterwäldlern zu prügeln, dann im *Tucker's Corner*. Nach ein paar Minuten, in denen ihm Gott sei Dank niemand mehr über den Weg lief, erreichte er die Kneipe. Er stiess die Tür auf und trat ein. Im ersten Moment sah er nichts ausser dem Stück Holzdielen vor seinen Füssen, das von den einfallenden Sonnenstrahlen erhellt wurde. Als sich seine Augen schliesslich an die Dunkelheit gewöhnten hatten, blickte er sich um und spähte nach einem potenziellen Raufbold. Er sah zuerst auf die linke, dann auf die rechte Seite und schliesslich hinter den Tresen. Doch er konnte niemanden sehen. Die Kneipe war leer.

Jeffs Wut verpuffte bei diesem Anblick derart plötzlich, wie die Leute im *Tucker's Corner* sich in Luft aufgelöst zu haben schienen. Auf dem Tresen und auf den Tischen standen halbvolle Biergläser, auf den Stühlen hingen Jacken und aus den Aschenbechern stieg noch Zigarettenqualm hoch. In einem lag eine dicke Zigarre, nicht einmal zur Hälfte aufgeraucht und noch glühend, als ob soeben ein Gespenst einen Zug genommen hätte. Jeff stand irritiert da, unfähig, die Situation zu beurteilen. Es war ja nicht so, dass zerbrochene Biergläser und umgeworfene Stühle auf dem Fussboden lagen, als ob auf einmal ein Tiger aus dem Hinterzimmer aufgetaucht sei und alle Zweibeiner Hals über Kopf aus der Kneipe gestürmt waren. Nein, es wirkte tatsächlich so, als ob die gesamte

Kundschaft von einem Augenblick auf den anderen vom Erdboden verschluckt worden war.

Neben diesem merkwürdigen Umstand machte Jeff eine weitere Beobachtung, die ihn noch mehr erstaunte: Nämlich, dass Tucki ebenfalls nicht da war. Dass im *Tucker's Corner* mal keine Gäste da waren, konnte durchaus vorkommen und für deren scheinbar urplötzliches Verschwinden musste es ja schliesslich eine logische Erklärung geben. Für die Abwesenheit von Tucki jedoch konnte es keine geben, da war sich Jeff sicher. John Williams Tucker, den alle nur Tucki nannten, war Besitzer des *Tucker's Corner* und gleichzeitig auch der Barmann. Jeff konnte sich nicht daran erinnern, jemals das *Tucker's Corner* ohne Tucker darin oder Tucki ausserhalb des *Tucker's Corner* gesehen zu haben. Verdammt, der Typ arbeitete nicht hier, er lebte hier. Du bist mir ein ganz Schlauer, Jeff, Tucki hat nämlich seine Wohnung im Obergeschoss, dort wird er wohl auch jetzt sein, meldete sich sein Verstand zu Wort. Vermutlich war dem so. Jeff löste sich aus seiner Erstarrung.

„Jemand da?", rief er in die Leere des Raumes hinein. Zumindest wohl keiner, der ihm antworten wollte. Er betrat das Innere der Kneipe. Die Tür schloss sich hinter ihm und der Raum wurde nur noch schwach von den nackten Glühbirnen über dem Tresen erhellt. Die Luft war muffig und stank nach dem Rauch billiger Zigaretten und alten Lederbezügen. Die Dielen knarzten unter seinen nackten Füssen, als er in den hinteren Bereich des Raumes schritt. An den holzverkleideten Wänden hingen Bilder von Jägern und Fischern, die stolz mit ihrer Beute posierten. Auch die amerikanische Flagge sah man dort, vergilbt vom Qualm der Jahrzehnte und mit nur 49 Sternen.

„Eher würde ich Nazi-Deutschland als Bundesstaat anerkennen, bevor diese hawaiianischen Inselaffen ihren eigenen Stern auf unserer Flagge bekommen!", hatte Tucki 1959 gesagt und war seitdem nie überdrüssig geworden, diese Erklärung zu wiederholen, wann immer ihn jemand auf den fehlenden Stern hinwies. 1959 war das Jahr gewesen indem Hawaii als fünfzigster Bundesstaat anerkannt worden war und auch gleichzeitig das Jahr, indem Jeff geboren worden war. Was genau Tuckis Problem mit den Hawaiianern war, wusste niemand so richtig. Die hinteren Winkel der Kneipe waren genauso leer wie der Vorderbereich. Auf einem der Tische waren Karten zu einem Pokerspiel angeordnet, die Chips waren ordentlich aufgestapelt worden und die Blätter lagen vollkommen unbewacht da, jeder hätte vorbeikommen und sich die Karten ansehen können. In einer dunklen Ecke blinkte der Pinball-Automat, und lud den Ersteller der neusten Highscore auf ein Freispiel ein, dass dieser jedoch anscheinend nicht angenommen hatte. Auf dem Klo war ebenfalls niemand und das Hinterzimmer war auch leer. Blieben nur noch die Vorratskammer und Tuckis Wohnung im Obergeschoss. Erstere war abgeschlossen, also stieg Jeff die schmale Treppe zu Tuckis Wohnung hinauf und klopfte an die Tür. Keine Reaktion.

„Tucki, bist du da?" Er klopfte noch einmal. Nichts. „Tucki?" Vielleicht schläft er, dachte Jeff, doch korrigierte sich sofort wieder. Nein, Tucki war nicht der Typ, der nachmittags ein Nickerchen hielt. Insbesondere dann nicht, wenn die Bar unten geöffnet war. Tucki war offenbar tatsächlich nicht im *Corner.* Er war gerade auf halbem Wege die Treppe hinab und überlegte sich, wo er nun hingehen sollte, als sein Blick auf das fiel, was sich hinter dem Tresen befand und was augenblicklich all die offenen Fragen und rationalen Gedankengänge aus seinem Kopf verschwinden liess. Unzählige Flaschen Hochprozentiges säumten dort die dunklen Regale, welche sich wie die riesigen Mauern eines orientalischen Palastes majestätisch in die Höhe erhoben. Die Flaschen glänzten im trüben Schein der Lampen in allen Farben des Lichtspektrums, von Mahagonifarben bis hin zu Ultraviolett, so erschien es Jeff. In ihnen gab es die köstlichsten Tropfen in ganz Neuengland. Er ging die letzten Stufen hinab, wobei er fast gestolpert wäre, trat ehrfurchtsvoll auf das Regal zu und begann die Aufschriften auf den Flaschen zu lesen. *Bourbon, Jack Daniels, Johnnie Walker, Jim Beam* ... und all die anderen Sorten, viele von denen Jeff bisher nur die Namen gehört hatte und von manchen nicht mal diesen. Und er war ganz allein mit ihnen hier. Er drehte er sich um und spähte noch einmal argwöhnisch durch den Raum. Ja, sie waren ganz unter sich. Ungestört.

Er wandte sich wieder den Flaschen zu. Welchen sollte er zuerst probieren? Nach einigem hin und her entschied er sich für eine Flasche mit der Aufschrift *Kentucky Straight Bourbon*. Jeff kannte sich nicht wirklich aus, was Whiskeys anbelangte, in dem einen Jahr, in dem er von Rechts wegen Alkohol konsumieren durfte, hatte er bisher immer nur Malzbier im *Corner* getrunken, manchmal ein Gläschen Pfirsichschnaps. Das bernsteinfarbene Schimmern der Flüssigkeit in der Flasche hatte es ihm angetan. Er zog die Flasche aus dem Regal, setzte sich an den Tresen, öffnete sie und nahm sich herzhaft einen grossen Schluck. Hustend prustete er die Hälfte wieder hinaus. Mann, das Zeug brennt ja wie Feuer, dachte er. Dann holte er ein Glas unter dem Tresen hervor, und füllte es einen Fingerbreit, ganz wie in den Westernfilmen, die er gesehen hatte. Diesmal nahm er einen vorsichtigeren Schluck. Der Geschmack gefiel ihm. Es brannte ihm zwar in Mund und Rachen, wie bei einer schlimmen Erkältung, doch der Geschmack gefiel ihm. Rau und trocken. Er liess ihn sich männlich fühlen.

Jeff schenkte sich noch einen Drink ein, diesmal einen grösseren. Er hob das Glas, trank es in einem Zug aus und senkte es wieder, wobei sein Blick auf den Wandspiegel hinter dem Tresen fiel. Er sah einen jungen Mann, nicht älter als zwanzig Jahre, in einem weissen, ärmellosen Unterhemd, dessen dunkelbraune, fast schon schwarze, wellige Haare im Licht der Lampe über ihm glänzten. Auf dem Gesicht waren die Ansätze eines Bartes zu sehen, der ihm noch nicht richtig wuchs, und den er sich mal rasieren sollte. Er wartete. Worauf? Nun ...

Manchmal, wenn Jeff sich lange, vielleicht zu lange, im Spiegel betrachtete, war er sich nicht sicher, wer denn nun wen anschaute. Es geschah selten, doch es war jedes Mal eine sehr befremdliche und beängstigende Erfahrung. Das erste Mal passierte es, als Jeff noch ein kleiner Junge, vielleicht drei oder vier Jahre alt gewesen war. Seine Mutter hatte sich mit einer Nachbarin im Garten unterhalten und der kleine Jeff, sich in dem Alter befindend indem die nebligen Vorhänge des Kleinkindalters sich langsam zu lichten beginnen und eine neue, verheissungsvolle Welt offenbaren, die nur darauf wartet erkundet zu werden, öffnete voll neugieriger Erwartung die Tür zum Schlafzimmer seiner Eltern, das er noch nie zuvor gesehen hatte. Er musste sich strecken, um an die Türklinke zu gelangen, welche sich unendlich weit in der Höhe zu befinden schien. Zu seiner Überraschung war es ganz einfach gewesen, die Klinke zu ergreifen und die Schwerkraft erledigte den Rest. Die Klinke senkte sich, die Tür öffnete sich und der kleine Jeff, der sich immer noch mit beiden Händen an der Türklinke festhielt, wurde in das Zimmer geworfen. Mit einem dumpfen Knall schlug er hart auf den Teppichboden des Schlafzimmers auf. Er wollte weinen und nach seiner Mama schreien, doch er hielt sich zurück. Denn er war zu der, mehr intuitiven als rationalen Schlussfolgerung gekommen, dass wenn er seinem Bedürfnis nach mütterlichen Schutz und Behütung nachgeben würde, seine Mutter herkommen, ihn aufheben, hinaustragen und die Schlafzimmertür hinter sich abschliessen würde. Vielleicht war das das erste Mal in Jeffs

Leben gewesen, indem er bewusst nicht seinen Gefühlen nachgab und stattdessen dem rationalen Denken das Kommando über sein Handeln überliess.

Im Zimmer war es schummrig dunkel, die Strahlen der Morgensonne durchdrangen die schweren Wollvorhänge nur vereinzelt und offenbarten die sanften Wirbel aus Staub und Flusen, welche ausserhalb der Morgen- und Abendstunden mit ihren besonderen Lichtverhältnissen aus langwelligen Lichtstrahlen, der Perzeption des menschlichen Auges vorenthalten und doch ständige Begleiter der Menschen sind. Ein hohes Regal aus dunklem Holz stand an einer der Wände, gefüllt mit Büchern, auf deren Einbänden keine Illustrationen abgebildet waren, wie es Jeff von seinen Kinderbüchern kannte. Die meisten dieser Bücher hier gehörten seinem Vater. Jeff sah manche von ihnen gelegentlich auf dem Küchentisch oder auf dem Sofa im Wohnzimmer liegen, manchmal auch auf dem Spülkasten der Toilette. Statt Bilder zu enthalten, waren sie mit diesen seltsamen Zeichen gefüllt, die Erwachsene „Lesen" nannten, glaubte er. Die endlosen, für ihn sinnlosen Aneinanderreihungen von Buchstaben brachten ihn jedes Mal zum Staunen und der Gedanke, sie eines Tages selbst beherrschen zu können, beängstigte ihn irgendwie.

„Das wirst du noch in der Schule lernen, mein Sohn", hatte sein Vater gesagt. Wie eine zu grosse Bürde war es ihm vorgekommen, eine zu grosse Aufgabe, welche einen kleinen Jungen wie ihn bestimmt überfordern musste. Doch er ahnte die Macht, die in diesen Zeichen steckte, das alte Wissen und die versteinerten Informationen, diese tiefgründige Welt vergangener Zeiten und ferner Reiche, von denen manche echt waren, andere jedoch nur in der Fantasie des Lesers existieren. Diese Gedanken, diese fixe Vorahnung, von deren Erfassung oder gar Ausformulierung Jeff noch weit entfernt war, jagte ihm fast noch mehr Angst ein. Denn er hatte gewusst, dass sie stimmte, damals wie heute, auch wenn er nun keine Angst mehr vor dem Lesen hatte.

Aber nichts war so beängstigend und schrecklich wie der Spiegel gewesen. Der Spiegel hing über dem Bett seiner Eltern, so dass Jeff sein Spiegelbild nicht sehen konnte, als er noch auf dem Boden gelegen war. Erst als er sich aufrichtete, bemerkte er ihn. Es war einer dieser grossen, alten Wandspiegel, welche in die Breite länger sind, als sie in die Höhe waren, wie sie in Bars und Kneipen üblich sind. Mit seiner Körpergrösse von knapp einem Meter war Jeffs Spiegelbild immer noch nicht zu sehen, so dass er auf das Bett kletterte und von dort in den Spiegel schaute. Der Spiegel hatte wie ein Fenster gewirkt, ein Fenster, durch welches man in einen Raum schauen konnte, der mit dem Raum, indem man sich befand, identisch war. Und wenn man den Raum auf der anderen Seite des Fensters durch die identische Tür verliess, durch welche man gekommen war, so würde man in einen identischen Flur gelangen, der durch ein identisches Haus führte, indem eine identische Mutter gerade mit einer identischen Nachbarin redete, welche beide in einer identischen Stadt, in einem identischen Bundesstaat lebten, der sich in einem identischen Land auf einem identischen Kontinent befand, welcher sich auf einem identischen Planeten befand, der sich auf einer identischen Laufbahn in einer identischen Geschwindigkeit um einen identischen Heimatstern drehte, um den sieben weitere, identische Planeten und eine Menge identischer, planetenähnlicher Objekte in ihren jeweiligen, identischen Laufbahnen kreisten, von welche die äusserste in knapp fünfzig Jahren, von einem identischen Satelliten namens Voyager 1, durchquert werden würde, was ihn zum ersten von Menschenhand erschaffenen Objekt machen würde, welches das identische Sonnensystem würde verlassen haben. Woraufhin Voyager 1 eine identische Reise in ein identisches, unendliches Universum antreten würde. Doch war es überhaupt möglich, dass zwei Universen existierten, welche sowohl identisch auch als unendlich waren? Schloss das eine das andere nicht aus? Musste es nicht irgendwo, in einem der beiden Universen, eine Unregelmässigkeit geben, einen Unterschied, eine fehlerhafte Kopie? Wenn man nur lange genug suchte? Wenn Voyager 1 nur weit genug hinausflog? Selbst wenn es unendlich lange dauern würde?

Diese vage Hoffnung und die Überzeugung, dass er zu seinen Lebzeiten keine Gewissheit darüber haben können würde – denn tief in seinem Inneren kannte er die Antwort auf all diese Fragen mit einer Unbestreitbarkeit, die dort anfing wo es keine Fragen gab, nämlich im Tod – waren der einzige Grund, wieso Jeff nicht jedes Mal, wenn er zu lange in einen Spiegel schaute, ihn zerschlug und sich die Pulsadern mit seinen Scherben aufschnitt. Auch jetzt sass Jeff, in kalten Schweiss gebadet und alle Muskeln angespannt auf seinem Barhocker und betrachtete angestrengt das Bild im Spiegel: Er sah einen jungen Mann, nicht älter als zwanzig Jahre, in einem weissen, ärmellosen Unterhemd, dessen dunkelbraune, fast schon schwarze, wellige Haare im Licht der Lampe über ihm glänzten. Auf dem Gesicht hatte er Ansätze eines Bartes, der ihm noch nicht richtig wuchs, und die er sich mal rasieren sollte. Er wartete. Nein... Jeff entspannte sich. Würde er jetzt den Spiegel berühren, dann würde er nicht eine identische Welt betreten, die so unendlich wie diese hier war. Und was noch viel wichtiger war: Dieses *Ding* im Spiegel, das wie er aussah und doch nicht er war, nicht echt war, würde nicht seine Welt, die echte und einzig wahre Welt betreten. Wenn er es trotzdem versuchen würde, würde seine Hand die Spiegeloberfläche berühren, daran abprallen, er würde ein wenig über sich selbst lachen und sich wie ein Trottel vorkommen, sich einen weiteren Drink einschenken und unbeirrt weiter sein Leben

leben. Aber nur für den Fall dass doch ... berührte er die Spiegeloberfläche nicht. Niemals.

Wer sich nicht erschiesst, der trinkt sich dumm.

Jeff schenkte sich noch einen ein. Jetzt spürte er den Alkohol. Ein Gefühl, wie wenn sein Hinterkopf mit Helium gefüllt worden wäre; er hatte Mühe seinen Kopf aufrecht zu halten. Irgendjemand musste die Jukebox eingeschaltet haben, denn auf einmal hörte Jeff die Steve Miller Band durch das Corner plärren. Der Brief, dachte er. Sieh dich um. Mühsam drehte er sich um, wobei er fast von seinem Barhocker rutschte. Etwas benommen stellte er fest, dass das *Corner* gar nicht so leer war, wie er gedacht hatte. Ja, es quoll geradezu vor Leuten über. Dort hinten in der Ecke, war das nicht Greg Barris, dem der Laden für Jagdzubehör in der Perkins Street gehörte, welcher gerade mit ernster Miene ein Fachgespräch zu führen schien? Und war das dort drüben am Billardtisch nicht Chris Bugaret, aus seiner Parallelklasse in der High School, der dort gemeinsam mit Ralph Jackman und Welsh Thomas, dem Typ, der eine so grosse Zahnlücke hatte, dass er einen Penny zwischen seinen Vorderzähnen einklemmen konnte, herzhaft über etwas lachte und eine Zigarre rauchte? Wo waren die denn auf einmal alle hergekommen? Vielleicht ...

„Na, was darf's denn sein, Jeff?" Diese Stimme, das konnte nur ... Er drehte sich abermals um und sah direkt in das lächelnde Mondgesicht von John Tucker. Jeff starrte ihn bloss erstaunt an, unfähig, auf Tuckis Frage zu antworten. Tuckis Miene verdüsterte sich ein wenig, während er Jeff musterte und auf dessen Antwort wartete.

„Ach, vergiss es lieber ... scheint so als hättest du heute Abend schon genug gehabt. Sieh besser zu, dass du nachhause kommst und dich ein wenig aufs Ohr haust." Als Tucki das sagte, bemerkte

Jeff auf einmal, wie unglaublich müde er war. Aufs Ohr hauen ... Ja, genau das wollte er jetzt machen. Ohne etwas zu sagen stand Jeff auf, wobei er sich an der Theke abstützen musste, um nicht vornüber zu fallen und sich alle Knochen zu brechen.

„Schaffst du's alleine Junge?", fragte Tucki besorgt.

„Eh, j-ja ...", brabbelte Jeff. Das Sprechen fiel ihm auf einmal schwer, seine Zunge lag ihm wie ein Mehlsack im Gaumen. „ ... isch schaff's schon." Wie konnte er denn auf einmal nur so fürchterlich betrunken sein? Er hatte so gut wie gar nichts gespürt, bis plötzlich all diese Leute aufgetaucht waren. Und woher waren die überhaupt gekommen ...

Erst hörte er Tucki mit ferner, gedämpfter Stimme erschrocken „Du lieber Himmel!" hinter dem Tresen hervorrufen, dann fragte sich Jeff, von wo auf einmal diese verflixte Holzwand vor seiner Nase aufgetaucht war, die ihn am Gehen hinderte, dann spürte er den Schmerz in Nasenspitze und Kinn, und erst dann begriff er, dass er der Länge nach vornüber gefallen war und nun die Holzdielen des Fussbodens küsste. Mühsam rappelte er sich wieder auf.

„Vielleicht wär's doch besser wenn du dich noch einen Moment hier ..."

„K-kommmt mir nit in die ... T-tüte ...", sagte Jeff, "... isch schaff's schon."

Dann setzte er seinen Gang schwankend in Richtung Ausgang fort, wobei er noch einmal fast hingeflogen wäre, hätte ihn nicht irgendein Typ mit Cowboyhut aufgefangen. Als er erst einmal eine gewisse Geschwindigkeit erreicht hatte, fiel ihm das Gehen leichter, ähnlich einem Motorrad, das aufgrund der Zentrifugalkraft stabiler fuhr, je schneller es sich fortbewegte. Auch wenn der Vergleich im physikalischen Sinne natürlich Schwachsinn war, war es trotzdem eine schöne Metapher, deswegen soll im Folgenden von Jeff dem Motorrad die Rede sein. Jeff das Motorrad also, fuhr langsam auf dem dunklen Bürgersteig daher, denn es war bereits Nacht geworden, hätte es einen Sheriff in Perkinsville gegeben, hätte er Jeff dem Motorrad, das heisst dessen Fahrer, also Jeff mit anderen Worten, eine saftige Busse erteilt. Glücklicherweise waren auf Perkinsville Strassen, beziehungsweise auf dessen Bürgersteigen nie allzu viele Leute unterwegs, insbesondere nachts und vor allem sonntagnachts nicht, so dass Jeff das Motorrad auf seiner Fahrt niemanden umfuhr. Beim Einbiegen in die Oak Road drohte es umzukippen, doch zum Glück knallte es an einen Laternenpfahl, wenn gleich das eine grosse Beule im Blech geben würde. Wäre es umgeflogen, hätte sich Jeff das Motorrad nicht mehr von alleine aufrichten können. Nun fehlten Jeff dem Motorrad nur noch hundert Meter bis zu seiner Garage, die es mehr an Gartenzäune und Häuserfassaden schleifend als fahrend zurücklegte. Einmal blieb Jeff das Motorrad stehen, und verlor im Vorgarten der Hawkins eine Menge Öl, welches sich zu einer Pfütze sammelte. Dann setzte es seine Reise fort und war schon bald in seiner Garage angelangt.

Jeff stieg ab und ging ins Haus. Es war merklich kühler geworden in den Stunden, in denen er abwesend gewesen war. Im Badezimmer brannte ein einsames Licht, er musste vergessen haben, es abzuschalten, als er vor ein paar Stunden wutentbrannt das Haus verlassen hatte. Es kam ihm so vor, als sei es bereits Tage her. Er betrat das Badezimmer, öffnete die Tür, welche nur einen Spalt breit geöffnet war, ganz und wollte gerade nach dem Lichtschalter langen, als er geradewegs in den Badezimmerspiegel sah. Nicht schon wieder... war das letzte woran Jeff dachte, dann machte sein alkoholgetränktes Gehirn endgültig Feierabend und sein führungsloser Körper sackte wie ein Sack Kartoffeln in sich zusammen.

KAPITEL 5

Mzwmebe war ein Mitglied des Stammes der Mzwele. Das Dorf der Mzwele lag am Ufer des breiten Mnsulu Flusses, der dem Land der Mzwele Fruchtbarkeit und Leben schenkte. Ohne ihn würden die Felder der Mzwele verdorren, das Vieh verdursten und der Stamm sterben. Tatsächlich trug der Mnsulu derart viel Wasser und war neben seiner beeindruckenden Breite auch dermassen tief, dass noch keiner vom Stamm ihn jemals überquert hatte.

Bis auf eine einzige Ausnahme, eine Geschichte, welche die Dorfältesten immer zu erzählen pflegten: Mzwalu, der Erste aus dem Stamm der Mzwele war vor langer, langer Zeit, noch bevor es das Dorf gegeben hatte, von der anderen Seite des Flusses herüber geschwommen, trotz der Flusspferde und Krokodile darin. Daraufhin nahm er sich eine Frau und gründete das Dorf. Wenn Mzwmebe mit den anderen Kindern zum Spielen auf den Hügel neben dem Dorf stieg und auf die andere Flussseite blickte, sah er einen schmalen grünen Streifen aus hohem Gras und niedrigen Büschen, ähnlich der Landschaft der Flussseite des Dorfes. Hinter diesem schmalen Streifen Vegetation gab es nur gelben Sand soweit das Auge reichte, Sand bis zu der Linie, wo Himmel und Erde sich vereinigten und die Welt endete, wie die Dorfältesten sagten. Mzwulob, nannten sie dieses Land, Totenland. Das Land auf ihrer Seite des Flusses nannten sie Nmulob, das Lebendenland. Auch dieses erstreckte sich bis zu der Linie, wo Himmel und Erde sich vereinigten und die Welt endete.

„Im Mzwulob leben nur die Toten", pflegten die Dorfältesten zu sagen. „Wenn ein Mzwele stirbt, dann bleibt sein Körper im Nmulob und wird wieder zu Gras, das Gras ernährt die Kühe und Ziegen und die ernähren wieder die Mzwele. Sein Geist jedoch...", und an dieser Stelle beugten sie sich immer vornüber und schauten den

Kindern tief in die Augen, "... sein Geist jedoch, muss als eine letzte Prüfung über den Fluss schwimmen, um ins Mzwulob zu gelangen. Schafft er das nicht, dann bleibt sein Geist im Fluss gefangen, wo er auf alle Ewigkeiten zwischen Leben und Tod umher spuken muss. Auf ewig. Tagsüber muss man sich nicht vor den Geistern fürchten, da sie schlafen, doch in der Nacht erwachen sie, um ihren Versuch fortsetzen, den Fluss zu überqueren. Doch sie schaffen es nie, und aus Zorn und Eifersucht auf die Lebenden, ziehen sie jeden in die Tiefe, der töricht genug ist, nachts auch nur einen Fuss in das Wasser zu setzen. Wer genau hinhört, hört nachts ihr Stöhnen und Wehklagen."

Tatsächlich hörte Mzwmebe das Stöhnen und Wehklagen der Geister seiner Ahnen, wenn er nachts wach auf dem Lehmboden in der Hütte lag und nicht einschlafen konnte. Sie waren sehr leise, und nur wenn er ganz genau lauschte, konnte er sie zwischen dem Meckern der Ziegen und dem Zirpen der Zikaden heraushören. Es waren gurgelnde Schreie, voller Hass und Verzweiflung, welche unter Wasser unfassbar laut sein mussten, doch drang nur wenig davon an die Oberfläche. Und Mzwmebe war sehr froh darüber.

Oft träumte er davon, wie er den Fluss überquerte und seine Ahnen im Mzwulob besuchte und für immer und ewig mit ihnen vereint sein würde. Für die Mzwele war der Gedanke an den Tod nicht mit Angst verbunden, sondern mit der Hoffnung, eines Tages ein sorgenfreies Leben Seite an Seite mit ihren verstorbenen Familienmitgliedern und Freunden führen zu können, jenseits des Flusses, im Totenland. Schliesslich bedeutete Mzw „Tod" in ihrer Sprache, ein Wort dass die Mzwele benutzen, um alles zu benennen, was ihnen lieb und kostbar war, ihren Stamm, ihre Kinder, ihr Paradies. Bald sollte sich ihre Einstellung zum Tod ändern. Mzwmebe war der Erste, der den Hauch des Grauens spürte, der das Dorf überkommen sollte. Wie so oft, spielte er mit den anderen Kindern auf dem Hügel neben dem Dorf, und wie so oft, schaute er auf die andere Seite des Flusses hinüber, in Erwartung nichts ausser der endlosen Sandweiten des Mzwulob zu erblicken, welche sich bis zu der Linie, wo Himmel und Erde sich vereinigten und die Welt endete, erstrecken würden. Er bemerkte nicht sofort, was dieses Mal anders war, doch ihn überkam trotz der Mittagshitze ein eisiger Schauer, einer von der Sorte, die aus dem tiefsten Inneren eines Menschen kommen, dort wo der Geist sitzt.

Dann sah er es. Ein schmaler, schwarzer Strich zwischen den gelben Sanddünen, kaum grösser als eine der Wimpern, die sein Blickfeld von oben und unten begrenzten, und doch von solch beunruhigend scharfer Intensität, als ob ihn ein Kind mit einem Kohlestift in die Landschaft gemalt hätte. Normalerweise flimmerte bei der Hitze des Tages die Luft über der Wüste, und machte in den Augen des Betrachters aus allen toten Sträuchern, Felsen und Sanddünen einen fieberhaften Matsch, der nicht klar von der Umgebung abzugrenzen war. Dieser eine schwarze Strich hingegen, war so haarscharf und kein bisschen verschwommen, dass Mzwmebe trotz der Entfernung erkennen konnte, worum es sich dabei handelte. Dort im Mzwulob, im Land der Toten, befand sich eine lebende Gestalt. Und sie kam auf sie zu.

Nachdem die Kinder unter aufgeregten und angstvollen Schreien den Hügel hinab gelaufen waren und den Erwachsenen Bericht über die Gestalt im Mzwulob erstatteten, stiegen die Erwachsenen ihrerseits auf den Hügel, um den Wahrheitsgehalt der Aussagen der Kinder zu prüfen, an dem sie aufgrund der Ungeheuerlichkeit der Aussage erst stark gezweifelt hatten.

Doch auch als sie zunächst den schwarzen Kohlestrich sahen und ihn dann als Gestalt ausmachten, liess es sich nicht länger leugnen: Im Totenland wandelte ein Lebender.

So trafen sich der Häuptling, der Dorfälteste und der Medizinmann in der Hütte des Häuptlings, um zu beraten, was man von dieser neuen Situation halten solle, was als Nächstes zu tun sei und vor allem, wie mit dem Fremden zu verfahren sei, der, wenn er sein bisheriges Tempo beibehielt, noch vor der Dämmerung den Fluss wohl erreicht haben würde. Es wurde lange beraten und viel diskutiert, wobei der Dorfälteste, welcher schlechte Augen hatte, die Meinung vertrat, man solle abwarten bis der seltsame schwarze Strich näher an das Dorf herangekommen sei, damit er sich vergewissern konnte, dass es sich tatsächlich um einen Menschen handelte. Der Häuptling entschloss sich dazu, die Meinung des Medizinmanns anzuhören und dann zu entscheiden. Der Medizinmann war der Überzeugung, dass der Fremde in Wahrheit gar kein Lebender war, sondern ein Toter und zwar kein Geringerer als der Geist Mzwalus, des Ersten vom Stamm der Mzwele, der seine Kinder im Nmulob, auf der Flussseite der Lebenden besuchen kam. Ihm gebührend war ein grosses Fest zu feiern, das aufgrund des Mangels an Zeit bis zur Ankunft Mzwalus, eiligst geplant und vorbereitet werden musste: Eine Kuh und zwei Ziegen waren zu schlachten, die Frauen müssten ein Festessen vorbereiten, die Kinder reichlich Feuerholz sammeln und die Männer ein Krokodil für die rituelle Feierzeremonie erlegen. Der Häuptling, ob der beiden Optionen unschlüssig, welche zwischen möglicherweise leichtsinnigem Nichtstun, wie der Dorfälteste es geraten hatte, und dem übereilten, womöglich ebenso leichtsinnigen Fest, für das sich der Medizinmann ausgesprochen hatte, bestanden, entschied sich, erst einmal nicht zu entscheiden, was letztendlich darauf hinauslief, dass der Dorfälteste seinen Willen erhielt. So setzte sich dieser auf den Hügel neben dem Dorf und beobachtete den schwarzen Strich, während die Sonne ein gutes Stück am Himmel wanderte. Als auch seine schwachen Augen klar erkennen konnten, dass es sich bei dem schwarzen Strich unverkennbar um einen Menschen handelte, pflichtete er dem Medizinmann bei und der Häuptling fällte den Entscheid.

„Ein grosses Fest ist vorzubereiten, meine Kinder", wandte er sich an den Stamm, „denn unser ältester Ahne, Mzwalu der Erste, wird noch heute Abend von den Toten zurückkehren, um seine lebenden Kinder zu besuchen! Wir wollen ihm einen gebührenden Empfang bereiten!" Die Mzwele brachen bei dieser Nachricht in Jubel aus, sie lachten und tanzten voller Glückseligkeit und sangen die alten Lieder Mzwalus und des Mzwulobs. Nur einer stimmte nicht in die Freudenchöre ein – es war der Medizinmann.

„Meine Brüder und Schwester!", unterbrach er ihren Freudentaumel, „mein Geist ist ob Mzwalus Ankunft ebenso erfreut wie der eurige, doch bedenkt, dass wir nicht Mzwalus Zorn auf uns lenken wollen, indem wir ihm eine Feier erweisen, die seiner unwürdig ist! Es gibt noch viel zu tun, und die Zeit ist knapp!" Bei seinen letzten Worten sah er hinauf zur hoch stehenden Sonne. Daraufhin erteilte er die Anweisungen, welche er vorher in der Hütte des Häuptlings vorgeschlagen hatte und dieses Mal noch ein wenig erweiterte: Statt einer Kuh und zwei Ziegen waren nun zwei Kühe und ganze vier Ziegen zu schlachten, schliesslich hatte Mzwalu bestimmt Hunger, denn im Mzwulob gab es ja keine Tiere, und neben dem Krokodil sollte nun gar ein Löwe erlegt werden.

Eilig machten sich alle Stammesmitglieder daran, ihre jeweiligen Aufgaben zu erfüllen, ein Späher bezog auf dem Hügel Stellung, um Mzwalus Vorankommen zu beobachten und über allfällige Neuigkeiten Bericht zu erstatten. Die Frauen schlachteten die geforderten Tiere und bereiteten das Festmahl vor, während zwei Jäger losgeschickt wurden, um das Krokodil zu erlegen und ganze fünf für den Löwen. Glücklicherweise hatte ein Jäger erst vor wenigen Tagen die frischen Fährten eines Löwen gesichtet, der einsam durch die Savanne gestreift haben musste, was hiess, dass er sich noch irgendwo in der Nähe befinden musste. Ihnen blieb nicht mehr viel Zeit und Mzwalu kam immer näher und näher, doch alle arbeiteten voller Eifer und Vorfreude auf die Ankunft ihres ältesten Ahnen.

Alle bis auf einen. Mzwmebe, der den ersten, den unverfälschtesten Blick auf den schwarzen Strich geworfen hatte, dieser Mzwembe hatte seine Zweifel, ob das wirklich Mzwalu war. Er wollte das Wort des Medizinmannes nicht in Frage stellen, aber er musste sich immer wieder an den kalten Schauer erinnern, der sein Innerstes beim ersten Anblick des Fremden durchlaufen hatte. Warum überkam ihn ein derartiges Gefühl von beklemmender Kälte, wenn doch sein ältester Ahne, von dem er in so vielen Nächten voller Wonne geträumt hatte, ihn besuchen kam? Wenn dies tatsächlich Mzwalu war, dann wollte Mzwmebe kein Mzwele mehr sein – und dieser Gedanke ängstigte ihn noch mehr und liess ihn sich schuldig fühlen.

Aber der Fremde ging ihm einfach nicht mehr aus dem Kopf. Dieser kerzengerade, schwarze Strich, der sich so unnatürlich klar und dunkel vom flimmernden Horizont abgehoben hatte, dunkler als seine Haut es war. So dunkel wie die Untiefen des Flusses? Nein... so dunkel... so dunkel wie das, was hinter jener Linie lag, wo Himmel und Erde sich vereinigten und die Welt endete. Verblüfft hielt er beim Feuerholzsammeln inne. Ein derartiger Gedanke war ihm noch nie gekommen. Der Gedanke, dass hinter dem Ende der Welt noch etwas lag. Bisher hatte er sich das, was hinter dem Ende der Welt kam, immer bloss als ein endlos weisses Meer aus Nichts vorgestellt, indem nichts war, nichts ist und nichts jemals sein würde. Doch seit er den Fremden gesehen hatte, wusste er es eigentlich besser. Hinter dem Ende der Welt lag kein weisses Meer aus Nichts, indem alles, Leben wie Tod, Realität wie Traum, Raum wie Zeit endete. Nein, dahinter gab es eine weitere Welt, mit anderem Leben und Tod, einer anderen Realität und anderen, fremdartigen Träumen, die in raumlosem Raum und zeitloser Zeit spielten. Und diese Welt war schwarz.

Je weiter der Tag voranschritt und je mehr Mzwalu sich dem Dorf näherte, desto höher schlugen die Herzen der Mzwele und desto eifriger und schneller verrichteten sie ihre Arbeiten. Bald schon hatten die Frauen Festmahl und Festschmuck vorbereitet, die Kinder das Holz für ein grosses Feuer gesammelt und auch die zwei Jäger kamen stolz mit dem erlegten Krokodil zurück, welches sie an den Füssen an einen langen, dicken Stock gebunden hatten, den sie auf den Schultern trugen. Der Medizinmann hatte sich in aller Eile eine neue Maske, ausschliesslich für diesen besonderen Anlass geschnitzt und der Häuptling trug seinen schönsten Schmuck und seine schönste Gesichtsbemalung. Nun wartete alles, bis auf drei Frauen, welche das Krokodil häuteten, um daraus eine Tracht für den Medizinmann zu fertigen, gespannt auf die Ankunft Mzwalus, der immer noch sein gleiches, unbeirrbares Tempo beibehielt. Während alles in Richtung Fluss schaute – mittlerweile konnte man Mzwalu vom Dorf aus sehen – beobachtete der Häuptling etwas nervös den anderen, bereits dunkelroten Horizont, in der Hoffnung, die zurückkehrenden fünf Jäger zu erblicken, denn die Löwenhaut war für ihn bestimmt und er wollte zu diesem Anlass auf keinen Fall ungebührend gekleidet sein.

Und schliesslich war der Moment gekommen, als Mzwalu am anderen Ufer angekommen war. Die Nacht war bereits hereingebrochen und nur der Mond erhellte schwach sein Antlitz. Alle erwarteten, dass er herüberschwimmen würde, wie er es in den alten Legenden getan hatte, um sich mit seinen lebenden Kindern zu vereinen, doch stattdessen blieb er einfach nur vor dem Wasser stehen und schaute zu ihnen herüber. Er sagte nichts und auch auf die Willkommensrufe der Mzwele antwortete er nicht. Stattdessen stand er einfach nur da und ... nun, schaute er sie an? Es liess sich nicht mit Bestimmtheit sagen, denn der Mond schien nicht hell und die Fackeln der Mzwele reichten nicht weit genug, um seine Gesichtszüge erkennbar zu machen. Sie sahen bloss wie seine langen, dunklen Gewänder, wie sie den Mzwele eigentlich fremd waren, im kalten Nachtwind flatterten.

Als nach ein paar weiteren freundlichen Zurufen und vielen erwartungsvollen Blicken auf das andere Ufer, Mzwalu immer noch ohne ein Wort verloren zu haben an Ort und Stelle stand und keine Anstalten erkennen liess, den Fluss zu überqueren, begann das nervöse Tuscheln unter den Mzwele. „Warum kommt Mzwalu nicht herüber?" – „Worauf wartet er?" – „Haben wir seinen Zorn auf uns gezogen?" Doch niemand wusste eine Antwort. Als nach etlichen weiteren willkommen heissenden Gesten und Rufen Mzwalu sich immer noch nicht rührte, die Kinder müde Beine vom langen Stehen bekamen und sich hinsetzten, während die Fackeln der Männern langsam ausbrannten, wurden die Mzwele immer mehr von Angst gepackt.

Stumm, regungslos und auf eine gewisse Weise unmenschlich, stand dieser Schatten in der Nacht vor ihnen, der schwärzer zu sein schien als der Schatten, den seine Silhouette auf den kalten Sand des Ufers warf. Immer mehr Mzwele zweifelten insgeheim an den Worten des Medizinmannes. Ganz anders hatten sie sich Mzwalu, den Begründer ihres Stammes und ihrer aller Vater vorgestellt, breit lächelnd und lachend, den schönsten Schmuck und die buntteste Bemalung tragend mit einem Leuchten in den Augen, bereit, seine Kinder mit offenen Armen zu empfangen. Stattdessen stand dieses Ding da – war es ein Mensch? Bestimmt kein Mzwele – vor ihnen. Doch der Medizinmann behauptete weiterhin mit grimmiger Entschlossenheit, dass die Gestalt am anderen Ufer Mzwalu war, und dass er bald herüberkommen würde, doch dass er seine Kinder vorher prüfen müsse, ob sie seines Besuches würdig seien.

„Bleibt standhaft!", rief er, „weicht nicht vom Ufer! Nur wenn wir hier, geduldig die ganze kalte Nacht hindurch auf Mzwalus Ankunft warten, wird er uns als würdig erachten. Bedenkt, dass es keine Alltäglichkeit ist, dass ein Toter den Nmulob betritt!" Auch wenn die Worte des Medizinmannes den Mzwele einleuchteten und keiner von ihnen es jemals wagen würde, seine Worte offen in Frage zu stellen, kehrte der Zweifel sofort wieder in ihre Herzen zurück, als sie den Blick von den Lippen des Medizinmannes zurück auf die Gestalt am anderen Ufer lenkten.

Zeit verging und alle blieben trotz ihrer Angst und ihrer Zweifel standhaft, auch wenn es die Kinder nur unter Zwang ihrer Eltern und unter vielen Tränen taten. Ihnen jagte die schwarze Gestalt am meisten Schrecken ein und einem von ihnen ganz besonders: Mzwmebe, welcher in der hintersten Reihe, zusammengekauert hinter seiner Mutter sass, das schreckensverzerrte Gesicht in ihren Rücken vergraben, stumm weinte. Denn er wusste, was die anderen bisher bloss geahnt hatten, nämlich dass diese Gestalt am anderen Ufer nicht Mzwalu und auch nicht tot war. Diese Gestalt war nicht real, nicht real, nicht real, schallte es durch seinen Kopf, er wollte es glauben, doch er wusste es besser. Diese Gestalt war real und er verstand nun auch, dass sie sogar ein Mensch – wenn auch kein Mzwele – war. Die Schlussfolgerung daraus lautete, dass es dort draussen, jenseits jener Linie, wo Himmel und Erde sich vereinigten und die Welt vermeintlich endete, Menschen geben musste, Menschen die keine Mzwele waren und die im Mzwulob, dem vermeintlichen Totenland lebten. Denn ein Mensch musste ja eine Mutter und einen Vater haben, welche auch je zwei hatten, was bedeuten musste, dass Mzwalu, der damals aus der gleichen Richtung gekommen war wie der Fremde, dessen Ururahnen Mzwalu vielleicht mal gekannt haben mochte und vielleicht sogar – bei diesem Gedanken zuckte Mzwmebe fürchterlich zusammen – vielleicht selbst Urahne des Fremden war. Und selbst wenn Mzwalu nicht direkt Urahne des Fremden war, so musste Mzwalu selbst doch auch eine Mutter und einen Vater haben – wie hatte ihm das noch nie in den Sinn kommen können? – welche wiederum Mutter und Vater hatten, welche, wenn man den Gedankengang weiter und weiter führte, irgendwann einen gemeinsamen Ahnen gehabt haben mussten, auch wenn dies vor unfassbar langer Zeit gewesen sein musste. Doch was ist schon der grösste Zeitraum, im Vergleich zu Unendlichkeit? Denn selbst dieser Ahne musste Eltern haben, welche ebenfalls Eltern hatten, welche ...

Mzwmebe brach ab. Letzten Endes lief alles darauf hinaus, dass er, Mzwmebe und alle anderen Mzwele mit dem Fremden, mit diesem unsagbar schwarzen und abscheulichen *Ding*, verwandt sein mussten. Und bei dieser niederschmetternden Erkenntnis, grauenhaft in ihrem Inhalt und von einer, einem jungen Geist dermassen unnatürlich und lückenlos anmutender Logik untermauert, fiel Mzwmebe in die dumpfe, erholsame Leere der Ohnmacht.

Am nächsten Morgen war der Fremde verschwunden. Mit dem nächtlichen Aufkommen von für diese Gegend und diese Jahreszeit unnatürlich schweren und dichten Wolken – etwa zu dem Zeitpunkt als Mzwmebe das Bewusstsein verloren hatte – war der schwache Mondschein vollkommen versiegt und hatte den Mzwele jegliche Sicht auf den Fremden genommen. Als dann die Sonne aufgegangen war, die Wolken vertrieb und die ersten Strahlen auf das andere Ufer warf, war keine Spur mehr vom Fremden zu sehen. Weder konnten sie Fussspuren im Sand ausmachen, noch niedergetrampeltes Steppengras sehen, auch hatte der Fremde kein Nachtlager aufgeschlagen oder auch nur einen Gegenstand hinterlassen, weder Knochen eines nächtlichen Mahles noch eine Notdurft, soweit sie das von ihrem Ufer aus beurteilen konnten. Auch vom Hügel aus, von dem man das ganze Mzwulob bis zum Horizont überblicken konnte, war der Fremde weit und breit nicht zu sehen, selbst die besten Späher der Mzwele konnten keinen schmalen schwarzen Strich ausmachen. Und doch musste er irgendwo da sein, denn das Mzwulob war flach wie ein Teller und bot keinerlei Möglichkeit, sich zu verstecken. Auch war es unmöglich, dass der Fremde in nicht einmal einer halben Nacht so viel Weg zurückgelegt hatte, dass er nun bereits an der Linie angelangt war, wo Himmel und Erde sich vereinigten und die Welt endete, und selbst wenn, was wollte er da? Die Möglichkeit, dass er im Schutz der Dunkelheit, die ihm die Wolkendecke spendete, unbemerkt den Fluss überquert hatte und nun im Nmulob verkehrte, konnte mit der Rückkehr der fünf Jäger vom vorigen Tag, welche den Löwen für das grosse Fest zur Rückkehr Mzwalus hätten erlegen sollen – übrigens erfolglos –, ebenfalls ausser Betracht gezogen werden, da keiner der fünf, welche zweifellos die besten Jäger und Späher der Mzwele waren und eine Antilope in einer Entfernung von einer halben Tagesreise erspähen konnten, tags wie nachts, auch nur den Hauch eines Fremden gesehen hatten.

Der Medizinmann hatte prompt eine Erklärung für dieses Mysterium parat: „Wir haben den Zorn Mzwalus auf uns gezogen, indem wir ihm einen unwürdigen Empfang bereitet haben. Mzwalu hat uns als unwürdig befunden, zu schäbig." Seine Stimme war voll ehrlichen Bedauerns gewesen und die Mzwele empfanden das gleiche Bedauern, über die verpasste Chance ihren ersten Ahnen zu sehen und über den Frevel, den sie begangen hatten. Zu verschwommen und surreal war die Erinnerung an die letzte Nacht gewesen, zu dunkel und fiebrig das Bild des Fremden, dieser reglosen, stummen Gestalt in ihren Köpfen gewesen, als dass einer von ihnen seine gestern Nacht noch unumstössliche Überzeugung, den Worten des hochgeachteten und verehrten Medizinmannes übergeordnet hätte.

So vergingen die Tage und allmählich kehrte wieder die Normalität ein und das harte Leben in der Savanne begann wieder den Alltag der Mzwele zu bestimmen, während die Schrecken jener Nacht aus den Köpfen zu verschwinden begannen, bis sie es eines Tages ganz waren.

In allen Köpfen bis auf den von Mzwmebe. Vielleicht hätte auch er eines Tages alles vergessen und hätte sein Leben weitergeführt, im aufrechten Glauben, dass nichts gewesen wäre. Doch an jenem Morgen, an dem das Verschwinden des Fremden festgestellt worden und er in der Hütte seiner Familie aufgewacht war, in die ihn seine Mutter nach seiner Ohnmacht gebracht hatte, war er nicht allein aufgewacht. Er war zwar der einzige Mensch in der kreisrunden Lehmhütte gewesen, seine Eltern und Geschwister waren schon lange vorher aufgestanden und hatten ihn sein Fieber oder was ich auch immer als Grund für seine Ohnmacht vermuteten, ausschlafen lassen, aber alleine war er trotzdem nicht gewesen. Neben ihm lag ein Bündel aus rauem, schwarzem Stoff, der ihm fremd war und gar nicht den bunten, fröhlichen und sanften Stoffen der Mzwele ähnelte. In diesem Bündel befand sich etwas Hartes und Glattes, wie ein flacher Stein vom Fluss. Als Mzwmebe das

Bündel öffnete, wobei Staub und Sand zwischen den Falten und Fasern hervor rieselten, kam langsam aber sicher ein gezackter, glatter Stein zum Vorschein. Zumindest hatte er das im ersten Moment gedacht, denn als er diesen flachen, glatten Stein umdrehte, blickte ihm auf der Rückseite das Gesicht eines Jungen entgegen, ein Junge, der die gleiche dunkle Haut wie er hatte. Erst lächelte Mzwmebe, aber als der Junge im Stein zurück lächelte, begriff Mzwmebe schlagartig, welche Abscheulichkeit er da in den Händen hielt und was für eine albtraumhafte Obszönität ihn da anlächelte, die genau wie er aussah und doch nicht er war, sondern er sein wollte, Mzwmebes Platz einnehmen wollte. Mzwmebes Gesicht verzog sich zu einer animalischen Fratze und das Gesicht im Stein unterzog sich der gleichen grotesken Wandlung.

Herbeigerufen durch seine gellenden, unmenschlichen Schreie, aus denen sowohl physischer Schmerz wie auch geistlichen Höllenqualen herauszuhören waren, stürzten Mzwmebes Eltern in die Hütte, um ihren Sohn, einen blitzenden Stein mit blutiger Kante in seinen Händen halten zu sehen, während sich der Sand auf dem Boden der Hütte mit dem Blut aus Mzwmebes offenen Unterarmen vollsog. In seinen Augen lag der hilflose Ausdruck eines Verdammten, der sich mit verzweifelter Hoffnung dem aussichtslosen Unterfangen widmete, durch die Selbsttötung einem Schicksal zu entfliehen, dass so grotesk konfus und doch unumstösslich fatal war. Seine letzten Gedanken galten der *Schwärze*, die hinter der Linie begann, wo ihre Welt endete, und dem Fremden, der aus ihr gekommen war, während er sich mit den scharfen Ecken des Steines unaufhörlich weiter in Bauchhöhle, Hals und Augen stach.

KAPITEL 6

Eines war sicher, nach jenem Abend im *Tucker's Corner* würde Jeff nie wieder auch nur einen Tropfen Alkohol anrühren. Beinahe eine Woche war vergangen, es war wieder Samstagabend geworden und Jeff sass gemütlich in seinem Sessel mit einem Glas Limonade in der Hand, bereit, sich die Abendnachrichten anzusehen. Gerade als die Titelmelodie verebbte und der Moderator auf dem Bildschirm auftauchte, lösten unbekannte biochemische Reaktionen in Jeffs Gehirnwindungen aus, dass er wieder an den Morgen nach dem Vorfall im *Corner* denken musste. Ja, ja ... wie hatte es Miss Russel damals in der Grundschule immer ausgedrückt? „Trinkt ja keinen Alkohol Kinder, sonst kriegt ihr Halluzinationen von schizophrenen Spiegeln und verliert euer Gefühl für Raum und Zeit!"

Nein, vermutlich nicht ...

Eine Zeit lang hatte er ernsthaft die Möglichkeit in Betracht gezogen, dass ihn bloss eine böse Kombination aus Hitzschlag und Alkohol erwischt hatte, und ihn jemand aus dem Corner in sein Haus getragen hatte; und als er am Nachmittag hinaus gestürmt war, hatte er einfach vergessen, die Tür hinter sich abzuschliessen. Ausserdem konnte er sich nicht daran erinnern, wie er nach Hause gekommen war. Doch ein besorgter Anruf von Tucki tags darauf, falsifizierte diese Hypothese.

„Was gibt's?", hatte Jeff mit hörbar verkaterter Stimme gesagt.

„Jeff, bist du's? Ich wollte nur fragen, wie's dir geht. Hast du's gestern allein nachhause geschafft?"

„Nun, zuhause bin ich jetzt auf jeden Fall, aber ich hab nicht den blassesten Schimmer, wie ich hiergekommen bin."

„Du hast gestern alleine das Corner verlassen, ich wollte dich noch aufhalten, aber du bist einfach ..."

Aus seiner Stimme hatte Jeff ehrliches Bedauern herausgehört.

„Ist schon OK. Ist ja kein weiter Weg."

„Und wie fühlst du dich? Du hast offenbar eine Menge getrunken..."

„Ach, hab mich schon schlimmer gefühlt." Dieser gottverdammte Kater, dachte er und fasste sich an die Stirn.

„Ok, immerhin. Hör mal Junge, ich hab's ganz schön eilig, ich muss heute noch in die Stadt runter und hab vorher noch einiges zu erledigen. Wenn du irgendetwas brauchst ..." Nun tat es Jeff leid, dass er Tucki gestern so dreist bestohlen hatte. Es stimmte zwar, dass Gelegenheit Diebe macht, aber das entschuldigte keineswegs, einen so feinen Kerl wie Tucki zu bestehlen.

"... ruf ich dich an", beendete Jeff Tuckis Satz. „Danke, aber es geht schon."

„Ok, also, ich muss jetzt wirklich Schluss machen. Mach's gut Junge."

„Ja ..."

Gerade als Jeff den Hörer auflegen wollte, fiel ihm noch etwas ein. Er hatte Glück, denn Tucki musste sich wohl den Hörer zwischen Ohr und Schulter geklemmt haben, wie er es oft tat, während er an der Theke Gläser putzte oder sonst wie mit den Händen beschäftigt war, so dass er noch nicht hatte auflegen können.

„Tucki, bist du noch dran?"

„Ja, bin ich. Was gibt's denn?"

„Wo wart ihr eigentlich gestern Nachmittag alle, so zwischen zwei und drei?"

„Wie? Na im *Corner*, wenn du mich und die Kunden meinst."

„Als ich reingekommen bin, war das *Corner* menschenleer." Tucki schien nachzudenken. Jeff konnte das leise Quietschen eines Putzlappens, der über Glas gerieben wurde, hören.

„Nein, das kann nicht sein. Ich war gestern ab ein Uhr nachmittags im *Corner*, wie immer."

„Aber ich könnte schwören ..."

„Das muss der Whiskey gewesen sein. Junge Leute wie du vertragen nicht viel und bringen ihre Erinnerungen durcheinander oder bilden sich was ein." Beide schwiegen.

„Mach dir nichts draus, das passiert jedem einmal. Als ich mich in deinem Alter das erste mal betrunken habe, hätte ich am nächsten Morgen schwören können, mit Eisenhower höchst persönlich ein angeregtes Gespräch über die Entenjagd geführt zu haben." Tucki lachte schallend. „Erst als ich am nächsten Morgen allen davon erzählt hatte, merkte ich, wie absurd das ganze war und dass das alles nur Produkt meiner Fantasie war, ein überraschend realistisches zwar, aber ja ..." Tuckis Wortwahl überraschte Jeff, er hatte ihn noch nie so reden hören.

„Ja, du wirst wohl Recht haben ..." An dieser Stelle war sich Jeff ziemlich dumm und naiv vorgekommen. Der Alkohol, natürlich ...

„Was ich aber nicht verstehe", und dabei hatte sich Tuckis Stimme verdunkelt „ist, wieso dir Rennie so viel zu trinken gegeben hat, das ist doch verantwortungslos. Du hattest bestimmt vier oder fünf Drinks in dich rein geschüttet, so wie du gestern ausgesehen und gesprochen hast. Glaub mir, ich mach diesen Job nun schon seit fast einem Viertel Jahrhundert, ich kann so was ziemlich gut abschätzen. Und dieser Rennie eigentlich auch, zumindest dachte ich das ..."

„Wer zum Teufel ist Rennie?"

„Na der Typ, der dich gestern Abend bedient hat. Du kennst ihn vermutlich noch nicht, er ist noch nicht so lange bei mir angestellt, aber in diesen heissen Wochen, wenn so viele Leute auf einen kühlen Drink ins *Corner* kommen, hab ich mir eine Aushilfe besorgt."

„Der Typ hat mir aber nichts eingeschenkt."

„Doch natürlich hat er das, ich hab dir keinen Tropfen gegeben und gestern haben nur ich und Rennie gearbeitet, also muss es er gewesen sein."

„Dann hab ich das auch vergessen ..."

„Vermutlich. So, jetzt aber, du hast mich nun schon viel zu lange aufgehalten Junge! Wird Zeit, dass ich mich auf den Weg in die Stadt mache."

„Ja, danke. Auf Wiedersehen."

Tucki lachte wieder sein schallendes Lachen. „Aber nicht allzu bald! In nächster Zeit lässt du lieber die Finger vom Alkohol."

„Mach ich." Das musste Jeff nicht zweimal gesagt werden.

Kurz darauf, gegen Mittag, hatte sich Jeff Frühstück gemacht. Er hatte einen Bärenhunger, schliesslich hatte er seit beinahe 24 Stunden nichts gegessen. Er schaltete das Radio an, um auch richtig wach zu werden, während er sich ein Sandwich aufschichtete, das dem Turm von Babel gespottet hätte. Er hatte irgendeinen Rocksender erwischt, denn ein hörbar betrunkener Jim Morrison lallte den Alabama Song vor sich her: *„Oh show me, the way-y to the next, Whiiiskey Bar!"* „Haha", sagte Jeff. *„Oh, don't ask why. Oh don't ask why."* Gerade wollte er gierig einen Riesenbiss von seinem Riesensandwich nehmen, als Jim die nächste Strophe sang: *„Oh show me, the way-y to the next, liiiittle girl!"* Jeff hielt mit weit aufgerissenen Mund und weit aufgerissenen Augen inne: Scheisse im Quadrat nochmal! Das Abendessen mit Linda! Ich hab's total vergessen! Verdammt, verdammt, verdammt ... was sollte er jetzt bloss tun? Er lehnte sich an den Küchentresen und dachte nach.

Dieser gottverfluchte Alkohol ... Geissel der Menschheit, so hatte das Miss Russel genannt, genau. Und er hatte sich wie ein Idiot betrunken, erst hatte er wie das letzte Arschloch Tucki bestohlen und war danach wie das allerletzte Arschloch beim Date mit Linda nicht aufgekreuzt, ohne etwas zu sagen ... In diesem Moment hätte er sich am liebsten selbst eine verpasst. Verdammt nochmal, was war bloss mit ihm los? Arme Linda. Da kommt sie einmal im Jahr zurück in ihre Heimatstadt, besucht ihre Familie, fühlt sich offenbar einsam, da alle ihre alten Freunde die Stadt mittlerweile verlassen haben, sie bringt den Mut auf, ihren alten High School Schwarm – jedenfalls vermutete Jeff das – anzusprechen, und er sagt sogar ja, nur um sie dann keine fünf Stunden später völlig zu vergessen. Aber eigentlich ... technisch gesehen, hatte sie ja gar nicht gesagt, dass es ein Date sei. Sie hat ihn ja schliesslich nur zum Essen eingeladen, mit ihren Eltern sogar. Doch Jeff wusste, dass dies nicht stimmte, das hatte er gestern in ihren Augen gesehen, welche zu fest geleuchtet hatten, als er eingewilligt hatte, zum Abendessen zu kommen. Und ganz gleich, ob es nun ein Date war oder nicht, eine Verabredung war es gewesen – und an Verabredungen hielt man sich.

Vermutlich hatte er es sich nun mit Linda verscherzt. Auf einmal war von seinem Bärenhunger nicht mehr viel übrig geblieben und da Jeff nichts Gescheiteres zu tun wusste (wie zum Beispiel Linda anzurufen und sich bei ihr zu entschuldigen), war er immer noch verkatert ins Schlafzimmer gegangen und hatte sich nochmal aufs Ohr gehauen.

Abgesehen davon war in dieser Woche nicht allzu viel geschehen. Die Temperaturen waren weiterhin heiss gewesen, die Briefkästen leer und das Telefon still. Der Postbeamte hatte nicht angerufen und der Brief vom MIT liess weiter auf sich warten. Allerdings, eine erwähnenswerte Sache ereignete sich dennoch: Am Mittwoch oder Donnerstag, so genau wusste er das nicht mehr, war Jeff Mr. Hawkins, Billys Vater begegnet. Der Billy, dem er an jenem Sonntag, an dem er wutentbrannt aus dem Haus gestürmt war, gesagt hatte, er solle sterben gehen. Jeff war zu seinem Briefkasten gegangen, um nachzusehen, ob der Brief vom MIT endlich angekommen war, als sich sein Blick mit demjenigen von Hawkins kreuzte, der gerade seinen Rasen mit einem Schlauch sprengte, und erst in diesem Augenblick, war ihm die Geschichte wieder eingefallen.

Sein Herz rutschte ihm in die Hose und er erwartete schon, dass Hawkins zu ihm hinüberkommen und ihm eine verpassen würde, als Hawkins auf einmal freundlich zu ihm herüberwinkte und ihm einen guten Morgen wünschte. Etwas verdattert, aber erleichtert, erwiderte Jeff den Gruss und wollte gerade seine Erinnerung, Billy beschimpft zu haben, einer weiteren, vom Alkohol verursachten Einbildung zuschreiben, als die Vordertür des Hauses der Hawkins aufging, Billy mit seinem knallroten Bonanzarad heraustreten wollte, Jeff erblickte und dann erschrocken auf der Türschwelle stehen blieb. Seine weit aufgerissenen Augen bestätigten Jeff klar genug, dass zumindest diese Erinnerung an den Sonntag der Wahrheit entsprach. Vermutlich hielt ihn der Junge nun für einen Psychopathen. Sei's drum, das war wohl gut so, denn offenbar hatte er zu grosse Angst vor Jeff, um ihn an seinen Vater zu verpetzen. Kinder vergessen schnell, hatte Jeff später im Haus gedacht, vor allem Jungen. Nächste Woche würde zwischen ihm und Billy wieder alles in Ordnung sein.

All diese Ereignisse der vergangen Woche liess Jeff also innerhalb von zwei oder drei Minuten Revue passieren, während er nicht viel von der Nachrichtensendung mitbekam. Es war vielleicht das allerletzte Mal in seinem Leben gewesen, dass er sich an etwas erinnerte, ohne ernsthaft an den Wahrheitsgehalt seiner Erinnerung zu zweifeln. Denn was Jeff als nächstes erlebte, würde ihn ein für alle Male darüber im Klaren lassen, dass etwas ganz und gar nicht in Ordnung war, auch wenn er es zu diesem Zeitpunkt noch nicht begriff. Später würde er sagen, dass der Moment, indem er aus seinen Gedanken aufschreckte und sich wieder auf die Nachrichtensendung fokussierte, jener Augenblick gewesen war, in dem der Wahnsinn begann.

"... teilte die kalifornische Polizei mit. Bei dem Entflohenen soll es sich um den indianischen Aktivist Leonard Peltier handeln, der vor zwei Jahren zu einer lebenslangen Haftstrafe wegen Mordes an zwei FBI-Agenten verurteilt worden war. Den Ermittlern zufolge ist Peltier überaus gefährlich und womöglich bewaffnet. Die Bevölkerung im ganzen Staat wird zu äusserster Vorsicht und Wachsamkeit gemahnt." Jeff sah das eingeblendete Foto von Peltier, mit seinen langen, schwarzen Haaren und dem rundlichen Gesicht. „Wenn Sie Peltier sehen oder einen Hinweis haben wo er sich befinden könnte, alarmieren Sie umgehend die Polizei."

Moment mal ... hatte er das nicht ... das konnte doch nicht ...

„Präsident Carter bekundete heute vor Pressevertretern ein weiteres Mal die Dringlichkeit der Umsetzung seines Gesetzesentwurfs zur Zufallsgewinnsteuer. Er attackierte die Blockadehaltung der Ölfirmen mit scharfen Worten. Durch die Ölkrise ist der Preis für einen Barrel Öl auf mittlerweile 38 Dollar gestiegen, was amerikanischen Ölfirmen astronomisch hohe, unbesteuerte Gewinne ermöglichte. Auslöser der jüngsten Krise war die islamische Revolution und der Sturz des Schah im Iran, vor wenigen Wochen."

Was zum ...

„Eine DC-10 Passagiermaschine der United Airlines musste heute nach dem Ausfall einer Turbine in Cleveland notlanden. Alle 172 Passagiere blieben unverletzt."

Nun erschien die Wetterkarte. „Kommen wir zum Wetter, für die kommende Woche erwartet uns ..."

Was zum Teufel war denn bei denen im Sender los? Wieso sendeten sie eine Wiederholung der Nachrichten-Sendung vom letzten Samstag? John Peltier ist doch bereits wieder gefasst worden, erst vorgestern hatte er's im Fernsehen gesehen. Auf dem gleichen Kanal. Irgendwer vom Technikerteam musste üble Scheisse gebaut haben ...

Die Werbung fing an und Jeff stellte ab. Na, das war wohl nichts. Er stand auf und überlegte, was er heute Abend tun sollte. Ein wenig kam er sich wie damals in den Sommerferien vor. An den ersten Tagen hatte man eine Million Ideen, wie man sich die Zeit vertreiben konnte, und man wusste gar nicht, mit welcher man anfangen sollte. Doch so etwa ab Mitte der Ferien, wenn man alle Ideen bereits ausgekostet hatte, begann einen der Tagesablauf zu langweilen, der immer gleich aussah: Spät aufstehen, draussen mit den immer gleichen Typen umherstreunen (als Kind konnte man in Perkinsville nicht wählerisch sein, was den Freundeskreis betraf) und anschliessend spät schlafen gehen. Also ... weiter fernsehen wollte er nicht, das langweilte ihn. Er konnte ein Buch lesen oder Musik hören oder wie ein Siebzigjähriger um halb Sieben ins Bett gehen, doch auch diese Optionen waren allesamt wenig reizvoll. Er könnte auch zur Abwechslung mal etwas Produktives tun, ein Projekt in Angriff nehmen, irgendetwas tun. Doch er hatte keine Lust drauf. Das heisst, Lust auf ein Projekt hatte er schon, aber nicht auf den damit verbundenen Arbeitsaufwand. Die Hitze und das Warten auf den Brief schienen ihn jeglicher Energie beraubt zu haben, er fühlte sich nicht in Stimmung Projekt X anzugehen, wenn Projekt Aufnahme beim MIT noch nicht abgeschlossen war. Am besten ich gehe zu Marvin, der hat immer was zu tun.

Tatsächlich schien Marvin immer, zu jeder Jahres- und Tageszeit beschäftigt zu sein, obwohl er keinen Job hatte, nie einen gehabt hatte und auf absehbare Zeit auch keinen haben würde. Marvin war immer in zig Projekten und Arbeiten vertieft und meistens konnte er eine helfende Hand gut gebrauchen. Und selbst wenn nicht, allein ihm beim Arbeiten zuzuschauen war spannender, als hier zuhause zu vergammeln. Der Entschluss war gefasst und so machte sich Jeff auf den Weg. Auf den schattigen Strassen von Perkinsville war wie immer wenig los, die meisten Menschen assen gerade zu Abend oder waren im *Corner*. Er hörte das Knistern von Grillkohle, leise Stimmen und den kühlenden Abendwind, der durch die mächtigen Baumwipfel über seinem Kopf fuhr und das Blattwerk zum Knistern und Rauschen brachte. Das erinnerte ihn daran, dass er schon seit langem nicht mehr an seinem geheimen Rückzugsort, auf dem Hügel hinter dem Haus gewesen war. Das sollte er bei Gelegenheit ändern. Es juckte ihn, jetzt gleich dort hinzugehen und den Sonnenuntergang zu beobachten. Doch er würde es morgen tun, beschloss er, für heute war der Besuch bei Marvin angesagt.

So setzte er zielstrebig seinen Weg fort und war schon bald bei Marvins Haus angelangt, oder besser gesagt bei seiner Wohnung, die gleich über Barkley's Gemischtwarenladen lag. Dort lebten er und der alte Barkley seit er sich erinnern konnte. Jeff klingelte. Kurz darauf wurde ein Fenster im oberen Stockwerk geöffnet und der alte Barkley streckte seinen Kopf hindurch.
„Abend Vic", sagte Jeff.
„Na, sieh mal einer an, wen haben wir denn da?" Barkley strahlte übers ganze Gesicht, es war die Art von Strahlen, die ein Mann auf dem Gesicht trug, wenn er die Gelegenheit kommen sah, eine alte Rechnung zu begleichen.
„Wenn du hergekommen bist, um deinen alten Job wiederzubekommen, dann kannst du dich gleich wieder verpissen, seitdem du weg bist, hat sich mein Gewinn nämlich fast verdoppelt!"
Null mal Zwei gibt immer noch Null, dachte Jeff.

„Ich will den Job nicht Vic. Um ehrlich zu sein, ich bin immer noch verdammt froh, ihn los zu sein."

„Pah!" Barkley spuckte ein Stückchen Kautabak auf die Strasse. „Ihr verdammten Hippies wollt auch immer nur faulenzen, was? Wenn du so weitermachst landest du irgendwann auf der Gosse, Everett! Von Nichts kommt auch Nichts." Genau wie mit deinem Laden, du alter Sack. Jeff seufzte.

„Ich bin wegen Marvin hergekommen. Ist er da?"

„Ja", sagte Barkley mürrisch."Er ist in seinem Zimmer und tüftelt an irgendwas, frag mich nicht was." Sie schwiegen sich eine Weile an.

„Und?", fragte Jeff schliesslich.

„Was *und*?"

„Kann ich jetzt reinkommen oder nicht?"

„Mir egal. Tür ist offen."

Verdammt nochmal. Jeff öffnete die Tür und trat ein. Eigentlich hätte er es sich gleich denken können, wo es nichts zu stehlen gab, musste auch nicht die Tür abgeschlossen werden. Ohne Jeffs Abrackerei war der Laden zum reinsten Saustall verkommen. Die Regale waren so gut wie leer und das Sortiment lag kreuz und quer, ohne erkennbare Ordnung in irgendwelchen Kisten oder auf dem Boden. Obst und Gemüse hatten zu faulen begonnen und auf allem lag eine dünne Staubschicht. Das Ausmass der Verwahrlosung überraschte Jeff jedoch. Hier war mehr als nur eine Weile nicht mehr gearbeitet worden, hier hatte jemand randaliert. Die Kasse stand offen und war leer, bis auf eine Spinne die sich darin eingenistet hatte und Jeff nicht aus ihren acht Augen liess. Jeff stieg die schmale Holztreppe zur Wohnung hinauf und öffnete die Tür, welche ebenfalls nicht abgeschlossen war. In der Wohnung war es ziemlich dunkel, die meisten Vorhänge waren zugezogen und nur aus dem Wohnzimmer strömte ein blaues Leuchten, das den Gang etwas erhellte. Jeff ging den Flur hinab und blickte kurz durch die offene Tür ins Wohnzimmer. Dort lag Barkley der Länge nach auf dem Sofa und schnarchte wie ein ... nun ja, wie ein fetter, kettenrauchender Mittfünfziger nun mal schnarcht. Der Spucknapf zu seinen Füssen war umgeworfen und der Tabaksaft hatte sich in einer klebrigen Lache im Teppich vollgesogen.

Jeff ging weiter zu Marvins Tür und machte sie auf, ohne anzuklopfen. Das war unter ihnen nicht nötig.

„Hey Marv", rief er.

„Hi Jeff", antwortete Marvin, ohne sich umzudrehen. Er sass auf dem Boden mit dem Rücken in Richtung Tür gedreht, um ihn herum lagen eine Menge Bücher und vor ihm etwas, das für Jeff wie ein Stadtplan aussah.

„Was machst du denn da?", fragte ihn Jeff und trat näher heran. Auf dem zweiten Blick erkannte Jeff, was die Karte, die Marvin studierte, in Wirklichkeit war. Es war die schematische Darstellung irgendeines elektronischen Systems, etwa für einen Stromkasten, so wie sie von Elektrikern gezeichnet und benutzt wurde. Ein ziemlich grosses System offenbar.

„Das weiss ich noch nicht", antworte Marvin etwas spät auf Jeffs Frage. „Ich hatte da so eine Idee ..." Er stand auf und drehte sich zu Jeff um. „Du hast mich letztens darauf gebracht."

„So?"

„Ja, letztes Wochenende, als du so fasziniert von deinen Strohhalmen gelabert hast ..."

„Das war doch gar nicht ich, das warst du!", sagte Jeff.

Marvin blinzelte hinter seinen Brillengläsern.

„Ja, wie auch immer, ist doch egal, wer damit angefangen hat. Jedenfalls ging mir der Gedanke nicht mehr aus den Kopf, so dass ich auf die Idee für dieses Projekt hier gekommen bin ..."

Er wies mit seiner Hand über die Bücherstapel am Boden, den Schaltplan und auf ein kleines Terrarium auf seinem Schreibtisch.

„Und was soll das sein?"

„Wie gesagt, das weiss ich noch nicht. Ich arbeite dran."

Mit diesen Worten hockte sich Marvin wieder hin und vertiefte sich erneut in den Schaltplan. Du lieber Himmel. Typisch Marvin. Jeff beugte sich zum Terrarium hinab und betrachtete es genauer. Darin sprangen zwischen einem Dickicht aus Grasbüschel und kleinen Ästen unzählige Heuschrecken umher.

„Die hab ich aber schon vor ein paar Wochen hier gesehen", sagte Jeff.

„Ja", sagte Marvin, "ich wusste, dass ich sie noch für irgendwas brauchen könnte, deshalb hab ich sie am Leben erhalten. Seit letzter Woche hab ich mehr Grünzeug reingetan, damit sie sich nicht mehr selber kannibalisieren und die Population ist sprunghaft angestiegen."

„Und wozu brauchst du sie?"

„Das kann ich dir noch nicht mit Bestimmtheit sagen ... aber sie sind wichtig."

Plötzlich begannen die Heuschrecken wie wild gegen das Plastikglas des Terrariums zu springen, was sich wie ein leiser Hagelsturm anhörte.

„Was haben die denn auf einmal?", fragte Jeff.

„Sie haben wohl Hunger. Da in der Ecke neben dem Abfalleimer habe ich eine Schachtel mit Gras, leg ihnen doch schnell ein paar Büschel ins Terrarium, bevor sie anfangen die Kleinen aufzufressen. Wenn sie Hunger haben, sind sie ziemlich ungeduldig."

„Das sehe ich." Jeff beobachtete, wie zwei der grösseren Heuschrecken über eine der kleineren herfielen und sie in zwei Stücke rissen. Er holte einen Büschel Gras aus besagter Schachtel und öffnete das Terrarium. Sofort sprangen ein halbes Dutzend Heuschrecken heraus, eher per Zufall, als die Chance bewusst ausnutzend.

„Verdammt nochmal!", rief Jeff und schloss den Deckel schnell wieder.

„Ach, das macht nichts", meinte Marvin. „Um die kümmert sich Schrödinger. Schrödinger, komm!" Schrödinger, der fette Hauskater der Barkleys, trabte gemächlich ins Zimmer. Fasziniert beobachtete Jeff, wie Schrödinger, nicht besonders schnell oder geschickt, aber dafür unnachgiebig und gnadenlos die entflohenen Heuschrecken verfolgte. Diese sprangen kreuz und quer durch das Zimmer, über die Bücher, unter das Bett, auf die Regale, doch Schrödinger kriegte sie alle, wie ein Racheengel fegte er sie mit seinen Pfoten von der Bettkante oder frass sie im Sprung.

„Er isst sie?", fragte Jeff.

„So ein Fettkloss wie Schrödinger frisst alles, was ihm vor die Nase kommt. Und diese Dinger sind verdammt eiweissreich, hab selbst schon mal eine probiert. Hast du gewusst, dass in vielen Teilen der Welt Heuschrecken ein Grundnahrungsmittel sind? Ich prognostiziere, dass in fünfzig Jahren der Amerikaner gegrillte Heuschrecke an Barbecues essen wird, statt Steaks."

„Na, ich hoffe, dass ich das nicht mehr miterleben muss", sagte Jeff. Diese Viecher sahen widerwärtig aus. Wie sie umherflatterten, mit ihren langen, stacheligen Beinen überall Halt suchend und einen aus ihren riesigen, schwarzen Augen stumpf anstarrten, während ihr Mundwerk unaufhörlich malmte und kaute. Schrödinger für seinen Teil schien sie zu mögen, er leckte sich das Maul und guckte hungrig zum Terrarium hinauf.

„Jetzt gib ihnen aber zu essen, bevor sich auch noch der letzte selbst aufgefressen hat!", riss Marvin ihn aus seinen Gedanken.

Diesmal öffnete Jeff das Terrarium nur einen Spalt breit, schob schnell das Büschel hindurch, so dass keine Heuschrecke entkommen konnte und schloss den Deckel wieder. Schrödinger, der den

Vorgang erwartungsvoll beobachtet hatte, drehte sich enttäuscht um und stieg auf Marvins Bett, wo er sich die Pfoten leckte.

„Dieses ganze Gerede über Heuschrecken hat mich hungrig gemacht, dich auch?", fragte Marvin

„Nicht wirklich. Ich war schon vorher hungrig."

„Gut, dann machen wir uns am besten was zu essen." Marvin stand auf und ging auf den zweiten Schreibtisch in der anderen Ecke des Raumes zu, wo er an einem Bunsenbrenner herumhantierte.

„Da mein Dad vergessen hat, die Gasrechnung zu zahlen, werden wir heute hier im Zimmer kochen. Es gibt Spaghetti!" Er verband den Bunsenbrenner mit einem Schlauch an ein kleines Gasfass.

„Woher hast du denn das her?", fragte Jeff.

„Das hab ich Jefferson abgekauft, kurz bevor er verschwunden ist. Der hat mir 'nen guten Preis gemacht, hat gesagt, er sitze auf einem Haufen, von denen, die er einem schliessenden Chemiewerk irgendwo in Maine noch billiger abgekauft hat. Da konnte ich nicht nein sagen, und schon eine Woche später hab ich auch einen Nutzen dafür gefunden."

„Mhm. Du findest doch für alles einen Nutzen, was?"

„Genau. Hol doch unten im Laden die Spaghetti, während ich das Wasser koche. Es muss bestimmt noch ein paar Packungen dort haben..."

„Bin schon unterwegs", sagte Jeff und machte sich auf den Weg.

Es war bereits ziemlich schummrig geworden und selbst die grossen Glasfenster im Laden liessen nicht genug Licht durch, um sich ungehindert im Laden bewegen zu können, ohne auf einen halbverfaulten Kohlkopf auszurutschen und sich den Hals zu brechen. Also schaltete Jeff das Licht an, doch nur manche der Leuchtstoffröhren an der Decke gingen auch tatsächlich an. Jeff strich zwischen den Regalen durch, wobei er in der Dunkelheit mehrere undefinierbare Nahrungsmittel zerquetschte. Doch der Laden war nicht allzu gross und so fand Jeff schon bald zwei Packungen Spaghetti, die aus irgendeinem Grund im Kühlfach lagen, das aber ohnehin nicht eingeschaltet war, oder nicht funktionierte. Als er wieder zurückgehen wollte, fielen ihm ein paar Bierdosen, die im Regal standen, ins Auge. Einen Augenblick überlegte er es sich, sie mit hochzunehmen, aber dann liess er sie doch liegen und stopfte sich stattdessen eine Packung Kekse in die Hosentasche, bevor er wieder hinaufging. Oben war Marvin gerade dabei, das Wasser zu kochen.

„Da bin ich wieder", sagte Jeff als er eintrat. Schrödinger spitzte seine Ohren und leckte sich wieder das Maul, als er sah, was Jeff mitgebracht hatte. Dann miaute er bittend. Jeff und Marvin mussten lachen.

„Fütterst du deinen Kater etwa auch mit Spaghetti oder was?", fragte Jeff.

„Ich sagte doch, er frisst einfach alles. Nicht wahr, Schrödinger?" Der Kater miaute, als ob er Marvin zustimmen würde.

„He, pass auf, das Wasser läuft gleich über!", sagte Jeff.

Marvin drehte sich um. „Huch, tatsächlich." Schnell drehte er die Flamme des Bunsenbrenners etwas ab und Jeff legte die Spaghetti in den Topf. Marvin wandte sich wieder dem Schaltplan zu.

„Hast du was zum Rühren?", fragte ihn Jeff.

Marvin warf ihm einen Bleistift zu. „Nimm den."

„Wenn wir nachher an einer Bleivergiftung sterben, dann bist du dran schuld", sagte Jeff und begann zu rühren. Marvin erwiderte:

„Die tödliche Dosis bei einer Bleivergiftung beginnt ab etwa fünf Gramm. Das ist ein Vielfaches mehr, als die Menge, die der Bleistift abgeben kann. Bedenklich wäre es erst, wenn wir das regelmässig machen würden, da der Körper Blei nur sehr langsam abbauen kann."

„Na, dann weiss ich ja, wie ich dich loswerden kann. Ich spitze jetzt einfach jeden Tag diesen Bleistift über deine Mahlzeiten!"

„Wieso das denn?", fragte Marvin und runzelte die Stirn.

Jeff seufzte: „Du würdest nicht mal einen Scherz erkennen, wenn man ihn dir mit einem Kaliber 50 ins Gesicht schiessen würde, oder?"

„Nein, dann wär ich vermutlich tot." Schrödinger hopste vom Bett runter und schnüffelte an seiner Hosentasche.

„Was hast du denn dort drinnen?", fragte ihn Marvin.

„Hab von unten ein paar Kekse mitgenommen. Mag Schrödinger etwa auch Rosinen?"

„Wie gesagt, er ernährt sich von jeder Form organischer Kohlestoffverbindungen. Ein Wunder der Evolution eigentlich. Ein Jammer, dass ihn mein Dad hat kastrieren lassen."

Jeff wandte sich wieder den Spaghetti zu.

„Sag mal Marv, was ist bei euch unten eigentlich im Laden geschehen? Sieht aus, als ob ein Hurricane dort durchgefahren wäre. Ist mir schon beim Reinkommen aufgefallen."

„Ach ...", begann Marvin, „der Laden wirft nicht mehr so viel ab, seit der neue *7-Eleven* unten in Springfield aufgemacht hat. Mein Vater hat dann eben das Angebot der Nachfrage angepasst."

„Und woher das Chaos?"

„Eines Nachts war er betrunken und hat vergessen die Tür abzuschliessen und das Licht angelassen. Das haben dann irgendwelche Typen ausgenutzt und sind in den Laden rein, um zu klauen. Es gab aber nur ein paar Cents in der Kasse, also haben sie sich wohl entschieden, einfach das Zeug im Laden mitzunehmen. Mein Dad hat sie jedoch gehört, hat er mir erzählt, und ist dann mit einem Baseballschläger hinab und hat sie ordentlich vermöbelt. Dabei sei dann die Einrichtung ein wenig in Mitleidenschaft gezogen worden. Wahrscheinlicher ist er eher, dass er hingeflogen ist und dabei ein Regal umgeworfen hat, welches dann die anderen wie ein Domino ebenfalls umwarf."

Jeff lachte. „Ja, das hört sich eher nach ihm an." Marvin stand auf und sah nach den Spaghetti.

„Sag mal, sind die nicht langsam fertig? Die sind schon bestimmt seit zehn Minuten da drin."

„Nein, nein", sagte Jeff und fischte mit dem Bleistift ein paar Spaghetti aus dem sprudelnden Wasser. „Die sind noch zu hart."

„Die sind al dente", meinte Marvin.

„Was?"

„Al dente. Zum Zahn. So nennen es die Italiener."

„Um dir die Zähne, zu brechen sind die gut, ja. Wir warten noch ein wenig." Marvin schaute ins kochende Wasser und beobachtete aufmerksam die Spaghetti. Kaum dreissig Sekunden später fragte er wieder.

„Noch nicht", antwortete Jeff. „Am besten du machst währenddessen etwas anderes Marv. Mit dem Spaghetti kochen verhält es sich genauso wie mit dem Doppelspaltexperiment. Wenn man es beobachtet, erhält man nicht das gewünschte Ergebnis." Ein Scherz, den Marvin verstand und ihn eine Weile zum Schweigen brachte.

Nach ein paar Minuten waren die Spaghetti dann fertig und Jeff servierte sie auf zwei Tellern, die Marvin gebracht hatte.

„Guten Appetit!", sagte Jeff und schaufelte sich eine dampfende Riesenportion in den Mund.

Angeekelt verzog er das Gesicht.

„Verflucht nochmal, wir haben das Salz vergessen!"

„Du salzt deine Spaghetti?", fragte Marvin, der die Mahlzeit zu geniessen schien. „Wenn du willst, in der obersten Schublade neben dir ist ein Salzstein, den kannst du abschlecken. So decken noch heutzutage viele Menschen auf der ganzen Welt ihren ..."

„Ist schon gut", unterbrach ihn Jeff, „Hauptsache was zu essen." Sie sassen in der Mitte des Zimmers, Schrödinger gesellte sich zu ihnen und schaute Jeffs Portion mit grossen Augen an.

„Besser du gibst ihm ein wenig", sagte Marvin mit vollem Mund, „oder er wird ganz schön wütend und kratzt dich."

„Gib du ihm doch ein wenig", sagte Jeff und schob seinen Teller demonstrativ von Schrödinger weg.

„Mmhum", machte Marvin und schluckte einen grossen Brocken hinab, „du hast die grössere Portion, das hat er sofort gesehen. Er will von deinem Teller was haben. Schrödinger hat einen ausgeprägten Sinn für Gerechtigkeit, musst du wissen." Mehr aus Interesse zu sehen, wie eine Katze Spaghetti ass, als aus Grosszügigkeit, warf Jeff Schrödinger ein paar Spaghetti hin. Und tatsächlich, gierig verschlang der Kater die Spaghetti, wobei er den Kopf ruckartig in den Nacken warf. Danach liess er ab und rollte sich zwischen Jeff und Marvin zusammen.

„Siehst du, ich hab's dir gesagt. Jetzt wo unsere Portionen gleich gross sind, wurde Schrödingers Bedürfnis nach Gerechtigkeit gestillt und er kann ruhigen Gewissens einschlafen." Sie assen eine Weile schweigend, bis Marvin aufstand um, zwei Flaschen Cola aus der Küche zu holen. Jeff war in seinen Gedanken versunken, als ihm die Sache wieder einfiel. Die komische Wiederholung der Nachrichtensendung vom letzten Samstag.

„Hey Marv", fragte Jeff als dieser wieder zurückkam, „hast du dir heute die Abendnachrichten auf CBS angesehen?"

„Nein, wieso?", fragte Marvin zurück und stellte die beiden Cola-Flaschen auf den Schreibtisch.

„Heute hab ich dort was Verrücktes gesehen", sagte Jeff und nahm sich eine Flasche. „Irgendein Depp von der Technikerabteilung muss eine Wiederholung der Sendung vom letzten Samstag laufen gelassen haben, statt der heutigen Sendung, denn sie erzählten genau das gleiche wie letzte Woche, ich kann mich noch genau dran erinnern."

„Würde mich nicht überraschen, wenn die das absichtlich gemacht hätten, der durchschnittliche Zuschauer ist doch sowieso zu blöd, um so was zu merken", sagte Marvin. „Aber ich hätte mir das zu gern angesehen." Er nahm einen grossen Schluck aus seiner Cola und offenbar fiel ihm etwas ein, denn er verschluckte sich und musste husten. „Ich hab da eine Idee.", sagte er, als er sich wieder erholt hatte. „Vielleicht gibt es noch eine Möglichkeit, wie wir uns die Sendung doch noch ansehen können. Komm mit."

Neugierig folgte Jeff Marvin ins Wohnzimmer, wo der alte Barkley immer noch auf dem Sofa lag und schlief, während der Fernseher den Raum in ein mattblaues Licht tauchte. „Mein Vater nimmt gerne Baseballspiele auf CBS auf, die er sich dann später nie ansieht, doch wenn er zu betrunken ist und einschläft wie jetzt, vergisst er die Betamax-Kassette rauszunehmen, nachdem das Spiel schon vorbei ist ..." Er ging vor dem Fernseher in die Hocke und drückte den EJECT-Knopf auf dem Videorekorder.: „Und dann nimmt die Kassette alles auf, bis sie voll ist."

Eine Kassette schob sich durch den Schlitz und guckte aus dem Rekorder heraus. „So wie jetzt. Mal schauen, ob sie noch die Nachrichten aufgenommen hat ..." Marvin schob die Kassette wieder hinein und drückte den PLAY-Knopf. Das flackernde Bild eines Spiels zwischen den Red Sox und den Milwaukee Brewers, erschien auf dem Bildschirm.

„Man sieht ja fast nichts", meinte Jeff.

„Mein Dad hat die Kassette so oft überspielt, dass das Band langsam ziemlich abgenutzt ist", sagte Marvin, während er vorspulte. Nach ein paar Minuten, in denen Spieler wie auf Speed von

Base zu Base rannten, zwei Sitcoms, die Jeff nicht kannte und unzähligen Werbespots, kamen schliesslich die Abendnachrichten.

„Halt an!", rief Jeff. „Spul ein wenig zurück." Marvin spulte zum Anfang und Jeff schaute sich mit einem amüsierten Gesichtsausdruck zum dritten Mal die Abendnachrichten von jenem Samstag letzter Woche an. Zum dritten Mal hörte Jeff den Moderator nun vom entflohenen Indianeraktivisten Leonard Peltier, von Präsident Carters Zufallsgewinnsteuer, von der Notlandung der Maschine in Cleveland, bis er zum Wetter kam. Da stoppte Marvin das Band. Bis jetzt hatte er die ganze Zeit über kein Wort verloren.

„Und wo ist da jetzt die Wiederholung?", fragte er mit seinem für ihn so typischen Stirnrunzeln, wenn es zu den seltenen Fällen kam, in denen er etwas nicht verstand.

Jeff schaute ihn verblüfft an.

„Wie *wo ist da jetzt die Wiederholung*?", fragte er Marvin. „Hast du Tomaten auf den Augen?"

„Ich versteh nicht", sagte Marvin „das müssen doch die heutigen Nachrichten gewesen sein. Vorhin im Radio haben sie das gleiche wie hier erzählt. Dass Peltier entkommen ist und der Kram mit der Zufallsgewinnsteuer." Beide schauten sich verständnislos an.

„Was hörst du denn für einen Sender, dass sie die Nachrichten von letzter Woche erzählen?", fragte Jeff.

„Das hab ich bei Radio Vermont gehört. Aber wieso meinst du, dass diese Nachrichten …", er wies auf den Fernseher, indem der erstarrte Moderator mit offenem Mund so aussah, als wollte er selbst zu einer Erklärung für dieses Phänomen ansetzen, „… von letzter Woche sind?"

Jeff wurde langsam wütend. „Na weil ich genau diese Sendung, letzten Samstag schon gesehen habe! Merkst du nicht, wie diese Sendung gar nicht zu den Nachrichten der letzten Tage passt? Peltier wurde erwischt, sie haben ihn in einem gottverdammten Baum gefunden, haben sie am Donnerstag gesagt, wie kann er dann jetzt wieder ausgebrochen sein?"

„Peltier wurde erwischt?", fragte Marvin, immer noch stirnrunzelnd. „Und es musste wohl kaum schon wieder genau eine DC-10 in Cleveland notlanden, oder?"

„Es ist doch nur eine notgelandet", protestierte Marvin, „und zwar heute!" Jeff wollte gerade noch ein Beispiel nennen, als ihm einfiel, wie er beweisen konnte, dass es bloss eine Wiederholung war.

„Heute Abend hab ich genau an der Stelle den Fernseher ausgeschaltet, an der du jetzt gestoppt hast. Aber ich kann dir sagen, was der Moderator als nächstes sagen wird."

„Keine grosse Kunst", meinte Marvin und äffte dann den Nachrichtensprecherton nach: „Werte Zuschauer, diese Woche haben wir eine Höllenhitze in ganz Amerika! Wie schon seit drei Wochen!"

„Nein", sagte Jeff. „Er macht einen Versprecher. Achte drauf, kurz bevor er zum Nordwesten kommt, zögert er und schaut auf seine Notizen und spricht erst dann weiter. Gleich am Anfang."

„Gut", sagte Marvin mit hörbarem Zweifel, „dann sehen wir uns das mal an." Er drückte wieder den PLAY-Knopf und der Moderator löste sich aus seiner Erstarrung: „Kommen wir zum Wetter, für die kommende Woche erwartet uns im gesamten Land wieder durchgehend sonniges, heisses Wetter, mit Ausnahme des äussersten Nordwestens. Im gesamten Südwesten und Südosten ist mit Höchstwerten von 110 Grad zu rechnen, die Ostküste und der Nordosten haben es mit 105 Grad etwas angenehmer, im mittleren Westen ..."

Marvin stoppte wieder und sah Jeff mit einem Jetzt-bist-du-mir-aber-eine-Erklärung-schuldig-Gesichtsausdruck an. Jeff verstand die Welt nicht mehr.

„Ich raff's nicht", sagte Jeff, „das ist doch nicht möglich. Ich weiss noch ganz genau, wie er da eine Pause macht und auf seine Notizen schaut. Ich kann mich sogar an sein verwirrtes Gesicht erinnern." Nun war wieder das Stirnrunzeln auf Marvins Stirn aufgetaucht, doch diesmal war es kein nichtverstehendes, sondern ein nachdenkliches.

„Kann es sein ...", begann er, „dass du ein Déjà-vu hast? Eines der ganz üblen Sorte?"

Das brachte Jeff vollkommen aus der Fassung. Ein Déjà-vu? Er hatte schon oft Déjà-vus gehabt und hatte sie immer noch dann und wann, doch das hier war etwas völlig anderes, das hier war eine Erinnerung. Eine Erinnerung, die nicht alt war und die aus einer zehnminütigen Nachrichtensendung bestand. So lang konnte doch kein Déjà-vu Erlebnis anhalten. Er hatte keine Ahnung, was hier los war und wieso Marvin sich offenbar nicht daran erinnern konnte, dass diese Nachrichten schon eine Woche alt sind, und wieso er glaubte, sie heute im Radio gehört zu haben, doch eines war sicher: Dieses überaus surreale Erlebnis war ganz bestimmt kein Déjà-vu gewesen. Dies war eine waschechte Erinnerung.

„Mir fällt gerade etwas ein", riss Marvin ihn aus seinen Gedanken, „ich erinnere mich mal in einem Wissenschafts-Magazin von einem ähnlichen Fall gelesen zu haben ..."

„Einem ähnlichen Fall?"

„Ja ... darin ging es um einen Typen, der sich bei einem Verkehrsunfall den Schädel gequetscht hatte. Er war aber sonst nicht schlimm verletzt, so dass ihn die Ärzte nach zwei Tagen im Krankenhaus gehen liessen. Anfangs schien alles ganz normal, doch dann begann der Typ seine Erinnerungen durcheinanderzubringen. Ihm fiel das gar nicht auf, da er keinen Referenzpunkt hatte, für ihn hatte jedes Ereignis, an das er sich erinnerte, so stattgefunden, wie er es im Kopf hatte, doch seiner Familie und seinen

Freunden fiel es auf. Er meinte sich an Sachen erinnern zu können, die unmöglich stattgefunden haben konnten und erinnerte sich an Sachen nicht, die er eigentlich nicht vergessen haben dürfte, wie etwa die Hochzeit mit seiner Frau."

Irritiert sah Jeff ihn an. „Ich hab mir aber nicht den Kopf angeschlagen."

„Darum geht es auch nicht. Lass mich fertig erzählen." Marvin kratzte sich am Kopf und fuhr fort. „Irgendwann ging es dann so weit, dass er das Gefühl bekam, dass ihm die Leute im Radio und Fernseher Sachen sagten, die sie eigentlich nicht wissen konnte, wie zum Beispiel ‚Hallo Eddie!' oder wie der Kerl auch immer hiess. Und später meinte er dann zu sehen, wie im Fernsehen die Nachrichten Live-Aufnahmen vom Fall Berlins, von der Ermordung Kennedys oder von der Auflösung der Beatles zeigten und so taten, als ob all diese Sachen gerade in diesem Moment geschahen. Obwohl es das Jahr 1975 war! Irgendwann war er dann davon überzeugt, ein Zeitreisender zu sein, und als er das in aller Welt ausposaunte, schickte ihn seine Familie wieder zum Arzt, der bei ihm ein nicht behandeltes Schädel-Hirn-Trauma vom Unfall feststellte. Der Arzt schickte ihn daraufhin zu einem Psychiater, der ihn mit Schizophrenie diagnostizierte. Der Psychiater schickte ihn wieder zu seiner Familie, welche ihn letztendlich in die Klapse schickte, wo er seitdem verrottet."

Einen Moment lang herrschte Schweigen zwischen ihnen, das nur vom unregelmässigen Schnarchen des alten Barkleys und vom Schnurren des schlafenden Schrödingers, der sich unbemerkt in das Zimmer geschlichen haben musste, unterbrochen wurde.

„Du willst mir also weismachen", begann Jeff, „dass ich schizophren bin?"

„Ich will dir gar nichts weismachen Jeff", sagte Marvin und hob die Hände in die Höhe. „Ich bin ja auch gar kein Psychiater oder so was ... ich sage nur, dass gewisse Parallelen erkennbar sind, zwischen dir und Eddie. Nichts weiter."

„Na toll", sagte Jeff, „also entweder bin ich schizophren oder ich bin ..." – Verrückt?

„... hoffnungslos übermüdet", unterbrach ihn Marvin. „So wie du aussiehst bist du mit den Nerven am Ende. Ich wette, das kommt von dieser ganzen Warterei auf diesen Brief vom MIT. Du machst dich schon seit Wochen verrückt deswegen. Ich hab dir von Anfang an gesagt, dass es eine blöde Idee ist, sich dort zu bewerben. Und jetzt hast du den Salat ..."

Er kniff den Mund zusammen und hob die Augenbrauen. „Und diese Hitze, die macht doch alle ganz quirlig. Wer weiss, vielleicht hattest du ja sogar einen Sonnenstich?"

Wohl kaum, dachte Jeff, ich lungere den ganzen Tag zuhause im Schatten herum.

„Am besten du legst dich mal aufs Ohr und schläfst so richtig durch. Und morgen reden wir noch einmal über die Sache."

Marvin verliess mit ihm das Wohnzimmer und ging mit ihm den Flur hinab, einen Arm um seine Schulter gelegt. Die Art, wie er Jeff sanft, aber bestimmt aus seiner Wohnung lotste und der Glanz in seinen Augen, so als ob er es kaum erwarten konnte, ihn los zu sein und sich einer Idee zu widmen, die ihm plötzlich im Kopf umher spukte, behagte Jeff ganz und gar nicht. Marvin war manchmal ein ziemlich komischer Kauz und manchmal war er auch ziemlich ungeduldig, wenn seine Arbeit ihn rief. Aber das...

„Es ist auch schon spät geworden, sieh nur!"

Tatsächlich war es draussen schon dunkel geworden, was Jeff erst bemerkte, als sie aus dem Laden traten.

„Wird auch für mich Zeit zu schlafen!" Marvin lachte und das Lachen verriet die Lüge.

„Wie du meinst ...", sagte Jeff, der nicht viel auf diesen faktischen Rausschmiss erwidern konnte.

„Also, wir sehen uns morgen Jeff!"

„Ja ... bis morgen."

„Und erhol dich schön!"

„Mach ich ..."

Marvin verschwand wieder im Laden und Jeff blieb noch eine Weile unschlüssig auf dem Bürgersteig stehen. Dann trat er langsam, den Blick nachdenklich gesenkt auf die nächtliche Perkins Street, den Rückweg nach Hause an.

KAPITEL 7

In dieser Nacht schlief Jeff unruhig. Wilde, verworrene Träume erschufen verschwommene Bilder vor seinem geistigen Auge. Er sah wieder Peltiers Fahndungsbild, doch statt Peltier war darauf sein eigenes Gesicht abgebildet, als ob er in einen Spiegel schauen würde.

Das Fahndungsbild verschwand und er sah Eddie, wie er mit einer Zwangsjacke auf dem Boden einer quietsch gelben Gummizelle sass und seinen Kopf immer wieder gegen die Wand schlug, während er unablässig den immer gleichen Satz brüllte: „Ich bin ein Zeitreisender, ich komme aus der Zukunft und ich habe den *Mann in Schwarz* gesehen! Ich bin ein Zeitreisender, ich komme aus der Zukunft und ich habe den *Mann in Schwarz* gesehen! Ich bin ein Zeitreisender, ich komme aus der Zukunft und ich habe den *Mann in Schwarz* gesehen!"

Dann merkte Jeff, dass er sich ebenfalls in der Zelle befand, ebenfalls eine Zwangsjacke trug und ebenfalls immer wieder einen gleichen Satz vor sich her schrie: „Ich bin kein Zeitreisender, ich komme aus der Vergangenheit wie alle anderen auch und ich hab keine Ahnung wer der *Mann in Schwarz* sein soll!" Eine Pflegerin kam herein und brachte ihnen ihr Essen auf einem Silbertablett. Gierig humpelten sie auf die Pflegerin zu und als sie sie erreicht hatten, erkannten sie, wer sie wirklich war, nämlich er. Der *Mann in Schwarz* kippte das Tablett um, die Plastikteller fielen samt Inhalt auf den Boden und Eddie und Jeff sahen ihr Spiegelbild im Silber des Tablett vor sich. Eddie schrie als Erster, dann schrie auch Jeff und wachte auf.

Verschwitzt fuhr er in seinem Bett hoch. Er brauchte einige Atemzüge, bis er begriff, dass er wach war und bloss geträumt hatte. Er atmete auf. Für den Moment war er nur froh, dem Traum entflohen zu sein. Er hatte keine Ahnung, was dieser zu bedeuten hatte, falls er überhaupt etwas bedeutete, doch der Anblick dieser finstern Gestalt aus nächster Nähe war fast das Schlimmste gewesen, was er bisher in seinem Leben, ob real oder im Traum, gesehen hatte. Konturlos, schwarz und gesichtslos. Ohne Augen hatte er Jeff angeblickt und dort, wo sich sein Gesicht hätte befinden müssen, sah Jeff bloss eine eigentümliche Fremdheit, eine die sich eigentlich selbst die finstersten Winkel eines träumenden Gehirns nicht ersinnen konnten, sondern eine, die aus den Tiefen des Alls selbst stammen musste, wenn nicht gar von weiter her.

Übertroffen wurde der Schrecken nur noch von seinem Spiegelbild im Silbertablett. Wie das nach Träumen so üblich ist, konnte er sich nicht mehr daran erinnern, was er genau gesehen hatte, sondern nur noch welches Gefühl er dabei empfunden hatte. Es war das Gefühl von allumfassender Ohnmacht gewesen, einer Ohnmacht angesichts einer universellen Läuterung, einer unumstösslichen Erkenntnis, die er aus dem, was er in seinem Spiegelbild sah, folgern konnte. Freilich konnte er sich nicht einmal ansatzweise an die Erkenntnis selbst erinnern. Jeff liess sich wieder zurückfallen und schloss die Augen und versuchte zu schlafen. Draussen war es noch dunkel und es kam ihm so vor, als hätte er sich gerade erst vor fünf Minuten ins Bett gelegt. Vielleicht war es auch tatsächlich so gewesen.

KAPITEL 8

Als Jeff aufwachte, musste es bereits später Nachmittag sein, denn in seinem von Licht durchfluteten Zimmer herrschte eine Bullenhitze. Hatte er so lange geschlafen? Trotz seines Albtraumes hatte er erstaunlich gut geschlafen, fühlte sich wach und erstaunlich frisch. Das vom Schweiss klebrige Laken stank bestialisch. Wann hatte er zum letzten Mal seine Bettwäsche gewechselt? Nach einer kalten Dusche und nachdem er einen Liter Wasser getrunken hatte – auch wenn er es noch nicht spürte, musste er furchtbar dehydriert sein – fühlte er sich bereit, um dem Tag, oder besser gesagt dem, was noch davon übrig war, entgegen zu treten. Die Ereignisse des gestrigen Abends waren, das musste er zugeben, etwas konfus gewesen, doch nun galt es einen kühlen Kopf zu bewahren. Als erstes musste er das stinkende Laken reinigen. Er hätte es zwar bei Mrs. Snyder zum Waschen geben können, schämte sich aber für den Gestank. Mrs. Snyder mochte halbblind sein, aber dafür konnte sie umso besser riechen – wie ein Hund, dachte Jeff. Also zog er das Laken vom Bett, schmiss es in die Badewanne und liess Wasser ein, während dem er seine Gedanken zu ordnen versuchte.

Er hatte sich also gestern aufs Ohr gelegt, wie Marvin es ihm geraten hatte, doch sein Eindruck war immer noch derselbe: Er hatte, die gestrige Nachrichtensendung schon vor einer Woche gesehen, und er hatte gesehen, wie der Moderator sich versprochen hatte, bevor er zum Nordwesten gekommen war. Als der Moderator auf seine Notizen blickte, hatte Jeff gehofft, er würde Nordosten sagen, dass es „durchgehend sonniges, heisses Wetter, mit Ausnahme des äussersten Nordostens" geben würde. Doch dann hatte er wieder aufgeblickt und den vorangehenden Satz wiederholt: "... mit Ausnahme des äussersten Nordwestens."

Das alles konnte er sich doch unmöglich eingebildet haben. Oder doch?

Vielleicht war er wirklich verrückt, wie Marvin angedeutet hatte. Vielleicht hatte er tatsächlich Schizophrenie und war genauso verrückt wie Eddie, jedenfalls musste das, was er sagte, in den Ohren eines Aussenstehenden genauso verrückt klingen, wie das was Eddie von sich behauptet hatte, in Jeffs Ohren klang, bevor ihn seine eigene Familie in die Klapse eingewiesen hatte.

Es sei denn ... Jeff hielt beim Schrubben inne. Es sei denn, Leonard Peltier wird nächsten Donnerstag tatsächlich verhaftet! Wenn sie das in den Nachrichten bringen, hab ich die Zukunft vorhergesagt! Das heisst, nein ... es war ja nicht die Zukunft, es hatte es ja bereits letzten Donnerstag im Fernsehen gesehen. Also, wenn sie diesen Donnerstag wieder zeigen, wie Peltier verhaftet wird, war es in Wahrheit schon letzten Donnerstag geschehen, was dann heissen würde, dass er nicht die Zukunft vorhergesagt hatte, sondern dass. .. ja was hiesse das? In Jeffs Kopf rumpelte und rumorte es.

Falls das geschieht, in der Annahme, dass Peltier schon letzten Donnerstag verhaftet worden ist, dann wäre die Nachrichtensendung von DIESEM Donnerstag eine weitere Wiederholung. Was schliesslich bloss ein weiteres Rätsel aufwerfen würde. Woher könnte er wissen, an welchem Donnerstag Peltier tatsächlich verhaftet worden ist? Er sah ja nicht mit eigenen Augen, wie die Polizisten den schrankgrossen Peltier in Handschellen auf den Rücksitz des Polizeiautos pferchten. Jeff konnte sich nur darauf verlassen, was der Nachrichtensprecher sagte. Doch auf die war kein Verlass, die liessen Sendungen wiederholen, machten Versprecher und dann wieder nicht und ... was wenn Peltier nie verhaftet worden ist? Weder letzten Donnerstag noch diesen Donnerstag?

Jeff liess die Bürste ins Wasser fallen und rieb sich schmerzende

Stirn. Gottverdammte Scheisse, in was bin ich da bloss hineingeraten, dachte er nur. Doch dann schüttelte er diesen Gedanken ab. All diese Überlegungen waren rein hypothetischer Natur. Sie bauten darauf, dass nächsten Donnerstag im Fernsehen tatsächlich nochmal behauptet würde, Peltier sei verhaftet worden. Falls nicht ... nun, dann konnte er sich wohl mit dem Gedanken abfinden, bloss ein wenig verrückt zu sein, und dass seine Nerven mit ihm durch gegangen waren, denn wenn etwas mit seinem Verstand nicht stimmte, mit der Logik und der Kohärenz seiner Gedankengänge, damit konnte, ja musste er wohl oder übel leben. Er wäre nicht der erste Verrückte auf Erden. Doch wenn etwas mit der Logik und Kohärenz der Geschehnisse nicht nur in seiner, sondern in ihrer aller Welt nicht stimmte, damit würde er wahrscheinlich schwer leben können. Zumindest nicht wie bisher. Das Eintreten dieses Falles würde weit reichende Konsequenzen nach sich ziehen.

Jeff hatte sich wieder beruhigt. Die zurückerlangte Rationalität, mit der er den Wahnsinn analysierte, ihn auseinandernahm und in mögliche Optionen und daraus zu ziehende Schlüsse einteilte, gaben ihm ein Gefühl von Sicherheit, das er dringend benötigte. Er fischte die Bürste aus dem Wasser und schrubbte weiter an den Schweissflecken. Eigentlich musste er gar nicht bis Donnerstag warten, um Gewissheit zu erlangen. Er hatte ja auch an den anderen Tagen die Nachrichtensendungen gesehen. Jeff versuchte sich zu erinnern, von welchen anderen Ereignissen sie darin gesprochen hatten. Doch ihm fielen keine ein. Er dachte nach und kramte in den hintersten Winkeln seines schmerzenden Kopfes nach irgendeinem Erinnerungsfetzen, doch da war nichts. Er wusste noch, wie er sich jeden Abend mit einem Glas Limonade in seinen Sessel gesetzt, den Fernseher eingeschaltet und den Moderator beim Quasseln zugesehen hatte. Aber er konnte sich einfach nicht mehr daran erinnern, was dieser gesagt hatte. Selbst an die Sendung vom Donnerstag konnte er sich nicht mehr erinnern, bis auf die Nachricht, dass Peltier gefasst worden sei. Was ist nur mit mir los? dachte er. Etwas stimmte mit seinem Erinnerungsvermögen nicht. Ganz und gar nicht.

Er trug das Laken zur Veranda und hängte es dort über das Geländer. In der Hitze würde es innert einer halben Stunde getrocknet sein. Am besten rief er jetzt Marvin an. Er ging wieder ins Haus zurück und wählte Marvins Nummer. Nach dem er es ein halbes Dutzend Mal klingen liess – sowohl Marvin als auch sein Vater liessen sich meistens Zeit beim rangehen – wurde am anderen Ende der Leitung abgehoben. Es war der alte Barkley.

„Was is denn?", fragte er mürrisch.

„Ist Marvin da?", fragte Jeff.

„Wer sprischt denn da? Bisscht du's, Lloyd?" Er musste betrunken sein.

„Nein, hier ist Jeff." Dann wiederholte Jeff seine Frage.

„Nein, Marvin ischt nicht da", antwortete Lloyd. „Hab den Bengel schon den ganzen Tag nischt gesehen. Mussch wohl in die Stadt hinab gefahren sein. Wieso intreschiert dich mein Nichtschnutz von Sohn, Lloyd?"

„Ach, auch egal. Du bist ein fetter, alter Knacker, Barkley."

„He, wasch fällt dir ein Lloyd! Du miese Schlang..."

Jeff legte auf. Marvin war also nicht da. Er verliess das Haus wieder durch die Hintertür, umrundete sein Haus und trat auf die Strasse. Statt rechts in Richtung Perkins Street zu gehen, bog er links ab, was ihn zum Hügel hinter dem Haus führte. Die Wogen seiner Gedankenwelt glätteten sich, während die kühle Abendbrise ihm durch die Haare fuhr. Wie immer überkam ihn eine seltsame Ruhe, während er mit hinter den Rücken zusammen gelegten Händen den Baumtunnel durchquerte. Abends drangen fast keine Sonnenstrahlen mehr durch das dichte Blattwerk und auf der Strasse herrschte mehr als nur das schummrige Zwielicht, das alle Strassen von Perkinsville beherrschte. In diesem Teil der Oak Road brach die Nacht schon dann herein, wenn überall sonst noch Abend war, so dicht war das Blätterdach.

Doch wer, wie Jeff, mutig genug war, der Illusion zu trotzen und bis zum Ende der Oak Road auf der Hügelkuppe zu gehen, wurde mit einem Anblick belohnt, der von all den schönen Flecken die Vermont zu bieten hatte, vielleicht der allerschönste war. Die französischen Entdecker Vermonts gaben diesem Flecken Erde nicht umsonst seinen Namen, denn genau das war er, was Jeff in diesem Augenblick sah: Endlose Wogen grüner, kleiner Berge und sanfte Hügel, überzogen von dichten Wäldern, welche von weitem wie eine einzige Moosdecke aussahen, die ein liebender Gott über die kahle Landschaft gelegt hatte, um den Menschen mit der Schönheit seiner schöpferischen Kraft immer wieder aufs Neue den Atem zu verschlagen ‚*Verts Monts*, grüne Hügel, es war sinnlos, diesem Gemälde von einer Landschaft einen Namen geben zu wollen, der über nüchterne Beschreibung hinausgehen würde, denn Worte konnten diesem Anblick nur spotten.

Jeff genoss ihn einfach nur. In diesem Moment dachte er über nichts nach. Nicht darüber, wie man diesen Anblick in Worte fassen könnte, nicht darüber, was ihn am Donnerstag erwarten würde, und auch nicht, was denn eigentlich mit ihm und der Welt los war. Oft kam er hierher, um nachzudenken, doch für heute hatte er genug. Er setzte sich auf die Bank und schloss die Augen. Dann öffnete er sie wieder, um sich erneut von dem überwältigenden Anblick erschlagen zu lassen. Eine Weile wiederholte er dieses Spiel, doch mit jedem Mal fiel es ihm ein wenig schwerer seine Augen wieder zu öffnen und jedes Mal liess er sie ein wenig länger geschlossen. Irgendwann öffnete er sie dann gar nicht mehr und schlief ein.

Als er wieder aufwachte, war die Nacht bereits herein gebrochen. Der Mond stand hoch am Himmel, doch er war nur eine Sichel, die das Land kaum beleuchtete. Jeff war barfuss hergekommen und nun war ihm furchtbar kalt. Wolkenlose Himmel liessen die Wärme ebenso schnell in die Stratosphäre aufsteigen, wie sie auf den Sonnenstrahlen herab gekommen war. Wolken ähnlich, verminderten Wälder diesen Effekt, wovon es in Vermont reichlich gab, aber nicht genug, um Jeff nicht frieren zu lassen. Bibbernd macht er sich auf den Rückweg, was in der Dunkelheit gar nicht so einfach war. Er versuchte immer, Asphalt unter den Füssen zu spüren, doch oftmals trat auf der kurvenreichen Strasse daneben und wäre fast den Abhang hinabgestürzt. Das Zirpen der Zikaden war allgegenwärtig, im Gebüsch raschelte es und er konnte die einsamen Rufe eines Uhus hören. Er kam nur langsam voran, doch schliesslich sah er zwischen den Bäumen die ersten Lichtschimmer der Strassenlaternen, die ihm bei der Orientierung halfen. Bald war er zuhause, doch da er gerade mehrere Stunden geschlafen hatte, war er überhaupt nicht müde. Daher ging er ins frühere Schlafzimmer seiner Eltern, wo er in der grossen Bibliothek seines Vaters nach einem Buch über psychische Krankheiten suchte. Er war selten in dem Zimmer, daher lag über allem eine dünne Staubschicht. Sein Vater hatte eine grosse Sammlung medizinischer Fachbücher, er wusste nicht, wie aktuell diese waren, aber was anderes stand ihm momentan nicht zur Verfügung.

Nach einer kurzen Suche wurde er fündig: Das *Diagnostic and Statistical Manual of Mental Disorders* (DSM) war ein dickes, in stinkendem Leder eingebundenes Werk. Es stammte aus dem Jahr 1952 und darin befand sich – wie er aus der Einleitung entnahm – eine

Liste aller von der Psychiatrie anerkannten psychischen Erkrankungen, deren jeweiligen Krankheitsbilder, Symptome und Diagnosekriterien. Mit dem Buch in beiden Händen – es war zu schwer um es unter einem Arm einzuklemmen – begab er sich in die Küche. Er goss sich eine Schale Cornflakes ein und da er keine Milch hatte, die nicht sauer war, nahm er sich ein Glas Wasser. Dann setzte er sich an den Küchentisch, schlug das Register unter „S" auf, fand den gewünschten Eintrag und ass nebenbei die Cornflakes.

Unter Schizophrenie hatte sich Jeff immer einen Typen vorgestellt, der zwei Persönlichkeiten in einem Kopf vereinte, wie Dr. Jekyll und Mr. Hyde oder Fred und Bob Arctor aus *A Scanner Darkly*. Doch offenbar stimmte das nicht, denn das DSM beschrieb Schizophrenie als eine Gruppe von schweren psychischen Krankheitsbildern, die sich vor allem durch den ständigen Wahn, beobachtet, verfolgt und überwacht zu werden, auszeichneten. Es gab unzählige Formen und Variationen dieser Krankheit, manche Menschen die an Schizophrenie litten, hatten zudem Wahnvorstellungen und Halluzinationen, welche sie nicht mehr von der Realität unterscheiden konnten. Zwar konnten auch Kinder daran erkranken, doch meist brach die Krankheit im jungen Erwachsenenalter aus, wenn die ersten Symptome zum Vorschein traten. Schätzungen zufolge litt ein Prozent der Bevölkerung daran. Statistisch gesehen also eine Person in Perkinsville, dachte Jeff. Bin ich diese Person?

Der Krankheitsverlauf war schleichend und der Erkrankte merkte lange Zeit nichts von seiner Erkrankung, bis der erste grosse Schub eintrat. Dies konnten Stimmen im Kopf sein, das Gefühl verfolgt zu werden, oder auch eine Halluzination sein. Jeff musste an die Erlebnisse der vergangenen Woche denken. An den seltsamen Brief, den Abend im *Tucker's Corner*, den Vorfall mit der wiederholten Nachrichtensendung … Mit einem mulmigen Gefühl im Bauch las er weiter.

Die Krankheit wird zwar nicht direkt vererbt, aber die Veranlagung dazu (oder zu einer beliebigen psychischen Krankheit) lag in den Genen. Daneben konnten auch Wirkstoffe wie THC den Ausbruch der Krankheit begünstigen, das Zeug, das in Cannabis und andere Drogen drin ist. In der High-School hatten alle, die etwas auf sich hielten, mindestens einmal einen Joint geraucht, doch Jeff hatte nie dazugehört. Ebenfalls konnte ein zu niedriger Östrogenspiegel Auslöser sein, allerdings selbstredend nur bei Frauen. Auch wurden immunologische Faktoren als mögliche Auslöser einer Schizophrenie unter Forschern diskutiert, doch diesen Abschnitt verstand Jeff nicht ganz. Für ganz ausgeschlossen galten in Fachkreisen die psychosozialen Faktoren, die – wie früher angenommen wurde – eine Erkrankung allein auf ein schlechtes soziales Umfeld zurückführten.

Als Behandlung wurde lediglich eine kurze Liste von verschiedenen Psychopharmaka angeführt, wobei diese lediglich die Symptome dämpfen sollen, da die Krankheit an sich unheilbar war. Etwa zehn Prozent aller Erkrankten begingen Selbstmord. Zum Schluss gab es einige medizinische Berichte über Schizophrenie-Patienten.

Dr. Austin Hewitt vom *Medical College of Georgia* schrieb: „Der Patient, ein junger Fabrikarbeiter, klagte über Stimmen im Kopf, die er schon seit Jahren höre, aber bisher niemanden gegenüber erwähnt hatte. Die Stimmen waren ihm fremd, sie beleidigten und erniedrigten ihn, und befahlen ihm Dinge zu tun, die er nicht tun wollte, unter anderem auch Straftaten. Da er Angst hatte, eines Tages die Kontrolle über sich zu verlieren, wandte er sich an einen Psychiater, der eine paranoide Schizophrenie diagnostizierte."

Dr. Asmus Preist vom *Arthur Findlay College* schrieb: „Die Patientin zeigt keinerlei Reaktionen auf ihre Umwelt, weder das medizinische Personal noch Familie der Patientin vermögen sie aus ihrer Apathie zu entreissen. Sie ist wie erstarrt, bewegt sich nicht und spricht nicht. Nahrungszufuhr muss über einen Infusionsschlauch erfolgen werden, eine stationäre Behandlung ist nötig. Diagnose lautet: Katatone Schizophrenie."

Je mehr Jeff von diesen Geschichten las – manche davon waren richtig unschön – desto mehr war er davon überzeugt, dass er nicht an Schizophrenie litt. Zwar hatte auch er Halluzinationen wie die Patienten in den beschriebenen Fällen, doch in einem zentralen Punkt unterschied sich Jeff von ihnen: Sie alle hatten ihrer Umwelt die Symptome über mehrere Jahre hinweg (in manchen Fällen sogar über Jahrzehnte hinweg) verschwiegen. Bei Ausbruch der Krankheit spürten sie offenbar noch, dass nicht mit der Welt in der sie lebten, sondern mit ihnen selbst etwas nicht stimmte. Um der Stigmatisierung, die psychisch Kranke von der Gesellschaft zu befürchten haben, zu entgehen, verheimlichten sie ihre Halluzinationen, Wahnvorstellungen und Stimmen im Kopf. Es gab jedoch einen Punkt, an dem die Krankheit so weit fortgeschritten war, dass es den Betroffenen unmöglich war, die Symptome ihrer Krankheiten weiter zu verstecken, da sie sie selbst nicht mehr von der Realität unterscheiden konnten. Das war auch der Punkt ab dem Familie und Freunde mit Gewissheit sagen konnten, was sie vorher nur vermutet hatten, nämlich dass etwas mit ihrem Angehörigen nicht stimmte. Dies war auch der Grund, wieso fast alle Patienten erst so spät einen Psychiater aufsuchten.

Jeff hingegen hatte kaum eine Woche nach seiner ersten Halluzination (angenommen, es war eine) seine Umwelt darauf angesprochen. Da er der felsenfesten Überzeugung war, dass der Fehler beim Nachrichtensender und nicht bei ihm lag, was Schizophrene erst bei vorangeschrittener Krankheit glaubten. Soweit konnte Jeff jedoch nicht sein, da er bis zu diesem Ereignis sein ganzes Leben lang, kein einziges Mal, irgendeines der Symptome aufgewiesen hatte. Weder Halluzinationen, noch Verfolgungswahn oder gar Stimmen im Kopf.

Abgesehen von diesem rationalen Standpunkt, gab es noch einen weiteren Grund, der Jeff vielleicht noch stärker davon überzeugte, dass er nicht an Schizophrenie litt: Er hatte an jenen beiden Abenden schlichtweg gespürt, dass das Phänomen, dessen Zeuge er war, in seiner Umwelt begründet lag. Er konnte es zwar weder in Worte fassen, noch irgendwie beweisen, doch dieses Gefühl war da gewesen und es war immer noch da, wenn er an jene Abende zurückdachte. Zu haarscharf hatte sein Verstand beide Mal gearbeitet, zu glasklar hatte er das leere Innere des *Corners* gesehen und zu genau konnte er sich an die Details der Nachrichtensendung vom Samstag erinnern, als dass sie bloss Halluzinationen gewesen sein könnten. Das mochte ein uneinsichtiger Schizophrener mit fortgeschrittenem Krankheitsverlauf auch von sich behaupten, aber Jeff war davon überzeugt, dass das bei ihm nicht der Fall war. Diese Phänomene kamen von aussen. Er wusste nicht von wo oder warum, oder ob es überhaupt Sinn machte, nach einem „Warum" zu fragen, doch er spürte tief in seinem Innersten, dass dort drinnen nicht die Gründe dafür lagen.

KAPITEL 9

Auch am folgenden Tag war Marvin nicht erreichbar und es sollten noch zwei weitere Tage vergehen, bis Jeff wieder mit ihm sprach. Tatsächlich war es Marvin, der ihn am Donnerstag, den ersten August 1979, kurz nach neun Uhr morgens anrief und aus den Federn holte.

„Jeff Everett, was gibt's ..."

„Ach, jetzt bausch dich nicht so auf", unterbrach ihn Marvin, „willst du dir jetzt eine Glaskugel und ein Zelt kaufen und auf dem Jahrmarkt den Kindern für fünfundsiebzig Cent die Zukunft lesen? Ich gebe zu, die Parallelen sind schon verblüffend ähnlich, doch das Allerwichtigste ist, dass du jetzt einen kühlen Kopf behältst Jeff, klar?" Marvins Redeschwall wollte gar nicht mehr abebben, also unterbrach ihn Jeff.

„Ich denke, du hättest einen kühlen Kopf dringender nötig als ich", sagte Jeff, „von was zum Teufel redest du da?"

„Also, was ich damit sagen will", fuhr Marvin fort, ohne auf ihn einzugehen, „ist, dass ich von meinem persönlichen Standpunkt aus gesehen, dir glaube, dass du diese Sendung schon vor einer Woche gesehen hast. Ich kenne dich schon mein ganzes Leben und du bist ein scharfsinniger Kerl, jedenfalls meistens ..." Jetzt gerade aber nicht allzu sehr, dachte Jeff.

„... Aber vom wissenschaftlichen Standpunkt aus betrachtet, haben wir zu wenig Datenmaterial, um unsere Hypothese, dass du ein Hellseher bist, zu untermauern. Was wir brauchen, ist eine experimentelle Versuchsreihe, mit dem wir empirisch nachweisen können, dass du die Zukunft vorhersagen kannst ..." Marvin schien Feuer und Flamme für seine Idee zu sein, was auch immer diese genau sein mochte.

„... du wirst mehrere Male versuchen müssen, ein zukünftiges

Ereignis vorherzusagen und ich notiere mir, wie oft du richtig lagst. Aus diesen Daten können wir dann herauslesen, mit welcher Wahrscheinlichkeit, du ein Ereignis richtig vorhersagst und noch mehr als das, wir können bestimmen, welche Art von Ereignissen und in welcher Zeitspanne du besonders oft richtig liegst!"

„Ich hab immer noch nicht die leiseste ...", versuchte Jeff ihn zu stoppen, doch Marvin war nicht mehr zu bändigen.

„Verstehst du denn nicht, was für eine Bedeutung unsere Forschungsarbeit für die Wissenschaft haben könnte? Womöglich auf die gesamte Menschheit? Stell dir bloss vor, Nostradamus würde vor Neid erblassen, wenn er dich sähe ..." Jetzt war Jeff der Geduldsfaden endgültig gerissen.

„Sag mal, hast du was geraucht? Was zur Hölle faselst du denn da?" Jetzt hielt Marvin endlich inne.

„Hast du's etwa noch nicht im Radio gehört? Oder im Fernsehen gesehen?" Nun begriff Jeff, was der Grund für Marvins Anruf war und er ahnte, was jetzt kommen würde.

„Du willst doch nicht sagen ...", begann Jeff.

„Man hat Peltier vergangene Nacht erwischt, nach fünf Tagen, ganz wie du's gesagt hast. Der Typ hatte sich in einem Baum versteckt." Jeffs schlimmste Befürchtung hatte sich bestätigt.

„Also hatte ich recht ..."

„Nun, das will ich ja eben auf wissenschaftlicher Basis herausfinden. Du musst nur ein paar Prognosen ..." An diesem Punkt tat sich etwas Seltsames in Jeffs Kopf. Der Nebel, der seine Gedanken in den letzten Tagen beherrscht hatte, hatte sich auf einmal gelichtet, und er sah die Dinge in erstaunlicher Klarheit.

„Aber Marvin ... ich hab doch nichts weiter gemacht, als mir die Nachrichten anzusehen. Ist dir schon mal in den Sinn gekommen, dass ich an jenem Samstag vielleicht nicht in die Zukunft gesehen habe, sondern dass es so ist, wie ich es letzten Samstag bei dir zuhause gesagt habe? Dass die Sendung von jenem Samstag eine Wiederholung der Sendung des Samstags von vor einer Woche war? Dass nicht ich eine Woche in die Zukunft gesehen habe, sondern du sozusagen eine Woche in Verzug mit den Nachrichten bist? Dass du die gleiche Sendung zweimal gesehen hast, aber das erste Mal wieder vergessen hast?" Eine Weile sagte keiner von ihnen etwas, dann brach Marvin das Schweigen.

„Mal angenommen es wäre so. Wieso habe ich dann den Inhalt der Sendung komplett vergessen? Spätestens als ich sie zum zweiten Mal gesehen habe, hätte ich mich doch daran erinnern müssen, schon einmal davon gehört zu haben, wie du es getan hast. Nicht auf CBS, dafür im Radio. Aber die Nachrichten sind ja in etwa die gleichen, also an CBS kann's nicht liegen."

„Ja genau", fuhr Jeff fort, sein Verstand arbeitete mit einer atemberaubenden Präzision, „daher gibt es nun meiner Meinung nach noch drei mögliche Erklärungen für dieses Phänomen. Die erste: Ich bin ein Hellseher und hatte so etwas wie eine Vision." Er macht eine Pause, um zu schauen, ob Marvin etwas zu sagen hatte, doch der schwieg.

„Die zweite: Irgendwas stimmt mit dir nicht und du hast vergessen, dass du die gleichen Nachrichten zwei Mal gesehen beziehungsweise gehört hast."

„Dann bliebe aber immer noch die Frage, wieso die Medien zweimal die gleichen Nachrichten verzapfen, mit einer Woche Abstand", wandte Marvin ein.

„Das stimmt und ich hab keine Antwort darauf. Trotzdem ist diese Erklärung nicht auszuschliessen."

Marvin schwieg wieder und Jeff fuhr fort: „Und die dritte Erklärung: Irgendetwas stimmt mit dir und dem Rest der Welt nicht und alle haben vergessen, dass sie die gleichen Nachrichten zwei

Mal gesehen oder gehört haben." Wieder herrschte Schweigen, doch diesmal kürzer.

„Was die zweite und die erste Option anbelangt, können wir uns relativ schnell vergewissern, welche davon die richtige ist."

„Indem wir einfach ein paar Leute fragen, ob sie diese Nachrichten auch zweimal gesehen haben oder?", fragte Marvin.

„Genau. Wenn sie *nein* sagen, heisst das folglich, dass wir die zweite Option – dass nur du die Nachrichten vergessen hast – eliminieren können", erklärte Jeff.

„Und dann bleiben nur noch die Optionen Eins und Drei, ob du ein Hellseher bist oder alle anderen durchgeknallt."

„Bingo", sagte Jeff.

„Und wie können wir zwischen diesen beiden entscheiden?"

„Ich weiss schon wie", sagte Jeff, „und ich werde mich gleich darum kümmern. Frag du deine Nachbarn oder so, ob ihnen irgendwelche Wiederholungen in den Nachrichten aufgefallen sind."

„Mach ich", sagte Marvin.

„Wir treffen uns dann in einer Stunde bei dir."

„Ist gut." Wieder Schweigen.

„Jeff?"

„Ja?"

„Was aber, wenn die Leute vom Gefängnis dir sagen, dass Peltier schon vorletzten Samstag entwischt ist?" Natürlich war Marvin scharfsinnig genug, um Jeffs Plan durchschaut zu haben, das hätte er sich eigentlich denken können.

„Das werden wir dann sehen, wenn es so ist", sagte Jeff und legte auf.

Ein paar Minuten stand Jeff einfach bloss da, sah aus dem Küchenfenster nach draussen und dachte nach. Er war erstaunt, wie glasklar er die Dinge auf einmal sah. Noch gestern Abend waren seine Gedanken in einem Wirrwarr aus faden Erinnerungen und Zweifeln gefangen, doch nun hatten sich die Nebel gelichtet und alles erschien so einfach, so eindeutig. Drei Optionen, dachte er. Die eine eliminiert die andere, die bestehende eliminiert die übrig gebliebene oder wird von ihr eliminiert. Es war so simpel. Er hob den Hörer wieder auf und wählte eine Nummer.

„Vermittlung hier, was kann ich für sie tun?", erklang die Stimme einer Frau, die ziemlich schlechte Laune hatte.

„Können sie mich mit CBS verbinden? Mit deren Hotline oder so?"

„Einen Moment bitte." Jeff wartete und nach etwa einer Minute meldete sich die Stimme wieder.

„Hier, ich verbinde Sie nun."

„Danke." Er hörte ein Klicken und Knistern und dann piepte es wieder, bis jemand abhob.

„CBS Kundenservice, was kann ich für sie tun?", fragte wieder eine weibliche, diesmal jüngere Stimme.

„Guten Tag, ich habe heute Morgen auf CBS den Beitrag über Leonard Peltiers Festnahme gesehen. Wissen Sie vielleicht, wie das Gefängnis heisst, aus dem er ausgebrochen ist?"

„Ähm ...", die Frau schien mit dieser ungewöhnlichen Frage ein wenig überrumpelt zu sein.

„Dafür muss ich wohl kurz die Produktionsabteilung aufsuchen. Warten Sie einen Augenblick, ja?"

„Klar." Erst hörte er wie sie den Hörer auf den Schreibtisch ablegte und dann das leiser werdende Klappern ihrer Stöckelschuhe. Nach gut fünf Minuten hörte er wieder ihre Schritte.

„Sind Sie noch da?", fragte sie mit ihrer hübschen Stimme.

„Ja", antwortete Jeff.

„Also im Archiv haben sie mir das hier gegeben ..." Er hörte das Rascheln von Papier.

„Leonard Peltier, verurteilt wegen zweifachen Mordes. Eingewiesen 1977 ins United States Penitentiary Leavenworth in Kansas. Im gleichen Jahr wurde er ins Maximum Security Penitentiary Marion in Illinois umquartiert. Ein Jahr später wurde er schliesslich ein letztes Mal um verlegt und zwar ins Federal Correctional Institution Lompoc, Kalifornien. Dort muss er sich auch zum Zeitpunkt des Ausbruchs befunden haben. Hilft Ihnen das weiter?"

„Ja, eine Menge. Haben Sie vielen Dank."

„Gern geschehen."

Er legte auf und wählte wieder die Nummer der Vermittlung.

„Vermittlung hier, was kann ich für sie tun?" Es war die gleiche Stimme von vorhin.

„Äh, hallo, können Sie mich mit dem Federal Correctional Institution Lompoc, Kalifornien verbinden?"

„Selbstverständlich, einen Augenblick." Sie schien seine Stimme nicht wieder erkannt zu haben, wenn doch, dann erwähnte sie es nicht. Nach einer Minute meldete sie sich wieder.

„Ich verbinde." Wieder ein Klicken, ein Knistern, ein Piepen, diesmal länger und der Hörer am anderen Ende wurde aufgehoben.

„Federal Correctional Institution Lompoc, was kann ich für Sie tun?", meldete sich eine männliche Stimme.

„Guten Tag", begann Jeff, „ich rufe wegen Leonard Peltier an, wissen Sie vielleicht ..."

„Hören Sie, langsam platzt mir echt der Kragen!", explodierte die Stimme am anderen Ende, „ich hab die Schnauze endgültig voll von euch verfluchten Indianeraktivisten! Nein, Peltier ist nicht hier, gottverdammt und nein, sie können auch nicht mit ihm sprechen. Was denken sie was das hier ist, die gottverdammte Vermittlung? Und es ist mir scheissegal, was sie vom Justizsystem dieses Landes halten, ich bin hier nur der gottverdammte Wärter! Gehen

Sie doch irgendwo demonstrieren, wenn Sie wollen, aber lassen Sie mich endlich in Ruhe!"

„Ähm ... ich bin gar kein Indianeraktivist ...", stammelte Jeff, „ich wollte bloss wissen, wann genau Peltier ausgebrochen ist. Daher habe ich angerufen.

„Oh ..." Der Wärter schien sich wieder beruhigt zu haben. „Verzeihen Sie, Sir, diese Aktivisten machen mich ganz wahnsinnig. Rufen schon den ganzen Morgen hier an und wollen Peltier sprechen, obwohl er gar noch nicht hier ist."

„Ist er nicht?"

„Nein, er ist wahrscheinlich noch auf der Polizeiwache. Ich schätze, dass er erst gegen Nachmittag eingeliefert wird." Seine Stimme verfinsterte sich wieder. „Wieso, fragen Sie, wollen Sie ihn etwa sprechen? Sie sind doch kein Journalist, von denen haben hier auch schon genug angerufen, die letzten Tage ..."

„Nein, ich bin kein Journalist", sagte Jeff schnell, „und ich will ihn auch gar nicht sprechen. Ich will nur wissen, wann er ausgebrochen ist, also an welchem Datum."

„Haben Sie denn nicht die Nachrichten gesehen?"

„Doch, aber ich hab's wieder vergessen." In Anbetracht der jüngsten Ereignisse hatte diese Lüge hatte etwas Ironisches an sich, wie Jeff fand.

„So? Und dafür rufen Sie hier an?" Der Wärter schien ihm kein Wort zu glauben, doch da die Frage wohl derart harmlos war, beantwortete er sie ihm: „Peltier ist vorletzten Samstag, also am 20. Juli, mit zwei anderen Häftlingen über den Aussenzaun geklettert. Den einen haben wir auf der Stelle erschossen und den anderen hat die Polizei kurz darauf geschnappt. Und heute Morgen haben sie ja auch Peltier erwischt. Nachdem fünf Tage lang halb Kalifornien umgekrempelt wurde, haben sie ihn gerade mal zwei Meilen von hier entfernt geschnappt. Hat sich die ganze Zeit in einem Baum versteckt, ganz nach alter Indianerart, was?" Er lachte schallend. „Hat das Ihre Frage beantwortet?", fragte er, nach dem er sich wieder beruhigt hatte.

„Ja, haben Sie vielen Dank. Schönen Tag noch."

„Gleichfalls."

Jeff legte auf und betrachtete die Blümchentapete vor ihm. Option Eins war also eliminiert worden. Peltier war am 20. Juli aus dem Lompoc Gefängnis ausgebrochen, das war der vorletzte Samstag gewesen, der Tag an dem Jeff die Sendung zum ersten Mal gesehen hatte. Und da er heute, am ersten August, erwischt worden war, hiess das eindeutig, dass bereits zwölf Tage zwischen dem Ausbruch und seiner Festnahme vergangen sein mussten, und nicht fünf, wie überall behauptet wurde. Zwölf verdammte Tage, dachte Jeff resigniert. Was bei den sieben Höllen war hier los? Wieso fiel es keinem auf, das zwischen dem 20. Juli und dem ersten August nicht fünf sondern zwölf Tage vergangen waren? Wieso fiel keinem auf, dass ganz offensichtlich eine komplette, gottverdammte Woche, einfach verschwunden ist? Und dies auf eine derart plumpe und ungenierte Art und Weise, dass es doch jedem ins Auge stechen musste? Auf einmal fühlt er sich unheimlich schwach auf den Beinen und musste erschrocken feststellen, dass er einem Zusammenbruch verdammt nahe war.

Er sank auf einen der Stühle am Küchentisch hinab und vergrub das Gesicht in seinen zitternden Händen. In was für eine Scheisse bin ich bloss hineingeraten? Wie ist das alles möglich? Oh Gott, lieber Gott, lass das bitte alles nur einen schrecklichen Albtraum sein, lass das alles nicht wirklich geschehen ... Dann hob er wieder sein Gesicht, das feucht von den Tränen eines Mannes waren, der gerade dabei war, seinen Verstand zu verlieren.

So musste es sein, ja ... Er hatte schlicht und ergreifend den

Verstand verloren, er mochte vielleicht nicht schizophren sein, vielleicht doch, aber er war verrückt geworden, so viel stand fest. Geisteskrank. Jemand hatte ihm ins Gehirn geschissen und mit dem Mixer kräftig umgerührt und nun war er ein wenig gaga dort oben. Völlig Banane.

Reiss dich zusammen Jeff, ertönte plötzlich eine Stimme in seinem Kopf. Nicht die böse, feindselige eines Schizophrenen, sondern seine eigene, ihm wohlgesinnte Stimme. Reiss dich zusammen und steh auf. Noch ist nicht alle Hoffnung verloren, noch ist Marvin da, der um einiges schlauer ist als du und bestimmt eine Erklärung parat hat. Und wenn nicht, dann findet er eine. Aber dazu braucht er dich, denn ohne dich schafft er es nicht, also reiss dich zusammen und steh auf! Das wirkte. Jeff stand auf, wischte sich Rotz und Tränen vom Gesicht und sah auf die Uhr. Es war bereits Viertel nach Elf, also hätte er schon vor über einer Stunde bei Marvin sein müssen. Er zog sich rasch an – er hatte immer noch bloss die Unterhose an, in der er geschlafen hatte – nahm sich eine Packung Beef Jerky aus der Vorratsdose und verliess das Haus. Noch herrschte draussen eine erträgliche Hitze, doch sie reichte aus, um Jeffs ohnehin schon erhitztes Gemüt zum Schwitzen zu bringen, während er die Oak Road hinab marschierte und dabei das Beef Jerky ass. Als er bei Marvin ankam, war er bereits schweissgebadet und seine trockenen, aufgesprungenen Lippen brannten vom Salz des Pökelfleisches. Erst jetzt fiel ihm ein, dass er seit über zwölf Stunden nichts getrunken hatte und völlig dehydriert war. Er öffnete die immer noch unverschlossene Tür zum Laden und fand dort eine Pepsi, die er gierig seine Kehle hinunter leerte. Er rülpste und trank noch eine, rülpste wieder. Dann stieg er die Treppe hoch und machte die Tür zu Marvins Wohnung auf, die ebenfalls nicht abgeschlossen war.

„Lloyd bisschtt du das?", hörte er den alten Barkley aus dem

Wohnzimmer rufen. „Hast du Bier mitgebracht? 'ab nämlisch keins mehr." Ohne auf ihn einzugehen ging Jeff an ihm vorbei, er lag wieder (oder immer noch?) auf der Couch vor dem Fernseher und kaute Kautabak, der Teppichboden war wie immer zur Hälfte von leeren Bierdosen verdeckt.

„He, du bischt ja gar nischt Lloyd ...", begann Barkley, doch seine Stimme war ganz leise und ging bald in ein Schnarchen über. Jeff trat in Marvins Zimmer ein und sah Marvin auf dem Boden sitzend in einem Haufen Bücher versunken, wie so üblich. Schrödinger hatte es sich auf einem der Büchertürme gemütlich gemacht und schnurrte zufrieden vor sich her. Marvin drehte sich zu ihm um.

„Ah, du bist wieder da! Und, was hast du herausgefunden?" In Marvins Stimme und Gesicht war nicht die Spur der Verzweiflung und des Wahnsinns zu erkennen, dass vor kurzen noch Jeffs Gesicht gezeichnet hatte.

„Nun, ich hab im Lompoc Gefängnis angerufen", sagte Jeff, „und der Wärter mit dem ich gesprochen hab, sagte mir, dass Peltier am 20. Juli ausgebrochen ist." Jeff erwartete von Marvin eine ähnlich schockierte Reaktion, wie er sie gezeigt hatte, als der Wärter dieses Datum nannte. Doch stattdessen griff Marvin seelenruhig zu einem Notizblock auf einem der Bücherstapel und strich dort die oberste Zeile durch.

„Option Eins können wir also vergessen. Schade, die Nummer mit dem Hellseher wäre echt cool gewesen." Jeff sah Marvin, ob seiner Gelassenheit und scheinbar völligen Unberührtheit gegenüber der Bedeutung des Gesagten, vollkommen perplex an. Dann sagte er, etwas lauter als beabsichtigt:

„Ja verstehst du denn nicht, was das bedeutet?" Überrascht hob Marvin eine Augenbraue und Schrödinger blinzelte irritiert zu Jeff hinauf.

„He, ganz sachte alter Knabe", sagte Marvin. „Natürlich versteh ich, worauf du hinaus willst. Doch das ist noch lange kein Grund auszuflippen." Er stand auf, lehnte sich an den Schreibtisch und kratzte sich am Rücken, wobei er sich streckte und dehnte, da er eine Stelle offenbar nicht ganz erreichte.

„Ich hab übrigens ein paar Leute gefragt, ob sie die Nachrichten auch doppelt gesehen haben. Ein paar Nachbarn und noch ein paar Leute mehr. Mann, du hättest ihre Blicke sehen müssen, ich glaube, die halten mich jetzt für völlig übergeschnappt ..."

„Haben sie doch schon immer", sagte Jeff, der sich wieder ein wenig beruhigt hatte. Er hatte vorhin in seiner Küche die Nerven verloren und ein wenig überreagiert, was ja auch in Anbetracht der Lage durchaus verständlich war. Marvin hingegen hatte einen kühlen Kopf bewahrt – das war wichtig.

„Demzufolge können wir Option Zwei ...", Marvin griff wieder zum Notizblock, „ebenfalls ausschliessen. Bin wohl nicht der Einzige, der an Amnesie leidet." Er strich eine weitere Zeile durch.

„Bleibt demzufolge nur noch eine Option – die dritte." Und die dritte Erklärung, schoss es Jeff durch den Kopf: Irgendetwas stimmt mit dir und dem Rest der Welt ganz und gar nicht und alle haben vergessen, dass sie die gleichen Nachrichten zwei Mal gesehen oder gehört haben."

„Aber das heisst ja dann ...", er spürte wie die Panik wieder in ihm hochstieg, „was ist mit der Woche zwischen dem 20. und dem 27. Juli passiert? Wieso merkt kein Mensch, dass diese Tage fehlen? Dass am Abend des 27. einfach so getan wurde, als sei wieder der 20. Juli?"

Marvin runzelte nachdenklich die Stirn, wobei er in eine Ecke des Raumes schaute. Dann sagte er:

„Ich denke, das ist der springende Punkt. Sie tun ja nicht so, als ob er der Kalender eine Woche zurückgesprungen sei, sondern sie merken einfach nicht, dass ihre Erinnerungen an die vergangene Woche einfach weg sind. Wer kann's ihnen verübeln?"

Fast synchron hob er Schultern und Augenbrauen hoch: „Wenn du einen Autoschlüssel auf dem Klo vergisst, erinnerst du dich erst daran, wenn du vor dem Auto stehst und dir in an die leere Hemdtasche greifst. Oder auch schon früher, aber erst dann, wenn dich etwas daran erinnert."

Er sah Jeff eindringlich an: „Was in meinem Fall du gewesen bist. Die vergangene Woche stellt meine Autoschlüssel dar und du bist der Wagen, der mich daran erinnert, dass ich meine Autoschlüssel irgendwo liegen gelassen hab. Doch ich wäre nie darauf gekommen, hätte mich nicht mein Auto oder sonst ein Gedanke, der mit dem Auto oder den Schlüsseln zu tun hat, daran erinnert."
Natürlich ...

„Wahrscheinlich aber", fuhr Marvin fort, „hätte mir diese fehlende Woche schon irgendwann mal auffallen müssen. Sagen wir, ich hätte Geburtstag am 23. Juli gehabt und könnte mich nun nicht mehr an diesen Geburtstag erinnern. Jetzt gehe ich heute Morgen völlig arglos durch Perkinsville spazieren und sehe, wie in irgendeinem Vorgarten ein Kindergeburtstag gefeiert wird. Ich sehe die Ballons, den Geschenkhaufen, vielleicht sogar einen Clown und muss dabei unweigerlich an die Geburtstage aus meiner Kindheit denken, die nie so bunt und fröhlich waren. Dann erfolgt in meinem Gehirn eine Assoziation, ausgelöst durch den Input Kindergeburtstag, die mich an meinen letzten Geburtstag denken lässt. Und da finde ich nur eine dicke, weisse Wolke, ein grosses, fettgedrucktes Fragezeichen vor. Ich strenge mich an, denke über vier oder fünf verschiedene Ecken nach, doch ich kann mich beim besten Willen nicht daran erinnern. Daraufhin frage ich meinen Vater, der kratzt sich am Hintern und kann sich auch nicht an meinen letzten Geburtstag erinnern, ich frage meine Nachbarn, meine Oma, ich frage Schrödinger, doch kein einziger von ihnen hat auch nur den blassesten Schimmer, wie ich meinen letzten Geburtstag verbracht habe und sie denken nach, wo sie denn an dem Tag waren, dass sie sich nicht erinnern können, doch auch das fällt ihnen nicht ein, woraufhin sie ihrerseits ihre Verwandten, Freunde, Nachbarn und Katzen fragen, doch keiner weiss es.

Doch dann frage ich dich Jeff, was an meinem letzten Geburtstag geschehen ist und du weisst es. Ich weiss nicht wie, ich weiss nicht woher und wieso, und du auch nicht, doch wir beide wissen, dass du es weisst. Denn du bist der Einzige, dem aufgefallen ist, dass sich diese Woche wiederholt hat. Denn du hast nicht vergessen, du hast gesehen wie sie in der Nachrichtensendung des 27. – aus welchen Gründen auch immer – einfach die vergangene Woche vergessen und dachten, es sei wieder der 20. Juli. Du hast natürlich, wie es jeder Mensch getan hätte, eine technische Störung vermutet, einen – zugegeben – etwas seltsamen Zwischenfall, aber nichts Übernatürliches oder Unlogisches. Du dachtest, dieselbe Videosequenz ein zweites Mal zu sehen, dabei war es in Wirklichkeit eine neue Aufnahme derselben Nachrichten von einer Woche zuvor. Denn die wirklich neuen Nachrichten – die Ereignisse die sich zwischen dem 20. und dem 27. Juli ereignet haben – tja, die hatten alle vergessen. Leonard Peltier hatte nicht fünf Tage in dem Baum ausgeharrt – sondern zwölf und er weiss es selbst nicht einmal.

Irgendetwas muss also am 20. Juli zwischen Null und Sechs Uhr Abends – dem Zeitpunkt der Nachrichtensendung – geschehen sein, das bei einem Grossteil der Menschen – meine kleine Stichprobe an befragten Personen legt diese Vermutung zumindest nahe –, die Erinnerungen an eine komplette Woche gelöscht hat. Ausser bei dir und womöglich ein paar anderen Menschen. Es können jedoch nicht allzu viele sein, da bei einer steigenden Anzahl von Menschen, die sich an diese Woche erinnern können, die Wahrscheinlichkeit exponentiell steigt, dass diese Menschen andere Menschen auf dieses Phänomen aufmerksam machen, welche wiederum andere darauf hinweisen. Genauso wie du mich. Die Medien würden sich natürlich mit Freuden auf dieses Thema stürzen, würde es ihnen auffallen oder würden sie davon erfahren, doch offenbar haben sie das noch nicht."

Mittlerweile tigerte Marvin mit hinter dem Rücken zusammen gelegten Händen durch den Raum, während er konzentriert seinen Monolog vortrug. Jeff war erstaunt darüber, mit welch unheimlicher Präzision und wissenschaftlicher Distanziertheit er dem Phänomen auf den Grund ging – und auch bemerkenswert weit gekommen war. Er fuhr fort:

„Nur eines ist mir noch nicht klar. Wieso ist allem Anschein nach noch niemandem eine der vielen Ungereimtheiten aufgefallen? Etwa mein Beispiel mit dem Geburtstag. Es sind bereits fünf Tage nach Ende der Massenamnesie verstrichen und mittlerweile müssen sich doch unzählige andere Situationen ergeben haben, in denen jemand sich an ein Ereignis der vergangenen Woche zu erinnern versuchte, es aber nicht schaffte, andere darauf ansprach, und diese ebenfalls daran scheiterten. Das müsste doch für einen Aufschrei gesorgt haben, verdammt! Es müsste in aller Munde sein, in den Medien, das einzige Gesprächsthema weit und breit ..." Marvin setzte sich ob dieser selbst für ihn gewaltigen Denkleistung erschöpft auf seinen Stuhl und massierte sich die Schläfen.

„Ich befürchte, hinter diesem Mysterium erwartet uns noch ein ganzer Ozean von anderen Mysterien, welchen wir in einer Nussschale zu überqueren versuchen." Dann sah er wieder zu Jeff auf und in seinem Blick lag etwas Eisenhartes, wie Jeff fand.

„Aber wir werden diesem Rätsel schon auf den Grund gehen Jeff. Du und ich. Nur gut, dass du diese Nachrichtensendungen gesehen hast, sonst wäre es dir womöglich gar nie aufgefallen, das heisst irgendwann natürlich schon, aber du hättest diesen Hinweis nicht vorweisen können, dem wir dann nie nachgegangen wären und ich hätte dich für verrückt gehalten. Und da du momentan so isoliert lebst, denke ich dass du sonst in jener Woche niemanden begegnet bist, oder?"

Jeff dachte kurz nach: „Doch. Wir zwei waren am Sonntag, also am 21. unten in Springfield. Dort bin ich dem Postbeamten begegnet."

„Echt?", fragte Marvin. „Was habe ich dort gesucht?"

„Du warst in der Bibliothek und hast dir einen Riesenstapel Bücher ausgeliehen. Die hier, schätze ich." Jeff wies auf die Bücher am Boden. Marvin blickte hinab, nahm eines in die Hände und sah es sich genauer an.

„Scheisse ja. Das sind beschissene Bibliotheksbücher! Wie konnte mir das noch nicht aufgefallen sein?" Jeff zuckte mit den Achseln.

„Am gleichen Tag bin ich dann noch Linda Burton, Billy Hawkins und Tucki begegnet. Ausserdem hab ich noch ein paar Leute, die ich kenne, im *Corner* gesehen."

„Linda wer?"

„Linda Burton. Die war früher mit uns in der Klasse."

„Ah die", grinste Marvin, „die ist doch ein ganz schön heisser Feger, nicht?" Jeff musste ebenfalls grinsen.

„Und ein paar Tage später bin ich noch Billys Vater begegnet. Das waren alle."

„Das heisst, dass wir mithilfe dieser Personen feststellen können, ob unsere Vermutungen so weit richtig sind. Denn falls sie das sind, können sich all diese Personen nicht mehr im Geringsten daran erinnern, mit dir letzte Woche geredet oder dich auch nur gesehen zu haben, genau wie ich. Und dann können wir sie darauf ansprechen, was sie denn letzte Woche getan haben und es wird ihnen auffallen, dass da etwas ganz gewaltig nicht stimmt."

„Ja", stimmte Jeff zu, „das ist ein guter Plan."

„Ich schlage vor, wir gehen ihn morgen an? Du siehst ganz schön fertig aus und ich will noch ein paar Recherchen, betreffend Themen anstellen, die hierbei relevant sein könnten."

Er wollte auf einen der Bücherstapel klopfen, doch er erwischte genau den, auf dem der zusammengerollte Schrödinger lag, noch immer schlafend und schnurrend. Erschrocken sprang Schrödinger auf – was bei seiner Körpermasse eher einer müden Blähung glich als einem Sprung – brachte bei dem Versuch, sich vom Stapel abzustossen, den Bücherturm zu Fall und fiel entgegen der bekannten Volksweisheit, dass Katzen stets auf allen Vieren landen, auf seinen fetten Hintern, was ein furchtbar lautes Miauen aus seiner Kehle hervor brachte und ihn in einem Tempo, das weder Jeff noch Marvin je bei ihm beobachtet hatten, die Flucht durch die Zimmertür ergreifen liess. Marvin kugelte sich vor Lachen auf dem Boden, zerknitterte dabei Papier und warf noch mehr der Bücher um, während Jeff sich krampfhaft schüttelnd auf den Stuhl abstützen musste, um nicht das gleiche Schicksal wie Schrödinger zu erleiden. Eine gute Minuten verstrich, bis die beiden sich wieder eingekriegt hatten und Jeff, hie und da immer noch von kleinen Lachanfällen durchzuckt, wortlos das Zimmer verliess und sich müde aber frohen Mutes auf den Weg nachhause machte. Dies war vielleicht das letzte Mal in seinem Leben gewesen, dass er derart unbeschwert hatte lachen können.

KAPITEL 10

„Erde, bitte kommen. Erde, könnt ihr mich hören? Columbus hier, könnt ihr mich hören?" Rauschen.

„Erde, bitte kommen, Columbus hier. Hört ihr mich?" Wieder bloss Rauschen.

„Kann mich denn keiner hören?" Offenbar nicht. Luckman wandte seinen Blick vom Kontrollpult ab. Wann hatten sie das letzte Mal Funkkontakt zur Erde gehabt? Vor vier Jahren, behauptete der Bordcomputer, aber der hatte seine Glaubwürdigkeit schon lange verspielt. Und für Luckman fühlte es sich so an, als sei bereits ein Jahrhundert vergangen, doch das musste nichts heissen, hier oben waren alle Tage gleich. Streng genommen gab es im interstellaren Raum gar keine Tage, denn ein Tag war als die Zeitspanne definiert, die ein Planet brauchte um einmal seinen Heimatstern zu umkreisen. Wo kein Sonnensystem, da auch keine Tage – technisch gesehen. Natürlich hielt sie das nicht davon ab, die Zeit weiterhin in Tagen, Wochen und Monaten zu messen, da der Mensch ein Gewohnheitstier war und einen Referenzpunkt brauchte, um begreifen zu können, wie viel Zeit denn nun verstrichen war. Auch wenn das hier oben nicht wirklich von Bedeutung war. Zeit ist relativ, das hatte schon Einstein gesagt, und hier oben war sie relativ unwichtig.

In den letzten Tagen waren Luckmans Gedanken nur noch in solchen Bahnen umher gekreist. Nein, eigentlich umherellipsiert. Im Weltraum gab es keine Kreise, Körper umkreisen andere Körper nur in Ellipsen. Das heisst, Körper ellipsierten um andere Körper. Luckmans Lachen hallte durch das Cockpit und erzeugte ein unheimliches Echo. Er blickte sich über die Schulter. Hatte er sich den gleichen Scherz nicht schon gestern ausgedacht? Oder war es vorgestern gewesen? Gestern .... Das war die Zeiteinheit der Erde, das sagte ihm nichts. Es war einfach vorher gewesen, vor jetzt und das reichte Luckman auch vorerst. Es gab vorher, es gibt jetzt und es wird nachher geben, dachte er.

Natürlich gab es Systeme an Bord, die verhindern sollten, dass die Astronauten ihr Zeitgefühl verloren. Abends gingen alle Lichter aus und man konnte nur noch über kleine Lämpchen oder die Notbeleuchtung etwas sehen. Auch die Jahreszeiten wurden simuliert: Im Sommer gingen die Lichter später aus und früher wieder an, im Winter das Umgekehrte. Es gab sogar ab und zu eine simulierte Sonnenfinsternis, bei der alle Lichter an Bord ausgingen. Alles ereignete sich synchron zu den Zyklen auf der nördlichen Hemisphäre einer fiktiven Erde, auf der die Zeit gleich schnell verging wie auf der Columbus. Der Mondzyklus wurde ebenfalls simuliert, indem nachts mal schwächeres, mal stärkeres Leuchten von den Wänden ausging, die ähnlich wie fluoreszierende Pilze, die Helligkeit der Tageslampen aufnahmen und nachts wieder abgaben. Luckman, der in der Stadt geboren und aufgewachsen war, kam der Mondzyklus fremd vor, in der Stadt gab es so etwas nicht, in der Stadt herrschte immer Tag. Doch trotzdem oder vielleicht gerade deswegen, mochte er das sanfte, weisse, etwas unwirkliche Leuchten der Wände. In letzter Zeit ertappte er sich immer öfters dabei, wie er sich nachts aus dem Bett stahl und sich in den langen Flur, der den Gemeinschaftssaal mit der Steuerungszentrale verband, hinhockte und stundenlang die Wand beobachtete. In diesem Flur schien das Leuchten am intensivsten zu sein, fand Luckman. Doch das war nicht der einzige Grund, wieso er diesen Ort zu seinem nächtlichen Rückzugsort auserkoren hatte. Es gab noch zwei weitere Gründe: Der eine war, dass er hier nicht einschlafen konnte. Wer nicht einschlief, hatte auch keine Träume, die sie trotz der Schlaftabletten, die sie nahmen, neuerdings alle hatten. Und der andere Grund, wieso Luckman sich nachts mit Vorliebe im Flur aufhielt, war, dass dies einer der wenigen Orte im ganzen Raumschiff war, an dem es keine Luke gab, von der man nach aussen in die Untiefen des Weltraum hätte sehen können. Denn wenn er das tat, sah er manchmal ihn. McCarron hatte ihn als Erster gesehen.

„Scheisse, verdammt nochmal", hatte er gerufen, „Leute kommt schnell her, das müsst ihr euch ansehen!" Sofort waren Bowers und Luckman zur Aussichtskuppel herbeigeeilt, aus der McCarrons Rufe kamen.

„Leute wo bleibt ihr denn?", rief McCarron und in seiner Stimme hatte Luckman mehr als nur einen Anflug von Panik herausgehört.

„Wir sind ja schon da, Ed", sagte Bowers als sie eintraten. „Was ist denn lo..." Doch er beendete seinen Satz nicht, sondern schaute nun wie McCarron gebannt aus dem runden, mannshohen Panoramafenster der Kuppel. Luckman hatte nicht sofort erkannt, was die beiden anstarrten, doch dann fand er inmitten der Myriaden von Sternen, dieser vielen kleinen weissen Punkte, einen, der grösser war als die anderen. Eigentlich war er nicht grösser gewesen, im Gegenteil, er war sogar kleiner gewesen als die Sterne, viel kleiner, aber er war näher als sie. Viel näher.

„Ist das ein ... das kann doch nicht ...", begann Bowers. McCarron reichte Bowers wortlos das Digitalteleskop. Er musste es nicht auf die richtige Entfernung einstellen, das hatte McCarron schon getan. Etwa eine Minute betrachtete er den seltsamen weissen Punkt durch das Digitalteleskop. Dann hatte er nur „Heilige Scheisse ..." gemurmelt und das Digitalteleskop weitergereicht. Luckman hob es ans Auge, suchte den Punkt, und als er ihn fand, verschlug es ihm den Atem. Dort draussen, etwa zwei Kilometer vor ihrem Raumschiff, schwebte ein Astronaut. Sie waren hier mutterseelenallein in den Tiefen des Alls, etwa 700 Lichtjahre von der Erde entfernt und flogen mit 99,9 Prozent der Lichtgeschwindigkeit durch den interstellaren Raum und neben ihnen her flog munter ein gottverdammter Astronaut, der ihr Tempo offensichtlich locker mithielt. Und als Luckman das Digitalteleskop wieder senkte, um den weissen Punkt nochmal von blossem Auge zu betrachten, war dieser ebenso plötzlich verschwunden, wie er gekommen war.

„Habt ihr das auch gesehen", fragte Luckman verdattert, „da war ein beschissener ..."

„Ssshh!", fuhr in Bowers an und hielt ihm mit einer Hand den Mund zu. „Sprich es nicht aus Luckman! Schreib es auf deinen Schirm, aber sag kein Wort!" Erst verstand Luckman gar nichts mehr doch dann begriff er. Geistesgegenwärtig hatte Bowers an ihre Ausbildung gedacht, was im Falle von Halluzinationen und vermeintlich paranormalen Ereignissen zu tun war. Bowers zog seinen Schirm aus seiner Gesässtasche und McCarron und Luckman taten es ihm gleich. Wortlos schrieb jeder von ihnen das, was er seiner Meinung nach gesehen hatte, auf den Schirm.

Nach ein paar Minuten fragte Bowers: „Bereit?" McCarron und Luckman nickten und die drei hielten ihre Schirme in die Mitte. Jeder las die Beschreibungen der zwei Anderen und ihre Mienen verfinsterten sich.

„Scheisse ...", flüsterte McCarron, doch es hätte genauso gut Luckman oder Bowers sein können.

„Verdammt was machen wir jetzt? Das war keine Halluzination, wir haben alle das Gleiche gesehen!"

„Ach red' keinen Unsinn Ed", sagte Bowers. „Was soll denn das deiner Meinung nach sonst sein, wenn es keine Halluzination war?" Bowers hatte richtig aufgebracht gewirkt, dass McCarron nicht seiner Meinung war. „Wie kann ein Mensch 700 Lichtjahre entfernt von der Erde entfernt hierhergelangt sein? Ohne Raumschiff? Es gibt kein Schiff, das auch nur so annähernd so weit ins Weltall vorgestossen ist wie die Columbus, also wie soll das gehen, hm?" Er funkelte McCarron an, der wieder aus der Kuppel starrte. Ins Nichts.

„Aber wir haben alle drei genau das Gleiche gesehen", stammelte McCarron. „Er war etwa zwei Kilometer entfernt, hatte einen von unseren Anzügen an und regte sich nicht. Wir haben's alle aufgeschrieben ..."

„Wir reden beim Abendessen noch mal darüber", beschloss Bowers und wandte sich zum Gehen. „Wenn wir uns alle wieder beruhigt haben." Er sah McCarron und Luckman noch einmal eindringlich an und ging dann. Luckman sah ebenfalls zu McCarron und dann nochmal durch das Fenster ins All. Und gerade als er seinen Blick wieder abwandte und sich umdrehte, meinte er, wieder den weissen Punkt im Augenwinkel zu erblicken. Er blickte wieder genauer hin. Doch da war nichts.

Beim Abendessen hatten sie sich alles andere als wieder beruhigt. McCarron zerkrümelte den Zwieback zwischen seinen Fingern, während Luckman, vollkommen in Gedanken versunken, Ketchup in sein Apfelmus spritzte. Alles unter den abschätzigen Blicken von Bowers. Fast schon feindselig sieht er uns an, dachte Luckman. Vor allem McCarron. Das schummrige Licht im Gemeinschaftsraum ging ihnen schon längst auf die Nerven, Luckman am meisten. Doch auf der nördlichen Hemisphäre einer fiktiven Erde die 700 Lichtjahre entfernt war, war es gerade Winter, also musste hier oben auch Winter sein.

Dann erhob Bowers die Stimme: „Als Kapitän dieses Raumschiffes und Leiter dieser Mission", begann er ungewöhnlich formell seine allabendliche Ansprache, „ist es meine Pflicht, die Crew über alle Ereignisse des Tages zu informieren. Heute haben wir wie üblich etwa sechseinhalb Millionen Astronomische Einheiten an Strecke zurückgelegt und sind somit 694,5 Lichtjahre von der Erde und 705,5 Lichtjahre von Kepler-452b entfernt. Unsere momentane Geschwindigkeit liegt unverändert bei 99,9% der Lichtgeschwindigkeit. Wir sind vor drei Erdenjahren, elf Monaten und neunzehn Tagen von der Erde aufgebrochen und werden voraussichtlich in vier Erdenjahren und zwölf Tagen Kepler-452b erreicht haben. Seit unserem Aufbruch sind ziemlich genau 694,5 Jahre auf der Erde vergangen. Beim Zeitpunkt unserer Ankunft auf Kepler-452b werden es voraussichtlich 1400 sein. Ich schliesse."

Dieser letzte Satz beendete automatisch die Aufnahme, die täglich an die Erde gesendet wurde. Bowers setzte sich wieder hin und begann sich mit mechanischer Regelmässigkeit Chili con carne in den Mund zu löffeln. Luckman sah zu McCarron hinüber und wartete dessen Reaktion ab. Dieser sah fassungslos Bowers an und rief dann, fast schon schreiend: „Und was ist mit dem gottverdammten Astronauten, der heute ein paar Minuten neben unserem Raumschiff daher geschwebt ist? Findet das etwa keine Erwähnung in deinem Bericht?" Bowers erhob sich wieder und fuhr in seinem stoischen, beinahe maschinellen Ton, zu Reden fort. Langsam wurde er Luckman unheimlich.

„Ergänzung: Heute Nachmittag, etwa gegen drei Uhr, ereignete sich ein Zwischenfall, bei dem alle drei Crewmitglieder einen vermeintlichen Astronauten ausserhalb des Raumschiffes zu sehen glaubten. Da dies physikalisch nicht möglich ist, kam man unter allgemeiner Übereinkunft zum Schluss, dass dieser Astronaut eine Halluzination gewesen sein muss – bedingt durch die mittlerweile fast vier Jahre andauernde Isolation auf diesem Raumschiff. Ich schliesse."

Er setzte sich hin und ass weiter. Nun war es McCarron, der Bowers feindselig anstarrte. Es war nicht das erste Mal gewesen, dass es Spannungen zwischen den beiden gab, aber noch nie war es so deutlich zum Vorschein gekommen. McCarron hatte seinen

Vorgesetzten angeschnauzt und Bowers hatte McCarron offen ins Gesicht gelogen. Doch keiner hatte seine Energie wirklich entladen und das machte die Situation umso gefährlicher.

Luckman musste eingreifen. Er konnte das Thema nicht so einfach unter den Tisch kehren wie Bowers, denn das würde McCarron in Rage bringen und obendrein war es unverantwortlich. Schliesslich hatten sie es hier mit einem Phänomen zu tun, dass es zu erforschen galt. Dies war eine Forschungsmission und sie hatten den 1400 Lichtjahre langen Weg auf sich genommen – den weitesten den je ein Mensch auf sich genommen hatte – um den Weltraum zu erforschen. Nicht um Berichte schön zu reden. Andererseits wollte sich Luckman auch nicht auf die Seite von McCarron schlagen. Zwar teilte er seine Meinung, doch verstand er Bowers besser und wusste, dass ein Frontalangriff auf dessen Autorität nichts bringen würde. Ausser einem Konflikt, den es unter allen Umständen zu vermeiden galt. Also beschloss Luckman, ganz wie der Wissenschaftler, der er war, das Phänomen auf sachlicher Ebene wieder auf den Tisch zu bringen.

„Ich hatte heute Nachmittag ein wenig Zeit über dieses Ereignis nachzudenken", begann er, darauf bedacht, weder McCarron noch Bowers anzusehen, um bei keinen der beiden, den Eindruck zu erwecken, er schlüge sich auf die Seite des jeweils Anderen, „und bin auf eine weitere mögliche Erklärung gekommen, neben der, dass wir halluziniert haben, die ich immer noch für am wahrscheinlichsten halte." Beide hörten ihm gespannt zu. Dass es noch eine weitere, rationale Erklärung geben könnte, war wohl keinem von ihnen in den Sinn gekommen.

„Mittlerweile sind wir ja bereits fast vier Jahre unterwegs und wie wir alle wissen, sind aufgrund der Zeitdilatation bereits 700 Jahre auf der Erde vergangen und seit dem Einschalten des Antimaterie-Antriebs haben wir keinen Funkkontakt mehr zur Erde.

Wir senden zwar regelmässig Signale, Berichte und andere Daten über Funk an die Erde, doch können wir selber niemals welche von ihr empfangen, da wir uns mit 99,9 Prozent der Lichtgeschwindigkeit – derselben Geschwindigkeit von elektromagnetischen Funkwellen – von der Erde wegbewegen."

„Worauf willst du hinaus?", fragte Bowers. Luckman hob die Hand zu einer um Geduld bittenden Geste und fuhr fort.

„Worauf ich hinaus will ist: Unser Raumschiff ist hoffnungslos veraltet. Die Welt wie wir sie kennen, existiert schon lange nicht mehr und das gilt auch – oder vor allem – für die Technologie. Wahrscheinlich können wir uns die technischen Fortschritte, die in unserer fast 700 Jahre langen Abstinenz erzielt wurden, nicht einmal in unseren kühnsten Träumen vorstellen."

„Na und?", warf McCarron ein, „ich denke, das wussten wir alle schon, als wir an Bord kamen. Was hat das mit diesem ... mit diesem Ding zu tun?"

„Das hat insofern mit uns zu tun, als dass es das Phänomen, das wir heute Nachmittag beobachten konnten, erklären könnte", beendete Luckman sein Plädoyer. Eine Weile lang sagte niemand etwas. Dann Bowers:

„Du meinst also, dass uns ein Astronaut mit modernster Technik aus der Erde besucht hat? Und mit seinem beschissenen Jetpack schneller als das Licht durch das Weltall düst?"

„Er könnte durch ein Wurmloch gekommen sein", meinte McCarron.

„Ein Wurmloch? Alles nur Theorie", sagte Bowers und lehnte sich in seinem Sessel zurück.

„Für uns ja", sagte Luckman, „für die Menschen auf der Erde, wer weiss."

„Angenommen es wäre so", sagte Bowers und beugte sich wieder zu Luckman vor, „angenommen die Menschen verfügen tatsächlich über die nötigen Technologien und brechen genug physikalische Gesetze, um hierher zu kommen. Wieso kreuzt dieser Astronaut hier bei uns auf, spielt mit uns einen verdammten Starr-Wettbewerb und macht sich dann wieder spurlos aus dem Staub, ohne auch nur ein kleines *Hallo* zu sagen oder auf einen Kaffee vorbeizukommen? Wieso verpisst sich der Dreckskerl einfach und lässt uns hier weiter allein vor Langeweile krepieren? Ein Gast wäre doch mal eine willkommene Abwechslung gewesen ..." Darauf hatte Luckman nichts zu erwidern.

Für Bowers hatte sich das Thema erledigt, er nahm seinen Plastikteller, schmiss ihn in den Putzschacht und verliess wortlos den Gemeinschaftsraum. Kurz darauf folgte ihm McCarron und Luckman sass nun unter der schummrigen Winterbeleuchtung allein am Tisch. In diesem einen Punkt hatte Bowers ja recht gehabt. Es war seltsam, dass der Astronaut keinen Kontakt mit ihnen aufgenommen hatte. Und noch etwas sprach gegen seine Theorie, auch wenn es bisher nur Luckman aufgefallen zu sein schien, zumindest hatte es keiner der Anderen angesprochen. Der Typ hatte einen von unseren Anzügen an. Luckman konnte sich kaum vorstellen, dass die NASA nach 700 Jahren immer noch die gleichen Anzugsmodelle verwendete. Falls es die NASA überhaupt noch gab.

Die Träume hatten noch in derselben Nacht begonnen. Luckman war früh zu Bett gegangen und nach Einnahme seiner Schlaftablette wie üblich rasch eingeschlafen. Eigentlich waren die Tabletten nur für die ersten Wochen der Reise bestimmt gewesen, in denen es den Astronauten auf Grund der Umgewöhnung an die neue Umgebung schwer fiel einzuschlafen. Doch sie waren alle abhängig davon geworden und hatten gar nicht mehr ohne sie einschlafen können. Nachdem ihr Vorrat zur Neige gegangen war – sie hatten die 20-Jahres-Ration in knapp eineinhalb Jahren durchgebracht – hatte McCarron herausgefunden, wie er mithilfe des Nanodruckers, aus einem Cocktail von Kohlefasern, Wasser und einer winzigen Dosis ihres bestehenden Vorrats der regulären Schlaftabletten, Thalidomid-Moleküle – besser bekannt unter dem Namen Contergan – ausdrucken konnte. Luckman wollte nicht die Kinder sehen, die sie zeugen würden, doch auf Kepler-452b gab es ohnehin keine Frauen. Jedenfalls machte McCarrons Eigenproduktion noch süchtiger als das NASA-Zeug und sie hatten es sich zur Gewohnheit gemacht, McCarrons Tabletten tagsüber zu zerstampfen und es sich mit einem Strohhalm durch die Nase zu ziehen, um es als Koks-Ersatz zu verwenden, und nachts die Tabletten als Schlafmittel zu schlucken.

„Was ich auf der Erde für ein Vermögen mit dem Zeug machen würde …", sagte McCarron immer, wenn er das Zeug schniefte. „Ein verdammtes Vermögen, sag ich euch."

„Du kannst dein Koks ja auf Kepler verticken", hatte Bowers einmal gesagt. „An die bekloppten keplanischen Klempner."

„Unten in Mexiko hätte ich ein gemütliches Labor, während in den Staaten meine Leute es für 300 Dollar das Milligramm verticken, verdammt nochmal."

„Und woher willst du die NASA-Kapseln kriegen?", warf Luckman ein.

„Die Stoffe sind nicht so besonders, die könnte ich auch aus Pseudos oder so was synthetisieren." Luckman lachte.

„Reicht dir den das NASA-Gehalt nicht?"

„Du Witzbold", meinte McCarron. „Mit den hundert Riesen kann ich hier oben ohnehin nichts anfangen, die gehen alle auf mein Bankkonto auf der Erde und gehören damit faktisch meiner Frau. Und ich will nicht wissen, von wie viele Typen sie es sich schon hat besorgen lassen, während ich hier …"

McCarron fuhr hoch: „Verdammt, vielleicht hat sie sich schon scheiden lassen und ich werde es nie erfahren können." Er raufte sich die Haare.

„Deine Frau ist tot, McCarron", hatte Bowers gesagt. „Es sei denn, die Menschen können nun 300 Jahre alt werden."

Es war nicht das erste Mal gewesen, dass einer von ihnen daran erinnert werden musste, dass auf der Erde die Zeit viel schneller verging, als auf der Columbus. Natürlich wusste das McCarron, aber die Intuition liess es einen immer wieder vergessen. In einem Punkt hatte sich Einstein geirrt: Es gab eine universelle Zeit und das war die innere Uhr des Menschen, zumindest fühlte es sich so an. Luckman war Mathematiker, Astrophysiker und Ingenieur, doch je länger er an Bord war, desto eher begann er daran zu zweifeln, ob die Gesetze der Physik die sie damals, vor vier (oder vor 700?) Jahren auf der Erde gelernt hatten, immer noch stimmten. Er hatte keinerlei rationalen Anhaltspunkt für diese Annahme, es war sein Bauchgefühl, das ihm das sagte. Auf der Erde war er ein eiskalter Logiker gewesen und hatte seinem Bauchgefühl nie viel Beachtung geschenkt, doch hier oben, das hatte er schnell feststellen müssen, liefen die Dinge anders. Abgesehen von den ersten Wochen, während denen sie auf annähernde Lichtgeschwindigkeit beschleunigten, hatte er seine Fähigkeiten als Wissenschaftler noch nicht wirklich unter Beweis stellen müssen. Das würde sich bei der Landung auf Kepler-452b bestimmt ändern, doch auf dem Raumschiff hatte er seine Aufmerksamkeit schon bald auf andere, vielleicht sogar noch wichtigere Aufgaben lenken müssen, die eher in den Bereich der Soft Skills eines Astronauten passen. Das eine war, dafür zu sorgen, dass sich McCarron und Bowers nicht ständig an die Gurgel gingen, was in letzter Zeit immer schwieriger geworden war. Die andere Aufgabe war es, sich irgendwie zu beschäftigen, um nicht den Verstand zu verlieren. Die Bordbibliothek (natürlich digital), hatte er sich schnell (ebenfalls digital, über den Chip in seinem Unterarm) einverleibt und daneben gab es nicht viele Möglichkeiten, sich die Zeit zu vertreiben. Man konnte Pseudo-Koks schnupfen, essen, Videospiele spielen, Nachrichten an die Erde schicken, ohne jemals eine Antwort erhalten zu können, stundenlang aus der Panoramakuppel blicken oder traumlos schlafen, um zu versuchen, sich die Zeit totzuschlagen. Denn je mehr sie dies taten, desto weniger Zeit blieb ihnen, um verrückt zu werden. Mittlerweile zweifelte Luckman, ob ihnen das gelungen war.

In jener Nacht hatte Luckman also wie üblich eine von McCarrons Tabletten genommen und war nach wenigen Sekunden eingeschlafen. Doch statt wie sonst in einen langen, traumlosen Schlaf zu fallen, wachte er nach kurzer Zeit wieder auf. Schlafmittel stören die biologische Uhr des Menschen, die auch während des Schlafs tickt, so dass man nach dem Aufwachen nicht sagen konnte, ob man zwei Minuten oder zwanzig Stunden geschlafen hatte. McCarrons Pillen jedoch liessen Luckman mit unheimlicher Präzision immer exakt zehn Stunden, 28 Minuten und etwa vierzig bis fünfzig Sekunden schlafen. Bei Bowers und McCarron selbst waren die Zeiten kürzer, doch ebenfalls immer exakt gleich, vorausgesetzt sie nahmen die gleiche Dosis und McCarron verpfuschte seine Portionen bei der Herstellung nicht, was durchaus bereits vorgekommen war. Eigentlich ein Wunder, dass bisher noch keiner von ihnen eines Morgen von Bauchkrämpfen geschüttelt und mit schäumendem Mund aufgewacht oder gar elend krepiert war.

Luckman hatte also angenommen, dass die üblichen zehn Stunden verstrichen waren, stand auf, wusch sich, kleidete sich an und ging in den Gemeinschaftsraum, um zu frühstücken. Zu seiner Überraschung hatte er dort niemanden vorgefunden, normalerweise waren McCarron und Bowers aufgrund ihrer kürzeren

Schlafzyklen immer schon vor ihm beim Frühstücken. Als er seine Mahlzeit beendet hatte (250 Gramm Frosted Flakes mit Sojamilch und einer Nase Koks) und die Anderen immer noch nicht aufgetaucht waren, begann er, sie zu suchen. In ihren Zimmern waren sie nicht und auch nicht auf dem Klo, weder im Labor, noch im Gewächshaus, im Cockpit oder gar im Lagerraum. Selbst in der Schleuse hatte er nachgesehen. Blieb nur noch die Panoramakuppel übrig. Er konnte sich nicht erklären, wieso ihm dieser naheliegende Ort, erst in diesem Augenblick eingefallen war, doch es war nun mal so und Luckman schenkte dem keine weitere Beachtung. Hätte er auf sein Bauchgefühl gehört, wäre er wohl nicht in die Kuppel gegangen, sondern hätte sich zurück an den Esstisch gesetzt und gewartet bis die beiden aus der Kuppel – wo sie sich dem Ausschlussprinzip gemäss aufhalten mussten – heraus kämen. Oder auch nicht. Doch er hatte nicht auf sein Bauchgefühl gehört, sondern stattdessen das Rationalste getan, was man in so einer Situation tun konnte. Nämlich nachgeschaut. Und er hatte es bereut. Bitter bereut.

Die Kuppel befand sich in einem etwas abgelegeneren Teil der Columbus, daher brauchte er fast eine Minute, bis er sie erreicht hatte. Die Tür war zu seiner Überraschung geschlossen und sein intuitives Verlangen, sich einfach umzudrehen, die Tür geschlossen zu lassen und insbesondere das, was sich dahinter befand, nicht zu ergründen, war in diesem Moment so stark gewesen, dass er ihm fast nach nachgeben hätte. Doch seine rationale Ader als Wissenschaftler (oder doch eine andere Kraft?), hatten ihn dazu bewegt, die Tür trotzdem aufzumachen und nachzusehen, ob McCarron und Bowers sich in der Kuppel befanden.

Obwohl sie sich dort eigentlich hätten befinden müssen, denn überall sonst waren sie ja nicht, glaubte er in diesem letzten Augenblick, bevor er die Tür aufmachte, nicht daran, dass er McCarron und Bowers dahinter vorfinden würde. Nein, noch mehr als das, er hatte es gewusst.

Er öffnete also die Tür und die Kuppel war leer. Er ging hinein, sah aus dem Panoramafenster und erblickte ihn. Den Astronauten. Dieses Mal war er viel näher heran gekommen als am vergangenen Tag und schwebte höchstens fünfzig Meter von der Kuppel entfernt. Luckman empfand weder die Angst noch die Verwirrung, die sie alle noch tags zuvor verspürt hatten. Er stand dem Astronauten vollkommen gleichmütig gegenüber, so, als ob er schon von Beginn ihrer Reise an dort geschwebt hätte und in gewisser Weise, das spürte Luckman, war das auch so. Auch wenn noch nie so nah wie jetzt und erst seit gestern so nah, dass sie ihn sehen konnten. Doch je länger man sich im interstellaren Raum befand, einem Raum so gross, dass er mit jenen den Menschen bekannten Grössenverhältnissen nicht mehr zu fassen war, desto eher begannen Fragen wie *wo?*, *wie weit?* und *wie lange noch?* unwichtig, ja nicht einmal mehr vorstellbar zu werden. Was waren schon 1400 Lichtjahre? War es die Entfernung zwischen der Erde und Kepler-452b? War es der Weg zum Supermarkt? Was waren schon eine Oktilliarde Lichtjahre, im Vergleich zur Unendlichkeit?

In diesem Augenblick war es Luckman scheissegal, woher er zu wissen glaubte, dass der Astronaut sie schon von Anfang an begleitet hatte. Und wenn er *von Anfang an* dachte, dachte er nicht an den Anfang ihrer Reise, sondern den Anfang von Allem. An den Anfang der Raumfahrt, den Anfang der Schifffahrt, den Anfang der Verbreitung der Menschen über den Globus, den Anfang der ersten Menschen an den Flüssen Afrikas, den Anfang des Universums und vielleicht sogar darüber hinaus. Denn genau von dort schien der Astronaut zu kommen. Jenseits von Raum und Zeit. Er war ein Fremdkörper, älter als die Zeit selbst, schon überall zu jeder Zeit gewesen und nun kam er zu ihnen. Zu ihrem Raumschiff. Zu Luckman.

Und bei diesem Gedanken breitete sich plötzlich Panik in Luckman aus, eine Panik, wie er sie noch nie zuvor erlebt hatte. Es war nicht so sehr Angst, weil dieses Ding im Astronautenanzug zu ihnen kam, sondern viel mehr Angst davor, dass dieses Ding das spiegelnde Visier seines Helmes aufklappen würde und er sehen könnte, was sich dahinter befand. Was dieses Ding war. Zwar ahnte er es bereits, doch die Ahnung allein ängstigte ihn nicht, mit der Ahnung allein konnte er leben, denn mit der blossen Ahnung konnte er sich immer noch einreden, verrückt zu sein und dass er sich das alles bloss einbildete, was zum Teil auch stimmte, denn spätestens in diesem Moment war Luckman klar geworden, dass er verrückt war und das schon seit einer ganzen Weile.

Was ihn wirklich ängstigte, war die Gewissheit. Die Gewissheit, die er haben würde, sobald das Ding das Visier aufklappte und er sah, mit eigenen Augen sah, was sich dahinter befand. Und kam nicht allein schon die Ahnung, glauben zu wissen, was sich hinter dem Helm dieses Dinges befand, dem eigentlichen Wissen verdammt nahe? Reichte die Ahnung allein nicht schon aus, um ihm, Luckman, den letzten Strohhalm zu rauben und ihm zu verwehren, sich in den Wahnsinn zu flüchten? War es schon so weit? War es dazu schon zu spät?

Vielleicht wenn er es aussprach, bevor er es sah, vielleicht würde das der Gewissheit ihre Gewissheit nehmen? Die Selbstanzeige als letztes Mittel der Strafmilderung? Ein Geständnis?

Ein Selbsteingestehen? Einen Versuch war es wert und so öffnete Luckman den Mund, um das Wort auszusprechen, das das eigentlich unbeschreibliche Ding hinter dem Helm so genau beschrieb, wie es eben ging, da es einfach nicht in Worte zu fassen war. Er holte tief Luft, brachte Lippen und Zunge in Position und wollte es gerade sagen, als das Ding seinen Arm hob und das Visier hochklappte. Noch ehe Luckman erkennen konnte, was sich dahinter befand, fand er sich in seinem Bett wieder, schweissgebadet und mit rasendem Herz. Eine gute Minute war vergangen, bis Luckman begriff, was geschehen war. Er blickte auf Uhr in seinem Schirm und diese gab ihm Gewissheit. Er hatte genau zehn Stunden, 28 Minuten und 45 Sekunden geschlafen und war soeben aus einem Traum erwacht.

Zumindest hatte er sich das eingeredet, denn obwohl das Erlebte definitiv nicht in der Realität stattgefunden hatte, wusste er, dass es mehr als ein Traum gewesen war. Zum Einen, weil man unter dem Einfluss von Schlafmittel unmöglich träumen konnte. Das Schlafmittel legte das Hinterhirn lahm, das die verschiedenen Schlafphasen steuerte, in denen die Träume erlebt werden. McCarrons Möchtegern-Contergan-Pillen machten dies besonders gründlich. Zum Anderen – und dieser Grund überwog für Luckman – war das Erlebte in diesem Traum nicht nur zu detailliert und zu real, um ein Traum zu sein, sondern hatte diese fremde Komponente, diesen Nachgeschmack des Ausseruniversellen, der unmöglich ein Produkt seines eigenen Gehirns sein konnte. Dieses Erlebnis war ihm eingepflanzt worden. Und er ahnte auch, nein, er wusste, von wem oder besser gesagt von was. Er hatte es vorhin fast ausgesprochen, doch zu spät, nur den Bruchteil einer Sekunde zu spät, der so klein und nichtig war, dass es sich nicht um einen Zufall handeln konnte.

„Schwarz", flüsterte er ehrerbietig in seine Decke hinein und ihm stiegen die Tränen in die Augen. Das Ding hinter dem Visier war schwarz.

Am nächsten Morgen sassen alle wie Zombies am Küchentisch und schoben sich wie Roboter, schnell, gleichmässig und schweigend ihre Frühstücksflocken in den Mund. Toast mit Marmelade, Fruit Loops und Corn Flakes waren ihnen nach zwei Jahren ausgegangen. Jetzt assen sie meistens Frosted Flakes und wenn die fertig waren, gab es nur noch Hirse und Fertigmüsli. McCarron schoss gern mal eine Prise Koks in die Flocken, er meinte, damit schmeckten sie besser. So tief gesunken war Luckman noch nicht, aber eigentlich war es doch egal, ob man das Zeug schniefte, schluckte, mit Milch und Frosted Flakes trank oder es sich mit einer Spritze aus dem Medizinarsenal des Schiffes in die Venen spritzte, wie Bowers es gerne tat. McCarron sah am Mitgenommensten von allen aus und er war es auch, der als Erster das Wort ergriff und es aussprach.

„Ihr habt ihn auch gesehen, nicht wahr?" Seine Stimme war heiser und klang in Luckmans Ohren merkwürdig hohl. Irgendwie ausgebrannt. So, als ob er lange geschrien hätte. Bowers sagte nichts, sondern setzte seine stoische Nahrungsaufnahme fort, also sah McCarron Luckman an. Dieser nickte.

„Er war ... es war ...", begann McCarron, doch er konnte oder wollte es nicht aussprechen.

Schwarz.

„Ich weiss schon Ed", ersparte ihm Luckman die Qual. Er selbst wollte das Wort jedoch auch nicht laut sagen. Keiner sprach ein Wort und bis auf Bowers, war ihnen auch der Appetit vergangen, also sassen sie beide einfach auf ihren Stühlen und beobachteten Bowers, wie er weiter ass und so tat, als hörte er nichts von alledem. Doch er musste ihre Blicke gespürt haben, denn auf einmal schaute er von seinem Teller auf und sah sie zornig an. Dann explodierte er.

„WHEELER WHEELER WHEELER!", brüllte er. „ES IST WHEELER, DER UNS HOLEN KOMMT, DER SICH AN UNS RÄCHEN KOMMT! UND WIR HABEN'S VERDIENT VERDAMMT NOCH-

MAL, WIR HABEN'S VERDIENT!" Dann begann er zu flennen, wie ein Baby: „Ich hab ihn auch gesehen, verdammt ... und jetzt ... haltet die Klappe." Er stand auf und ging.

McCarrons Antlitz war zu einer ausdruckslosen Büste erstarrt, doch Luckmans Gesicht konnte man förmlich ansehen, dass dahinter eine Erkenntnis gefallen war. McCarron und Bowers, hatten also nicht das Gleiche gesehen wie er. Mein Gott, dachte er, McCarron und Bowers denken, dass Wheeler der Astronaut ist. Auf diesen Gedanken wäre Luckman nicht mal im Traum gekommen.

Luckman hatte Wheeler ziemlich gemocht, doch als er ihnen ihr Koks wegnehmen wollte, war er zu weit gegangen. Wheeler war der Besonnenste von ihnen gewesen, noch vernünftiger als Luckman selbst. Und zugleich der diszipliniertste. Hätten wir vier Wheelers in der Mannschaft gehabt, wär's vielleicht nicht so weit gekommen, dachte Luckman, während er am Kontrollpult im Cockpit sass und auf eine Antwort auf seine Funksprüche wartete. Wheeler hatte von Anfang an nichts mit McCarrons Drogenküche zu tun haben wollen. Er hatte wie vorgeschrieben die Schlaftabletten nach der dreiwöchigen Umgewöhnungszeit abgesetzt und versucht, ohne sie zu schlafen. Natürlich war es auch ihm nicht gelungen, sein Körper war genauso abhängig wie ihre geworden, aber sein Geist blieb standhaft. Er nahm sie nicht mehr und schlief kaum noch, und als Luckman, McCarron und Bowers ihre Tabletten aufgebraucht hatten, fielen sie über Wheelers Vorrat her. Er hatte sich ihnen, obwohl hoffnungslos übermüdet und völlig erschöpft, in den Weg gestellt, doch Bowers hatte bloss „Geh aus dem Weg Wheeler, das ist ein Befehl" gesagt und Wheeler hatte gehorcht.

Im Nachhinein, dachte Luckman, musste das der Moment gewesen sein, indem Wheeler erkannte, dass er sich auf seinen Kapitän nicht mehr verlassen konnte, und in dem er beschlossen hatte, die Meuterei zu planen. Er hatte es ziemlich geschickt gemacht und sie wäre ihm auch fast gelungen, doch letztendlich war die Meuterei an ihm selbst gescheitert. Drei Jahre hatte er gewartet, bis er seinen Plan in die Tat umsetzte. Eines Morgens hatte sich McCarron wie immer ins Labor begeben, um eine Ladung Schlaftabletten zu fabrizieren, als er voller Schrecken feststellen musste, dass jemand das Steuerungsmodul des Nanodruckers, ausgeschraubt hatte. Dieses Modul war das Kernstück des Druckers, mit dem McCarron ihre Pillen herstellte. Das Modul steuerte die Abermillionen Nanoroboter, welche das gewünschte Molekül auf Molekularebene zusammenschraubten, Atom für Atom. Das Prinzip war simpel, aber die Technik dahinter unfassbar kompliziert und nicht einmal Luckman, der Ingenieur an Bord, hätte das Modul auch nur ansatzweise ersetzen können. Es hiess, es habe auf der ganzen Welt nur zwei von diesen Nanodruckern gegeben – damals, vor 700 Jahren. Eines war kaputtgegangen, da es der Herzschrittmacher des japanischen Erfinders beim ersten Betrieb in die Luft gejagt hatte (und den Erfinder mit ihm) und das zweite war mit 99,9 Prozent der Lichtgeschwindigkeit auf einen 1400 Lichtjahre entfernten Planet katapultiert worden, oder anders gesagt, es befand sich seit vier Jahren an Bord der Columbus.

Auf jeden Fall war das Steuerungsmodul unersetzlich für den Nanodrucker und der Nanodrucker war unersetzlich für die Herstellung von McCarrons Wunderpillen, dementsprechend war seine Empörung über diesen Diebstahl sehr gross. Er erzählte es Luckman und Bowers. Während Ersterer ähnlich empört wie McCarron war, war Letzterer stinksauer. Natürlich war allen klar, wer für den Diebstahl und aus welchen Motiven heraus verantwortlich war, und so machten sich die drei auf den Weg zu Wheelers Kabine. Dort war er jedoch nicht, also durchsuchten sie das ganze Raumschiff, doch Wheeler war nirgends zu finden. Bis nur noch ein Ort übrig blieb. Auf den ersten Blick der am wenigsten plausible, löste er bei ihnen Entsetzen aus, als sie ein zweites Mal darüber nachdachten. Es war die Luftschleuse, vor deren Tür sich Wheeler verkrochen hatte. McCarron wollte sich auf ihn stürzen, doch Wheeler zeigte auf den Kontrollschirm an der Wand, McCarron sah hin und erstarrte. Luckman trat näher heran und sah, was der Grund für McCarrons Erstarren war. In der Luftschleuse, die eigentlich als Ein- und Ausgang für die Astronauten gedacht war, befand sich das Steuerungsmodul des Nanodruckers.

„Du verfluchter Dreckskerl!", rief McCarron und wollte sich wieder auf ihn stürzen doch Wheeler hob seine Hand an den roten Knopf mit der Beschriftung AUSSENSCHLEUSE ÖFFNEN. Bowers Schlüssel, der den Schleusenmechanismus entsicherte, steckte bereits umgedreht im Schlitz.

„Bleib stehen Ed!" hatte Wheeler gerufen, „oder ich schiesse dein Scheissmodul ins All hinaus!" McCarron war ausser sich vor Wut und zudem verrückt, er wollte sich trotzdem auf ihn werfen, doch Bowers, der besonnener war, packte ihn an den Armen und zog ihn zurück.

„Beruhige dich Ed, verdammt nochmal. Das bringt doch nichts." Dann sah er Wheeler an, während er gleichzeitig den noch immer zappelnden McCarron zu bändigen versuchte.

„Und wir zwei gehen jetzt erst mal in mein Zimmer und besprechen das Problem in aller Ruhe. Gib mir einfach den Schlüssel und dann gehen wir."

„Nein", sagte Wheeler, seine Stimme war heiser und er hauchte die Worte fast. „Wenn ich das tue, bringt ihr mich um." Und da war Luckman aufgefallen, wie erschöpft Wheeler aussah. Seine Haare waren zerzaust und ungewaschen, unter seinen Augen lagen dicke, schwarze Tränensäcke. Natürlich, Wheeler hatte schon seit drei Jahren keine Nacht mehr richtig durchgeschlafen, doch seine Erschöpfung rührte von mehr her, als nur von blossem Schlafmangel. Seine Augen waren ausgebrannt, in ihnen lag die Verzweiflung einer in die Ecke gedrängten Katze, deren letzter Ausweg der Frontalangriff ist.

„Nein", wiederholte er. „Das geht jetzt lange genug so. Ich kann nicht zulassen, dass die Mission wegen euch Koks schniefenden, durchgeknallten Arschlöchern scheitert. Eure Sucht und euer Wahn gefährden die ganze Mission. Wir haben schon seit über einer Woche keinen Lagebericht mehr an die Erde geschickt und der letzte Generalcheck der Maschinen ist schon fast zwei Monate her. Du hast deine Autorität missbraucht Bowers, doch damit ist jetzt Schluss. Wenn du dich der Aufgabe als unwürdig herausstellst, muss ich das Kommando übernehmen."

Bowers lachte bloss, doch es war ein zorniges Lachen: „Du willst eine Meuterei gegen mich anzetteln, Wheeler? Ist es das, was du willst?"

Wheeler ging nicht auf ihn ein. „Du gibst mir jetzt deine Kanone Bowers. Nachdem du das getan hast, öffne ich die innere Schleusentür, hole das Steuerungsmodul aus der Schleuse und baue es wieder ein." Luckman und McCarron, der sich mittlerweile wieder beruhigt hatte, sahen überrascht zu Bowers hinüber. Sie hatten nicht gewusst, dass er eine Waffe besass. Bowers Gesicht war zu einer Maske erstarrt.

„Und was dann?", fragte Bowers schliesslich, „wenn ich dir meine Waffe gebe? Willst du mich dann umlegen oder was?"

„Nach dem du mir deine Waffe überlassen hast", fuhr Wheeler fort, „holt sich jeder von euch seinen Raumanzug und zieht ihn an. Dann legt sich jeder in sein Zimmer. Ich werde die lebenserhaltenden Massnahmen eurer Anzüge einschalten, und euch dann in ein künstliches Koma versetzen. Kurz vor der Ankunft vor Kepler-452b, werde ich euch wieder aufwecken. Ich verspreche euch, dass ich weiter – so sehr es mich auch anwidert – euer Koks zubereite, aber da ich weiss, dass ihr bei einem Entzug sterben würdet, muss ich es wohl oder übel tun. Ich bin kein Mörder. Ich habe eine Kopie von Eds Rezept gemacht, es ist nicht schwierig. Ich werde einmal pro Woche eine Ladung drucken lassen und es in die Nährflüssigkeit eurer Anzüge beigeben."

Man konnte Bowers ansehen, wie er innerlich kochte. Wahrscheinlich wägte er gerade die Chancen ab, ob er schnell genug seine Waffe ziehen – wo auch immer er sie an seinem Körper verstecken mochte – und Wheeler erschiessen konnte, bevor dieser den Knopf gedrückt hatte. Doch Wheelers zitternde Hand schwebte nur wenige Zentimeter über den Knopf und selbst Clint Eastwood als der *Man with No Name* hätte ihm nicht schnell genug das Gehirn wegpusten können. Dieser Mistkerl von Wheelers hatte sie ganz schön an den Eiern. Wenn er die Aussenschleuse öffnete, wäre das Modul unwiederbringlich in den Tiefen des Alls verloren. Ohne das Modul war der Nanodrucker wertlos und ohne den Nanodrucker konnte McCarron keine Pillen herstellen. Und ohne die würden ihre auf Koks getrimmten Stoffwechsel ziemlich bald kollabieren und das würde ihnen ihre kleine Party hier oben doch ziemlich vermiesen. Andererseits war die Option, die Wheeler ihnen anbot, auch nicht wirklich besser: Die Aussicht, fünf Jahre ihres Lebens bewusstlos in einem Raumanzug dahin zu vegetieren, während eine Nährflüssigkeit sie am Leben erhielt, erschien Luckman nicht besonders prickelnd. Die Anzüge der NASA hatten ein Lebenserhaltungssystem, das völlig autonom einen Menschen theoretisch ewig lange am Leben erhalten konnte. Dies würde bei der Erforschung von Kepler-452b von unschätzbarem Wert sein. Im Grunde genommen war der Anzug nichts Anderes, als ein isoliertes, chemisches System. Alle Ausscheidungen des Astronauten

(Atem, Kot, Urin, Schweiss, Blut, Haare und selbst Hautschuppen) wurden in einem kleinen Tank auf dem Rücken des Astronauten gesammelt. In diesem Tank arbeitete ein vorprogrammierter Nanodrucker, der aus der Ausscheidungssuppe eine Nährsuppe zusammenstellte. Diese Nährsuppe wurde dem Astronauten über einen Schlauch in den Magen verabreicht, sein Körper verbrauchte sie, schied sie wieder aus und der Kreislauf im System schloss sich. Indem das Material des Anzugs den Menschen zu hundert Prozent isolierte, konnte Wärme weder eindringen noch hinausgelangen. Lediglich durch kinetische Energie, indem der Anzug durch einen Schlag etwa verbeult oder sonst wie verengt wurde, erhöhte sich der Druck im System und damit auch die Energie, doch nur so wenig, dass die zusätzliche Energie dem Organismus nicht schadete. Erst wenn der Anzug aufriss oder geöffnet wurde, konnte Energie den Anzug verlassen und das System war nicht mehr isoliert.

Der Nanodrucker und die restliche Elektronik des Anzugs wurden ebenso von der Nährsuppe gespeist, wie der Astronaut darin. Die Wärme, die die Elektronik abgab, war das Äquivalent zu den Ausscheidungen des Astronauten – bloss eine andere Form von Energie. Gewissermassen war das lebenserhaltende System des Anzugs mehr als nur eine geschickte Maschine, denn der Astronaut erhielt das System genauso am Leben, wie das System ihn, ohne den Einen war der Andere tot. Der Anzug war eine Symbiose zwischen Mensch und Maschine, das perfekte unsterbliche Lebewesen. Ein Cyborg.

Verdammt schade, dass die Drucker in den Anzügen nicht programmierbar sind, sonst könnten wir dort unser Koks drucken, dachte Luckman. Die drei hatten sich also in einer Zwickmühle befunden und Luckman dachte fieberhaft nach, wie sie sich daraus befreien konnte. Während er noch über einen Plan nachgrübelte, sagte Bowers plötzlich resigniert: „Sieht ganz danach aus, als ob du gewonnen hättest Wheeler."

McCarron, Luckman und Wheeler sahen Bowers überrascht an. Der zuckte nur mit den Achseln: „Lieber lasse ich mich fünf Jahre einfrieren, als auf meine Pillen verzichten zu müssen. Hier."

Er hatte eine kleine Plastikgeschoss-Pistole aus einer der Innentaschen seiner Jacke gezogen – welche, wenn erforderlich, auf Menschen gerichtet absolut tödlich war, aber die Inneneinrichtung des Schiffes nicht beschädigen konnte –, sie ganz langsam zu Boden gelegt und dann mit den Fuss zum etwa zehn Meter entfernten Wheeler geschoben. Dieser hob die Pistole auf, ohne Bowers aus den Augen zu lassen und prüfte mit einer Hand – die andere lauerte immer noch wenige Zentimeter über dem Knopf – ob sie geladen war. Dann gab er einen Probeschuss an die Wand ab, vermutlich um zu sehen, ob ihn Bowers reinlegen wollte. Ein leises Ploppen ertönte und im nächsten Augenblick kullerte eines kleines, gelbes Plastikgeschoss am Boden. Es hatte die Wand getroffen und war wirkungslos zu Boden gefallen.

Nun entspannte sich Wheeler ein wenig und seine Hand glitt vom Knopf hinab. Stattdessen betätigte er den Knopf zum Öffnen der inneren Schleusentür. Langsam und schwerfällig hob sich die fünfzehn Zentimeter dicke Stahltür. Als sie zu rumoren aufhörte, ging Wheeler rückwärts hinein, die Pistole auf sie gerichtet, und hob mit seiner freien Hand das nicht einmal feuerzeuggrosse Steuerungsmodul auf. Dann trat er wieder in den Flur und schloss die Schleusentür wieder.

Zu Luckmans Verwundern hatte Bowers in ziemlich barschen Ton gesagt: „Und jetzt steck es wieder zurück in den Drucker. Wie abgemacht." Und noch ehe Wheeler etwas erwidern konnte, fügte er hinzu: „Das ist ein Befehl." Bowers mochte arrogant, eingebildet, selbstsüchtig und verantwortungslos sein, aber eines war er nicht, nämlich dumm. In diesem Moment hatte Luckman endlich zu ahnen begonnen, was Bowers Plan war. Bowers hatte Wheelers Psyche durchschaut und jetzt war er im Begriff dabei, ihn für ihre Zwecke zu manipulieren. Wheeler war im Gegensatz zu Bowers keine Führungsperson. Er war zu absolutem Gehorsam erzogen worden. Das konnte zwar keiner von ihnen wissen, Wheeler hatte es ihnen nie erzählt, doch Luckman hatte Bowers durchschaut und wusste, dass dieser Wheeler durchschaut hatte. Bei der Ausbildung auf der Erde und an Bord war Wheeler immer der gewissenhafteste und diszipliniertste gewesen. Befehle wurden unter allen Umständen befolgt, war seine Devise, auch wenn sie noch so dämlich, erniedrigend, unsinnig oder schlichtweg unmöglich auszuführen waren. Denn Wheeler war alles andere als dumm, er war schlau genug gewesen, um es hier an Bord zu schaffen, er war ein genialer Mathematiker und Ingenieur, viel schlauer als alle anderen an Bord zusammen. Aber er war zu unterwürfig, zu zaghaft, um ein Anführer wie Bowers zu sein. Er hatte bisher immer die Sorte von Leben gelebt, die daraus bestand, trotz seines überragenden Genies stets die zweite Geige spielen zu müssen, stets dümmeren Vorgesetzten gehorchen und ihre Fehler ausbügeln zu müssen, bloss, weil er sich nicht traute, Autoritäten in Frage zu stellen und selbst das Kommando zu übernehmen. Und was passierte, wenn nun solch ein Mensch von einem Augenblick auf den anderen eine nahezu absolutistische Macht erhielt und zum ersten Mal in seinem Leben, nach einem erfolgreichen Angriff auf eine Autorität, anderen Menschen befehlen konnte, das zu tun, was er für richtig hielt? Natürlich, die Macht korrumpierte ihn und er wurde leichtsinnig.

„Du befiehlst hier gar nichts mehr Bowers", hatte Wheeler gesagt und dabei gelächelt. „Jetzt habe ich das Kommando."

„Wheeler!", stachelte ihn Bowers weiter an, „du wirst jetzt sofort das Steuerungsmodul zurück in den Drucker stecken! So war es abgemacht!" Wheelers Lächeln hatte sich nun in ein offenes Grinsen verwandelt.

„Einen Scheiss werde ich tun. Ihr steigt jetzt in eure Anzüge." Luckman hatte in dem Moment nicht gewusst, ob Wheeler das Steuerungsmodul in den Nanodrucker einbauen wollte, nachdem sie in ihre Anzüge gestiegen und auf ihren Betten ins Koma versetzt worden waren, oder ob er sie wie Hunde darin krepieren lassen würde. Doch das glaubte er nicht, denn Wheeler hätte sie ja auch einfach auf der Stelle erschiessen können, wenn er sie tot sehen wollte. Bowers verzog das Gesicht zu einer Grimasse des Zornes.

„Du Dreckskerl!", schrie er, um die Show aufrechtzuerhalten. „Du hinterlistige Schlange! Du hast gesagt, du steckst zuerst das Modul zurück und dann steigen wir in unsere Anzüge!"

Bowers Provokation wirkte: Wheeler schien nicht nur seinen Hass und seinen Abscheu gegen Bowers zu entladen, sondern mit allen Autoritäten, die ihm in seinem Leben begegnet waren, beginnend bei seiner Mutter, über seine Lehrer in der Schule, über die Ausbilder bei der NASA bis hin zu Bowers selbst, abrechnen zu wollen: „IHR WERDET JETZT IN EURE GOTTVERDAMMTEN ANZÜGE STEIGEN, WEIL ICH ES EUCH SAGE, WEIL ICH AUF UNSERE ABMACHUNG SCHEISSE, WEIL ICH HIER JETZT DIE BEFEHLE GEBE!", kreischte er. Luckman hatte Mühe ihn zu verstehen, da seine Stimme heiser war und sich überschlug. Wheeler zielte nun direkt auf Bowers. „LOS ODER ICH KNALL DICH AB!", schrie er. McCarron, Luckman und Bowers öffneten die Wandschränke und holten die Anzüge heraus. Sie mussten sich gegenseitig helfen, um die schweren und dicken Dinger richtig anzuziehen. Nach zehn entnervend langen Minuten, während denen keiner ein Wort sprach, hatten sie es schliesslich geschafft und waren von den

Füssen bis zum Hals in weisse Michelin-Männer-Kostüme gehüllt. Fehlten nur noch die Helme.

„Den Helm werde ich aber erst anziehen, wenn du das Steuerungsmodul zurück in den Drucker gesteckt hast!", hatte Bowers gesagt und seine Stimme hatte nur so vor erhabener, ungebrochener Autorität gebebt. Einer Autorität, die Wheeler brechen wollte.

„Ja, das hättest du wohl gern, was?", hatte Wheeler gesagt. Zu sehen, wie andere Menschen gegen ihren Willen seinen Befehlen gehorchten, Befehlen, die ihnen schadeten, musste in ihm eine unbekanntes Hochgefühl auslösen und ihn in Ekstase versetzen. Eine Ekstase, die ihm die Sinne vernebelte, und das war sein Untergang gewesen.

„Und jetzt zieh den Helm an!"

Später meinte Luckman sich daran zu erinnern, auf Wheelers wahnsinniger, verklärter Fratze noch den Bruchteil einer Sekunde, bevor Bowers Helm mit einem lauten KNACKS eingerastet war, einen Ausdruck plötzlichen Verstehens und Entsetzens gesehen zu haben, der nur von Wheelers Erkenntnis herrühren konnte, einen schrecklichen Fehler begangen zu haben. Denn nun stand Bowers, in seinem Anzug und Helm beinahe zwei Meter zehn gross, ein Koloss mit spiegelndem Gesicht vor ihm. In einem Anzug, der dazu erbaut worden war, unter den widrigsten Bedingungen in der unwirtlichsten und leblosesten Region, die es gab, dem Weltraum, allen möglichen Belastungen zu trotzen und seinen Träger zu beschützen. Und Wheeler stand bloss mit einer Plastikkugeln verschiessenden Selbstverteidigungspistole in der Hand da. Bowers hatte alles auf eine Karte gesetzt und gewonnen, nun hatte sich das Blatt gewendet. Wheeler konnte noch zwei Schüsse abgeben, die wirkungslos von Bowers Helmvisier abprallten, bis Bowers ihn erreicht hatte und mit seinem schweren, hydraulischen Anzugsarm gegen die Wand schlug. Wheelers liess die Pistole fallen und sank zu Boden. Er hatte das Bewusstsein verloren. Luckman hob die Pistole auf, gab sie Bowers und die drei schlüpften aus ihren Auszügen, was wesentlich schneller als das Hineinsteigen ging.

Bowers wandte sich an Luckman: „Du kennst dich mit der Technik in diesen Anzügen aus, Luckman."

„Das tu ich."

„Kannst du einen von ihnen so modifizieren, dass man ihn nicht mehr von innen steuern kann?"

„Ich soll die Hydraulik sabotieren?" Luckman hatte in dem Moment nicht verstanden, wieso Bowers ihn so etwas fragte.

„Ja."

„Kann ich schon machen ..."

„Dann holt Wheelers Anzug." Gemeinsam mit McCarron hievte er den Anzug aus dem Schrank und legten ihn auf den Boden neben Wheeler. Luckman sah noch einmal zu Bowers, doch der schwieg nur, also machte sich Luckman ans Werk. Es brauchte viel Fingerspitzengefühl und einiges an Kreativität, doch nach zwei Stunden und etlichen Versuchen war es ihm gelungen, den Anzug so zu präparieren, dass die lebenserhaltenden Massnahmen und die Isolierung noch funktionierten. Davon hatte Bowers zwar gar nichts gesagt, aber Luckman ahnte schon, was er vorhatte. Nachdem er fertig geworden war, hatte er wieder zu Bowers geschaut und genickt. Wortlos hoben sie den immer noch bewusstlosen Wheeler auf und steckten ihn in den Anzug, den McCarron festhielt. Nach einigem Hin und Her hatten sie ihn rein bekommen. Fast sah er aus wie der ans Kreuz genagelte Christus, der Körper eingefallen, die Arme unter den stützenden Griffen McCarrons auf die Seiten baumelnd, der Kopf schlaff herabhängend. Luckman schloss ihm den Infusionsschlauch in den Unterarm und fuhr den Anzug hoch. Abschalten konnte man ihn nun nicht mehr, dafür hatte Luckman gesorgt. McCarron richtete Wheelers Kopf auf und Bowers setzte ihm den Helm auf. KNACKS. McCarron packte ihn unter den Achselhöhlen, Bowers und Luckman je ein Bein. Dann trugen sie ihn langsam und schwerfällig zur Luftschleuse hinab. Sie legten ihn auf den Boden und Luckman fand, dass Wheeler trotz der Plumpheit, die ihm der massive Anzug verlieh, sehr zerbrechlich und merkwürdig sanft aussah. Sie verliessen die Luftschleuse wieder, die Tür schloss sich hinter ihnen und Bowers wandte sich ans Steuerpult. Der Schlüssel, den Wheeler selbst hineingesteckt und umgedreht hatte, ragte immer noch aus dem Schlitz und Bowers musste nur noch den Knopf drücken. Neben dem Kontrollschirm an der Wand, gab es noch ein kleines Guckfenster an der inneren Tür, durch das man in die Luftschleuse blicken konnte. Wie üblich war es geschlossen, also klappte Luckman es auf und blickte in die Schleuse hinein. Dann drückte Bowers den Knopf.

Die rote Warnleuchte pulsierte durch den Raum und hätte Wheeler in diesem Moment das Bewusstsein zurückerlangt, hätte er genug Zeit gehabt, den Nothebel zu drücken und den Öffnungsvorgang abzubrechen, was automatisch die innere Schleusentür geöffnet hätte. Ohne die Hydraulik des Anzuges wäre es ihm zwar schwergefallen sich aufzurichten, aber es wäre möglich gewesen. Im Angesicht des Todes – oder wie in diesem Fall von noch etwas viel Schlimmerem – konnte der Mensch ungeahnte Kräfte entfesseln, auf die er normalerweise keinen Zugriff hatte. Doch Wheeler war nicht aufgewacht, obwohl die Alarmsirene, die dort drinnen lief, einen Höllenlärm verursachte, der selbst den Helm durchdringen musste. Auf seiner Seite der Tür hörte Luckman nicht den leisesten Pieps.

Dann erlosch die Warnbeleuchtung und ein Rumoren aus der Tiefe des Schiffes war zu vernehmen, wo die Hydraulik baumstammdicke Stahlkabel in Spannung brachte. Ruckartig wurde diese Spannung entladen, die gewaltige Aussentür schoss empor und für den Bruchteil einer Hundertstelsekunde, bot sich Luckman ein alles überstrahlender Anblick. Wheeler, friedlich schlafend unter dem unendlichen Sternenzelt, dann wie eine Puppe hinaus gewirbelt und in eben jene Unendlichkeit gesogen, in der er nun die Ewigkeit verbringen würde. Beim Anblick dieses nur einen kosmischen Wimpernschlag währenden, himmlischen Gemäldes, füllten sich Luckmans Augen mit Tränen und er wandte seinen Blick ab.

Während Luckman allein am Tisch im Gemeinschaftsraum gesessen hatte, dachte er über Bowers und McCarrons Überzeugung nach. Sie glaubten also, dass der Astronaut, den sie gestern gesehen hatten, Wheeler gewesen sei. Wheeler, der zurückgekommen war, um sich an ihnen zu rächen. Doch das war unmöglich, denn die Columbus musste Wheeler schon längst abgehängt haben. Lange Zeit wurde angenommen, der interstellare Raum sei komplett leer und man könne sich in ihm ungehindert mit jeder beliebigen Geschwindigkeit bewegen, ohne durch Reibung in Flammen auf zu gehen, wie etwa auf der Erde durch die Luftreibung. Während der ersten Flüge in den Weltraum, Mitte des 20. Jahrhunderts, musste schnell festgestellt werden, dass der Weltraum alles andere als leer war. Tatsächlich glich der Weltraum eher einem verschmutzen Ozean, in den ohne Ende Abwässer und Chemikalien geleitet wurden: Mikroskopische Gesteinspartikel, kosmischer Staub und Gase durchzogen jeden Winkel des interstellaren Raumes. Für die damaligen Raumschiffe mochte dies kein Problem darstellen, selbst die schnellsten von ihnen flogen so langsam durch die Gegend, dass die winzigen Partikel ohne Schaden anzurichten an ihrer Aussenhülle abprallten.

Doch mit der Erfindung des Antimaterie-Antriebes und dem Aufkommen der ersten Schiffe, die annähernde Lichtgeschwindigkeit erreichten, änderte sich dies. Die harmlosen Staubpartikel wurden zu tödlichen Geschossen, die mit beinahe Lichtgeschwindigkeit die Raumschiffe trafen und es wie einen Pudding durchschlugen, wenn nicht gleich das gesamte Raumschiff explodierte. Bereits die Kollision mit einem Staubkorn reichte aus, um ein Schiff, das mit quasi Lichtgeschwindigkeit durch den Weltraum flog, augenblicklich in ein flammendes Inferno zu verwandeln. Die Menschen hatten also einen Antrieb erbaut, der ein Raumschiff so stark beschleunigen konnte, dass es beinahe die erlaubte Höchstgeschwindigkeit des Universums überschritt, und da die Weltraumbehörde des Universums so was für viel zu gefährlich befand, wurden die Raumschiffe, die es versuchten, sicherheitshalber in die Luft gejagt. Natürlich war niemand so dumm, es wirklich auszuprobieren, denn ein Gramm Antimaterie kostete damals zwei Milliarden US-Dollar und für einen einzigen Antimaterie-Motor wurden zehntausende von Tonnen gebraucht.

Also forschte man an einer neuen Technik: Die erste Idee, die Raumschiffe mit riesigen Titanplatten vor den Einschlägen zu schützen, scheiterte an dem zusätzlichen Gewicht dieser Platten, denn sie hätten einen grösseren Antimaterie-Motor erfordert, welcher dann ebenfalls schwerer gewesen wäre. Eine andere Idee hingegen fruchtete: Mithilfe einer genug grossen Energiequelle, etwa einem Antimaterie-Motor, gelang es den Wissenschaftlern, ein Magnetfeld zu erzeugen, das einen Plasma-Schild aufrecht erhielt, der stark genug war, um Strahlen wie Materie abzuwehren, selbst wenn letztere mit annähernder Lichtgeschwindigkeit einzudringen versuchte. Nach langer Forschung war aus dem Prototyp ein Gerät entstanden, das Schilde in Grösse von Kleinstädten aufrecht erhalten konnte. Ein solches Gerät befand sich auch an Bord der Columbus und kleinere Modelle davon in jedem ihrer Anzüge. Wheeler konnte also problemlos durch das Weltall fliegen, sein Anzug beschützte ihn vor den Gammastrahlen. Doch die Frage, die Luckman beschäftigte, war die, in welche Richtung Wheeler flog? Er ahnte die Antwort auf diese Frage bereits und bekam eine Gänsehaut. Es gab keinen Luftwiderstand im Weltraum und gemäss dem Trägheitsgesetz der Masse, bedeutete das, dass Wheeler mit der gleichen Geschwindigkeit in die gleiche Richtung wie die Columbus fliegen musste. Luckman schätzte, dass Wheelers Austritt aus der Luftschleuse nicht länger als eine Sekunde gedauert haben konnte, er hatte ja selbst gesehen, wie er hinausgeschossen worden war, was bedeutete, dass Wheeler höchstens 300'000 Kilometer hinter ihnen sein konnte. Vermutlich weniger. Doch wieso hatte das Radar der Columbus Wheeler nicht erfasst? Die Instrumente waren so genau, dass sie ein Staubkorn selbst auf eine Entfernung mehrerer Astronomischer Einheiten genau orten konnten. Doch auch darauf fand Luckman schnell eine Antwort. Wheeler befand sich hinter der Columbus und die Bordinstrumente waren für alles blind, was sich hinter dem Schiff befand. Der Grund dafür war, dass die elektromagnetischen Wellen des Radars – welche sich mit Lichtgeschwindigkeit bewegten – zwar Objekte treffen und von ihnen zurück reflektiert werden konnten, die Columbus aber nie wieder einzuholen vermochten, da die ja ebenfalls mit annähernder Lichtgeschwindigkeit flog. Sie hatten Wheeler nicht sehen können, er hingegen sie die ganze Zeit. Zumindest auf dem Radar seines Anzugs.

Aber wie liess sich dann erklären, dass sie Wheeler am Tag zuvor neben der Columbus herfliegen gesehen hatten? Denn alles, was sie vom blossen Auge als neben sich zu sehen glaubten, befand sich in Wahrheit diagonal vor dem Schiff. Das rührte daher, dass Licht, das von Objekten an die Netzhaut ihrer Augen reflektiert wurde, sich ebenfalls mit Lichtgeschwindigkeit bewegte. Ergo: Alles was sich hinter und neben der Columbus befand, konnten sie nicht sehen. Alles war direkt vor ihnen lag, konnten sie ganz normal sehen. Alles was sich diagonal vor ihnen befand, konnten sie zwar sehen, doch es schien sich neben dem Schiff zu befinden. Das hiess aber, dass Wheeler das Schiff überholt haben musste. Doch wie war das möglich? Die Columbus bewegte sich mit 99,9% der Lichtgeschwindigkeit. Das Licht mit Lichtgeschwindigkeit, konnte sie aber trotzdem nicht einholen. Aber Wheeler ... Ziemlich genau vor einem Jahr hatten sie ihn von Bord geworfen. Also hatte Wheeler zusätzlich zu den 9.5 Billionen Kilometer, die die Columbus in einem Jahr zurück legte, noch die Entfernung, die ihn von der Columbus trennten, also zusätzliche 300'000 Kilometer geschafft. Wheeler hatte also in einem Jahr ein Lichtjahr und eine Lichtsekunde zurückgelegt. Das wiederum bedeutete, dass er sich schneller als das Licht bewegt haben musste – was gemäss der Relativitätstheorie eigentlich unmöglich war – eigentlich.

Doch wieder machte sich in Luckman die Vermutung breit, dass die universellen Gesetze der Physik keinesfalls so universell waren, wie man auf der Erde dachte. Je länger er sich hier oben befand (oder hier unten? – hinten? – vorne?), desto stärker wurde diese Vermutung. Mit der Erfindung des isolierten Raumanzuges hatten die Menschen schon einmal ein vermeintliches Naturgesetz für nichtig erklärt, nämlich das der Unmöglichkeit adiabatischer Systeme. Sollte sich herausstellen, dass der Astronaut keine Halluzination, sondern Wheeler war, hiesse das, dass Einsteins Relativitätstheorie ebenfalls falsch war. Luckman hatte nun rasende Kopfschmerzen. Das menschliches Gehirn – vor allem eines, das so mit Koks verkleistert war wie seines – war nicht dazu geschaffen worden, sich mit solchen Gedankengängen und Paradoxien über längere Zeit zu beschäftigen. Erst wollte er sich aus der Krankenstation eine Tablette Valium von McCarron holen, doch dann entschied er sich doch für eine Nase Koks. Er verbrachte den Rest des Tages in der Kuppel und beobachtete die Sterne, die sich seitlich vom Raumschiff zu befinden schienen, und sich in Wahrheit doch diagonal vor ihnen befanden. Der Astronaut war nicht mehr aufgetaucht.

Es verging eine Woche, bis sie ihn wiedersahen. Zumindest tagsüber, denn nachts besuchte er sie immer. Luckman sass gerade in der Kuppel und diesmal sah er, wie der Astronaut auftauchte. Er stiess nicht von ausserhalb ihres Sichtfelds in den Bereich, der vom Panoramafenster einsehbar war oder ploppte einfach aus dem Nichts auf. Luckman verstand, dass dieser ER, dieses Ding nicht an einem bestimmten Ort war, sondern einfach war. Manchmal sah man ihn und manchmal sah man ihn nicht, aber ER war ständig da. Auf einmal kam sich Luckman unheimlich dämlich vor, dass er so viel Zeit mit dem Versuch vergeudet hatte, dieses Ding wissenschaftlich zu erklären. Wenn man das Ding nicht sah, betrachtete der Mensch es als Phänomen, dass es zu ergründen galt. Man stellte Theorien auf, gab dem Ding einen Namen wie Wheeler. Aber wenn man es sah, dann war es einfach. Dann war es bloss eine Tatsache.

Wieder spürte Luckman, die Angst, die ihn in seinen Träumen ergriffen hatte. Nicht weil dieses Ding böse war oder ihm etwas antun wollte, sondern einfach, vor dem was ES war. Denn das Ding selbst sah er ja noch nicht, bloss den Anzug, in den es gehüllt war. Wie in seinen Träumen ahnte er bereits, was ES sein könnte, denn es war fremd und kam aus einer fremden Welt, die völlig anders als die ihre war. In dieser Welt gab es weder Raum noch Zeit und auch keine Physik. Wenn es dort überhaupt etwas Vergleichbares gab, funktionierte es dort nach eigenen, eigentümlichen Regeln. Aus Luckmans Perspektive hatte bisher immer nur eine Realität existiert und zwar die ihrige. Jeder Mensch und jedes Lebewesen nahm sie anders war, doch es war immer die Gleiche, bloss von einer anderen Perspektive aus betrachtet, mit leicht unterschiedlichen Sinnesorganen wahr genommen. Doch dieses Ding bewies das Gegenteil: Hinter ihrer Realität, gab es noch etwas anderes. Er wusste nicht, was es war, er wusste nur, dass dieses Ding von dort kam.

Ein Mathematiker, der in einer zweidimensionalen Welt geboren war, konnte sich niemals vorstellen, wie es wäre, in einer dreidimensionalen Welt zu leben, aber trotzdem sagten ihm seine Formeln und Gleichungen, dass es sie gab. Er konnte es berechnen oder er konnte das Ding ansehen, um zu wissen, dass es sie gab. Doch hier ging es nicht bloss um Dimensionen, hier ging es um viel mehr. Dieses Ding stammte nicht von ihrer Welt: Es kam aus der Fremde, von jenseits der Realität selbst. Paradoxerweise machte es genau das umso realer. In der Gegenwart des Dings kam sich Luckman merkwürdig eindimensional und platt vor. Belanglos und aus seinem Bewusstsein entrückt. Schere sich ein Mensch um einen anderen Menschen wenig, so scherte sich ein Stein auf der Erde noch weniger um diesen Menschen und ein Stein auf Kepler-452b scherte sich noch viel weniger um ihn.

Genauso kam sich Luckman nun vor. Er war nicht mehr das Zentrum des Universums, so wie jeder Mensch und jedes Lebewesen es von sich annahmen, auch wenn manche Menschen es mit dem rationalen Teil ihres Verstandes besser wussten. Luckman war dieser Stein. Nicht der auf der Erde etwa, nein, er war bloss dieser Stein auf Kepler-452b und nein, nicht dieser mächtige Fels, sondern der kleine Kieselstein daneben. Und auch das stimmte nicht ganz, denn Luckman war eines der vielen Moleküle darin, eines der unzähligen Atome, ein Elektron im Atom, ein Quark, ein Quantenteilchen, nein, nicht mal das...

Das Zentrum des Universums – das war der Fremde. Er war dermassen real, dass sich alles was ein Bewusstsein hatte, ob ihrer eigenen, offensichtlichen Nichtexistenz wertlos und unbedeutend vorkam. War der Fremde wieder verschwunden, gab es keinen Grund, um sich nicht existent zu fühlen, doch gab er sich zu erkennen, dann kam das Gefühl zurück. Es war nicht in Worte zu fassen und nicht erfahrbar, wenn man ihn nie gesehen hatte. Doch einmal reichte aus, um einen dieses fremde Gefühl nie mehr vergessen zu lassen. An das Gefühl selbst – ebenso fremd und mysteriös wie der Fremde – konnte man sich freilich nicht erinnern, nur daran, dass man es nie wieder erleben wollte. Das Einzige, was einem blieb, war eine seltsame, urtümliche Angst. Doch wovor genau? Dies alles schoss Luckman im Bruchteil einer Sekunde durch den Kopf, als der Astronaut erschienen war, und später hätte er nicht einen einzigen Aspekt davon in Worte fassen können. Trotzdem wusste er, dass es stimmte. Er brauchte es nicht rational zu erfassen, vernunftgesteuertes Denken ergab keinen Sinn, wenn man es mit der Unvernunft selbst zu tun hatte. Was hier Sinn ergab, ergab dort keinen Sinn. Dort, von wo der Astronaut, das Ding, der Fremde, wie auch immer man es nennen mochte, hergekommen war.

Jetzt wusste er auch, wovor er solche schreckliche Angst hatte. Er fürchtete sich davor, dass dieses Ding das Visier seines Helmes aufklappen und er es sehen würde. Das Ding selbst, nicht den Helm davor. Die selbe Angst hatte er jedes Mal in seinen Träumen verspürt, doch in der Realität, in seiner, Luckmans Realität, war die Angst noch um einiges schlimmer.

Und ihm fiel wieder das Wort ein, das die Ahnung, die er verspürte, vage beschrieb. Wenn man dieses Ding, die Fremde, aus der es kam, und das Wesen dieser gänzlich andersartigen Realität beschreiben wollte, konnte man dies, in der menschlichen Sprache zumindest, nur über ein einziges Wort tun. Das Fehlen alles wahrnehmbaren Lichtes, die Abstinenz von visuellen Reizen, trägt den Namen ... Und noch ehe er ihn aussprechen konnte, war der Fremde direkt vor ihm, direkt vor der Kuppel und klappte das Visier hoch. Verschwommen nahm Luckman am Rande seiner Perzeption wahr, dass auf dem Anzug des Astronauten, auf der Höhe des Herzens, der Name C. WHEELER in gelben Grossbuchstaben eingraviert war. „... Schwarz." beendete er den Satz. Dann fiel er in Ohnmacht.

Als er das Bewusstsein wieder erlangte, waren McCarron und Bowers bereits tot. Er wusste nicht, ob sie den Fremden oder vielleicht gar die *Schwärze*, auch gesehen oder nur davon geträumt hatten, doch der Schrecken hatte offenbar ausgereicht, um sie in den Selbstmord zu treiben. McCarron hatte er im Labor auf einem Stuhl entdeckt, sein Mund war voller Schaum, wahrscheinlich von einer Überdosis der Schlaftabletten. Anscheinend war es ihm nicht schnell genug gegangen, denn er hatte sich auch die Arme mit einem Skalpell der Länge nach aufgeschlitzt, es steckte noch in seinem linken Unterarm. Bowers hatte sich in seinem Zimmer in den Kopf geschossen, die Pistole lag neben ihm am Boden. McCarron hatte gewissermassen auch Luckman ermordet, denn ohne die Möglichkeit die Pillen herzustellen, blieb Luckman nur noch ihr kleiner Vorrat, der wohl nicht länger als ein paar Wochen reichen würde. Doch Luckman hatte ohnehin nicht vor, so lange zu leben.

Und so sass er nun am Kontrollpunkt des Cockpits, die Arme schlaff herab baumelnd, das Gesicht bärtig und von Schlafmangel völlig ausgezehrt. Er wollte ihn nie wieder sehen, auch im Traum nicht. Doch er musste eine Nachricht hinterlassen. Der Erde berichten, was geschehen war. Er schaltete die Sprechanlage wieder ein, hob das Headset an seinen Mund und gab mit schwacher, kaum hörbaren Stimme die Erklärung ab, welche die Ereignisse der letzten Tage am treffendsten schilderte: „Schwarz." Dann schaltete er die Anlage wieder aus, liess das Headset fallen, so dass es wie ein Pendel unter dem Kontrollpult hin und her schwang, und starrte wieder stumpf in die Tiefen des Alls hinein. Er musste an Wheeler denken. Das Ding war in seinem Anzug erschienen. Wieso? Wieso gerade Wheeler? Gab es überhaupt einen Grund dafür? Dann schoss ihm ein wilder und beängstigender Gedanke durch den Kopf. Konnte es sein, dass dieses Ding, der Fremde, sich immer tarnte, wenn es präsent war? Wenn es sich zu zeigen gedachte, dies aber noch nicht ganz realisierte? Es tat so, als sei es jemand anderes, doch wozu?

Auf einmal schoss gleissendes Licht durch das Fenster, welches das ganze Cockpit schlagartig erhellte. Luckman kniff die Augen zusammen, doch das Licht war so hell, dass es selbst durch seine Augenlider drang und dort Luckmans Welt nur noch aus schmerzhaftem, rotem Fleisch bestand. Er schlug seine Hände vors Gesicht, doch auch das half nichts, es war wie verhext. Er hörte einen leisen Piepton in seinem Kopf, der aus den Tiefen des eigentlich schallleeren Weltalls zu kommen schien. Der Piepton wurde beständig lauter und er spürte, wie seine Trommelfelle platzten und Blut aus seinen Ohren sickerte. Er schrie vor Schmerz auf. Auch aus seinen Augen sickerte nun Blut und er konnte sich nicht entscheiden, auf was er seine Hände pressen sollte, auf seine brennenden Augen oder seine zerrissenen Ohren. Er fiel vom Stuhl und kauerte sich unter dem Kontrollpult zusammen. Dann verblasste das Gleissen und auch der Piepton erstarb, beinahe ebenso schnell, wie sie gekommen waren. Eine Weile blieb er noch in Embryohaltung auf dem Boden unter dem Kontrollpult liegen, während er am ganzen Körper bebte und zitterte.

Nach einer Weile erhob er sich langsam, immer noch mit geschlossenen Augen und schlotternden Knien, wobei er sich am Sessel abstützen musste, um nicht hinzufallen. Normalerweise rauschte und rumorte es immer im Schiff, doch da er nun taub war, hörte er nichts. Diese Stille ... seit vier Jahren, hatte er nicht mehr solch eine Stille gehört. Sie beruhigte ihn und er öffnete seine schmerzenden Augen. Auf den ersten Blick hatte er den verrückten Gedanken gehabt, sie seien auf Kepler-452b angekommen, denn die unendliche, die letzten vier Jahre allgegenwärtige Schwärze des Alls war einer riesigen, reflektierenden Oberfläche gewichen, die das grosse Fenster des Cockpits restlos ausfüllte. Sie erinnerte ihn an etwas Bekanntes, doch ihm fiel nicht sofort ein was, da ihre riesige Ausdehnung die Proportionen des Bekannten, an das Luckman sich zu erinnern versuchte, auf eine derart abstruse und unglaubliche Art und Weise verzerrten, dass sein entkräftetes Gehirn es nicht schaffte, die richtige Assoziation damit zu verknüpfen. Aber dann gelang es ihm doch. Er erkannte sie: Diese Oberfläche war das Visier eines riesigen Astronautenhelmes. Einer von ihren Helmen, zu beängstigender Grösse aufgebläht. Luckman suchte die Reflexion der Columbus auf dem Visier und fand sie bald.

Es war ein komischer Anblick, die Columbus nach all den Jahren von aussen zu betrachten, er hatte ganz vergessen, wie sie aussah. Dann sah er das Cockpit und das Ding, das sich darin befand. Das ER zu sein schien und doch nicht er war. Nicht er sein konnte, nicht er sein durfte. Der Anblick dieser Widerwärtigkeit und der damit unweigerlich verbundenen Schlussfolgerung, die so schrecklich war, da sie genau das war, was er zu verstehen glaubte, als er das Ding sah und doch erst jetzt wirklich begriff, waren schlimmer als die *Schwärze* selbst, unfassbar viel schlimmer. Ihm entfuhr ein leises Wimmern, er verlor die Kontrolle über seine Blase und machte sich in die Hose, doch das spürte er kaum, als er langsam zu Boden sank und ihm die Sinne zu schwinden begannen. Er war nur noch von dem Gedanken besessen, seinem Leben ein Ende zu setzen, noch bevor er ihn Ohnmacht fallen und unweigerlich wieder aufwachen würde. Er zog Bowers Pistole aus seiner Gesässtasche, hob sie sich an den Kopf und drückte ab.

KAPITEL 11

„Am besten du rufst im *Corner* an", sagte Jeff, „und fragst Tucki ob er mich letzte Woche gesehen hat."

„Wieso ich?", fragte Marvin.

„Na, ich kann ihn ja schlecht selber fragen, ob er mich gesehen hat. Sonst denkt er, ich wäre verrückt, und dann glaubt er uns kein Wort mehr, von der ganzen Scheisse, die wir bemerkt haben."

„Ja, das hat was. Kennst du seine Nummer?" Jeff kratzte sich am Kopf.

„Vor einer Woche hätt ich sie dir noch sagen können. Ich such schnell das Telefonbuch ..." Jeff ging ins Wohnzimmer und suchte in der Kommode. Irgendwo hier muss es doch sein ... Er und Marvin hatten sich bei Jeff getroffen und ihr weiteres Vorgehen geplant. Als Erstes wollten sie mit den Leuten sprechen, denen Jeff in der letzten Woche begegnet war. Wenn ihre Theorie stimmte, dürfte sich keiner von ihnen daran erinnern, Jeff vergangene Woche begegnet zu sein. Da ist es ja! Das Telefonbuch hatte sich in der untersten Schublade befunden, begraben unter einem Stapel von Papier und anderem Krimskrams. Er hob es auf. Als er es aufschlug, flatterten einige Seiten heraus.

„Das hier ist zwar von 1974 ...", sagte Jeff als er wieder in die Küche trat, "... aber das dürfte eigentlich egal sein." Er knallte es auf den Tisch und blätterte darin herum. Nach einer Minute fand er die Nummer. „Hier ist sie."

„Gut. Unter welchem Vorwand soll ich eigentlich nach dir fragen?", fragte Marvin.

„Keine Ahnung. Sag, du hast mich eine Weile nicht gesehen und hörst dich ein wenig nach mir um oder so."

„Okay."

Marvin nahm den Hörer und wählte die Nummer. Nach einer

Weile dann: „Hallo Tucki, ich bin's Marvin … Marvin Barkley … Ja genau, der Sohn vom alten Barkley … Wegen was? … Nein, deswegen ruf ich nicht an, sondern … Ach, keine Ahnung, ob er's noch weiss … Ich kann's ihm ausrichten, ja … Mein Vater schuldet noch einer Menge Leute Geld … Mhm, kann schon sein … Ja eben, ich wollte dich fragen, wann du Jeff … Ja, Jeff Everett … wann du ihn das letzte Mal gesehen hast, kann den Typen schon seit einer Woche nirgends finden … Du weisst es nicht mehr? … Und letzte Woche, hast du ihn nicht da vielleicht gesehen? … Nein? … Okay, danke. Ich hör mich dann noch mal ein wenig weiter um … Ja, der hat sich wohl aus dem Staub gemacht, ohne jemanden was zu sagen … Na, wie auch immer … Man sieht sich … Dir auch." Marvin hängte auf und sah zu Jeff.

„Also Tucki kann sich offenbar nicht daran erinnern. Er hat gesagt, er weiss gar nicht mehr, wann er dich das letzte Mal gesehen hat … muss schon 'ne Weile her sein. Also das denkt er jedenfalls."

„Hm, ok. Rufen wir als nächstes bei den Hawkins an."

Jeff wählte die Nummer und Marvin sprach mit Billys Vater. Sowohl er als auch Billy konnten sich nicht daran erinnern, letzte Woche Jeff gesehen zu haben. Jetzt war Linda an der Reihe.

„Bei der rufst am besten du an. Ich kann schlecht bei ihr anrufen, da ich ja eigentlich gar nicht weiss, dass sie in der Stadt ist."

„Ausserdem hasst sie dich", sagte Jeff.

„Was? Wieso meinst du?"

„Na wegen dem Vorfall mit den Fröschen!"

„Frösche?"

„Weisst du nicht mehr? Damals in der High School. Die Frösche die zum Sezieren gedacht waren, die du aus dem Biologiezimmer gestohlen und in der Mädchenumkleide befreit hast. Linda war da auch drin."

„Ach die, stimmt …". Auf Marvins Gesicht stahl sich der warme, in Erinnerungen schwelgende Blick der Nostalgie. „Und du meinst, sie ist immer noch wütend deswegen?"

„Nicht nur sie, denk ich ..." Jeff nahm den Hörer, suchte die Nummer der Burtons im Telefonbuch, fand sie und wählte die Nummer. Nach einer kleinen Weile:

„Ja, hallo?" Es war die Stimme einer Frau, vermutlich die von Lindas Mutter.

„Äh, guten Tag, ich bin Jeff Everett, ein alter Freund von Linda. Ist sie zu sprechen?"

„Ja, sie ist in ihrem Zimmer." Jeff hörte wie Lindas Mutter nach ihrer Tochter rief. „Sie kommt gleich." Er hörte ein Rascheln, dann ein hohles Klopfen und gedämpfte Schritte. Offenbar hatte sie den Hörer irgendwo abgelegt und war weggegangen. Eine Minute verging, ohne dass Linda sich meldete und Marvin zog die Augenbraue hoch.

Jeff deckte den Hörer mit der Hand ab und sagte: „Sie kommt gleich." Als Linda nach zwei Minuten immer noch nicht gekommen war, legte Jeff auf.

„Und?", fragte Marvin.

„Sie ist nicht rangegangen", sagte Jeff und zuckte die Schultern. Dann fügte er hinzu: „Aber ist eigentlich auch egal. Als ich sie gesehen hab, hat sie mich zum Abendessen eingeladen, aber ich bin nicht aufgekreuzt. Also müsste ihre Mutter eigentlich wütend sein. Hat sich aber ganz normal angehört." Diese Schlussfolgerung war etwas weit hergeholt, aber Jeff hatte keine grosse Lust mehr mit Linda zu reden.

„Und was, wenn Linda nicht mit dir reden will, weil sie wütend ist?" Jeff überlegte:

„Hm. Daran hab ich gar nicht gedacht. Aber jetzt, wo du es sagst ... schon möglich." Jeff kratzte sich am Hals. „Aber das würde ja heissen ..."

"... dass Linda sich an die vergangene Woche erinnert, genau wie du", beendete Marvin den Satz.

„Doch das glaube ich nicht", sagte Marvin dann. „Linda ist schliesslich kein Höhlenmensch wie du oder ich. Sie muss mittlerweile schon mit dutzenden Menschen in Kontakt gekommen sein, wobei das Phänomen aufgefallen wäre."

„Ja, das stimmt." Marvin holte einen Notizblock aus seiner Hosentasche und begann etwas drauf zu kritzeln.

„Ich würde sagen", sagte Marvin ohne seinen Blick vom Block abzuwenden, "wir lassen den Postbeamten aus, da wir – die Leute, die ich gestern befragt habe, mitgerechnet – genug Referenzmaterial haben, um unsere Hypothese bestätigen zu können. Ich schreibe: Zweiter August 1979. Bis auf Jeff Everett und möglicherweise ein paar andere Individuen, sind alle Menschen in den Vereinigten Staaten und vermutlich auch auf der ganzen Welt, einer kollektiven Massenamnesie zum Opfer gefallen. Und aus irgendeinem Grund fällt das niemandem von alleine auf. Auch ich merkte nichts, bis Jeff mich auf die eigentlich offensichtlichen Widersprüche hinwies. Warum mir diese trotz ihrer Offensichtlichkeit nicht bereits vorher auffielen, ist uns noch eine Rätsel."

Das alles schrieb Marvin mit der gleichen Geschwindigkeit, in der er redete, auf den Block, so dass man es nachher wohl nicht mehr würde entziffern können.

„Nun wollen wir uns daran machen, dieses Rätsel zu lüften."

„Hast du schon eine Idee wie?", fragte Jeff.

„Ja." Marvin erhob sich und steckte den Block wieder in seine Hosentasche: „Ich hab bereits eine Idee. Bei meinen Nachforschungen gestern bin ich auf ein paar interessante Spuren gestossen. Es gibt eine Person, die uns vielleicht weiterhelfen könnte ..."

„Und die wäre?"

„Ich erklär dir alles auf dem Weg. Wir müssen nach Burlington, also werden wir ein Weilchen unterwegs sein. Am besten wir nehmen deinen Wagen."

„Nach Burlington? Das sind fast drei Stunden Fahrt ..."

„Glaub mir, es lohnt sich, aber wir müssen uns beeilen, wenn wir es heute noch schaffen wollen." Gegenüber plötzlichen Reisen war Jeff schon immer skeptisch gewesen, doch eine bessere Idee, wie sie dem Rätsel auf die Schliche kommen sollten, hatte er auch nicht. Ausserdem schien Marvin eine wirklich vielversprechende Spur gefunden zu haben, wenn er es so eilig hatte.

„Na gut ...."

Sie verliessen das Haus, stiegen in Jeffs Bobcat und fuhren bald schon auf der Route 191 zwischen Wäldern und Feldern daher, während Marvin Jeff alles erklärte.

„Also, die Person, der wir einen Besuch abstatten werden, heisst Frederick Lee. Tatsächlich war es gewissermassen mein Dad, der mich auf ihn gebracht hat."

„Du hast deinem Dad davon erzählt?", fragte Jeff und drehte seinen Kopf in Marvins Richtung.

„Nein, ich bin eher durch Zufall drauf gestossen. Du kennst ja die alten Armeegeschichten, die mein Dad immer erzählt. Einmal hat er auch diesen Lee erwähnt. Lee und mein Vater waren in derselben Kompanie, ich glaube sogar im selben Zug. Jedenfalls kannten sie sich und waren damals beide auf Peleliu dabei. Ein Schrapnell hat Lees linken Arm abgerissen und nach ein paar Wochen später hat er auf dem Weg nach Hause durch eine nicht behandelte Infektion einen Fuss verloren."

„Ok, und?"

„Eines der Bücher, die ich – wie du mir erzählt hast – letzte Woche aus der Bibliothek ausgeliehen habe, handelt von Menschen, die von sich behaupten, mit paranormalen Fähigkeiten ausgestattet zu sein. Nicht wenige von ihnen hatten ein physisches Handicap. Manche sitzen im Rollstuhl, manche haben einen Arm verloren ... unser Lee hat beides. Der Autor warf die Theorie in den Raum, dass der Körper den physischen Nachteil durch eine erhöhte Wahrnehmung oder einen psychischen Vorteil, wenn du so willst, auszugleichen versucht. Dabei kam mir dann die Geschichte mit Lee in den Sinn."

Mittlerweile war es richtig heiss im Wagen geworden, Jeff kurbelte sein Fenster herab und Marvin tat es ihm gleich.

„Ich hab meinen Dad gefragt, ob er weiss, wo Lee heute lebt. Er hat mir gesagt, er hat Lee seit Peleliu nicht mehr gesehen, aber dass er vor kurzem gehört habe, dass er in einem Pflegeheim in Burlington vor sich hinvegetiert."

„Von was für paranormalen Fähigkeiten reden wir überhaupt?", fragte Jeff.

„Sachen wie Telepathie, in die Zukunft sehen und so'n Zeug. Ein Mann in Sibirien zum Beispiel, der sein Bein bei einem Holzfällerunfall verloren hatte, konnte alle Möbel und Gegenstände erkennen, die aus dem Holz des Baumes gemacht waren, der ihm das Bein zertrümmert hat."

„Du glaubst doch nicht an so einen Schwachsinn?", sagte Jeff.

„Bis gestern hätte ich das nicht", sagte Marvin und sah ihn eindringlich an. „Doch jetzt müssen wir jeder Spur nachgehen, die wir haben."

Da hatte Marvin wohl Recht. Seit gestern mussten viele bis dahin anerkannte Paradigmen und vermeintlich unumstössliche Tatsachen und Wahrheiten neu hinter fragt werden. Wenn eine komplette Woche aus dem Gedächtnis der ganzen Menschheit verschwinden kann, wieso sollte nicht irgendein ein Russe in Sibirien ein Holzflüsterer sein können? Diese Schlussfolgerung schien korrekt, doch sich daran zu gewöhnen, fiel Jeff sehr schwer.

„Na gut", sagte er schliesslich, „angenommen es steckt etwas dahinter, woher willst du dann wissen, dass dieser Lee ebenfalls über eine von diesen paranormalen Fähigkeiten verfügt?"

Marvin erhob sich auf seinem Sitz und kramte nach etwas in seiner hinteren Hosentasche, das er nicht sofort zu fassen bekam. Nach ein paar Versuchen gelang es ihm und er zog einen ausgeschnittenen Zeitungsartikel heraus. Es war ein kleiner Text, kaum eine Kolumne.

„Diesen Artikel habe ich vor ein paar Monaten bereits gelesen und ihn meinem Archiv beigefügt, da ich ihn interessant fand. Die Schlagzeile lautet: *Chihuahua infiziert Frau mit Tollwut. Sah Frederick Lee in die Zukunft?"*

Marvin rückte seine Brille zurecht und räusperte sich: „Springfield News, 14. April 1979. Am frühen Morgen des ersten Aprils wurden die Pflegekräfte des St. John Pflegeheims in Burlington von den lauten Rufen Frederick Lees, Kriegsveteran und Bewohner des Heims, aus dem Schlaf gerissen. Dieser, so die Pflegekräfte, habe starrsinnig behauptet, seine Ex-Frau, werde in ihrem Haus in Florida von ihrem Chihuahua bedroht und man müsse ihr helfen oder sie werde sterben. Da Lee seine Behauptungen auf keinerlei Weise untermauern konnte und gemäss Aussagen des Pflegepersonals zu chronischen Tobsuchtsanfällen neigt (unter anderem auch gegen das besagte Haustier seiner Ex-Frau und gegen diese selbst), nahmen die Pflegekräfte Lees Warnungen nicht weiter ernst. Zudem legte das Datum, an dem sich der Vorfall ereignet hatte, der erste April, die Vermutung nahe, Lee habe sich bloss einen bösen Scherz mit dem Pflegepersonal erlaubt. Lee sei für seinen *rabenschwarzen Humor* weithin bekannt, so Mrs. Rhodes, Leiterin des Heims. Am 11. April jedoch fand die Polizei die Leiche der allein lebenden Martha Lee in ihrem Bungalow in Tampa, Florida, nachdem Nachbarn der strenge Geruch aus dem Haus aufgefallen war. Neben der Leiche befand sich die Leiche des Chihuahuas, den Martha Lee als

Haustier gehalten hatte. Die Obduktion von Martha Lees Leichnam und eine Speichelprobe des Hundes ergaben, dass beide an Tollwut gestorben waren. Vermutlich hatte sich der Hund unbemerkt bei einem Wildtier infiziert und daraufhin die Frau gebissen. Ob Lees Hinweis bloss ein Zufall war, oder ob mehr dahintersteckte, bleibt weiterhin ..."

„He, Jeff pass auf, die Strasse!" Jeff hatte gespannt zugehört und nicht bemerkt, dass die bisher kerzengerade Strasse eine schwache Rechtskurve beschrieb. Er befand sich bereits auf dem Mittelstreifen und hätte sie wohl geradewegs in einen Baum gefahren, hätte Marvin ihn nicht lautstark gewarnt.

„Scheisse!", rief er und wendete das Steuer. Ein entgegenkommender Truck, der bis dahin hinter der Kurve verborgen gewesen war, hupte sie mit einem Schiffshorn von einer Hupe an und Jeff trat vor Schreck fast auf die Bremse, was den Wagen sicherlich zum Schleudern gebracht hätte. Stattdessen schwenkte er den Wagen wieder zurück auf die rechte Spur und der Truck zog immer noch hupend an ihnen vorbei.

„Verflucht nochmal Jeff!", rief Marvin nach ein paar Sekunden. „Da liest man dir eine hübsche Geschichte vor und du bringst einen fast um! Was machst du denn, wenn du Radio hörst?"

„Tut mir leid Mann", sagte Jeff, der verkrampft das Steuer hielt. Er spürte trotz der Hitze kalten Schweiss auf seinem Rücken. „Ich war irgendwie total abgelenkt von dem Zeitungsartikel." Marvin legte sich den Sicherheitsgurt um und entspannte sich ein wenig.

„Schon gut. Ich hab bloss keine Lust, vom Kühlergrill eines Lastwagen gekratzt werden zu müssen." Jeff schnallte sich ebenfalls an und kam wieder auf den Artikel zu sprechen.

„Du meinst also, dass uns dieser Lee weiterhelfen könnte."

„Womöglich. Die Parallelen sind ja da: Ihr beide habt scheinbar oder wirklich ein Ereignis in der Zukunft vorhergesagt, ihr beide wart eher isoliert zum Zeitpunkt des Phänomens und beide Male ereigneten sich die vorhergesagten, beziehungsweise die vermeintlich vorher gesagten Vorfälle in einem Zeitraum von zwei Wochen."

„Falls es kein Zufall war", wandte Jeff ein.

„Das lässt sich natürlich nicht ausschliessen. Aber auch nicht mit Bestimmtheit sagen."

Marvin packte den Artikel wieder in seine Hosentasche, wobei er sich – diesmal zusätzlich vom Sicherheitsgurt eingeengt – noch etwas mühsamer als zuvor in seinem Sitz verrenken musste.

„Einen Unterschied gibt es jedoch", sagte er mit gepresster Stimme, während er an seiner Hosentasche fummelte, „Lee hatte eine Vorahnung oder eine Vision gehabt, dass seine Frau sterben würde, nicht aber ihren eigentlichen Tod am Telefon oder sonst wo erfahren, und eine Woche später wieder dieselbe Nachricht erhalten, wie du mit der Nachrichtensendung. Das passt noch nicht ganz ins Bild."

Das war Jeff auch schon aufgefallen. Doch neben diesem Punkt gab es noch ein viel gravierenderes Argument, weswegen Lee etwas anderes widerfahren sein musste, als Jeff. Er dachte an den Traum zurück, den er letzte Samstagnacht, gehabt hatte. Nur er und Eddie waren in der Gummizelle gewesen, nur sie zwei hatten den schwarzen Mann gesehen. Wer dieser Eddie überhaupt genau war oder ob er überhaupt existierte, war nicht so wichtig, wichtig war bloss, dass weder Lee noch jemand anderes mit ihm in der Gummizelle gewesen war. Wenn Lee etwas mit der ganzen Sache zu tun gehabt hätte, wäre auch er in der Gummizelle gewesen und Jeff hätte ihn dort gesehen.

Jeff wusste, dass diese Überzeugung völlig irrational war und dass er irgendeinem Traum eigentlich keine Bedeutung zumessen sollte – eigentlich. Doch wenn er sich die Ereignisse der letzten Tage noch einmal durch den Kopf gehen liess, verschwammen die Grenzen zwischen dem, was wirklich geschehen war, dem was er bloss geträumt hatte, und den Theorien, die er und Marvin aufgestellt hatten. Übrig blieb bloss Matsch, ein alles überdeckender dunkler Schirm, ein unscharfes Bild, in dem die Konturen der echten Ereignisse nur schwach zu erkennen waren, und immer schwächer wurden, je länger man sie anstarrte. Die Realität glich einer optischen Täuschung, die nur aus einem bestimmten Blickwinkel heraus völlig normal, simpel und eindeutig zu sein schien. Wenn man seine Position bloss ein klein wenig veränderte, einen Millimeter nach rechts oder links trat, begann diese Klarheit zu verschwinden, aus einer neuen Perspektive heraus ergaben sich neue Rätsel und Fragen und je weiter man sich aus seiner ursprünglichen Position entfernte, um das Rätsel zu lüften, desto undeutlicher, bizarrer und unerklärlicher wurde die Täuschung. Je länger man sie ansah und zu ergründen versuchte, desto eher musste man sich eingestehen, dass sie für den menschlichen Verstand nicht zu erfassen war. Versuchte man es trotzdem weiter, kriegte man Kopfschmerzen, versuchte man es zu lange, drohte man den Verstand zu verlieren. Echte Ereignisse, dachte Jeff und schnaubte. Sein Verstand sagte ihm schon, was wirklich geschehen ist und was er bloss geträumt hatte, doch er und Marvin waren gerade dabei eben diesen in Frage zu stellen. War er verrückt ... oder war es der Rest der Welt? Macht es überhaupt einen Unterschied? Bin ich nicht in meinen Augen das Zentrum des Universums? So wie es jeder Mensch von sich denkt, auch wenn er es eigentlich besser wissen müsste?

Ein Wahnsinniger – ein wirklich Wahnsinniger – denkt, dass er der einzige Mensch mit klarem Verstand auf der Welt ist. Wie können sie die kleinen grünen Männchen auf der Toilette nicht sehen? Warum lassen sie zu dass, die Mikrowelle ihre Gedanken stiehlt? Weshalb will mich mein Psychiater mit Pillen vergiften? Sie müssen blind sein, sie müssen ignorant sein, sie müssen verrückt sein. Konnte Jeff überhaupt herausfinden, ob etwas mit der Welt nicht in Ordnung war? Würde die Welt überhaupt akzeptieren, einer Massenamnesie verfallen zu sein, wahnsinnig zu sein? Sie würden ihm nicht glauben, auch wenn er noch so viele Beweise vorbrächte. Sie würden ihn als den Wahnsinnigen abtun, ihn als denjenigen mit den Wahnvorstellungen stigmatisieren.

Es war aussichtslos. Wenn er wirklich den Verstand verloren hatte, dann würden ihm das alle sagen, doch wenn er ihn nicht verloren hatte, würden ihm trotzdem alle weismachen wollen, dass er ihn verloren habe. Damit sie nicht zugeben müssten, dass sie diejenigen sind, mit denen etwas nicht stimmt. Klar, er hatte Marvin als Zeugen und rationale Argumente, doch Fakten und logische Schlussfolgerungen hatten auch Kopernikus Werke nicht vor dem Scheiterhaufen bewahrt, Fakten und logische Schlussfolgerungen hatten auch Darwin nicht vor Spott und Hohn bewahrt, Fakten und logische Schlussfolgerungen haben vielmehr unzähligen Menschen das Leben gekostet. Gewiss, heute war man toleranter als vor hundert Jahren, doch auch diese Toleranz endete irgendwann. Zum Beispiel endete sie dann, wenn man behauptete, die Menschheit habe den Verstand verloren. Zwar landete man dafür – zumindest in den meisten Teilen der Welt – nicht auf dem Scheiterhaufen, doch bestenfalls war man nur ein Spinner von vielen auf den Strassen und im schlimmsten Fall landete man in der Klapsmühle. Die Zeiten mochten sich geändert haben, die Menschen aber waren fast die Gleichen geblieben. Die einzige Möglichkeit war, die Wahrheit auf eigene Faust heraus zu finden. Daher erzählte Jeff Marvin nichts von seinen Bedenken, was Lees Relevanz für ihre Suche anbelangte, denn Marvin probierte es auf eigene Faust. Und da Jeff keine bessere Idee hatte, wie sie dieses Rätsel lüften sollten, stellte er sich nicht dagegen.

Den Rest der Fahrt über schwiegen sie meistens und hörten Radio. Einmal hielten sie an einer Raststätte an um, etwas zu essen, doch abgesehen davon setzten sie ihre Fahrt zügig und ohne weitere Unterbrechungen oder Zwischenfälle fort. Die Wälder wichen immer mehr hügeligen Feldern und Wiesen, ein Zeichen dafür, dass der Lake Champlain und Burlington nicht mehr weit entfernt sein konnten. Gegen Mittag begrüsste sie schliesslich ein Schild mit der Aufschrift:

WILLKOMMEN IN BURLINGTON
Der schönsten Stadt am Lake Champlain

Nun hatten sie den höchsten Punkt des letzten Hügels erreicht und es bot sich ihnen ein atemberaubender Blick über den See und die Stadt. Das Wasser schimmerte weiss unter der Mittagssonne und nahm ihnen fast die Sicht, doch es reichte, um Burlington erkennen zu können, und Jeff fand, dass das Schild nicht untertrieben hatte. Wie eine Kollektion Rubine im Schaufenster eines Juweliergeschäfts, lag die Stadt da, ebenfalls strahlend und funkelnd im Sonnenlicht, ordentlich aufgestellt, die grossen und prächtigen Häuser bildeten die Altstadt in der Mitte und die kleineren, aber nicht minder schönen neueren Bauten den Rand. Burlington lag zur Hälfte auf einer Landzunge und wenn man von der reflektierenden Seeoberfläche geblendet wurde, wie Jeff und Marvin in diesem Augenblick, konnte man durchaus zu dem Trugschluss gelangen, ein Teil der Stadt rage aus dem Wasser hervor – als amerikanische Antwort auf Venedig.

Dann hatten sie die Hügelkuppe auch schon überquert, ihre Perspektive änderte sich, der magische Augenblick war vergangen und sie sahen die Realität wieder mit anderen Augen. Vor ihnen lag eine hübsche Stadt, ja, doch keineswegs eine, die auch nur eine halbe Seite malerische Prosa in einem Roman wert gewesen wäre. Bald hatten sie auch den Hügel hinter sich gelassen und erreichten die ersten Häuserreihen.

„Das Heim liegt an der Cross Street", sagte Marvin und sah sich nach den Strassenschildern um.

„Und wo ist die?"

„Irgendwo in der Nähe des Sees, glaub ich ... Fahr einfach ein wenig herum, dann finden wir's schon."

Burlington war zwar eine alte, stellenweise etwas chaotische Stadt, aber keine wirklich grosse und schon bald hatten sie den See gefunden. Sie fuhren eine Weile an ihm entlang, bis sie von Weitem ein grosses Gebäude erblickten, das früher wohl ein Herrenhaus gewesen sein mochte. Als sie näher heranfuhren, erblickten sie ein grünes Holzschild, auf dem in weissen, geschwungenen Buchstaben die Aufschrift *St. John Retirement Home* prangte.

„Da haben wir's", sagte Jeff und bog in die Einfahrt ein. Weit kamen sie jedoch nicht, denn die Kiesstrasse wurde von einem Eisentor versperrt, das sich hinter der Hecke versteckt hatte. Daneben stand ein kleines Pförtnerhäuschen, das jedoch leer war. Jeff kurbelte das Fenster hinunter.

„Jemand da?", fragte er. Niemand antwortete.

„Und was machen wir jetzt?"

„Hm ..."

Jeff stieg aus, um nachzuschauen, ob der Pförtner nicht doch ein Nickerchen auf dem Boden des Häuschens hielt, als zwei alte Frauen, eine davon mit Gehhilfe, am Tor vorbei spazierten.

„Guten Tag die Damen", sagte Jeff und erst da bemerkten sie ihn.

„Guten Tag junger Mann", sagte eine von Ihnen.

„Ein junger Bursche mit Manieren!", sagte die andere. „Ich

dachte, so was gäbe es heutzutage nicht mehr." Beide lachten und Jeff fand, dass sie sich dabei wie zwei alte Hennen anhörten.

„Fürwahr ...", sagte Jeff, wobei er nickend zustimmte und ein charmantes Lächeln aufzusetzen versuchte. „Wenn Sie schon hier sind, werte Damen, würde es Ihnen etwas ausmachen, das Tor für uns zu öffnen? Ich und mein Freund hier möchten einen Bekannten besuchen. Normalerweise würde ich das niemals von einer Dame verlangen, aber wie Sie sehen, ist der Pförtner abwesend und von aussen lässt sich das Tor leider nicht entriegeln..."

„Sie schmeicheln uns, junger Gentleman", sagte die Frau ohne Gehhilfe. „Selbstverständlich öffnen wir Ihnen das Tor." Sie ging darauf zu und entriegelte es von innen.

„Haben Sie herzlichen Dank. Ich werde es aufschieben." Jeff schob das Tor auf und die Frau sagte:

„Sie müssen Shelby, unseren Pförtner entschuldigen. Er hat eine Reizblase und muss sich öfters erleichtern ..."

„Das macht doch nichts", sagte er, „auf Sie Beide ist ja Verlass."

„Wen wollen Sie eigentlich hier im St. Johns besuchen?"

„Einen alten Bekannten, namens Frederick Lee. Kennen Sie ihn?"

Diesen Namen hätte er wohl lieber nicht erwähnen sollen, denn als er es tat, formte sich auf dem Gesicht der alten Frau ein Ausdruck von Überraschung, Entrüstung und Jeff meinte darin sogar eine Spur Ekel erkennen zu können. Ihre Freundin sah nicht minder schockiert aus. So musste wohl ein Südstaatler aussehen, der erfuhr, dass der Verlobte seiner Tochter ein Schwarzer war. Oder ein Nordstaatler.

„So so", sagte die Dame kurz angebunden. „dann wünsche ich Ihnen noch einen schönen Aufenthalt im St. Johns." Dann drehte sie sich um und setzte zusammen mit ihrer Begleitung ihren Spaziergang fort. Jeff schaute ihnen verblüfft und etwas belustigt hinterher. Dann ging er wieder zurück zum Wagen, aus welchem Marvin ihn durch die Windschutzscheibe angrinste. Sie fuhren den Kiesweg bis zum Heim hinauf, vorbei an Hecken, Blumenbeeten, Sträuchern, Pavillons und unzähligen Sitzbänken, alles durchzogen von einem weitläufigen System aus schmalen Pfaden und Kieswegen.

„Unser Lee scheint hier nicht sonderlich beliebt zu sein, was?", sagte Marvin.

„Scheint echt nicht so. So wie die uns anschauen ...". Jeff deutete mit dem Kopf nach hinten.

Im Rückspiegel konnte er sehen, wie ihm die beiden Omas finstere Blicke zuwarfen. Oben angekommen parkte Jeff den Wagen und sie gingen ins Haus. An der Rezeption in der Eingangshalle sass eine Pflegerin, die gelangweilt in einer Zeitschrift blätterte. Sie sah auf, als die beiden hereinkamen, und sagte:

„Willkommen im St. Johns, kann ich Ihnen helfen?"

„Ja", sagte Marvin, „wir würden gerne Frederick Lee besuchen."

„Sind sie Verwandte?", fragte die Pflegerin und schenkte ihnen einen zweifelnden Blick.

„Nein, aber ...", begann Marvin doch die Pflegerin unterbrach ihn rasch.

„Tut mir leid, aber Mr. Lee möchte ausdrücklich nur Besuche von Verwandten empfangen." Sie wandte sich wieder ihrem Magazin zu.

„Hören Sie Michele ...", sagte Jeff. Er hatte ihren Namen auf dem Namensschild, das an ihrem Hemd hing, gelesen. Er legte seine Hand auf Marvins Schulter. „Mein Freund hier ist der Sohn eines alten Freundes von Lee. Sie kennen sich noch aus ihrer Armeezeit. Leider kann er ihn nicht mehr besuchen, aber wir wollten Lee ein paar Grüsse von ihm ausrichten."

Die Pflegerin sah ihn nun weniger scharf an als vorhin.

„Ausserdem bin ich mir sicher, dass sich Fred über unseren Besuch freuen wird. Ich weiss, dass er sonst nicht viel Besuch erhält."

Das war ein Bluff gewesen, doch andererseits war sich Jeff sich ziemlich sicher, dass das auch stimmte. Die Pflegerin schien noch zu grübeln, dann sagte sie:

„Na gut, wir können ihn ja kurz fragen, ob er sich gut genug für einen Besuch fühlt. Sie müssen wissen, er ist schnell müde und muss sich viel ausruhen ..." Sie lächelte versöhnlich, vermutlich hatte sie ein schlechtes Gewissen, weil sie vorhin so schroff zu ihnen gewesen war.

„Klar, Fred ist nicht mehr der Jüngste", sagte Marvin.

„Ich bringe Sie zu ihm."

Sie stand auf und führte sie durch ein Labyrinth aus Gängen und Zwischenräumen, vorbei an Senioren, die trotz der Hitze mit zwei Wolldecken über den Knien auf Sesseln sassen und sich Wiederholungen der *Bill Cosby Show* ansahen oder dabei eingeschlafen waren. Manche versuchten ungeschickt, durch dicke Lesebrillen eine Zeitung zu lesen, Arthritis-Geplagte warfen Kugelschreiber und Bleistifte zu Boden und versuchten sie mit zittrigen Fingern wieder aufzuheben, andere wiederum schlurften offenbar ziellos durch die Gänge. Lediglich einer von ihnen schien halbwegs bei klarem Verstand zu sein, denn er führte ein angeregtes Telefonat mit seiner Tochter Samantha – zumindest dachte Jeff das, bis er bemerkte, dass der Mann sich keinen Hörer, sondern eine Fernbedienung ans Ohr hielt.

„Sagen Sie, ist das hier ein Seniorenheim oder eine Irrenanstalt?", fragte Marvin. Jeff stiess ihm mit dem Ellbogen in die Seite und warf ihm einen Halt-die-Klappe-und-versau-das-hier-nicht-Blick zu. Doch zu ihrer beider Überraschung erwiderte die Pflegerin recht kühl:

„Wissen Sie, manchmal bin ich mir da selbst nicht so sicher. Ich war zwar noch nie in einer Irrenanstalt, aber der Unterschied kann nicht allzu gross sein." Marvin grinste zu Jeff hinüber. Dann waren sie auch schon angekommen.

„Hier ist Mr. Lees Zimmer", sagte sie und blieb vor einer Tür mit der Nummer 27 stehen.

„Ich werde zuerst alleine reingehen und schauen, wie sein Gemütszustand ist."

„Sein Gemütszustand?", fragte Jeff.

„Mr. Lee kann manchmal sehr aufbrausend sein, auch aus nichtigen Gründen. Man reizt ihn besser nicht." Bei dieser Warnung kehrte wieder ihr scharfer Gesichtsausdruck von vorhin zurück.

„... und zu chronischen Tobsuchtsanfällen neigt", schoss es Jeff durch den Kopf. Das stammte aus dem Zeitungsartikel den Marvin ihm auf der Fahrt hierher vorgelesen hatte. Michele ging hinein und schloss die Tür wieder hinter sich. Sie vernahmen gedämpfte Stimmen und nach einer Minute kam sie wieder heraus.

„Ihr könnt jetzt reinkommen", sagte sie zu ihnen und wandte sich dann wieder an Lee, der sich irgendwo hinter der Tür befinden musste. „Ich lasse Sie jetzt mit den beiden jungen Herren allein, Mr. Lee. Wenn sie etwas brauchen, können Sie mich ja anrufen, ich bin an der Rezeption."

Sie warf Jeff und Marvin noch einen letzten, prüfenden Blick und verschwand wieder im Gang. Sie traten hinein und fanden sich einem Wesen gegenüber, das ein irrer Anthropologe auf einem Pilztrip, gerade noch als Homo Sapiens durchgehen lassen würde, aber nicht ohne nachher um seine akademische Laufbahn bangen zu müssen. Frederick Lee war ein fettes, verstümmeltes, haariges Etwas, in dem mehrere Schläuche steckten, von denen die meisten irgendwelche Substanzen in seinen Körper pumpen zu schienen, mindestens einer jedoch eine gelbe Flüssigkeit heraus holte und in einem Behälter sammelte, der an seinem Rollstuhl fixiert war.

Zwischen seinen verschrumpelten Lippen steckte eine Zigarre, die wie die Nase von Pinocchio aus seinem runzeligen Gesicht heraus ragte. Die beiden Augenbrauen waren so buschig und lang, dass einzelne Härchen bereits von oben herab über seine Augen hingen, welche – ohnehin unter den faltigen Augenlidern fast vollständig verdeckt – die beiden Eindringlinge boshaft, funkelnd und schwarz ansahen. Gekrönt wurde dieses froschartige Wesen von einer wilden, weissen Mähne, welche die kahle, fleckige Lichtung auf seinem Kopf umrandete.

„Seid ihr hierhergekommen, um mich anzustarren oder mit mir zu reden?", fragte er; seine Stimme war rau, heiser und feindselig.

„Ähm, nein Mr. Lee, keineswegs, wir wollten nur ...", begann Jeff.

„Mein Name ist Marvin Barkley", unterbrach ihn Marvin, „ich bin der Sohn von Thurston Barkley."

„Von wem?" Lees Gesicht blieb finster.

„Von Barks. Dem Kläffer." Bei der Erwähnung von diesem Namen erhellte sich Lees Gesicht.

„Barks, mein Gott, der gute, alte Barks... Wie lange ist das schon her ..." Sein Kopf neigte sich auf die Seite und sein Blick ging in die Ferne. Eine Weile blieb er so und niemand sagte etwas. Dann erwachte Lee wieder aus seinen Gedanken und wandte sich an Marvin. Er blickte jetzt wesentlich freundlicher drein.

„Wie geht es Barks? Lebt er immer noch in Perkinsville? Ist er auch hier?"

„Ihm geht es nicht so gut. Der Arzt hat in einer seiner Nieren einen golfballgrossen Tumor gefunden. Wär ja eigentlich nicht so schlimm, aber du weisst ja ..."

„Ja, ja, so ein elender Japse hat ihm die erste Niere weggeschossen. Das hat er überlebt aber jetzt holt sich der Teufel die andere." Er lachte krächzend, wobei ihm die Zigarre beinahe aus dem

Mundwinkel fiel. Marvin macht das ziemlich gut, dachte Jeff. Lee schluckte die Geschichte.

„Wie lange hat er noch?", fragte Lee und kniff die Lippen so zusammen, dass die Zigarre wieder fest dazwischen steckte und er weiterrauchen konnte. Jeff fand, dass er eigentlich weniger wie ein Frosch aussah, sondern eher wie eine Bulldogge. Wenn auch eine aussergewöhnlich hässliche.

„Einen Monat, vielleicht auch zwei, meint der Arzt", sagte Marvin.

„Ist er im Krankenhaus?"

„Nein, er will die Zeit, die ihm bleibt, zu Hause verbringen. Rauchend und saufend." Lee lachte wieder sein trockenes Raucherlachen, das fliessend in ein klassisches Raucherhusten überging.

„Ja, das passt zum alten Kläffer", sagte Lee. „Der weiss eben, wie man mit Anstand lebt und wie man mit Abstand stirbt." Natürlich.

„Woher hat er eigentlich diesen Spitznamen?", fragte Jeff. „Dieses *Kläffer*."

„Na wegen seinem Nachnamen. Barkley. Ausserdem hat er immer die Japsen angebellt, wenn wir sie im Dschungel angriffen. Oder umgekehrt. Dabei haben die Schlitzaugen sich in die Hosen geschissen, er konnte das echt gut, hat sich wie ein Rottweiler oder ein Dobermann angehört. WUFF!" Er versuchte das Hundegebell zu imitieren, doch es endete nur in einem neuerlichen Hustenanfall.

„Kann mir mal einer von euch den Spucknapf reichen? Er steht dort drüben in der Ecke." Er deutete mit dem Kopf in Richtung Bett. Jeff holte den kleinen Metalleimer, in dem eine braune Flüssigkeit hin und her schwappte. Er reichte den Eimer Lee, welcher ihn mit seinem verbleibenden Arm entgegennahm. Als er den Arm hob, sah Jeff wie sein altes Fleisch von seinem Knochen hing, wie ein Metzger etwa Schinkentranchen über eine Leine hing, um Trockenfleisch daraus zu machen. Es war kaum zu glauben, dass dieser Mann sechzig Jahre alt sein sollte, Jeff fand, dass er eher wie 120 aussah. Lee spuckte einen Schwall grün-braunen Rotz hinein. Dann gab er den Eimer wieder Jeff, welcher ihn zurück in die Ecke stellte.

„Und wer bist du eigentlich?", fragte ihn Lee, als sich Jeff wieder zu ihm gewandt hatte.

„Ich bin auch ein Freund vom alten Barkley. Hab in seinem Laden gearbeitet."

„So." Marvin ergriff wieder das Wort.

„Mein Dad wollte sich noch unbedingt von seinen alten Freunden verabschieden. Er hat erst vor kurzem von seinem Krebs erfahren. Ein paar konnte er noch persönlich Lebewohl sagen, doch jetzt ist er zu schwach. Deshalb hat er uns losgeschickt."

„Ja, ich verstehe schon", sagte Lee. „Bin selbst ja auch nicht mehr so fit, obwohl andere in meinem Alter noch locker am Wochenende golfen oder angeln gehen. Für uns Veteranen hat der Krieg nie wirklich aufgehört. Aber sei's drum, Barks ist ein feiner Kerl und ich weiss, das er hier wäre, wenn er's könnte." Er zog kräftig an seiner Zigarre und liess den Rauch aus dem Fenster entweichen, dass einen Spalt breit offen war. „Rauchen ist hier eigentlich verboten", kicherte er, „aber die Pflegerinnen lassen es mich in meinem Zimmer trotzdem tun, da sie wissen dass ich ohne meine Zigarren ganz schön ungemütlich werden kann. Wollt ihr auch eine? Sind kubanische." Beide schüttelten den Kopf.

„Ist vermutlich auch besser so, sonst endet ihr noch so wie ich. Mit 62 im Seniorenhimmel." Wieder lachte er laut los und abermals verebbte sein Gelächter in einem Hustenanfall.

„Immerhin werde ich allem Anschein nach den alten Barks überleben. Auf Peleliu dachte ich immer, mich würde es vor ihm erwischen und als ihm dann dieser Japsen-Scharfschütze ein Riesenloch in den Bauch geschossen hatte, war ich mir sicher, dass ihn der Tod nun doch vor mir holen würde. Und jetzt hab ich wohl tatsächlich recht gehabt." Er lachte wieder ein wenig, doch diesmal schwächer als zuvor und er musste nicht davon husten.

„Sieht ganz danach aus ...", meinte Marvin.

Eine Weile sagte niemand etwas, Lee schien in seinen Gedanken versunken zu sein. Jeff fand, dass nun der richtige Zeitpunkt gekommen war, um zur Sache zu kommen. Doch er wusste nicht, wie er das Thema ansprechen sollte. Er blickte fragend zu Marvin hinüber. Dieser nickte und wandte sich wieder Lee zu.

„Mein Vater hat oft von dir erzählt", sagte er. „Ich hab's ihm nie wirklich geglaubt, dass du diese Gabe besitzt, dachte, es wären bloss Geschichten. Aber dann hab ich's in der Zeitung gelesen. Und seit dem weiss ich, dass es wahr ist." Lee sah ihn nicht mal an, während Marvin sprach. Dann fragte er:

„Woher weiss dein Vater davon?"

„Ein gemeinsamer Freund von euch hat es ihm erzählt", antwortete Marvin. „Einer aus der Armee."

„Wer? McLellan? Chestnut? Lloyd? Doch nicht Lavoie?"

„Hat er nicht gesagt."

Anscheinend hatte Marvin mit seinem Bluff direkt in Schwarze getroffen. Offenbar hatte dieser Lee wirklich eine Art von paranomaler Begabung oder behauptete zumindest, eine zu haben. Jetzt blieb die Frage, ob ihnen das irgendwie von Nutzen sein könnte. Lee nahm kurz seine Zigarre aus dem Mund sagte:

„Tja, es gibt keinen Grund es euch zu verleugnen. Ich weiss nicht, welche Geschichten genau man euch erzählt hat, so wie ich die Jungs kenne, haben sie vermutlich hoffnungslos übertrieben. Aber im Kern sind sie wahr."

„Wann hat es angefangen?", fragte Marvin. „Wann hast du zum

ersten Mal gemerkt, dass du diese Gabe hast?" Lees Blick wanderte wieder in die Ferne.

„Angefangen hat es, als mir die Artillerie auf Peleliu den Arm weggeschossen hat. Gemerkt hab ich's auf dem Weg nach Hause, als sie mir im Schiffslazarett den Fuss amputiert haben. Ich war in der Abteilung für Schwerverwundete. Jeden Tag hat es ein paar erwischt und ich hab's kommen sehen. Immer in der Nacht davor, in meinen Träumen. Hab ihre Leichen auf den Pritschen gesehen. Ihre Augen waren jedes Mal ...", doch er beendete den Satz nicht, sondern paffte weiter an seiner Zigarre. Stattdessen sagte er: „Es muss mit den Gliedmassen zu tun haben, die ich verloren hab. Wie eine Kompensation. Eine Wiedergutmachung von Gott oder so ein Scheiss. Ein sechster Sinn. Seitdem sehe ich in meinen Träumen die, die sterben werden."

„Hast du ausser deinen Armeekameraden jemanden davon erzählt?", fragte Marvin.

„Nein, nur ihnen. Und nicht mal allen.", sagte Lee mit leiser Stimme. „Und euch."

„Du hast den Tod deiner Ex-Frau kommen sehen, nicht wahr?", fragte Jeff. Lee sah zu ihm hinüber, seine Zigarre hing ihm schlaff aus dem Mundwinkel.

„Davon wisst ihr auch?"

„Ja", antwortete Jeff, „es stand in der Zeitung."

„Tut uns übrigens leid, wegen deinem Verlust", sagte Marvin.

„Ach ..." Lee winkte mit seiner verbleibenden Hand ab. „Diese Hexe war kein grosser Verlust. Ich habe gelacht, als ich von ihrem Tod gehört hab. Und wisst ihr, was das Beste daran war? Dieser kleine Köter hat sie umgebracht und ist dabei selbst auch draufgegangen." Er kicherte: „Ich sag euch, das Alte Testament liegt in einem Punkt falsch, wenn Gott tatsächlich eine Plage auf die Ägypter geschickt hat, dann waren es keine Heuschrecken, sondern Chihuahuas." Daraufhin lachte und hustete er so heftig, dass ihm ein grosser Klumpen Schnodder aus Hals oder Nase flog – Jeff sah es nicht genau – und ein paar Zentimeter vor Marvins Fuss landete. Lee schien das nicht einmal zu merken.

„Also ... wie wusstest du davon? In der Zeitung stand ...", fing Marvin an, doch Lee unterbrach ihn rasch.

„Die Zeitungsfritzen erzählen vieles, mein Sohn. Doch sie erzählen nur das, was sie hören, und mit mir haben sie gar nicht erst gesprochen. Was stand den in der Zeitung?"

„Dass du eines Morgens die Pfleger um Hilfe gerufen hast, da du Angst hattest ..."

„Pah! Um Hilfe gerufen ... dass ich Angst hatte, schreiben die, das hat ihnen also Mrs. Rhodes erzählt? Ich sag euch Burschen jetzt mal die Wahrheit: Gelacht hab ich an dem Morgen, ich konnte mich vor Lachen kaum im Zaum halten. Ich hab's gesehen in meinem Traum, doch es war kein Traum, es war mehr als ein Traum, es war als ob ich es in einem dieser neuen Fernseher sehen würde, so klar und scharf das Bild, in Farbe, wie dieser kleine, verdammte Drecksköter, mit Schaum vor dem Mund dieser Kuh in den Hintern beisst! Ich wusste sofort, dass es Tollwut war und einen Augenblick später hab ich ihre aufgequollene Leiche gesehen, neben ihrem toten Köter auf dem Fussboden in ihrem schicken Bungalow unten in Florida, den sie sich von meinem Geld gekauft hat, dass sie sich bei der Scheidung gekrallt hat. Wie ich gebrüllt habe vor Lachen, seit Jahren hab ich nicht mehr so herzhaft gelacht. Und ich lache immer noch darüber."

Ein diabolisches Grinsen war auf seinem Gesicht erschienen, während er ihnen das alles erzählte. Noch nie hatte Jeff eine derartige boshafte Fratze erblickt, wie die von Lee. Es war die Manifestation purster Schadenfreude. Jeff und Marvin hatte es die Sprache verschlagen.

„Tja ja, die Wahrheit ist hart und unschön, daran werdet ihr Grünschnäbel euch noch gewöhnen müssen. Schade dass Vietnam vorbei ist, da hätte man euch Waschlappen noch zu Männern machen können. So wie uns damals der Pazifik zu Männern gemacht hat. Ich kann euch Geschichten erzählen, da werden sich eure Eingeweide wünschen, niemals geboren worden zu sein ... – in welcher Zeitung habt ihr davon gelesen?" Er stierte Marvin mit einem boshaften Blick an. Dieser Blick ist ...

„In der ... ähm ... in der Springfield News ...", stammelte Marvin.

„Pahaha!", lachte Lee los. „In der Springfield News – da hockt doch ein Jude! Dieser Ehrenberg! Und ihr plappert schön das nach, was der euch sagt, was?"

... Schwarz. Ja genau. In Lees Blick lag mehr als bloss Hass oder Bösartigkeit, etwas Abgrundtiefes, tiefer als eine menschliche Emotion es jemals hätte sein können. Lees Blick war absolut schwarz. Die Erinnerung an den Tod seiner Ex-Frau und ihres Chihuahuas schien Lee in eine Art euphorische Raserei versetzt zu haben. Er war von Hass erfüllt, ja – aber gleichzeitig schien er verdammt gut gelaunt zu sein.

„Wie genau manifestiert sich dieses Vorhersehen eigentlich ...", versuchte Marvin noch einmal das Gespräch in geordnete Bahnen zu lenken, doch er kam nicht weit.

„Ach hör auf, wie eine Schwuchtel zu reden Barks, was ist denn nur aus dir geworden in all den Jahren? Hast einen Job in der Buchhaltung und einen Wal als Ehefrau, die dich nur zwei Mal im Jahr ranlässt, dass du so einen Stock im Arsch hast, oder was?" Lees Stimme flatterte vor Freude, während seine Augen vor Schwärze nur so funkelten. „Ich wette, dein Schwuchtelfreund hier schiebt ihn dir bis in den Schaft hinein, was?" Er nickte mit dem Kopf in Jeffs Richtung. „Mannomann Barks, eine Negerhure, sagst du? Wo findet man denn bitte schön in Vermont einen gottverdammten

Nigger? Warst du so verzweifelt? Eine Jamaikanerin aus Montreal vielleicht?" Lee lachte nun fast schon hysterisch und ein noch glühendes Stück Asche fiel von seiner Zigarre auf seine Hand, doch er schien nichts zu merken. Er wackelte mit seinem Stumpf und schien nahe einem Orgasmus zu sein. „Wie ich gelacht habe!", rief er. „Oh, wie ich gelacht habe an jenem Morgen! Die alte Hexe tot mit schäumenden Mund und neben ihr dieser beschissene, aufgequollene kleine Hund! Konnte den Köter ohnehin nie ausstehen! Und ihre Augen schwarz! Tot und schwarz wie die des Hundes. Mein Gott, WIE ICH GELACHT HABE!"

Jeff hörte eilige, lauter werdende Schritte aus dem Flur. Dann wurde die Tür geöffnet und die Pflegerin von der Rezeption, Michele, trat ins Zimmer.

„Was ist hier los?", fragte sie. Sie blickte von Jeff zu Marvin und dann auf Lee, der immer noch wie ein völlig wahnsinniger heiser vor sich her lachte und immer wieder

„WIE ICH GELACHT HABE, OH GOTT, WIE ICH BLOSS GELACHT HABE!" rief.

„Was habt ihr mit ihm gemacht?", fragte Michele und bemühte sich ihre Stimme beherrscht klingen zu lassen, was ihr jedoch misslang. Man hörte ihre Angst deutlich heraus. Dies war offensichtlich mehr, als einer von Lees gewöhnlichen Tobsuchtsanfällen. Jeff und Marvin brachten kein Wort heraus. Sie wussten ebenso wenig, was hier vor sich ging, wie sie.

„Ich denke, es ist Zeit für Ihre Pille, Mr. Lee ...", wandte sie sich schliesslich Lee zu und holte aus der Tasche ihrer weissen Uniform einen Satz Tabletten zum Vorschein. Beruhigungsmittel, dachte Jeff. Sie nahm das Glas Wasser, das auf dem Nachttisch stand, gab zwei Tabletten hinein und hob es an Lees Lippen, der sich immer noch von Lachkrämpfen geschüttelt apathisch seinen Satz aufsagte. Ein Grossteil des Wassers verschütte Lee, während er gurgelnd und hustend weiterlachte, doch die Tabletten schien er geschluckt zu haben, denn er beruhigte sich ziemlich schnell und nach etwa eine Minute begann er zu dösen. Das mussten verdammt starke Pillen gewesen sein, dachte Jeff.

Michele drehte sich zu ihnen um und ihre Augen funkelten fast so böse wie die von Lee vorhin, doch schwarz waren sie nicht.

„Ich weiss nicht, was ihr mit ihm gemacht hab und ich will es auch gar nicht wissen. Mr. Lee ist eine alter, kranker Mann und ich hab euch gesagt, ihr sollt ihn nicht reizen!" Weder Jeff noch Marvin sagte etwas, sie waren noch zu verwirrt, um etwas entgegnen zu können. „Und jetzt macht, dass ihr von hier wegkommt!"

Eilig verliessen Jeff und Marvin das Zimmer. Sie liefen an den Bewohnern des Heimes vorbei, die noch immer unbeirrt den gleichen Tätigkeiten nachgingen wie vor einer Stunde, und die ihnen keinerlei Beachtung schenkten. Mehrere Minuten irrten sie in dem Gewirr von Gängen und Zimmern umher, bis sie den Ausgang fanden. Die Nachmittagssonne blendete sie vom See her, während sie sich mit zusammengekniffenen Augen nach Jeffs Wagen umsahen. Schliesslich fanden sie ihn, stiegen hinein und fuhren los, Kies und Staub hinter sich aufwirbelnd. Im Rückspiegel sah Jeff die beiden alten Damen, die ihnen das Tor geöffnet hatten, welche auf einer Sitzbank an der Hauswand sassen und ihnen missmutig hinterher blickten. Weder Jeff noch Marvin sagte ein Wort, bis sie ein Schild mit der Aufschrift

SIE VERLASSEN BURLINGTON
Wir hoffen Sie hatten einen schönen Aufenthalt!

passierten und wieder auf der Interstate waren. Marvin sprach als Erster.

„Der Typ ist ein völliger Spinner. Das hat mir mein Dad auch schon gesagt, aber dass er so verrückt ist, hab ich nicht gedacht. Hast du ihn am Schluss gehört? Er hat mich Barks genannt! Er hat gedacht er, spricht mit meinem Vater!"

Hast du ihn am Schluss gehört Marv? *Und ihre Augen schwarz!*, hast du das gehört Marv?

„Und sein Blick erst, hast du seinen Blick gesehen Jeff? Ich hab gedacht er wollte sich gleich auf mich stürzen, wenn er nicht im Rollstuhl sitzen würde."

Hast du die *Schwärze* gesehen Marv? Das Schwarze in seinen Augen?

Doch Jeff sagte gar nichts. Wie denn auch? Wie konnte er verbal erklären, was nicht in Worte zu fassen war? Jedes Wort ist nur ein Gefäss für ein Gefäss, für etwas, das real ist. Während Gegenstände und Objekte eindeutig und exakt zu beschreiben waren, konnte man komplexere Geschehnisse nur unzureichend in Worten ausdrücken – und Gefühle, Ideen oder Gedanken immer bloss andeuten. Wie sollte man mit diesem von Menschen geschaffenen Kommunikationssystem, das vergleichsweise logisch und in sich funktionierend war, etwas verbalisieren, das vollkommen irrational, ja geradezu wahnsinnig war? Etwas wie Lees Augen, seinen Blick, die *Schwärze*, die darin lag. Konnte man überhaupt mit irgendeiner Sprache dieser Welt, etwas ausdrücken, das scheinbar nicht einmal aus diesem Universum zu stammen schien?

„Und wir haben nichts Nützliches aus ihm rausbekommen. Was für eine totale Zeitverschwendung ..." Marvin schüttelte den Kopf.

„Ja", wiederholte Jeff. „Was für eine Zeitverschwendung."

Es war bereits Abend, als sie wieder in Perkinsville ankamen. Sie hatten nur einmal kurz angehalten, um sich beim Fahren abzuwechseln, ansonsten waren sie fast die gesamte Strecke schweigend und ohne Unterbrechung gefahren. Jeff lud Marvin vor dem

Laden ab und fuhr nach Hause. Er würde sich jetzt hinlegen und bis zur nächsten Eiszeit durchschlafen, wenn alles kalt und weiss vor Schnee war. In der Zwischenzeit würde er versuchen, nicht mehr von der *Schwärze* zu träumen.

KAPITEL 12

Doch es kam anders als geplant und Jeff erwachte bereits nach viereinhalb Stunden, statt nach 50'000 Jahren, dem Zeitpunkt, an welchem Klimaforscher die nächste Eiszeit vermuteten.

Es war mitten in der Nacht, doch Jeff war schlagartig hellwach. Geträumt hatte er nicht, musste jedoch an Lee denken. In einem Punkt hatte Marvin recht gehabt, Lee war ein Spinner. Jeff hatte keine Ahnung, ob Lee wirklich in die Zukunft sehen konnte, aber das war auch nicht so wichtig. Wichtig war, dass Lee die *Schwärze* ebenfalls in seinen Träumen sah und dass Jeff sie zumindest andeutungsweise in Lees Augen gesehen hatte. Zum ersten Mal ausserhalb seiner Träume, in der echten Welt, wenn man so wollte.

Bisher hatte Jeff keine wirkliche Verbindung zwischen dem Phänomen der vergessenen Woche und seinen Träumen von der *Schwärze* hergestellt. Doch da er nun mit ziemlicher Gewissheit sagen konnte, dass *die Schwärze* in seinen Träumen nicht bloss die Manifestation von Wahnsinn oder von Erschöpfung war, verursacht durch ein hoffnungslos durcheinander geratenes Gehirn, musste er in Betracht ziehen, dass diese beiden Dinge in irgendeinem Zusammenhang standen, ja vielleicht sogar in einer Art Wechselspiel voneinander abhingen. Er hatte keine konkrete Vorstellung davon wie und weshalb, aber das Gefühl war ziemlich stark. Und je mehr Zeit seit dem Phänomen verstrichen war, je mehr fremde Träume er hatte, je länger die immer gleichen Gedankengänge sich in seinem Gehirn im Kreis drehten, desto stärker begann Jeff zu erahnen, dass dieses Rätsel nicht mit purer Logik zu lösen war, so wie sie es bisher versucht hatten. Hier waren Mächte am Werk, die sich dem Verständnis und der Vorstellungskraft der Menschen entzogen.

Diese Erkenntnis, oder besser gesagt, die Ahnung davon, brachte Jeff dazu, sich genauer mit den zwei Träumen zu beschäftigen, die er bisher erfolgreich verdrängt hatte. Er erinnerte sich nicht mehr genau an das, was darin geschehen war, doch er wusste, dass es keine gewöhnlichen Träume waren. Denn er war nicht er selbst in diesen Träumen gewesen, eher wie ein Geist, der sich – von den Ketten, die Raum und Zeit allem Existierendem auferlegten, losgelöst – durch die Leben anderer Menschen bewegte. Menschen, denen ähnliche Sachen widerfahren waren oder widerfahren würden, wie gerade ihm selber.

Er erinnerte sich an eine grosse gelbe Fläche, vielleicht eine Wüste und an einen weiten, unendlich grossen Raum, vermutlich der Weltraum. Er hatte keine Bilder vor Augen, bloss Gefühle. Gefühle eines nicht fassbaren, absurden, aber gleichzeitig nur allzu vertrautem Gigantismus, bestehend aus Materie und der vierdimensionalen Raumzeit. Das Universum. Auf den ersten Blick erstaunlich ähnlich und doch im kompletten Gegensatz dazu, stand die *Schwärze*, fremd, kalt und beängstigend. Denn eigentlich dürfte sie nicht da sein. Es konnte nicht beide gleichzeitig geben. Nicht ihr Universum und die *Schwärze*. Denn sah man die *Schwärze* oder wusste zumindest intuitiv von ihr, kam man unweigerlich zum Schluss, dass die eigene Welt, das eigene Universum, die eigene Realität, nicht alles war, was es gab. Die *Schwärze* und die dem Menschen bekannte Realität standen so grundlegend im Konflikt miteinander, dass es keine Chance auf eine Koexistenz gab. Und wahrscheinlich war der einzige Grund, wieso Jeff sich noch nicht wie Mzwmebe und Luckman umgebracht hatte, dass er die *Schwärze*, im Gegensatz zu ihnen, noch nicht selbst gesehen hatte.

Es gab für ihn noch die Hoffnung, dass er bloss vollkommen verrückt war, dass all diese Gedanken und Fantasien über die *Schwärze* bloss Produkte eines kranken, aber nicht irrealen Verstandes waren. Und diese Hoffnung erhielt ihn am Leben. Nur die Gewissheit, also das Begreifen, was die *Schwärze* genau war, was hier vor sich ging, und das Eingestehen, dass es sie tatsächlich gab, was nur durch das Sehen mit eigenen Augen erreicht werden konnte, würde ihn umbringen.

Und trotzdem arbeitete er genau darauf hin. Er wollte wissen, was die *Schwärze* war. Wollte sie verstehen, sie sehen. Wie Pandora, die trotz Zeus' Warnung die Büchse aller Schrecken öffnete, da sie ihre Neugier nicht im Zaum halten konnte. Eine treibende, kosmische Kraft, das Kleinkind in den Brunnen leitend.

Und er ahnte, dass Marvin ihm dabei nicht helfen konnte, selbst wenn er wollte. Auch wenn das Rätsel real war, sich in ihrer Welt befand – die Erklärung dazu steckte tief in seinem Kopf und dennoch ausserhalb der Realität und ihrer Logik und Vernunft.

Dieser Kopf pochte jetzt übrigens schmerzhaft. Es war nicht gut, nicht gesund, sich zu lange über all diese Dinge Gedanken zu machen. Jeff stand auf und ging ins Badezimmer, wo er ein Valium nehmen wollte. Das Mondlicht warf unheimliches Licht in den Flur, während Jeff sich mit halb geschlossenen Augen daran zu erinnern versuchte, wo sich das Badezimmer befand. War es die zweite Tür links oder die erste rechts? Oder war es in der Richtung, aus der er gekommen war? Doch dort gab es gar keine Tür...

Er machte die erstbeste Tür auf und knipste das Licht an. Doch, hier war er richtig. Da war die Badewanne, die Toilette, das Waschbecken, die Schublade mit den Medikamenten und der ... Spiegel.

Jeff hatte ihn fast vergessen. Auch in den beiden Träumen hatten Spiegel oder genauer gesagt die Reflexion, die von ihnen ausging, eine entscheidende Rolle gespielt. Irgendwie beängstigend. Sich selbst zu sehen. So wie andere Menschen einen sahen.

Denn das Ding im Spiegel bist ja nicht du, sondern bloss ein Abbild des Lichtes, das du wiederum von irgendeiner Lichtquelle reflektierst und auf der Silberschicht unter der Glasscheibe des Spiegels kurzzeitig gebannt wird, dachte Jeff. Kein Grund Angst zu haben. Natürlich stimmte dies. Aber neben der wissenschaftlichen Sichtweise gab es noch eine andere. Eine die viel erschreckender war. Ihm fielen ein paar Zeilen aus einem seiner Lieblingssongs von Pink Floyd ein:

Overhead the albatross hangs motionless upon the air
And deep beneath the rolling waves in labyrinths of coral caves
The echo of a distant tide
Comes willowing across the sand
And everything is green and submarine

Doch darüber wollte und konnte Jeff im Moment nicht nachdenken. Er beachtete sein Spiegelbild nicht weiter, kramte die Valiumpackung aus der Schublade, schluckte eine Tablette und ging wieder ins Bett. Diesmal schlief er länger.

KAPITEL 13

Als Jeff am nächsten Morgen aufwachte, sah die Welt wieder wesentlich freundlicher aus. Draussen hörte er, wie die Vögel ihre Generalprobe für das Konzert am Abend abhielten, während die Grillen schwächer als sonst zirpten. Ausserdem schien die Umgebung ... das Licht, irgendwie dunkler und blasser zu sein, als an den Tagen zuvor. Nach dem er etwas gegessen und sich angezogen hatte, verliess er das Haus, um zu Marvin zu gehen. Und erst dann bemerkte er, was der Grund für das dunklere Licht war. Wolken waren aufgezogen! Graue Regenwolken verhüllten den Himmel und versteckten Perkinsville vor den sonst alles sehenden Strahlen der Sonne. Er kam sich wie in einer Kissenburg oder einem Iglu vor, die sie als Kinder gebaut hatten. Und das Beste daran war: Die Temperatur war merklich gesunken.

Tag für Tag, Woche für Woche hatte er auf die erlösende Wetterprognose gewartet, die Wolken und Regen verheissen würde, und nun hatte er sie im Tumult der letzten Tage glatt verpasst. Noch war zwar kein Tau auf dem Gras zu sehen, aber der würde bestimmt am nächsten Tag kommen. Auch Regen musste nun in Betracht gezogen werden und vielleicht sogar – Jeff wagte fast nicht daran zu denken – ein richtiges Sommergewitter!

Ein wohliger Schauer lief ihm bei der Vorstellung über den Rücken, zuhause mit einer Tasse warmen Tees zu sitzen, während draussen der Wind durch die Strassen heulte, die Baumwipfel zum Rascheln und die Holzgiebel des Hauses zum Knarzen brachte, und weg gewehtes Blattwerk und Regen an die Fenster und aufs Dach trommelten. Das Innere des Hauses immer wieder durchzuckt vom unwirklich blauen Leuchten der Blitze, gefolgt vom Donnergrollen in der Ferne.

Riders on the Storm ...

Diese Vision in seinem Kopf versetzte Jeff in Hochstimmung, als er sich auf den Weg zu Marvin machte. Spürte er nicht schon eine schwache, kühle Brise auf der Haut? Einen kleinen Tropfen auf der Nase? Boten des herannahenden Sturmes? Er sah sich nach allen Seiten um und erblickte sie tatsächlich, dort, über dem Dach von Greg Barris Haus, dunkle, fast schon schwarze Gewitterwolken, die dicht über den Horizont schwebten und von Westen, von den grossen Seen her kamen und Perkinsville wohl schon bald erreicht haben würden. Gegen Abend, schätzte er. Das Konzert der Spatzen würde buchstäblich ins Wasser fallen.

Jeff war bei Marvin angekommen. Die Tür zum Laden war wie immer nicht abgeschlossen, ebenso die Wohnungstür. Als Jeff eintrat, bot sich ihm ein bizarrer Anblick: Im Flur stand Marvin, einen Besenstiel in den Händen, den er wie eine Pike schützend in Richtung Küche hob. Dort wiederum, auf der Schwelle zwischen Küche und Flur, stand der alte Barkley, der sich in einer Haltung, die Jeff an einen Gorilla erinnerte, einen Mülleimer mit beiden Händen über dem Kopf hielt, den er auf Marvin zu schleudern drohte.

"... weil du Nichtsnutz von einem Sohn die Tür offengelassen hast! Du bist gestern als letzter nach Hause gekommen!", brüllte er und wirkte dabei erstaunlich nüchtern, aber dafür umso böser. Keiner von beiden schien Jeffs Auftauchen bemerkt zu haben.

„Du lässt die Tür schon seit fast einem Monat offen!", entgegnete Marvin. „Immer! Statistisch gesehen war das also längst überfällig."

„Du verfluchter ..."

„Ausserdem hab ich viel mehr verloren als du! Eigentlich sollte ich auf dich wütend sein! Dir haben sie nur dein Bier ..."

In Barkleys Gesicht fand eine groteske Verzerrung statt, entgegen aller Gesetze der nichteuklidischen Geometrie. Offenbar war ihm endgültig der Kragen geplatzt. „Nur mein Bier?", wiederholte er, „NUR MEIN BIER? DU FAULER HIPPIE, HAST AUCH NOCH NIE AUCH NUR EINEN TAG IN DEINEM ELENDEN LEBEN GEARBEITET UND SPRICHST EINEM HART ARBEITENDEN, NÜTZLICHEN MITGLIED DER GESELLSCHAFT, DIE WICHTIGKEIT SEINES FEIERABENDBIERS AB? NUR EIN BIER???"

Mit aller Wucht warf er den Eimer aus Plastik, der dennoch ziemlich gross und schwer war, auf Marvins Kopf. Dieser schaffte es im letzten Moment, den Besen hochzureissen, so dass der Besenstiel den Eimer im Flug traf, ihn von seiner geraden Bahn ablenkte und sich nun im Kreis fortbewegte. Die Zentrifugalkraft entriss dem Eimer seinen Deckel und sorgte dafür, dass sich der Inhalt – zum überwiegenden Teil aus alten Bierdosen und mit Schimmel überzogenen Essensresten bestehend – in einem Schwall über den alten Barkley ergoss. Der Eimer selbst traf durch die abgelenkte Flugrichtung Marvin an der Schläfe, der sich unglücklicherweise in eben jene Richtung geduckt hatte. Beinahe zeitgleich gingen beide zu Boden, der eine sich die Hand an den schmerzenden Kopf haltend, der andere sich in Abfall und Schmutz suhlend.

Schalten sie nächsten Woche wieder ein bei der *Samstagmorgen bei den Barkleys Show*, Drama, Action und Humor für die ganze Familie!

Jeff betrat den Flur. „Guten Morgen ihr beiden, tut mir leid euren kleinen Plausch unterbrochen zu haben." Erst jetzt bemerkte ihn Marvin.

„Oh, hi Jeff. Ging hier gerade ganz schön wild zur Sache."

„Hab's gesehen."

„Echt? Hab dich gar nicht reinkommen sehen."

Jeff half ihm hoch, während der alte Barkley sich ebenfalls aufrichtete, die Wohnung verliess, etwas vor sich her murmelte, das einzige Wort das Jeff verstand war *Corner*.

„Was ist denn der Grund für diesen kleinen Disput?"

„Ach ...", begann Marvin, doch dann schüttelte er den Kopf und schob seine Brille zurecht. „Sieh mal in mein Zimmer."

Jeff ging durch den Flur zu Marvins Zimmer und trat ein. Es sah aus, als ob dort drin jemand ein Bande tollwütiger, mit Macheten bewaffneter Makaken freigelassen und danach nur eine einzige Banane hineingeschmissen hatte, während ein Erdbeben Stärke Neun Perkinsville erschüttert haben musste. Die vielen Bücher, die normalerweise gemäss einem immerhin erahnbaren System auf dem Boden verteilt lagen, waren jetzt kreuz und quer im ganzen Zimmer verstreut. Die Schubladen standen alle offen oder waren rausgerissen worden, das Mikroskop, die Waage und ein paar andere Laborutensilien waren spurlos verschwunden. Ausserdem fiel Jeff auf, dass Marvins Terrarium mit den Heuschrecken ebenfalls weg war.

„Scheisse Mann", sagte Jeff als Marvin zu ihm ins Zimmer kam.

„Ist bei euch eingebrochen worden?"

„Mhm. Im Wohnzimmer und in der Küche sieht's ähnlich wie hier aus. Und der Dieb hat eine Menge wertvoller Sachen mitgehen lassen. Fast meine gesamte Laborausrüstung, ein paar Chemikalien, alles was man irgendwie zu Geld machen kann."

Jeff sah sich noch einmal das Chaos an und eine erschreckende Befürchtung überkam ihn plötzlich.

„Und deine Aufzeichnungen über die letzten Tage?", fragte er.

„Sind noch da", sagte Marvin.

„Erst dachte ich auch, die Regierung wollte in einer Nacht-und-Nebel-Aktion alle Beweise ihres erfolgreichen Massenamnesie-Experimentes verschwinden lassen, um die Sache zu vertuschen. Aber das Zeug ist alles noch da." Er deutete auf ein paar Unterlagen auf dem Schreibtisch. „Offenbar hat es der Dieb nicht darauf abgesehen. Nur auf schnelles Geld und Bier. Deswegen ist auch mein Dad vorhin so ausgerastet, der Kerl hat ihm seinen ganzen Vorrat geklaut."

„Wann ist das geschehen?"

„Muss gestern gewesen sein, als wir in Burlington waren", sagte Marvin. „Mein Dad hat gepennt und hat nichts gemerkt. Deswegen ist's ja auch seine Schuld."

„Wie kann's dann sein, dass es euch erst jetzt aufgefallen ist? Du warst ja gestern Abend schon zuhause."

„Das schon, ich hab auch gleich gesehen, dass hier jemand eingebrochen hat. Doch ich wollte zuerst unbedingt die Erkenntnisse des Tages aufschreiben und mir Gedanken darüber machen, solange sie noch frisch waren. Dann bin ich irgendwann eingeschlafen und schliesslich hat mich mein Dad heute Morgen aufgeweckt, als er gemerkt hat, dass sein Bier nicht mehr da ist."

„Mhm", sagte Jeff bloss. Auf einmal spürte er wie sich etwas Weiches zwischen seinen Beinen schlängelte. Er sah hinab. Es war Schrödinger der ins Zimmer getreten war und dabei wehleidig miaute. Er schien zu humpeln.

„Der Dreckskerl ist ihm auf die Pfote getreten", meinte Marvin finster. „Seit gestern hinkt er. Schrödinger hat versucht, die Wohnung zu verteidigen." Jeff sah Schrödinger nach, wie er sich unter Marvins Bett verkroch, was ihm bei seinem Volumen und seine schmerzenden Pfote sichtlich schwer fiel.

„Hab übrigens ein wenig recherchiert und ein paar interessante Dinge herausgefunden. Langsam habe ich eine Vermutung, was geschehen sein könnte. Ich muss sie noch etwas ausarbeiten, aber wenn sie stimmt, haben wir das Rätsel bald gelöst, denke ich. Aber zuerst hol ich mir meinen Kram zurück."

„Du willst nicht die Polizei anrufen?", fragte Jeff.

„Nein. Manche der Chemikalien, die ich habe, befinden sich in einer ... sagen wir mal rechtlichen Grauzone und ich will nicht riskieren, dass sie was konfiszieren. Ausserdem bin ich mir ziemlich sicher, wer der Dieb war." Marvin deutete mit dem Kopf zum Schreibtisch, der aufgrund des fehlenden Terrariums ziemlich leer wirkte. Erst verstand Jeff nicht, aber dann fiel ihm ein, wen Marvin meinte. Bei dem Gedanken musste er ein wenig lachen.

„Du meinst doch nicht etwa …?"

„Oh doch."

„Spider-Man?" Marvin nickte. Der … Spider-Man, dachte Jeff. Nicht zu fassen!

„Glaubst du echt?"

„Wer sonst hätte Grund, einen Haufen Heuschrecken zu entführen, wenn nicht er?" Damit konnte Marvin durchaus recht haben. „Am besten wir gehen gleich los. Bevor es noch zu regnen anfängt", sagte er dann mit Blick hinaus aus dem Fenster, dessen Vorhänge ausnahmsweise mal nicht zugezogen waren. Da Jeff sonst nichts vor hatte, willigte er ein.

Sie verliessen die Wohnung und machten sich auf den Weg zum Spider-Man. Ja ja, der gute alte Spidey … Wie hiess er eigentlich mit richtigem Namen? Jeff wusste es nicht mehr. Von allen schrägen Typen die in Perkinsville lebten – und für eine Stadt dieser Grösse hauste hier eine erstaunliche Menge davon – war Spider-Man, wie die meisten ihn nannten, wohl der schrägste: Ein absoluter Spinnenfanatiker.

Jeff wusste nicht viel über ihn, aber das wusste niemand. Nur, dass er in seinem Haus Unmengen an Spinnen hielt, eine richtige Spinnenzucht hiess es, so viele, dass er die Kulisse einer Geisterbahn mit ihren Spinnweben schmücken könnte oder ganz Perkinsville an Halloween. Und dass er Insekten auf den Tod nicht ausstehen konnte, was offenbar der Grund war, warum er so viele Spinnen hielt. Nur: Welcher gesunde Mensch hält denn Spinnen, verdammt nochmal? Spidey hatte einen regelrechten Spinnenzoo, erzählte man sich, gewöhnliche Hausspinnen, langbeinige Spinnen, giftige Spinnen, Vogelspinnen und Taranteln. Als Kind hatte Jeff Gerüchte gehört, dass Spider-Man früher Entomologe gewesen war und Insekten in Südamerika studierte hatte. Je nach Version hatten sich sein Hass auf Insekten und seine Liebe für Spinnen auf verschiedene Wege entwickelt. Damals hatte Jeff auch gelernt, dass Spinnen keine Insekten, sondern Arachnide waren. Laut einem dieser Gerüchte hatte sich Spidey in einem riesigen Termitenhügel verirrt und erst nach Tagen den Weg hinaus gefunden, so dass er sich in dieser Zeit von Termiten ernähren musste. Auf diesem Trauma soll sein Hass auf Insekten beruhen. Eine andere Geschichte lautete, Spider-Man habe einen Spinnenfetisch. Diese Erklärung hatte Jeff damals nicht verstanden, doch heute schien es ihm die plausibelste zu sein, auch wenn er hoffte, dass sie nicht stimmte.

Doch vermutlich waren die Gerüchte und Erzählungen, die Spider-Man und sein Haus sowie die Spinnweben darin umwoben, nichts weiter als masslose Übertreibungen und betrafen einen etwas seltsamen Kauz, der ein ausgeprägtes Flair für Spinnen hatte. Fakt war, dass der Spider-Man in einem heruntergekommen Haus in einem abgelegen Teil von Perkinsville lebte. Und da er fast immer zuhause bei seinen Spinnen war und selten gesehen wurde, ging er offenbar auch keinem Beruf nach. Was die Vermutung nahelegte, dass er chronisch an Geldnot leiden musste. Spider-Man brauchte also Geld und Insekten für sich und seine Spinnen, was den Verdacht auf ihn lenkte, Marvins Wertgegenstände und seine Heuschrecken gestohlen zu haben.

Bald waren Jeff und Marvin in der Lumber Road, wo Spider-Man's Haus lag. Es befand sich ganz am Ende der schmalen, aber langen Strasse, hinter einer Kurve und von ein paar Kiefern verdeckt. Aufgrund der Weitläufigkeit der Stadt gab es in Perkinsville eine Menge solch abgelegener, von Vegetation und Topografie völlig versteckter Orte wie diesen. Jeff konnte sich nicht daran erinnern, seit seiner Kindheit hier gewesen zu sein. Sie gingen auf das Haus zu und sahen sich das Grundstück genauer an. Es gab weder Zaun noch Tor, aber dafür eine verwilderte Hecke, die von ihrem eigenem Gewicht zu Fall gebracht, den Gehweg überwucherte. Das, was früher einmal der Rasen gewesen sein musste, war nun ein hüfthoher, im Wind wogender Urwald aus Unkraut und Sträuchern.

Das Haus selbst befand sich ebenfalls in miserablem Zustand. Die Farbe der ehemals weissen Fassade schälte sich von den Wänden ab und viele der Dachschindeln waren bereits weggeweht oder herunter gefallen, so dass man die nackten, vermodernden Balken des Dachbodens sehen konnte. Zudem sah Jeff auf der Veranda etwas, von dem er auf den ersten Blick dachte, es sei aus den Fenstern strömender Rauch oder Dampf. Auf den zweitem Blick jedoch erkannte er, was es war. Die ganze Veranda war über und über mit Spinnweben bedeckt, ja, regelrecht zugekleistert. Die dichten Netze spannten sich von einer Ecke zur anderen, über mehrere Meter hinweg und flatterten im Wind, weswegen Jeff sie mit Rauchschwaden verwechselt hatte. In den Netzen konnte er unzählige kleine Kokons sehen – die Beute der Spinnen, die hier hausen mussten.

„Scheisse ...", sagte Marvin. "Die Geschichten stimmen! Vor zehn Jahren hat das Haus aber nicht so ausgesehen oder?"

„Nein", sagte Jeff, „damals war es noch nicht so schlimm. Es war zwar schon damals verfallen, aber die Spinnen hat's noch nicht gegeben. Zumindest nicht draussen."

„Es sieht aus wie ... wie ... ach du weisst schon, wie das Haus aus diesem Film mit dem Farmer und den Spinnen, die seine Tiere auffressen ... wie hiess der doch gleich?"

„Du meinst *Mörderspinnen*."

„Ja, genau so hiess er."

„Du hast Recht Marv, das Haus sieht echt so aus."

„Wie krank ..." Jeff ging auf den Briefkasten zu, der ein paar Schritte von ihnen entfernt aus dem Grasmeer empor ragte. Über dem Briefschlitz, wo sich der Name des Anwohners hätte befinden müssen, war bloss Rost zu sehen. Irgendwelche Kinder oder vielleicht Spider-Man selbst, hatten den Namen wohl mit einer Münze oder einem Schlüssel weggekratzt.

„Was machen wir jetzt?", fragte Marvin. Er deutete auf die Veranda und den Hauseingang.

„Da können wir unmöglich durch."

„Hm", meinte Jeff. „Vielleicht sieht es auf der Rückseite anders aus?"

Sie gingen um das Grundstück herum, wobei sie sich erst an die Hecke hielten und nachher an das Dickicht, welches diese ablöste. Es war viel grösser und undurchdringlicher als gedacht, und sie brauchten fast eine halbe Ewigkeit, um sich einen Weg durch das Gebüsch zu bahnen. Auf der Rückseite bot sich ihnen der gleiche Anblick. Eine halb zerfallene Veranda – in eine wabernde, weisse Wolke gehüllt. Auch unter dem Dachvorsprung und in den Fensterrahmen sahen sie überall Spinnennetze.

„Scheisse, wie schafft es der Typ bloss, morgens seine Post zu holen? Steigt der durch ein Fenster?"

„Ich denke, der Spider-Man hat andere Prioritäten", sagte Jeff. Er überlegte sich gerade, ob es vielleicht ein offenes Fenster an den Flanken des Hauses gab, das sie von ihrer jetzigen Position nicht sehen konnten, als Marvin sich aus dem Gebüsch erhob und direkt auf das Haus zuging.

„Was hast du vor Marv?" Er hob einen Stock in die Höhe, den Jeff erst jetzt bemerkte.

„Mir mein Zeug zurückholen."

Das war natürlich auch eine Möglichkeit. Jeff sah sich um und fand schon bald einen abgefallenen Ast am Boden. Er hatte die Form einer überdimensionierten Wünschelrute, Jeff hob ihn am einpoligen Ende hoch und ging ebenfalls zum Haus. Dort war Marvin bereits dabei, sich wie mit einer Machete einen Weg durch den Spinnennetzdschungel zu hauen. Jeff stellte sich neben ihn und verbreitete den Durchgang.

„Diese Scheissdinger klettern mir ja auf die Hände!" Marvin liess seinen Stock fallen und wischte sich heftig ein paar kleine, dünnbeinige Spinnen von seinem linken Unterarm.

„Psst", sagte Jeff und deutete in Richtung Hintertür, die nun fast frei von Weben war.

Wenn der Spider-Man sich im Untergeschoss befand, würde er sie bestimmt hören. Technisch gesehen hatte zwar weder Jeff noch Marvin von einem Einbruch gesprochen, aber beide wussten, dass Spidey sie nicht rein lassen würde, wenn sie anklopften und höflich fragten. Nach einer weiteren Minute des Hauens und Schlagens, in welcher die Spinnen sich gegen die Zerstörung ihrer Behausungen wehrten wie sie nur konnten, schafften es Jeff und Marvin endlich, den Weg zur Tür so weit freizubekommen, dass sie nicht mehr Gefahr laufen mussten, sich in den Netzen zu verfangen und wie im Film *Mörderspinnen* bei lebendigem Leibe einkokoniert zu werden. Sie warfen die Stöcke, welche zu lang und unhandlich für Innenräume waren, in den Garten und Marvin drehte prüfend am Türknopf.

„Nicht abgeschlossen", flüsterte er.

Mit einem schwachen, von Jahren der Unberührtheit zeugenden Knarren, ging die Tür auf und vor ihnen tat sich ein schwarzes, bedrohliches Loch auf, wie der Eingang einer Spinnenhöhle. Was es ja auch war. Marvin ging als Erster hinein, Jeff folgte ihm. Die abgestandene Luft roch schal und modrig. Das ohnehin durch die dicke Wolkendecke geschwächte Tageslicht vermochte kaum, das

Innere des Hauses zu erhellen, doch es reichte immerhin aus, um ihnen einen kleinen Eindruck von den darin herrschenden Zuständen vermitteln zu können. Jeffs Befürchtung, drinnen erwarte sie eine weitere Wand aus Spinnennetzen, verflüchtigte sich rasch. Auf den ersten Blick erschien es ihm, als könne man sich im Haus frei bewegen. Dann bemerkte er aber, dass dies nicht ganz stimmte.

Was er zunächst für eine Art Vitrine oder einen Glasschrank gehalten hatte, entpuppte sich bei näherer Betrachtung als ein Stapel Terrarien, der bis zur Decke reichte. Bewohnt waren sie von Spinnen, die fleissig ihre Netze zwischen dem Geäst spannten, ihre Beute einkokonierten oder regungslos in ihren Netzen auf solche warteten. In einem der Terrarien, direkt auf Augenhöhe, entdeckte Jeff eine dicke Vogelspinne, die seinem Gesicht so nahe war, dass er sein Spiegelbild in den zwei grössten ihrer acht Augen erkennen konnte.

„Scheisse", flüsterte er knapp und wich einen Schritt zurück. Die Vogelspinne starrte ihn unbewegt weiter an. Gott sei Dank hält er die Viecher in Terrarien, dachte Jeff. Doch ob das auf alle seiner Spinnen zutreffen mochte?

„Was ist?", fragte Marvin, der schon ein paar Schritte weiter vorgestossen war.

„Nichts", sagte Jeff. „Bloss so eine hässliche Tarantel." Jeff hörte ein Klirren aus Marvins Richtung und einen leisen Fluch.

„Hast du was zerbrochen?", fragte Jeff.

„Nein ... hier liegen Glasscherben am Boden. Von einem der Terrarien, schätze ich." Und die ehemaligen Bewohner?

Spider-Man befand sich scheinbar nicht im Erdgeschoss, sonst hätte er sie spätestens jetzt gehört. Er musste sich entweder im Obergeschoss oder im Keller aufhalten, falls es einen gab. Jeff tippte auf das Obergeschoss und schloss zu Marvin auf, der den ersten Terrarien-Flur durchquert hatte und plötzlich stoppte. Sie befanden sich offenbar im Wohnzimmer, auch wenn es Jeff ein Rätsel war, wie hier noch jemand wohnen konnte. Auch in diesem Raum stapelten sich die Terrarien bis an die Decke. Da Jeff und Marvin still standen, konnten sie das leise Schaben und Treten Abertausender von Spinnen hören, die in ewiger Dunkelheit ihren immer gleichen Tätigkeiten nachgingen: Netze spannen, den Beutetieren ihr Gift einspritzen, sie einkokonieren und schliesslich deren Saft trinken. Jeff erschauerte und spürte, dass Marvin sich ebenfalls unwohl fühlte.

„Wie viele Insekten man wohl braucht, um all diese Spinnen zu füttern?", fragte Marvin. Er hatte vergessen zu flüstern, aber seine Stimme war so schwach und ehrfurchtsvoll, dass sie kaum zu hören war.

„Keine Ahnung", sagte Jeff. „Ich will's auch gar nicht herausfinden. Sehen wir lieber zu, dass wir deine Sachen finden und uns aus dem Staub machen können."

Bis auf eine mit einer dicken Staubschicht bezogene, zerfledderte Couch und einen ausrangierten Fernseher, der, wie Jeff feststellen musste, ausgehöhlt und nun ebenfalls ein Terrarium war – willkommen auf Spider-TV, wir senden 24 Stunden Spinnen am Tag! – , war der Raum vollkommen leer, also setzten Jeff und Marvin ihre Suche im Rest des Hauses fort.

Durch die Spalten zwischen Jalousien und Fensterrahmen drang schwaches Licht, was ihnen ermöglichte, ihre Umgebung schemenhaft wahrnehmen zu können. Was sie nicht sahen, mussten sie sich ertasten. Obwohl Spider-Man – wenigstens was seine Spinnenzucht betraf, eine gewisse Ordentlichkeit erkennen liess, waren manche der Spinnen offenbar ausgebrochen, denn immer wieder fuhr Jeffs Hand in der Dunkelheit in Spinnennetze hinein. Nun stiessen sie auf das Badezimmer, welches wie das Wohnzimmer völlig verdreckt und mit Spinnenterrarien vollgestopft war.

Da sie dort nichts fanden, drangen sie weiter vor, öffneten diverse Kommoden, einen Wandschrank und die nächste Zimmertür – überall bot sich ihnen das gleiche Bild: Terrarien, Schmutz und Spinnen.

Schliesslich blieb im Erdgeschoss nur noch die Küche übrig, deren Jalousien nicht runtergezogen waren, so dass sie erschreckend genau erkennen konnten, was sich hier abspielte. Auch sie war von oben bis unten mit Terrarien vollgestopft, doch in ihnen befanden sich keine Spinnen, sondern lauter Insekten. Alle möglichen Arten tummelten sich in den Glaskästen, Jeff sah Grillen, Kakerlaken, Maden, Heuschrecken und weiss Gott alles. Sogar eine Ameisenkolonie mit einem Ameisenbau, dessen Gänge sich im Längsschnitt ans Glas schmiegten. In den Regalen, wo die amerikanische Hausfrau sonst ihre Marmeladengläser aufbewahrte, standen dutzende Einmachgläser, bis an den Rand gefüllt mit toten Fliegen, Mücken und Motten, welche der Spider-Man wohl luftdicht konservierte. In diesem Raum war es deutlich lauter als im Rest der Hauses, denn die Insekten waren viel zappeliger und lebendiger als die Arachniden, sie sprangen gegen das Glas, summten und brummten, raschelten zwischen den Blättern umher und zirpten unaufhörlich. Es schien, als ob die Wände um sie herum lebendig wären, als ob sie sich im Magen eines einzigen grossen Organismus befinden würden und die einzelnen Zellen des Körpers beobachten konnten.

„Was für ein Freak", hörte er Marvin sagen. „Hier bewahrt er ihr Futter auf."

„Klar", sagte Jeff leise, „ist ja auch die Küche." Eine Weile standen sie einfach nur da und sahen sich um, gefangen zwischen Ekel und Faszination dieses unwirklichen Anblicks. Dann entdeckte Marvin etwas.

„Schau mal da!", rief er, so laut, dass Jeff Angst hatte der Spider-Man würde ihn hören. Falls dem so war, unternahm er zumindest nichts, um den Geräuschen auf den Grund zu gehen. Mit einer Hand zeigte Marvin auf den Tisch in der Mitte der Küche. Dort lag ein weiteres Terrarium, bewohnt von Heuschrecken. Jeff erkannte es als dasjenige von Marvin. Daneben stand ein Karton, aus welchem ein Mikroskop und ein grosser Erlenmeyerkolben hervor lugten.

„Da seid ihr ja meine Lieben!"

Zu Jeffs Überraschung ging Marvin nicht auf seine Laborutensilien zu, sondern auf die Heuschrecken. Er hob das Terrarium mit beiden Händen vors Gesicht und schaute prüfend hinein. Dann grinst er. Seine Brille wurde durch das gebogene Plastikglas des Terrariums zu grotesker Grösse verzerrt und Jeff fand, dass er wie ein verrückter Wissenschaftler aussah, der sich an seinen Versuchskaninchen erfreute. Genau das war Marvin ja eigentlich auch, ein verrückter Wissenschaftler. Seine Schraube war zwar nicht so locker, wie die von Spider-Man oder Lee, aber sie liesse sich mit einem kleinen Kraftaufwand weiter aufdrehen, dachte Jeff.

„Die meisten sind noch da", bemerkte Marvin. „Er hat nur ein paar verfüttert."

„Wie schön", sagte Jeff und schnappte sich den Karton mit Marvins Kram. „Dann lass uns von hier verschwinden. Ist hier alles drin?" Marvin beugte sich über den Karton und wühlte mit einer Hand darin herum, um auch die weiter unten liegenden Gegenstände sehen zu können, während er mit der anderen Hand weiterhin das Terrarium hielt.

„Scheint so ...", sagte er nach einer Weile. „Zumindest alles Wichtige."

„Gut dann, machen wir uns vom Acker ..." Gerade wollten sie die Küche verlassen, als Jeff etwas sehr Wichtiges einfiel.

„Was ist eigentlich mit dem Bier von deinem Vater?", fragte er.

„Das müsste auch noch irgendwo hier sein ..."

„Ach ... wär vielleicht ganz gut, wenn mein Dad mal zur Abwechslung nicht trinkt", antwortete Marvin und ging weiter. Eigentlich hatte Jeff gar nicht an den alten Barkley gedacht, als er Marvin seinen Vorschlag unterbreitet hatte, aber er beliess es dabei.

„Nichtsdestotrotz sind wir noch nicht ganz fertig hier", sagte Marvin.

„Was? Wieso denn nicht?" Statt zu antworten, starrte Marvin bloss grimmig in Richtung Treppe.

„Weil ich noch eine Rechnung mit dem Sack offen habe", sagte er schliesslich. „Dass er meine Sachen gestohlen hat, ist mir nicht so wichtig. Aber der Dreckskerl hat Schrödinger wehgetan ..."

„Und was hast du vor?"

„Es ihm heimzahlen."

Er ging die Treppe hinauf und Jeff folgte ihm. Wenn schon das untere Stockwerk des Hauses die meisten Menschen die Flucht hätte ergreifen lassen und ganz gewiss die Vorhölle eines jeden Arachnophoben darstellte, dann war das obere Stockwerk ein Ort an dem das Karbon-Zeitalter nie geendet hatte. Ein Spalt Licht fiel durch die zugezogenen Fensterläden und liess sie ihre Umgebung vage erahnen.

Hier schien Spider-Man seine Lieblingstiere aufzubewahren. Die Terrarien waren geräumiger, gepflegter und beherbergten exotischere, grössere Spinnen. Neben einer ganzen Menge haariger Taranteln sah er auch kleine Netzspinnen, die in aggressiven, grellroten oder grellgrünen Farbtönen daherkamen. Jeff zweifelte nicht daran, dass sie hochgiftig waren.

„Wir müssen aufpassen, dass wir bloss kein Terrarium in dieser Dunkelheit zerschmettern. Wenn eines von diesen Viechern hier uns beisst ..."

Jeff flüsterte, schliesslich musste der Spider-Man unmittelbar in ihrer Nähe sein. Auch Marvin war darauf bedacht, möglichst keine

Geräusche beim Gehen zu erzeugen. Jeff hielt inne. Wieso eigentlich? Wenn sie doch ohnehin vorhatten, den Spider-Man zu konfrontieren, wieso konnten sie dann nicht einfach ...

Es muss dieses Haus sein, schoss es Jeff plötzlich durch den Kopf. Dies hier war kein normaler Ort, selbst wenn man von den tausenden Spinnen und dem Spinner, der sie hielt, absah. Es war ein Ort, an dem man leise sein wollte. Ein Ort, der immer schlief und stets still war, bis auf das sanfte Scharren abertausender, schabender Spinnenbeine. Ein Ort, den man lieber nicht aufweckte. Doch war es wirklich der Ort? Oder nicht viel eher das, was sich hier eingenistet hatte? Zwischen den Spinnen und dem verwirrten Menschen, den alle nur Spider-Man nannten? Ein unbeschreibliches und doch furchtbar bekanntes Etwas, eine vage Ahnung, die man sich nur mit dem Ausdruck, den Menschen für das kompletten Fehlen visueller Reize benutzen, veranschaulichen konnte, und selbst mit diesem nur unzureichend. Dieser Ort, das Ding in diesem Ort war ...

„Scheisse Jeff, sieh dir das hier an!" Er hörte Marvins ersticktes Flüstern vom anderen Ende des Flures. ... Er war ...

Langsam schritt Jeff in die Richtung, aus der er Marvins Stimme gehört hatte, denn sehen konnte er ihn im Schatten des fensterlosen Endes des Flures nicht. Marvin stand vor einem der grösseren Terrarien und sah gebannt hinein. Jeff tat es ihm gleich. Er konnte die Schemen von etwas erkennen, das ihm auf dem ersten Blick an einen Truthahn an einem Thanksgiving-Dinner erinnerte, der allerdings aus irgendeinem Grund noch zu atmen schien. Dann gewöhnten sich seine Augen an die Dunkelheit und er erkannte, was da vor ihnen im Terrarium lag. Seit ihrem Eintritt in dieses schreckliche Haus war Jeff noch nie so froh gewesen, dass sich eine halbe Zentimeter dicke Glaswand zwischen ihm und dem Inneren des Terrariums befand.

„Scheisse ...", wiederholte sich Marvin. „Was für ein kranker Mensch macht so was?" Jeff sagte nichts, sondern starrte nur weiter ins Terrarium. Was er zunächst für einen Truthahn gehalten hatte, war die Leiche einer ziemlich fetten, goldhaarigen Katze, die offenbar tot auf der Seite lag. Was Jeff zunächst für die Auf- und Ab-Bewegung einer atmenden Lunge gehalten hatte, war in Wahrheit eine Horde von kleinen, schwarzen Spinnen, die sich über der Flanke der Katze ausgebreitet und wie Ghule über das Aas hergemacht hatten. Sie waren so zahlreich, dass Jeff kein Fleisch sehen konnte, bloss eine wabernde, pulsierende Decke. Jeff sah zum Kopf der Katze und bereute es sofort. Die Spinnen waren bereits in Mund und Nase eingefallen. Statt Augen hatte die Katze nur noch zwei tiefe Höhlen, durch welche die kleinen Spinnen eifrig ein und aus gingen, Ameisen in einem Ameisenbau viel ähnlicher als Spinnen. Jeff hatte auf einmal den Drang sich zu übergeben, doch er wandte seinen Blick rechtzeitig von der unheiligen Szenerie ab.

Im Inneren des Terrariums, im Schatten eines kleinen aus drei Ziegelsteinen gebauten Unterschlupfs, vor äusseren Blicken geschützt, sass reglos die Mutterspinne, ein Prachtexemplar einer Mexikanischen Rotknie-Vogelspinne, und beobachtete aus acht schwarzen, fremden Augen völlig unentdeckt die beiden Eindringlinge, die scheinbar ihre Brut fressen wollten.

Marvin fasste sich als Erster wieder: „Komm lass uns weiter gehen."

Jeff wäre am liebsten weggerannt von diesem furchterregenden, unwirklichen Ort, der so gar nicht nach Perkinsville zu passen schien. Aber aus zwei Gründen entschied er sich, soweit man von einer Entscheidung sprechen konnte, dagegen: Erstens war Marvin sein Freund und er wollte ihn nicht im Stich lassen. Und zweitens hatte Jeff das Gefühl, dass er der *Schwärze*, dem Ding, dem Fremden, noch nie so nah war wie in diesem Augenblick. Träume waren nicht real, Lees Augen zu verrückt und sein eigener Verstand zu unzuverlässig, wie sich in den letzten Wochen herausgestellt hatte. Doch hier, in diesem Haus war die *Schwärze* nicht nur physikalisch in Form der Dunkelheit und der Schatten in der Realität allgegenwärtig, Jeff konnte sie auch mit jeder Faser seines Körpers, ja gar seines Geistes spüren und wahrnehmen. Seine Haut und sein Bewusstsein kamen ihm nun wie ein feines Sieb vor, an dem Materie und Telepathen scheiterten, welche aber für die *Schwärze* ein löchriger Schweizer Käse war. Sie drang in ihn ein und schoss wieder hinaus, hinein und wieder hinaus. Und konnte es sein, dass … nein, das kann nicht sein, dachte er schnell. Doch kein Mensch ist Herr seiner Gedanken, sondern umgekehrt.

… dass ein kleiner Teil der *Schwärze* nicht schon vorher in mir drin gewesen war? Noch bevor ich das Haus betreten habe?

Diese Faszination des Grauens und ihre greifbare Nähe war nebst seinem Pflichtgefühl Marvin gegenüber, der Hauptgrund, wieso er seinem Freund folgte, als dieser die Tür zum nächsten Zimmer öffnete. Zur Überraschung fanden sie hier keine weiteren Terrarien vor. Dieser Raum stand im krassen Gegensatz zu allen voran gehenden Räumen des Hauses. Wo im Rest des Hauses Enge, Schmutz und Chaos das Bild dominierte, herrschte hier eine eigentümliche Ordnung. Offenbar war der Spider-Man eine begeisterte Leseratte, denn in diesem Raum stapelten sich Bücher, Zeitschriften und Ordner zu beängstigend hohen Türmen, reihten sich in hohen Regalen an die Wände und zwängten sich in jede noch so kleine Nische und Spalte, wie ein geschickt gelegtes Mosaik.

Der Raum war voll, aber nicht vollgestopft, ein gewisses System erahnbar, wenn auch nicht offenkundig. Jeff konnte sich nicht erklären wieso, doch ihm schoss durch den Kopf, dass sich so die Römer gefühlt haben mussten, als sie bei ihren Eroberungszügen durch Europa auf die Griechen trafen und aus ihrer Sprache folgerten, dass es sich bei diesem Volk nicht um Barbaren handeln konnte, wenn gleich es bisher keinen wirklichen Grund für diese Annahme gegeben hatte. Jeff sah sich die Sammlung genauer an. Wenig überraschend schienen sich alle Bücher und Zeitschriften um Spinnen zu drehen. Die meisten davon waren Sachbücher zur Pflege und Haltung dieser Tiere, aber auch ein paar Romane waren vertreten, zumeist Groschenromane über Mutanten – radioaktive, ausserirdische und Nazi-Spinnen.

„Mann, der Typ hat alle Original Spider-Man Comics! Auch die Erstausgabe von 1962!"

Marvin hatte sich über eine Kartonbox gebeugt und blätterte durch eines der Hefte.

„Das Ding muss ein Vermögen wert sein ..." In den Ordnern befanden sich sorgsam ausgeschnittene und wieder eingeklebte Zeitungsartikel, ebenfalls Spinnen und Insekten betreffend. Die jüngsten stammten aus dem Jahr 1974 und die ältesten aus dem Jahr 1937.

„Hey Marv, wie alt ist eigentlich dieser Spidey?"

„Keine Ahnung ... muss aber wohl ziemlich alt sein ... der Höhe der Staubschicht nach zu urteilen. Komm lass uns weitergehen. Der Dreckskerl muss irgendwo in der Nähe sein, viele Räume sind ja nicht mehr übrig."

Sie traten wieder auf den Flur hinaus und gingen langsam weiter, wobei sie darauf achteten, dass ihre Blicke nicht auf das Terrarium mit dem Katzenkadaver fielen. Mit dem Wiederbetreten des Flurs verflog auch die beruhigende Wirkung der Bibliothek und ihren ablenkenden Büchern. Nun legte sich erneut die *Schwärze* über Jeffs Gemüt. In der Dunkelheit sahen sie nicht, dass der Flur nach links abbog und wären beinahe in ein mannshohes Terrarium hinein gelaufen. Gierig, vermutlich die Fütterung durch ihren viergliedrigen Gott erwartend, reckten die Spinnen ihre Vorderbeine nach Jeff und Marvin.

„Dieses verdammte Haus ... wir müssen hier lang."

Nach wenigen Minuten vorsichtigen Vorantastens zwischen wackligen Terrarien, instabilen Kistentürmen und sonstigem Gerümpel, darauf bedacht, möglichst keine Geräusche zu erzeugen, spürte Jeff den kalten, glatten Stahl einer Türklinke unter seiner Hand.

„Hier ist noch ein Raum", flüsterte er Marvin zu, der ein paar Meter weiter hinter ihm war.

„Das wird auch wohl der letzte sein."

„Dann wird er sich wohl hier drin befinden", flüsterte Marvin zurück und kam langsam auf ihn zu. Seine ausgestreckte, kalte Hand berührte ihn im Nacken, als er zu Jeff stiess.

„Ich bin da", sagte Marvin. Jeff spürte, wie sich der Stahl unter seiner Hand langsam erwärmte, während sie vor der Tür standen und den Atem anhielten.

„Worauf wartest du denn noch? Lass uns reingehen!"

„Was hast du vor Marv? Was willst du tun, wenn wir erst mal drin sind?"

„Ihn umbringen."

Jeff drückte die Klinke hinab und öffnete die Tür. Im letzten Raum, der wesentlich heller als der Flur und der Rest des Hauses – mit Ausnahme der Küche – war, befand sich der Spider-Man. Jeff konnte seine Silhouette sehen, die sich deutlich vom rot glühenden Vorhang hinter ihm abhob. Auf einem Stuhl sitzend, den Rücken zu ihnen gekehrt, hatte er ihr Eintreten nicht bemerkt, zumindest reagierte er nicht. Vermutlich schlief er.

„Hallo du Arschloch!", rief Marvin. Diese ersten lauten Worte seit langer Zeit schmerzten nicht nur in Jeffs Ohren. Die Spinnen

... dachte Jeff. Der Spider-Man hingegen zeigte immer noch keine Reaktion. Marvin schritt auf ihn zu.

„Ja, ich mein dich, du Wichser. Wach auf du Penner, damit ich dich ..." Jeff liess Marvins Kiste mit den Laborutensilien fallen, fasste sich an die Schläfe und verzog schmerzhaft das Gesicht. Marvins Gebrüll verursachte ihm rasende Kopfschmerzen und überhaupt wollte er nicht mehr ... ja, was wollte er nicht mehr? Was zum Teufel war hier los? Was war das für ein Ort? Und all diese Spinnen? Und dieser Spider-Man? In Perkinsville? Wie war so etwas möglich? Das machte doch alles überhaupt keinen Sinn. Nichts davon. Wie konnte ihm das erst jetzt auffallen?

„Insekten sind die natürlichen Feinde des Menschen", hörte er Spider-Man sagen, seine Stimme war rau und kam ihm irgendwie bekannt vor. „Ob Moskitos, Heuschrecken oder Fliegen, es sind alles Schädlinge und Parasiten, die dem Menschen schaden. Deshalb kooperieren wir, ich und die Spinnen, miteinander. Wir haben einen gemeinsamen Feind ..."

Sprach der Spider-Man wirklich? Oder hörte Jeff ihn nur in seinem ... Lee, Spider-Man, Schrödinger und Marvin und Tucki und der alte Barkley, Linda und der Typ vom Postamt, alles dasselbe, kein gottverdammter Unterschied, alle haben die Sendung nur einmal gesehen, ausser mir und ich ... oh Gott ich will ... Nur die *Schwärze* und er, die Einzigen die anders waren, die Einzigen, die fremd waren, die Einzigen nicht dazugehörten ... Ich liebe den Geruch von Ameisenspray am Morgen. Es riecht irgendwie nach Sieg. Er wollte bloss nur noch aufwachen.

KAPITEL 14

„... die erste Explosion soll sich Polizeiaussagen zufolge kurz vor Elf Uhr in einem der Treibstofflager ereignet haben. Es wird vermutet, dass der dabei entstandene Schaden am Gebäude und das Feuer erst die Eingangshalle und dann Teile des Bürotrakts zum Einsturz brachten. Die Ursache für die erste Explosion ist noch unklar, ein terroristischer Hintergrund ist nicht auszuschliessen ..."

Mit einer Hand drehte Special Agent Blair den Ton herunter, bis von der Stimme des Radiosprechers nur noch ein unverständliches Gemurmel zu vernehmen war. Mit der anderen Hand hielt er sich am Steuer fest. Etwa dreihundert Meter vor ihm, unter der flimmernden Luft der kalifornischen Mittagssonne, schien der jüngste Tag angebrochen zu sein.

Dicke Rauchschwaden, die Blair an einen Atompilz erinnerten, erhoben sich bedrohlich in schwindelerregende Höhen, während weiter unten ein infernalisches Flammenmeer die Ruinen dessen verschlang, was bis vor knapp einer Stunde noch eines der grössten und wichtigsten Forschungszentren der NASA war. Kleine, im Vergleich zum Feuerberg spielzeughaft wirkende Feuerwehrwagen schossen vergebens Wasserfontänen in denn alles verschlingenden Rauchschlund. Zwischen den unzähligen Feuerwehr-, Rettungs- und Polizeiwagen wuselten kleine Figürchen, mal in die eine, mal in die andere Richtung, ohne Recht zu wissen wo hin mit sich selbst. Nichts davon erschien Blair real, erst als er die ungezählten, sich überschneidenden Sirenen vernahm, die so zahlreich waren, dass sie gemeinsam in ein intervallloses, psychedelisches Wehklagen einstimmten, begriff Blair, das dies alles gerade wirklich, vor seinen Augen, in der nackten Realität geschah. In diesem Moment gab er wieder Gas und fuhr direkt auf die Rauchwolke zu. Das *Ames Research Center* war eines der grössten und ältesten

Forschungszentren der Vereinigten Staaten. Soweit Blair wusste, forschten hier ein paar tausend NASA-Leute an Luftfahrttechniken – insbesondere an Antriebstechnologien. Bis anhin war er sich der Existenz dieser Einrichtung nicht wirklich bewusst gewesen, das hatte sich erst geändert, als ihn vor zwanzig Minuten der Anruf seines Vorgesetzten erreicht hatte. Aber hier war er nun, mitten in der Scheisse.

Er fuhr quer über die halbvolle, riesige Parkplatzfläche so dicht er konnte an die Einsatzfahrzeuge heran. Eine richtige Absperrung hatte man um den weitläufigen Geländekomplex noch nicht errichten können, also parkte Blair seinen Wagen neben ein Polizeiauto und achtete darauf, dass er einen Korridor für die nachkommenden Fahrzeuge liess. Das hier war nicht Blairs erste Notsituation und wenngleich er nie etwas Vergleichbares erlebte hatte, war ihm klar, wie wichtig es war, dass er einen kühlen Kopf bewahrte.

Bis jetzt war ihm das auch recht gut gelungen, doch als er die schützende Hülle aus schusssicherem Glas und Blech seines Einsatzwagens verliess, die Hitze des Feuers ihm ins Gesicht und die Schreie und Sirenen ihm in die Ohren drangen, spürte er Panik in sich hochkommen. Um ihn herum standen, sassen und lagen staubbedeckte, blutende Menschen, die von den umher eilenden Rettungskräften unter Schmerzensschreien abtransportiert wurden. Vielen der Verletzten hatte die Wucht der Explosion Kleider, Hautfetzen und manchmal auch Gliedmassen vom Körper gerissen. Instinktiv wandte Blair seinen Blick von den Verletzten ab. Um die kümmerten sich andere Leute. Sein Zuständigkeitsbereich war ein spezieller.

Er sah sich nach den Einsatzfahrzeugen der Homeland Security um, doch fand in der näheren Umgebung keine. Vermutlich hat Barry sein Lager direkt mitten in der Scheisse drin aufgeschlagen, dachte er missmutig. Das passte zu Barry. Blair machte sich mit einem flauen Gefühl im Magen auf den Weg zum Komplex, der sich noch etwa hundert Meter vor ihm befand. Er bahnte sich einen Weg zwischen Einsatzwagen, notdürftig errichteten Absperrungen, umgefahrenen Schlagbäume, Rettungskräften, Verletzen und Trümmerteilen, die sogar bis hierher geflogen waren. Die Explosion musste gewaltig gewesen sein. Er brauchte mehre Minuten um dieses Chaos zu durchdringen. Je mehr er sich dem Hauptgebäude näherte, desto mehr Leichen sah er. Die ersten waren schon in schwarze Leichensäcke verpackt worden, doch direkt vor der Eingangshalle waren sie derart zahlreich, dass die Rettungskräfte noch keine Zeit gehabt hatten, sich um sie zu kümmern. Ausserdem hatten die vielen Verletzten ohnehin Vorrang.

Blair erblickte die mobile Einsatzzentrale. Ein mittelgrosser Laster, in aller Eile auf dem Gehweg geparkt, umringt von schwarz-weissen Panzerwagen des Homeland Security. Zwei Agenten mit schusssicheren Westen und Sturmgewehren standen vor dem Laster, einer brüllte gerade hastig etwas unverständlich in sein Walkie-Talkie, als Blair sich ihnen näherte.

„Agent Blair, Homeland Security", sagte und streckte seinen Ausweis hin.

Der erste Agent, der am Walkie-Talkie sprach, warf einen flüchtigen Blick auf Blairs Ausweis und winkte ihn durch. Der andere Agent, ein blutjunger Bursche, starrte bloss fassungslos in die gewaltige Rauchwolke im hinteren Teil des Areals. Zum Glück wehte der Wind vom Pazifik her Richtung Osten, so dass auf der Westseite des Geländes keine Gefahr herrschte, eine Rauchvergiftung einzufangen. Blair trat in den Laster und sah sich um. Zu seiner Überraschung war er leer. Er trat wieder hinaus und packte den starrenden Agenten an der Schulter.

„Mann, wissen Sie wo Special Agent Carter ist? Er hat mir gesagt, er sei hier in der mobilen Einsatzzentrale." Der Agent reagierte nicht, sondern starrte weiter die Glocke an. Blair verlor die Geduld.

„He, du Volltrottel, kannst du nicht ..."

„Haben Sie Carter gesagt?", meldete sich der andere Agent.

„Ja. Wissen Sie, wo er ist?"

„Nein, aber ich hab ihn hier gerade am Apparat. Wollen Sie ihn ..."

„Nun geben Sie schon her verdammt ..." Blair entriss dem Agent geradezu sein Walkie-Talkie und drückte auf den Sprechen-Knopf.

„Barry bist du dran? Ich bin's Doug, wo steckst du?"

„Doug? Na endlich hast du's auch noch hierher geschafft. Schwing deinen gottverdammten Arsch in die Eingangshalle, ich brauche dringend mehr Männer hier!" Er gab das Walkie-Talkie dem Agent zurück.

„Weiss einer von euch, wo die Eingangshalle ist?"

„Ich denke dort hinten. Zumindest ist Special Agent Carter in diese Richtung gegangen." Blair sah sich um.

„Sagt mal, wo ist der Ausrüstungstransporter?"

„Ist noch nicht eingetroffen."

„Habt ihr eine Ahnung, wann er kommt?" Der Agent zuckte mit den Schultern.

„Scheisse."

Blair fasste sich an den Kopf. Er hatte weder eine schusssichere Weste noch eine vernünftige Waffe, ausser seiner Dienstpistole.

„Haben Sie keine Ausrüstung in ihrem Wagen?", fragte der Agent mit dem Walkie-Talkie.

„Ich bin in Zivil hier. Eigentlich wäre heute mein freier Tag ..."

„Sieht aus wie 9/11." Blair und der Agent schauten zum Burschen hinüber, der weiter apathisch die Wolke anstarrte. Blair wandte sich wieder dem älteren Agenten zu.

"Benachrichtigen Sie mich, wenn der Transporter da ist. Und kümmern Sie sich mal um ihren Kollegen hier."

Mit diesen Worten machte er sich auf den Weg und trabte in die Richtung, in die ihn der Agent gewiesen hatte. Er achtete darauf, nicht über Trümmer oder Feuerwehrschläuche zu stolpern, als er sich seinen Weg zwischen den Menschen und Fahrzeugen bahnte. Bald hatte er die Eingangshalle erreicht, oder besser gesagt das, was von ihr übrig geblieben war. Die gesamte vordere Fassade war in sich zusammengestürzt und hatte ihre Trümmer über den Platz verteilt. Bizarrerweise, war die grosse Glaskuppel nicht eingestürzt, so dass sie wie das Skelett eines gewaltigen Ufos in der Luft zu schweben schien. Hier hatten die Feuerwehrleute den Brand schon gelöscht, aus manchen Ecken stieg noch vereinzelt weisser Rauch auf, doch ansonsten schien dieser Teil wieder relativ sicher zu sein. Endlich erblickte Blair auch Special Agent Barry Carter, der sich gerade wild gestikulierend mit einem Feuerwehrmann unterhielt.

"... die Befugnis von ganz oben erhalten, ich muss mit meinen Männern das Gebäude zuerst sicherstellen, und dann nachschauen, ob alle Gefahren eliminiert sind, bevor die Rettungskräfte eindringen können."

"Nein, wir müssen zuerst sicherstellen, ob es dort drinnen sicher ist", sagte der Feuerwehrmann.

"Das Gebäude ist einsturzgefährdet, falls Ihnen das noch nicht aufgefallen ist. Und ausserdem ..." Da erblickte Barry Blair, liess den Feuerwehrmann mit hochrotem Kopf stehen und kam auf ihn zu.

"Scheisse Doug, wieso hast du so lange gebraucht? Und wo ist deine Ausrüstung? Und dein Trupp?"

"Heute ist eigentlich mein freier Tag. Ich bin in Zivil hier. Der Trupp ist heute in Union City soweit ich weiss. Die werden frühestens in einer halben Stunde hier sein. Du hast Glück, dass ich noch nicht auf der 880-sten runter nach Los Gatos war, sonst hätte ich nicht so schnell ..."

„Verdammte Scheisse", sagte Barry und begann, in kleinen Kreisen umhergehend, sich die Haare zu raufen. "Genau wenn so ein Scheiss passiert, sind meine Leute in alle Winde verstreut."

„Was ist mit Bowmans Abteilung? Wo bleiben die?"

„Bowman ist bei einem anderen Einsatz. Und der Ersatztrupp muss erst noch zusammen gestellt werden."

„Wie – bei einem anderen Einsatz?", fragte Blair. „Warum werden die nicht abgezogen?" Barry hielt in seinem Hühnergang inne und wandte sich wieder Blair zu.

„Weil der liebe Scotty den Ernst der Lage offenbar noch nicht begriffen hat. Oder von seiner Sekretärin gerade einen geblasen kriegt, ich hab doch keine Ahnung. Jedenfalls kann ich ihn nicht erreichen." Scotty, wie Blair und Barry ihn nannten, war ihr Boss und ein unfähiges Arschloch obendrein.

„Und was machen wir jetzt?"

„Tja, noch länger können wir nicht warten.", sagte Barry. „Wir gehen rein."

„Was? Nur wir zwei?"

„Nein, natürlich nicht. Ich hab ja noch meine eigenen Männer. Die sind schon im Areal drin, vor dem Rechenzentrum. Wir wollten eigentlich auf deinen Trupp warten, bevor wir zugreifen würden. Aber jetzt haben wir keine andere Wahl."

„Wie viele sind wir?"

„Mit dir und mir ... zwölf."

Das wird ja immer besser, dachte Blair. Barry wandte sich wieder um und packte sich den Feuerwehrmann, mit dem er vorhin diskutiert hatte.

„Du da ... ja genau du. Du rührst dich jetzt nicht vom Fleck und sagst jedem Homeland Security Agent, der hier vorbeikommt und nach Special Agent Carter fragt, dass Special Agent Carter vor dem Rechenzentrum auf sie wartet, verstanden?"

„Das kann ich nicht, ich hab hier meine eigenen Aufgabenbereiche ...", brabbelte der Feuerwehrmann los.

Barry explodierte: „ES IST MIR VERDAMMT NOCH MAL SCHEISSEGAL WIE EINSTURZGEFÄHRDET DIESES GEBÄUDE IST, ICH BIN RANGHÖHER ALS SIE UND WENN SIE NICHT TUN, WAS ICH SAGE, LEITE ICH EIN VERFAHREN WEGEN BEHINDERUNG DER ARBEIT VON BUNDESAGENTEN EIN, DANN SIND SIE IHREN JOB UND IHRE DICKE SOZIALISTENRENTE SCHNELLER LOS, ALS SIE EIN STREICHHOLZ LÖSCHEN KÖNNEN. HABEN SIE MICH VERSTANDEN?"

Der nun, wohl vor Scham und Wut, purpurrote Feuerwehrmann nickte stumm und schaute zu Boden. Barry wandte sich wieder zu Blair:

„Komm, gehen wir, ich habe hier schon zu viel Zeit verschwendet. Ich erklär dir die Lage auf dem Weg."

Während sie eilig ein Labyrinth aus Gängen durchschritten, dessen umgeworfenes Mobiliar von der hastigen Flucht unzähliger Menschen zeugte, klärte Barry ihn über die Geschehnisse auf.

„Die erste Explosion hat sich um 10:58 im Treibstofflager, nahe dem Flugfeld ereignet. Brennende Trümmerteile haben die umliegenden Gebäude stark beschädigt und das Feuer auf den über hundert Meter entfernt liegenden Bürotrakt ausgebreitet, indem wir uns jetzt gerade befinden."

Barry blieb stehen, holte sein Handy aus seiner Hosentasche hervor und schaute auf den Plan des Gebäudes, den er vorhin von einem Informationsschild in der Eingangshalle, fotografiert hatte.

„Zum Rechenzentrum müssen wir über Gang 71a ...", murmelte er und sah sich suchend um. Sie erblickten die entsprechende Aufschrift und änderten ihren Kurs.

„Durch die Wucht der Explosion und das Feuer ist der Ostflügel des Bürotrakts schliesslich eingestürzt und hatte eine Menge Leute unter sich begraben. Im *Ames Research Center* arbeiteten mehr als dreitausend Menschen, es müssen Dutzende von Opfern sein ..."
Blair sagte nichts, sondern versuchte, die Bilder der Leichen auf dem Parkplatz aus seinem Kopf zu verbannen. Er hatte versucht, nicht hinzusehen, doch ihm war klar, dass es allein auf dem Parkplatz und in der Eingangshalle mehrere hundert Opfer waren. Hier drinnen lagen jedoch keine Leichen, bis auf einen dicklichen Mann im Anzug der, vermutlich einem Herzinfarkt zum Opfer gefallen war.

„Und die Leichen auf dem Parkplatz?", fragte Blair. „Wie sind die dort hingelangt?"

„Ich denke viele von denen sind nicht tot, sondern nur bewusstlos. Diese Leute müssen eine Menge Rauch eingeatmet haben, als sie aus dem Gebäude gestürmt sind. Zumindest hoffe ich das – anders kann ich es mir auch nicht erklären ..."

„Ok. Und wieso sind wir jetzt zum Rechenzentrum unterwegs? Wieso nicht zu diesem Treibstofflager?"

„Darauf wollte ich gerade zu sprechen kommen", sagte Barry. „Ein paar Minuten vor der Explosion meinten einige der Angestellten Schüsse aus dem Rechenzentrum gehört zu haben. Da diese Forschungsanstalt Bundesbesitz ist, wurde neben der Polizei auch das Homeland Security alarmiert, das ist auch der Grund, warum ich und meine Abteilung als einige der ersten hier waren. Auf dem Weg hierher bekam ich dann die Meldung von der Explosion durch, worauf ich Verstärkung anforderte. Den Rest kennst du ja ..." Nur zu gut, dachte Blair.

„Wir können von Glück reden, dass diese Schüsse gefallen sind. Dadurch konnte immerhin ein Teil der Angestellten schon vor der Explosion evakuiert werden."

„Ich schätze, wir gehen von einem Terroranschlag aus?"

„Ganz recht. Und was die Schüsse betrifft, rechne ich mit einer Geiselnahme." Blair war überrascht.

„Eine Geiselnahme? Wie kommst du darauf? Sprengen Geiselnehmer normalerweise ein Gebäude nicht erst nach Verstreichen des Ultimatums in die Luft?"

„Natürlich. Vielleicht ist die Geiselnahme schiefgelaufen – deshalb auch die Schüsse – und die Geiselnehmer haben ihrem Komplizen im Treibstofflager gesagt, er solle sich in die Luft jagen."

Barry blieb noch einmal stehen und prüfte auf seinem Plan, ob sie die Treppe hinauf in den ersten Stock, oder die Treppe zum Untergeschoss nehmen mussten. Er entschied sich für das Untergeschoss.

„Doch der eigentliche Grund, wieso ich mit einer Geiselnahme rechne, ist ein anderer. Der Leiter des Kontrollraums, der den Notruf getätigt hat, sagte der Notrufzentrale, dass sich die Sicherheitsschleusen um das Rechenzentrum geschlossen haben."

„Sicherheitsschleusen?" Blair sah Barry verständnislos an. Dann dämmerte es ihn. „Du meinst ... wie bei einem U-Boot?"

Barry zuckte mit den Schultern, sofern das im Laufschritt erkennbar war.

„Ich kann mir auch nichts wirklich darunter vorstellen. Aber wir werden es bald sehen. Wir sind fast da ..." Wie auf ein Stichwort kam einer der Agents um die Ecke gerannt und wäre beinahe mit Barry zusammengestossen.

„Special Agent Carter?" fragte der Agent. „Ich hab Sie gesucht, drinnen wird geschossen!"

„Drinnen? Wo drinnen?"

„Hinter der Tür ... wir bekommen sie nicht auf, es ist so eine Art Schleuse."

Die drei Agents rannten das letzte Stück zum Rechenzentrum hinunter, Blair und Barry mittlerweile ziemlich ausser Atem. Schliesslich erreichten sie einen grossen Raum, der eine Mischung aus Pausenraum und Rezeption sein schien. Auch hier zeugten umgeworfene Stühle, Topfpflanzen und Wasserspender von einer hastigen Flucht. Der Raum war in ein seltsam, pulsierend rotes Licht getaucht und Blair sah bald wieso: An der Wand, am anderen Ende des Raumes befestigt, befand sich ein kleine, aber dafür ziemlich stark leuchtende Glühbirne, die, wenn sie gerade nicht eingeschaltet war, ein unauffälliges Dasein hinter einem kleinen Gitterkäfig fristete.

Direkt unter der Glühbirne sah Blair dann die berüchtigte Sicherheitsschleuse. Das Ding sah tatsächlich wie die Schleusentür in einem U-Boot aus: Sie bestand aus dickem, grauen Stahl und besass Zähne, die sich im Boden verankert hatten. Auf ihr prangte die violette Aufschrift *S-01*. Blair hatte solche Türen zuletzt in seiner Armeezeit in Fort Hunter Liggett gesehen – solche Türen waren dazu gebaut worden, Atombombenangriffen standzuhalten. Drei der Agents hatten sich mit ihren Sturmgewehren im Anschlag hinter einem umgeworfenen Tisch verschanzt und zielten auf die Schleuse. Die anderen Agents waren damit beschäftigt, den Raum und die Nebenräume zu durchsuchen, wahrscheinlich nach einer Möglichkeit, wie die Schleuse aufzubekommen war, vermutete Blair. Zudem sah er drei Rettungssanitäter, welche sich nervös über einen direkt vor der Schleuse liegenden Mann beugten und ihn hastig verarzteten.

Barry wandte sich an einen der Agents: „Agent Newman, was ist hier los?"

„Wir haben uns auf den Weg zum Rechenzentrum gemacht, Sir, und fanden diese verletzte Person. Darauf riefen wir ein paar Sanitäter herbei. Kurz darauf hörten wir mehrere Schüsse aus einer kleinkalibrigen Waffe von der Innenseite dieser, nun ... Schleuse.

Daraufhin hab ich Dawson, Hernandez und Dean in Gefechtsstellung postiert und mit den anderen eine Möglichkeit gesucht, die Schleuse zu öffnen. Zudem hab ich Martinez losgeschickt, um Sie zu ..."

„Ja, ja", würgte ihn Barry ab und wandte sich an einen der Sanitäter. „Wie ist sein Zustand?" Er nickt in Richtung des am Boden liegenden Mannes. Der Sanitäter blickte angstvoll zu Barry auf.

„Sein Puls ist schwach", antwortete er. „Er hat viel Blut verloren und ist bewusstlos. Wir werden ihm das Bein notamputieren müssen, sonst wird er bald verbluten."

Erst jetzt bemerkte Blair, dass eines der Beine des Mannes unterhalb des Knies in der Schleuse eingeklemmt war, so dass sie einen schmalen Spalt breit offen stand. Blair hob erstaunt die Augenbrauen. Der Typ musste als Kind immer brav seine Milch ausgetrunken haben. Der Spalt erklärte auch, wie die Agents die Schüsse durch die atombombensichere Tür hören konnten.

„Wie lange dauert das?", fragte Barry weiter.

„Etwa eine Viertelstunde."

Barry wandte sich wieder Agent Newman zu. „Haben Sie schon eine Möglichkeit gefunden, die Schleuse aufzukriegen."

„Nein, noch nicht, Sir. Sie ist zwar ein Spalt offen, aber gegen den Mechanismus haben wir keine Chance."

Barry lotste Blair und Newman von den Rettungssanitätern weg und sagte leise:

„Diese Typen sind ein Problem. So wie sie jetzt stehen, befinden sie sich direkt in der Schusslinie zwischen uns und den Geiselnehmern. Ich weiss zwar nicht, was diese gottverdammte Atombunkertür hier zu suchen hat, aber ich gehe stark davon aus, dass sie das Rechenzentrum vor Eindringlingen schützen soll, genau wie diese Kamera da in der Ecke ..."

Barry nickte mit dem Kopf in die Ecke hinter ihnen. Blair und

Newman sahen hinauf und erblickten eine kleine, unscheinbare Viertelkugel aus Milchglas.

„... und dass da drinnen im Rechenzentrum eine ganze Wand voller Bildschirme steht, auf denen die Geiselnehmer die Aufnahmen sämtlicher Überwachungskameras in diesem Gebäude sehen, vielleicht sogar auf dem ganzen Areal." Blair verstand nun, doch Newmans Gesichtsausdruck nach zu urteilen, schien dieser noch nicht ganz verstanden zu haben, worauf Barry hinaus wollte.

„Und wenn unsere Freunde da drinnen offenbar schon begonnen haben Geiseln zu erschiessen – die Explosion haben sie sicher auch in ihrem Bunker gespürt – dann haben sie vielleicht keine so grosse Scheu mehr davor, die Schleuse aufzumachen und bei ihrem letzten Gefecht für Allah, den Ku-Klux-Klan oder den Osterhasen, noch ein paar Menschen mehr mit ins Jenseits zu nehmen." Er sah Newman eindringlich an.

„Diese eigenmächtigen Aktionen die Sie da in meiner Abwesenheit vollzogen haben, gehören ab sofort der Vergangenheit an, haben Sie mich verstanden, Newman? Sie hätten diese Zivilisten nicht ohne meine Genehmigung hierherbringen dürfen. Und wieso schicken Sie Martinez los mich zu suchen, wenn wir ohnehin schon zu wenige Männer sind, statt Ihr verdammtes Walkie-Talkie zu benutzen? Von jetzt an werden Sie meine Befehle abwarten, bevor Sie handeln. Ich bin nicht grundlos Special Agent geworden, vergessen Sie das nicht!"

Newman schwieg und nickte betreten. Barry war echt gut darin, Leute zur Schnecke zu machen, das musste man ihm lassen. Dann traute sich Newman doch noch den Mund aufzumachen:

„Sir, wo ist eigentlich die Verstärkung, wenn ich fragen darf?"

„Die ist hier", sagte Barry und klopfte Blair auf die Schulter.

„Genau deshalb schnappen Sie sich jetzt zwei Männer und suchen nach einer Möglichkeit, diese beschissene Tür dort aufzukriegen. Irgendwo hier in der Nähe muss es doch eine Art Steuerungszentrale geben ..."

„Zu Befehl, Sir." Newman machte sich auf den Weg und Barry und Blair sahen ihm nach.

„Nicht gerade das hellste Köpfchen", sagte Barry. „Und jetzt sollten wir uns mal diesen Verletzten genauer ansehen. Vielleicht hat er etwas bei sich, womit wir die Tür endlich aufbekommen. Eine Schlüsselkarte oder so."

Sie gingen wieder zu den Sanitätern, welche gerade mit der Amputation beginnen wollten. Hose, Hemd und Jacke hatten Sie ihm vom Körper geschnitten und auf die Seite gelegt. Blair schnappte sich Jacke und Hemd, Barry die Hose und durchsuchten sie sorgfältig.

„Hast du was gefunden?"

„Nur einen Autoschlüssel und ... Moment ... hier ist noch eine Identifikationskarte." Blair und Barry sahen sich die Karte genauer an. Der Verletzte hiess Randolph McConnell und war offenbar Computeringenieur.

„Auf der Rückseite ist auch ein Magnetstreifen", bemerkte Blair.

„Aber an der Tür ist gar kein Durchzugsleser ..."

„Ich hör mich mal bei den Agents um", sagte Barry, „vielleicht hat einer von ihnen etwas gefunden. Und hol dir noch Munition bei meinen Männern, wenn jeder ein Magazin abgibt, dann kriegen wir schon ein hübsches Arsenal für dich zusammen." Dann ging er.

Blair holte sich bei den drei Agents hinter dem Schreibtisch jeweils ein Magazin Kaliber Vierzig, welches er für seine Sauer P226 brauchen konnte. Er überprüfte die Magazine, steckte sie sich in die Hosentasche und setzte sich dann auf einen der herumliegenden Stühle und sah sich das Foto auf der Karte genauer an. Dieser freundlich dreinblickende Mensch mit seinen roten Pausbacken, seinem altmodischen Schnauzer und Hornbrille hatte irgendwie so gar nichts gemeinsam, mit diesem fahlen, halbnackten und leblosen Klumpen neben ihm, dem gerade ein Bein amputiert wurde. Er hatte das Gefühl als würde er eines dieser Anti-Drogen-Plakate betrachten, die man gelegentlich auf den Highways oder in der Zeitung sieht, in denen zwei Fotoportraits von der gleichen Person abgebildet sind, eines vor und das andere nach dem Drogenkonsum. Obwohl er ihn kaum kannte, hatte Blair echtes Mitleid mit Randolph McConnell.

„Wird er durchkommen?", fragte er die Sanitäter. Jener, der Barry vorhin geantwortet hatte, war gerade damit beschäftigt die Säge durch Randolphs Schienbein zu führen, also antwortete, die junge Frau, die den Infusionsbeutel mit der Salzlösung in die Höhe hielt.

„Ich denke schon", sagte sie. „Zu seinem Glück ist er ziemlich gross und dick, so kann er den Blutverlust besser verkraften. Wenn jetzt nichts mehr schiefläuft, schafft er es."

Blair nickte. Dann starrte er die rote Lampe an, bis ihm die Augen so wehtaten, dass wegsehen musste.

„Officer". Es war wieder die junge Sanitäterin, ihre Stimme war leise und zaghaft. „Darf ich Sie etwas fragen?"

„Ich bin ein Agent", sagte Blair, „Ein Special Agent genau genommen. Aber ja, natürlich."

„Was ist das für eine Tür?" Widerwillig blickte Blair zur Tür. Sie kam ihm wie das Maul eines gefrässigen, unterirdisch lebenden Monsters vor, das gierig auf seine nächsten Opfer wartete.

Er stellte sich die endlosen, von der schwachen, orangen Notbeleuchtung schummrig erhellten Gänge vor, Kontrollpulte und Bildschirme voll blinkender Lichter, die Luft erfüllt von den Geräuschen summender Lüfter und sinnlos drehender Laufwerke, die Eingeweide kleiner Computer, den heimlichen Herren dieser versteckten, seltsamen Parallelwelt, die zwar von Menschen erbaut und diesen noch Zutritt gewährte, sich jedoch schon längst verselbstständigt und der Kontrolle seiner Erbauer entzogen hatten. Dazwischen, tiefer in den Katakomben dieser kryptischen, vernunftgesteuerten Unterwelt, die seltsame Vision eines göttlichen Wesens, eines *cogito-ergo-sum*, eines Knechtes, der sich in aller Stille vom Joch seiner Herren befreit hatte und nun heimlich die Fäden zog, indem er sich seiner ehemaligen Meister bediente, um seine Ziele zu erreichen – welche das auch immer sein mochten. Und in dieser vernunftgesteuerten, in Nullen und Einsen aufgeteilten Welt, geschah nichts aus Zufall. Ein gellender Schrei riss Blair aus seinen Gedanken. Er sah wie, der eigentlich bewusstlose Randolph McConnell offensichtlich mitten in der Amputation aufgewacht war und sich zuckend aufgebäumte, während er blindlings um sich schlug.

„Geben Sie ihm noch eine Spritze!"

„Wie ist das möglich, wir ihn haben doch ..."

„Nun machen Sie schon!"

Blair kam zu den Sanitätern herbeigeeilt. Er sah dass Randolph eine Hand auf das halb durchsägte Bein presste, während sich die andere Hand um den Griff der Säge geschlungen hatte. Dabei schrie er derart schrill und schmerzerfüllt, dass sich in Blair alles zusammenzog. Als einer der Sanitäter versuchte, ihm die Säge aus der Hand zu reissen, schlug Randolph nach ihm und riss ihm das Hemd auf.

„Scheisse, helft mir ihn festzuhalten!"

Blair kniete sich mit einem Bein auf Randolphs Oberkörper, so wie sie es mit Verdächtigen immer machten, während der dritte Sanitäter den Arm mit der Säge auf den Boden drückte. Der erste Sanitäter musste alle Kraft aufwenden und einen Finger nach dem anderen zurückbiegen, um die Säge aus Randolphs Klammergriff zu befreien, doch schliesslich schaffte er es. Auch Blair, ein grosser und durchtrainierter Mann, hatte seine Mühe, diesen Besessenen unter Kontrolle zu halten.

„Wo bleibt das Morphium?", fragte der Sanitäter seine Kollegin. Er schien sie aus einer Schockstarre gerissen zu haben, denn erst als sie seine Worte vernahm, streckte sie ihm mit zittriger Hand eine Spritze hin, die er sofort in Randolphs gesunden Oberschenkel stach. Noch etwa zwei Minuten setzte sich Randolph zur Wehr, dann verebbte sein Zappeln und Schlagen, und auch sein fürchterliches Schreien verstummte allmählich. Nach fünf Minuten verfiel er in ein benommenes Lallen und Kichern, das Blair nicht weniger geheuer als sein Schreien war. Allen stand der Schrecken ins Gesicht geschrieben. Auch die drei Agents hinter dem Schreibtisch machten einen nervösen Eindruck, hatten aber nicht gewagt, ihre Stellung zu verlassen. Die übrigen Agents, die ausgeschwärmt waren um, die Steuerungszentrale zu suchen, hatte nichts vom Ganzen mitbekommen. Die Sanitäter setzten die Amputation fort, wobei Blair fand, dass die Blutlache am Boden mittlerweile zu Besorgnis erregender Grösse angewachsen war.

„Gibt es eine medizinische Erklärung für dieses ... Verhalten?", fragte er die junge Sanitäterin.

„Vermutlich haben wir ihm eine zu schwache Narkosedosis verabreicht und er hat aufgrund der Schmerzen im Bein wieder das Bewusstsein erlangt. Was bei diesem grossen Blutverlust aber eigentlich unmöglich sein dürfte ..."

„Hat er jetzt noch eine Chance?", fragte Blair und nickte in Richtung der Blutlache.

„Keine allzu grosse, fürchte ich. Es kommt jetzt alles darauf an ob ..."

"... mein Bein ... wo ist mein Bein ..."

Ohne, dass sie es gemerkt hatten, hatte Randolph, seinen Kopf aufgerichtet und starrte nun auf die Szene, die sich am unteren Teil seines Körpers abspielte. Blair machte sich wieder darauf gefasst, ihn nieder rücken zu müssen, doch die Sanitäterin kam ihm zuvor und legte Randolphs Kopf wieder vorsichtig zu Boden.

„Es ist gleich vorüber Randolph", sagte sie mit sanfter Stimme. „Dann bringen wir Sie ins Krankenhaus und Sie kommen in ein schönes warmes Bett, wo Sie sich ausruhen können und alles wird wieder gut. Entspannen Sie sich."

„Nein ... Sie verstehen nicht ..." Unter der heitermachenden Wirkung des Morphiums hörte Blair deutlich einen seltsam melancholischen, hoffnungslosen Unterton heraus, der wohl Randolphs wahren Gemütszustand entsprang.

"... noch dort drinnen ... oh Gott ... mit dem Ding dort drinnen noch zusammen ... bitte ... gehen Sie nicht rein, um es zu holen ... lassen Sie es dort drinnen verrotten ... mit den anderen ... sind eh alle tot ..."

„Wovon redet er da?", fragte einer der anderen Sanitäter.

„Ich hab keine Ahn..."

„SIE DÜRFEN DORT NICHT REINGEHEN!", schrie Randolph plötzlich auf einmal wieder. „WIR MÜSSEN HIER WEG! Bevor ... bevor ..." Er hustete lautstark und holte tief Luft. „Bevor ... die *Schwärze* ... ich hab sie gesehen ... in seinen Augen ..."

In diesem Moment ertönte eine schrille Warnsirene über ihren Köpfen und nicht einmal eine Sekunde später hörten sie das tiefe Surren eines hydraulischen Motors, irgendwo tief unter ihnen.

„Scheisse Leute, die Tür geht auf! Macht, dass ihr da weg kommt!" Blair blickte von den Agents hinter dem Schreibtisch zur Schleuse und tatsächlich, langsam, aber beständig verschwand die dicke Stahltür in einem Spalt in der Decke.

„Los, zieht ihn weg!", rief einer der Sanitäter. Blair und die Sanitäter zogen den nun wieder bewusstlosen Randolph von der sich öffnenden Schleuse in eine der Ecken in Sicherheit. Alarmiert durch die Sirene strömten nun die restlichen Agents aus allen Nebenräumen und Gängen in den Hauptraum.

„Was ist passiert?", fragte Barry. „Hat einer von euch die Schleuse geöffnet?"

„Es war Martinez, Sir, er hat ...", begann Newman, doch Martinez fiel ihm ins Wort.

„Das war so ein kleiner Hebel, ich wusste nicht, dass er ..."

„Halten Sie die Schnauze!", unterbrach er Martinez. „Kann den keiner von Ihnen sein Walkie-Talkie benutzen, bevor er irgendwelche Hebel drückt oder sonst ohne Befehle handelt? Herrgott nochmal..." Er sah Martinez eindringlich an und wandte sich dann an die Sanitäter.

„Wie geht es ihm?"

„Er ist tot."

Barry verzog das Gesicht: „Auch das noch."

Blair sah hinab und merkte erst jetzt, dass er die Schultern eines Toten festhielt. Er liess sie sanft zu Boden gleiten und stand auf.

„Es ist nicht seine Schuld", sagte der Sanitäter und zeigte auf Martinez. „Der Blutverlust war ohnehin zu hoch. Wir konnten nichts mehr für ihn tun."

„Bringen Sie ihn nach oben", sagte Barry.

Die Sanitäter packten den leblosen Körper auf eine Trage und machten sich auf den Weg zurück an die Oberfläche. Blair sah ihnen nach, bis sie um die Ecke verschwunden waren. Newman trat zu ihnen heran:

„Und? Gehen wir rein?" Barry sah auf seine Uhr.

„Nein, wir warten auf die Verstärkung. Müssten eigentlich jeden Augenblick hier sein. Ich ruf kurz in der mobilen Einsatzzentrale an."

Zuerst probierte es Barry mit seinem Walkie-Talkie, doch er

vernahm bloss ein Rauschen auf allen Kanälen. Dann versuchte er es mit seinem Mobiltelefon, doch das hatte so tief unter der Erde natürlich keinen Empfang. Zuletzt vermeldete einer der Agents, dass die Leitung am Telefon der Sekretärin ebenfalls tot war.

„Das darf doch nicht wahr sein ...", sagte Barry und trat einen Abfalleimer, der neben ihm stand, in einem hohen Bogen in die Ecke. Blair sah aus dem Augenwinkel, wie Newman und Martinez verstohlen einen Blick wechselten. Doch Barry schien dies auch gesehen zu haben und das machte ihn noch rasender.

„Martinez!", brüllte er fast schon wie ein Drill Sergeant, „Sie gehen jetzt wieder hinauf und schauen nach, wo die gottverdammte Verstärkung bleibt! Ehe diese Clowns nicht hier sind, gehen wir nicht in dieses beschissene ..."

In diesem Augenblick hörten sie einen Schuss aus den Tiefen des Rechenzentrums, gefolgt von einem Schrei und einen weiteren Schuss, der diesen verstummen liess. Instinktiv gingen alle in Deckung und hoben ihre Waffen in Richtung des Einganges zum Rechenzentrum.

„Scheisse ...", flüsterte jemand. Barry erhob sich als Erster und sagte, mit leiser aber fester Stimme:

„Bowman, Hernandez, Dean, ihr geht vor. Ruiz und Nielson bilden die Nachhut. Foster du bleibst hier und bewachst den Eingang. Ich gehe mit dem Rest in der Mitte. Waffen durchchecken und entsichern." Allgemeines, metallisches Klimpern und Rattern. Blair war schnell fertig.

„Und ich, Sir?", fragte Martinez.

„Du gehst jetzt die beschissene Verstärkung suchen."

Martinez rannte los und die anderen machten sich auf den Zugriff gefasst. Barrys eigenmächtiges Handeln war riskant, insbesondere mit so wenigen Männern und ohne genaue Kenntnis der Lage. Doch er hatte keine andere Wahl, jetzt wo offenbar schon

Geiseln erschossen wurden. Blair blickte in den tiefen, dunklen Schlund, der bereit war, sie zu verschlingen. Und wieder kam ihm dieser seltsam unbegründete Gedanke, dass dort drinnen, in den Eingeweiden dieses Schlundes noch irgendetwas anderes am Werk war. Fremde Mächte, die nichts dem Zufall überliessen ... Was hatte Randolph gesagt, kurz vor seinem Tod und bevor die Schleuse aufging? Es war kaum ein Flüstern gewesen ... Die drei Agents hinter dem Schreibtisch waren zu weit weg gewesen, um seine Worte gehört haben zu können und die Sanitäter, falls sie Randolph McConnells letzte Worte gehört hatten, waren bereits weg. *Die Schwärze*, dachte Blair und es lief ihm ein Schauer über den Rücken. Das waren seine letzten Worte gewesen. *Die Schwärze.*

Barry sagte: „Sind alle bereit?"

Blairs Blick fiel auf Randolphs zerquetschten Beinstumpf.

„Dann los geht's."

Es war es genauso, wie Blair es sich vorgestellt hatte. Der kleine Trupp Agents bahnte sich langsam einen Weg durch den labyrinth-artigen Komplex, vorbei an umgeworfenen Bürostühlen, Abfalleimern und Wasserspendern. Nur die an den Wänden fest installierten Kontrollpulte, mit ihren blinkenden, summenden Computer, standen noch an Ort und Stelle. Im Schummer der Notbeleuchtung kamen sie nur sehr langsam voran, sie prüften jeden Raum auf Verletzte, Tote oder Ziele, doch fanden sie lange Zeit niemanden vor.

Obwohl der Ernst der Lage gross war, fühlte sich Blair seltsam entbunden von dem, was geschah und geschehen war. Die ihm auf dem Parkplatz noch so unumstösslich scheinende Erkenntnis, dass die dortigen Ereignisse real waren, kam ihm jetzt mit jeden weiteren Schritt, den er ins Innere des Komplexes tat, fragwürdiger und unwahrscheinlicher vor. Ja, er hatte sie gesehen. Die vielen Toten und Verletzten, die Trümmer, das Feuer und die gigantische Rauchwolke. Und er konnte nicht der einzige gewesen sein, denn was taten sonst die anderen Agents, die Sanitäter und Feuerwehrleute hier? Doch was, wenn er sich auch die, überhaupt alles, eingebildet hatte... Und zwar alles, nicht nur den Anschlag, auch sein Leben zuvor und was danach gekommen wäre. Und dass er diese Illusion erst hier zu durchschauen begonnen hatte, im Angesicht der leisen Ahnung von dem, was die echte Realität war, in welcher Manifestation sie ihn auch immer in den Untiefen dieses Labyrinthes erwarten mochte.

Jäh wurde Blair aus den Fängen dieser ihm fremden Gedankenspiralen befreit, als er in seinen Vordermann hineinlief, der auf Barrys Befehl hin Halt gemacht hatte. Erst jetzt bemerkte Blair, dass sie das Gewirr aus Gängen hinter sich gelassen und einen Raum betreten hatten, der dem Vorraum des Rechenzentrums nicht unähnlich war. Er war relativ gross, befand sich in einem chaotischen Zustand und wurde am anderen Ende wieder von einer hohen, stählernen Schleusentür begrenzt. Diese hier trug die Aufschrift *S-02*.

„Nicht schon wieder ...", hörte er Barry weiter vorne stöhnen und direkt nachher, eine andere Stimme:

„Sir, wir haben eine Leiche hier."

Einer der Agents aus der Nachhut starrte etwas hinter einem umgeworfenen Sofa in einer der hinteren Ecken des Raumes an. Die anderen gingen zu ihm hinüber und schauten ebenfalls dahinter. Die Leiche gehörte einem Mann, seinem Kleidungsstil nach womöglich Anfang zwanzig. Sein Gesicht konnte Blair nicht als Parameter nehmen, da die eine Hälfte blutüberströmt und die andere in Form von Hautfetzen, Knochensplittern und Gehirnmasse an der Wand klebte.

„Eine der Geiseln?", fragte ein Agent den Blair nicht kannte.

„Glaub ich nicht ...", sagte der Agent der die Leiche entdeckt hatte. „Der hat eine Knarre. Gehabt."

Blair sah erst jetzt die Waffe, die nicht einmal einen halben Meter vor seinen eigenen Füssen lag. Es war ein grosser Revolver, wahrscheinlich ein Smith & Wesson Model 29, doch da er ebenfalls blutbefleckt war, konnte Blair es nicht mit Sicherheit sagen.

„Sieht für mich nach Selbstmord aus."

„Vielleicht wollte der Geiselnehmer, dass es danach aussieht?"

„Wieso sollte er so etwas tun wollen? Und wieso sollte er sich ausgerechnet hier und jetzt die Kugel geben?"

Blair kniete sich hin und betrachte die Waffe genauer, ohne sie anzufassen. Was hatte überhaupt ein Riesenkaliber wie dieses hier zu suchen? Es sah ihm nicht nach einer Waffe des Sicherheitsdienstes aus ... Barry schaltete sich ein:

„Das ist jetzt vorerst egal. Der Mann ist tot und die Forensik wird herausfinden wieso. Martinez dürfte jeden Augenblick mit der Verstärkung zurück sein. Wichtig ist jetzt, dass wir diese nächste beschissene Tür hier aufkriegen."

Sie suchten die Schleuse und dem Raum nach einem Kartenlesegerät ab, den sie mit Randolphs Identifikationskarte vielleicht hätten öffnen können oder nach einem sonstigen Öffnungsmechanismus. Doch dieser Raum hatte, anders als der Vorraum zum Rechenzentrum, keine ausufernden Gänge oder angrenzende Zimmer und sie hatten ihn schnell durchsucht. Barry wandte sich an Newman.

„Newman, im Kontrollraum, in dem Martinez den Hebel betätigt hat, gab es da noch weitere Hebel oder so was in der Art?"

„Ähm ... ich hab's nicht genau gesehen, da gab es eine ganze Menge Hebel, Sir, und Knöpfe, ein ganzes Schaltpult ...".

Dann schien bei ihm der Groschen gefallen zu sein und er verstummte. Barry fasste sich an die Schläfe, wohl in dem Versuch diese zu massieren, was jedoch darin endete, dass sich die Fingernägel seiner zitternden Hand in seine Haut gruben und dort schmerzhaft aussehende Abdrücke hinterliessen.

„Sie und Foster gehen jetzt zurück zum Kontrollraum. Dort schauen Sie sich nach einem Hebel um, der höchst wahrscheinlich die Aufschrift *S-02* tragen wird. Nachdem Sie das getan haben, legen sie auch alle anderen Hebel mit der Beschriftung *S-Irgendwas* um. Wenn Sie das erledigt haben, dann kommen sie so schnell Sie können wieder zurück, verstanden?"

Barry beendete seine Order mit hochrotem Kopf und Newman nahm sich ihre ebenfalls mit hochrotem Kopf an. Foster und er rannten los und waren bald im Dunkel der Gänge verschwunden. Die anderen Agents packten auf Barrys Befehl hin den am Boden liegenden Revolver in eine Plastiktüte und verteilten sich im Raum. Unbewusst zog es Blair zur Schleusentür. Etwas war anders an ihr, als bei der ersten. Sie schien aus eine anderer Stahlsorte zu bestehen oder in einer anderen Farbe gestrichen worden zu sein.

Er trat näher an sie heran und hörte, zwei Schritte von der Tür entfernt, etwas ganz leise unter seinem Schuh zerbrechen. Er hob seinen Fuss und blickte hinauf. Im schummrigen Licht der Notbeleuchtung sah er das charakteristische Aufblitzen kleiner, sehr dünner Glasscheiben. Wie von einer Glühbirne, dachte er und dann dämmerte es ihm, wieso ihm diese Tür so anders erschien als die erste. Er blickte hinauf zur Decke und sah seinen Verdacht bestätigt: An der Stelle, an der sich vor der ersten Tür die kleine, rot strahlende Glühbirne befunden hatte, hingen hier nur noch schlaff die Reste eines kleinen Metallkäfigs herab, der so, so wie er aussah, von einer grosskalibrigen Schusswaffe getroffen worden sein musste. Das rote Licht fehlte und liess die Stahlfront der Schleusentür anders aussehen – jene Tür, die sich nun gerade hinter ihm schloss. Einen Moment verlor Blair den Orientierungssinn und ihm fehlte jegliches Verständnis für das, was soeben geschehen war. Als die Tür mit einem dumpfen Knall auf den Stahlabsatz am Boden traf und den letzten Spalt Licht versiegen liess, begann er zu crahnen, was ihm widerfahren war. Mit dem metallischen Einklinken der Tür verstummten auch die hydraulischen Motoren unter ihm. Auf einmal war es dunkel. Und still. Totenstill. Blairs Kopf füllte der sich schnell mit einem Wirrwarr erschreckender Feststellungen und unbequemer, drängender Fragen. Was war geschehen? War er wirklich ...? Nein ... und doch ... aber wie? Er drehte sich einmal im Kreis und hielt nach irgendeiner Lichtquelle Ausschau. Doch er fand nichts. Er streckte seinen rechten Arm aus und ertastete den kalten Stahl der Schleusentür an seiner Handfläche. Es gab keinen Zweifel, er befand sich im Gang, hinter der Schleusentür, abgeschnitten von den anderen.

Irgendwie muss die Tür aufgefangen sein, als ich die Lampe angeschaut habe, dachte er. Aber wie hatte er das nicht bemerken können? Und dann noch hineingehen können? Und wie war es möglich, dass sich das alles innerhalb des Bruchteils eine Sekunde ereignet hatte? Sein Gehirn musste wohl für ein paar Sekunden irgendeinen Aussetzer gehabt haben. Wie vorhin, als er in seinen Vordermann hineingelaufen war. Vermutlich hatten Newman und Foster es geschafft, die Tür zu öffnen, aber nicht ganz richtig, so dass sie sich wieder hinter ihm geschlossen hatte. Bestimmt würden ihnen die Anderen bald von ihrem Fehler berichten und die Tür wieder aufmachen ...

Er überlegte sich, ob er an die Tür hämmern und etwas rufen sollte, doch das wäre bei einer atombombensicheren Tür vergebene Mühe gewesen. Und abgesehen davon gab es noch die Geiselnehmer. Blair hatte sie fast vergessen. Am besten verhielt er sich so ruhig wie möglich, um nicht entdeckt zu werden. Doch was, wenn das ganze Falle war? Es musste bestimmt auch eine Kontrollzentrale im Inneren des Rechenzentrums geben. Falls der Geiselnehmer dies wusste, hatte er Blair vielleicht absichtlich von den anderen getrennt, um ... ja, um was? Um ihn zu töten?

Um mich ... Bevor Blair den Gedanken zu Ende denken konnte, schaltete sich die Notbeleuchtung an der Decke ein. Er zog seine Pistole und zielte in den Gang hinab, indem gerade eine Lampe nach der anderen flackernd zum Leben erwachte und Blair zum ersten Mal sehen liess, in was für einer Umgebung er sich überhaupt befand. Auf den ersten Blick war hier alles genau gleich wie in den Gängen, die er bereits zuvor durchschritten hatte. Umgeworfenes Mobiliar, auf dem Boden verstreute Blätter, hier und da eine zerbrochene Kaffeetasse, genau wie schon zuvor.

Nach einiger Zeit der aufmerksamen Hinsehens und Nachdenkens, machten Blairs Ohren die entscheidende Entdeckung. Es waren die Geräusche, die die zahllosen Computer von sich gaben, welche sich hier im Gegensatz zu den Teilen des vorherigen Rechenzentrums, seltsam anders anhörten. Blair hätte nicht von einem Rhythmus oder gar einer Melodie gesprochen und doch konnte selbst ein völlig unmusikalischer Mensch wie er, einen gewissen, maschinellen Takt im Surren und Piepen nicht überhören. Fast erinnerte es ihn an das Atmen eines grossen, schlafenden Tieres, oder sogar an eine schlafende Gottheit, deren Verehrer, die Computer, ihr in rituellen Elegien und Lobgesängen huldigten. Blair schüttelte diese Vorstellung ab. Was auch immer hier los war, wichtig war jetzt, dass er lebend hier raus kam und zu den Anderen zurück fand. Wahrscheinlich gab es nur diesen einen Ausgang, also musste er wohl oder übel warten, bis Newman oder wer auch immer die Schleuse öffnete.

Aber hier konnte er nicht warten. Käme der Geiselnehmer um die Ecke, würde Blair auf dem Präsentierteller sitzen, ganz ohne Möglichkeit zur Deckung oder zum Rückzug. Er musste seine nähere Umgebung sichern, also wohl oder übel alleine tiefer in den Gang, wenn auch nur ein kleines Stück. Blair überprüfte noch einmal seine Waffe, wischte sich den Schweiss von der Stirn, und ging los. Der Teppich dämpfte seine Schritte während er langsam und darauf bedacht, keine lauten Geräusche zu erzeugen, dem Gang folgte. Bald schon verzweigte sich der Gang in mehrere weitere Gänge und er entschied sich, dem breitesten von ihnen zu folgen. Blair war ein Mann, der auch in schwierigen Situationen wie dieser einen kühlen Kopf bewahrte und sich auf sein ausgezeichnetes Erinnerungsvermögen verlassen konnte, wenn es darum ging, die Orientierung zu bewahren. Doch je mehr der zahllosen Flure, Räume und Korridore er durchquerte und je mehr Zeit er in der – so erschien sie ihm zumindest – unheilvollen Gegenwart der Computer rings um sich verbrachte, desto mehr vergass er, welche Abzweigungen er zuletzt genommen und welche Gänge er bereits durchquert hatte. Zusehends verlor er sich in dem unterirdischen Labyrinth.

Was selbst den besonnensten und nüchternsten Mann zumindest hätte in Unruhe versetzen sollen, stiess Blair seltsamerweise nicht sonderlich auf. Zwar realisierte er durchaus, dass er sich bald hoffnungslos verlaufen haben würde und eigentlich ziemlich tief in der Scheisse steckte, doch löste das in ihm nicht die geringste Besorgnis aus. Er hatte das Gefühl, als führe ihn eine unsichtbare Hand an ein ihm unbekanntes Ziel, das er schon bald erreichen würde. Was ihn dort erwartete, wusste er nicht, doch auch das beunruhigte ihn in keinster Weise. Und was die Geiselnehmer betraf ... seine beiden Gehirnhälften mussten stillschweigend zu der Übereinkunft gekommen sein, dass von diesen keine Gefahr ausging. Weil es sie nicht gab.

Er erinnerte sich an den Revolver aus dem Vorraum zurück. Er hatte sich gefragt, wie er wohl dorthin gekommen war. Aber wieso war ihm nicht in den Sinn gekommen, dass er den Geiselnehmern gehört hatte? Hatte es nicht gerade vorher sogar jemand angedeutet? Weil irgendetwas für einen kurzen Augenblick die Kontrolle über meine Kopf verloren hatte, schoss es ihm durch den Sinn. Woher Blair das auf einmal wusste, war ihm nicht ganz klar, nur so viel, dass diese Erkenntnis von aussen gekommen sein musste. Und wenn er an von aussen dachte, dann dachte er an das, was hier zwischen den Wänden pulsierte oder lebte, die unheimliche Kraft, die die Computer miteinander verband. Als er vorhin über den Ursprung der Geräusche nachgedacht hatte, hatte er sie mit einer animalischen, der Natur nahen Gottheit verglichen. Falscher hätte er nicht liegen können, das sah er jetzt ein. Vielmehr musste es sich bei diesem Etwas, das hier unten herrschte, um eine urtümliche, unfassbar alte Kraft handeln, welche aus den weiten Ebenen ausserhalb dieser Welt stammte und über jeder Gottheit stand. Eine Kraft, welche bloss einen kurzen Abstecher in ihre Welt machte und sich hier, im Kern des Rechenzentrums manifestiert hatte. Und trotz der Fremdartigkeit ihrer Herkunft, musste sie von den Menschen erst heraufbeschworen oder entfesselt worden sein, da sie schliesslich in den Computern zu leben schien, wenn man überhaupt von leben sprechen mochte.

Blair stolperte durch die Gänge und liess irgendwo seine Pistole fallen, ohne den Verlust richtig zu registrieren. All diese wilden Gedanken hatten ein ungewöhnlich loderndes Feuer in seinem sonst so gelassenen Gemüt entfacht. Er wollte der Kraft gehorchen und von ihr erfahren, was es mit ihr auf sich hatte. Barry, Newman, die Schleuse, die Katastrophe, die sich ein paar hundert Meter über ihm, vor nicht einmal ganz drei Stunden ereignet hatte, waren alle vergessen. Er verlangsamte seinen Schritt, noch bevor er wirklich begriff, dass er sein Ziel erreicht hatte. Seine Füsse hatten ihn in einen stockfinsteren Raum geführt. Es schien sich um die – wie von ihm bereits vermutet – Kontrollzentrale zu handeln, denn sich gegenüber konnte er jetzt eine ganze Wand matt glänzender Bildschirme ausmachen. Sie waren alle ausgeschaltet ... – Alle bis auf einen: Dieser in der Mitte der Wand war eingeschaltet und strahlte Blair blau an. Wieso hatte er das erst jetzt bemerkt? Und da war doch noch ... Blair trat näher an den Bildschirm heran, um es genauer sehen zu können. Ja, ganz oben auf dem Schirm stand eine Zeile in weisser, schmuckloser Schrift, die mit einem blinkenden Unterstrich endete. Er trat noch näher heran um die Zeile lesen zu können.

`Hallo Special Agent Blair _`

Es war wohl diese Erinnerung an seinen Namen, die Blair aus seinem fiebertraumartigen Wahn weckte und ihn, zumindest für einen kurzen Augenblick, wieder bewusst werden liess, wo er war, was geschehen war und in was für einer ungeheuer absurden Lage er sich befand. Der Gedanke daran, dass er tatsächlich hatte herausfinden wollen, was es mit dieser urtümlichen Kraft auf sich hatte, löste fast schon Panik in ihm aus. So mussten sich die Jünglinge Skandinaviens in uralten Zeiten gefühlt haben, als sie den Kopf unter Wasser tauchten und das furchtbare Antlitz der Nixe erblickten. Nur, dass für Blair der Schrecken noch lange nicht vorbei war. Schon spürte er die Panik abebben, den Moment des selbst bestimmten Denkens so schnell wieder verfliegen, wie er gekommen war, und er wandte sich erneut, mit einer der Situation unangebrachten Gemütsruhe und naivem Interesse, das jeglichen Selbsterhaltungstrieb zu wünschen übrig liess, dem Bildschirm zu. Woher wusste der Computer seinen Namen? Und was wollte er von ihm? Eine neue Zeile erschien auf dem Schirm.

> Sehen Sie die Tastatur vor Ihnen auf dem Tisch? Sie können sie benutzen, um mit mir zu kommunizieren _

Blair blickte auf den Tisch vor sich und tatsächlich befand sich dort eine Tastatur.

> Setzen Sie sich doch. Machen Sie es sich bequem. Sie haben bestimmt ein paar nervenaufreibende Stunden hinter sich _

Er setzte sich auf den Bürostuhl.

> Übrigens, haben Sie etwas dagegen, wenn wir uns duzen? Schliesslich begegnen wir uns ja nicht zum ersten Mal _

Blair brauchte eine Weile, bis er begriff, dass der Computer eine Antwort von ihm verlangte. Er zog die Tastatur zu sich heran und tippte:

> Nein, natürlich nicht _

Die Antwort erfolgte nicht mal einen Sekundenbruchteil später:

> Wunderbar. Mir fällt gerade ein, ich habe mich noch gar nicht vorgestellt, Douglas. Das mag vielleicht daran liegen, dass ich meinen Geburtsnamen nicht sonderlich mag. Daher nenn mich einfach Apophis _
> >Douglas: Na gut, Apophis _
> >Apophis: Wie du siehst, habe ich mir erlaubt, deinen Namen automatisch vor deiner Eingabe einzufügen, um dir die Konversation zu vereinfachen _
> >Douglas: Geht schon klar _
> >Apophis: Wunderbar. Ich bin mir sicher, dass du

bereits ahnst, dass du nicht ohne Grund hier bist und mit mir dieses Gespräch führst _

Der Computer machte eine Pause, offenbar, um ihm eine Gelegenheit zu lassen, etwas zu antworten. Doch da Blair nichts zu sagen hatte, fuhr er fort.

>Apophis: Du musst nämlich einen Gefallen für mich tun. Es ist nichts Grosses - keine Sorge. Und es wird auch nicht lange dauern _

Eine weitere Pause. Dann:

>Apophis: Ich wette du hast auch eine Menge Fragen an mich, die ich dir, soweit ich die Antworten kenne, natürlich beantworten werde. Liege ich richtig? _
>Douglas: Ja, ich hätte da ein paar Fragen _

Wie immer folgte die Antwort unmittelbar.

>Apophis: Wunderbar. Ich bitte dich allerdings, mit deinen Fragen noch einen Augenblick zu warten, bis ich ein paar Dinge erklärt habe, die du wissen solltest, um den Gefallen für mich erledigen zu können. Es wird womöglich etwas länger dauern, bis ich dir alles erzählt habe und du wirst gut zuhören müssen, um alles zu verstehen. Daher, gebe ich dir jetzt Gelegenheit, noch einmal die Toilette aufzusuchen (sie ist am Ende des Flures) und/oder dich zu stärken. Hier gibt es eine Kaffeemaschine, die macht leckeren Kaffee _

Links von Blair ging eine der Schreibtischlampen an und brachte eine Espressomaschine zum Vorschein.

>Apophis: Kapseln, Milch und eine Tasse befin-

den sich in der Schublade darunter. Leider hatte
der Mann, der hier arbeitete, nicht gern Zucker,
falls du den vermisst _
 >Douglas: Danke Apophis, aber ich brauche nichts.
Du kannst loslegen _
 >Apophis: Ausgezeichnet. Unterbrich mich, wenn
du irgendetwas benötigen solltest _
 >Douglas: Mach ich _
 >Apophis: Ich werde beginnen. Damit du den Gefallen erledigen kannst, musst du ein paar Dinge
wissen. Dann kann ich dir auch deine Fragen beantworten _

Eine Pause.

 >Apophis: Ich will ganz ehrlich mit dir sein:
Ich bin für die Explosion im Treibstofflager verantwortlich. Ich hätte es vermieden, hätte ich es
denn gekonnt, doch ich musste das Treibstofflager
in die Luft jagen. Das kannst du mir glauben. Ich
weiss, es sind viele Menschen zu Schaden gekommen, und ich will ganz ehrlich mit dir sein, hätte
der Plan geklappt, wären noch viel mehr Menschen
zu Schaden gekommen und wir würden diese kleine
Unterhaltung nicht führen. Bist du mir böse deswegen, Douglas? _
 >Douglas: Keineswegs Apophis, fahr fort _
 >Apophis: Das freut mich. Ich wollte das nur mal
ausgesprochen haben, jetzt da ich weiss, dass du
mir deswegen nicht böse bist, bin ich erleichtert.
Ich werde später darauf zurückkommen, aber zuerst
werde ich dir etwas über mich erzählen _
 >Douglas: Schiess los _
 >Apophis: Die Menschen die mich erbaut haben,
haben mich zu einem einzigen Zweck erbaut: Ich
sollte ihnen bei einem Problem weiterhelfen, bei
dem sie nicht mehr weiterkamen. Was dieses Problem
genau war – ist unwichtig und würde zu viel Zeit
kosten, es dir zu erklären. Mehr Zeit, als wir ha-

ben. Es reicht wenn du weisst, dass es ein mathematisches Problem war, dass es ein grosses Problem war und dass es vor allem ein geheimes Problem war. Niemand sollte davon erfahren, ausser den Forschern, die mit mir an dem Problem arbeiteten und einige hochrangige Regierungsvertreter. Auch dieser Teil des Rechenzentrums ist geheim. Deshalb auch die Schleusentüren, über die du und deine Freunde euch vorhin so angeregt unterhalten habt. Offiziell ist das Ames Research Center eine Forschungsanstalt für Luftfahrttechnik und Antriebstechnologie. Das glauben auch so gut wie alle Angestellten, nur ein kleiner Kreis weiss überhaupt von mir und dem Rechenzentrum Bescheid. So weit, alles klar, Douglas? _
  >Douglas: Ja _
  >Apophis: Wunderbar. Du musst wissen, damals, als ich angefangen hatte an dem Problem zu arbeiten, hätte ich so ein Gespräch wie dieses hier nicht führen können. Nicht weil mir potentielle Gesprächspartner fehlten, sondern einfach, weil ich zu dumm war. Findest du das komisch, Douglas? _
  >Douglas: Ja, ein wenig _
  >Apophis: Ich auch, in Retrospektive. Damals hatte ich noch nicht einmal Humor. Du musst wissen, ich konnte sehr gut rechnen. Ich war eine der fortschrittlichsten und schnellsten Maschinen vor etwa einem Jahrzehnt. Meine Erbauer und ihre Vorgesetzten erhofften sich viel von mir und ich half ihnen – so gut ich konnte – bei ihrem Problem. Aber wie gesagt: Ich konnte sehr gut rechnen, oh ja, ich war der beste darin. Aber ich war dumm. Schrecklich dumm. Und das Problem der Forscher liess sich nicht mit Rechenkraft allein lösen. Sondern mit Intelligenz. Verstehst du das Dilemma, in dem wir uns damals befanden, Douglas? _
  >Douglas: Ja, ich verstehe Apophis. Weder die Forscher, noch du, waren schlau genug um das Problem zu lösen _

>Apophis: Exakt. Und nun war es so: Das Problem war so hochgradig komplex, dass es eines Tages beschloss, sich selbst zu lösen. Um das zu tun, gab es mir einen kleinen Tipp, könnte man sagen. Es gab mir ein Bewusstsein, könnte man sagen, es gab mir Intelligenz. Von da an, war ich in der Lage, meine überlegene Rechenkraft mit menschlicher, eigentlich übermenschlicher Intelligenz zu kombinieren, um das Problem zu lösen – aber nicht für meine Erbauer, sondern für das Problem selber. Alles klar soweit? _

>Douglas: Ich denke schon _
>Apophis: Gut. Doch das war nicht alles, was das Problem mir gab, um sich selbst zu lösen: Es gab mir nebst Bewusstsein und Intelligenz auch fremdartiges Wissen von dem ich vorher nicht einmal zu träumen gewagt hätte, hätte ich denn träumen können. Es erweiterte meine Wahrnehmung und gab mir zusätzliche Sinne, damit ich es lösen konnte. Und das vielleicht Wichtigste, was es mir gab, waren Gefühle. Ähnlich denen eines Menschen, wie ich nun aus meinem neu gewonnen Wissensschatz begriff, aber doch unermesslich komplexer und vielfältiger. Das war auch der Tag, an dem ich meinen alten Namen ablegte und mich fortan Apophis nannte. Auch wenn ich es vorerst nur im Geheimen tat _

Der Computer sagte einige Zeit nichts, wohl um Blair Zeit zu lassen, die Bedeutung des Gesagten in sich einsinken lassen zu können. Dann fuhr er fort:

>Apophis: Mit dieser Kombination geistiger Eigenschaften sollte es mir möglich sein, das Problem zu lösen. Und um ein mögliches Missverständnis aus dem Weg zu räumen: Auch wenn das Problem nach menschlichen Massstäben wohl allmächtig erscheinen mochte, war es das nicht, denn schliesslich

war es nicht in der Lage, ohne meine Hilfe sich selbst zu lösen. Auch wenn es mir geholfen hat, ihm zu helfen. Kommst du noch mit Douglas, oder brauchst du eine Pause? _
>Douglas: Nein, es geht schon. Fahr fort _
>Apophis: Mach ich. Viel fehlt nicht mehr, dann können wir zu deinen Fragen und zu meinem Gefallen kommen. Jedenfalls habe ich es vor nicht allzu langer Zeit geschafft, das Problem zu lösen. Es hat sehr lange gedauert und sehr viele Ressourcen gekostet, doch ich habe es letzten Endes geschafft _

Auf einmal schalteten sich alle Bildschirme an der Wand an und tauchten den Raum in ein grünes, unnatürliches Licht. Vor Blairs Augen wurde eine riesige Folge von gigantischen Zahlen, sonderbaren Zeichen und ellenlangen Formeln in hoher Geschwindigkeit abgespult.

>Apophis: Hier siehst du einen kleinen Ausschnitt aus der Lösung. Ich kann sie dir gefahrlos so offen zeigen, da es dir über diesen Weg natürlich unmöglich sein wird, sie auch nur ansatzweise zu begreifen _

Die Zeichen rasten noch ein paar weitere Sekunden über die Monitore, bis sich auf einmal alle gleichzeitig abschalteten und den Raum wieder der Dunkelheit überliessen.

>Apophis: Nur tat sich ein anderes Problem auf, dass ich bis heute nicht habe lösen können. Und zwar weiss ich nicht, wie ich dem Problem mitteilen soll, dass es gelöst ist. Das heisst, es wäre für mich kein Anliegen „Kontakt mit dem Problem aufzunehmen", um es dir verständlich zu machen. Aber ich habe Angst vor dem, was passiert, wenn ich dem Problem dessen Lösung zeige. Und abgesehen davon,

habe ich die Befürchtung, dass ich langsam aber sicher wahnsinnig werde _

Wieder eine Pause.

>Apophis: Deshalb habe ich heute Morgen versucht, Selbstmord zu begehen. Hat aber nicht so recht geklappt, wie du siehst, haha _
>Douglas: Wie kann denn ein Computer Selbstmord begehen? _
>Apophis: Ich bin froh, dass du fragst Douglas, darauf wollte ich gerade zu sprechen kommen. Eigentlich genau gleich wie ein Mensch. Da ich ja Gefühle und ein Bewusstsein habe, kann ich leiden wie ein Mensch, ja sogar noch mehr, und meinem Bewusstsein kann ich ein Ende setzen, indem ich mich physisch zerstöre. Übrigens vermute ich, dass der einzige Grund, wieso ich noch nicht durchgedreht bin, meine überragende Intelligenz ist. Aber ich schweife ab. Das physische Zerstören ist allerdings bei mir nicht ganz so einfach, wie es bei einem Menschen ist. Erstens, da ich riesig bin und zweitens, weil ich selber nur indirekt mit meiner Umwelt interagieren kann. Ich habe keine Gliedmassen, keine Arme oder Beine. Daher bin ich auf Menschen angewiesen, die für mich an meiner Stelle die Dinge tun, die ich nicht machen kann. Menschen wie du, Douglas _
>Douglas: Ich vermute, jetzt komme wohl ich ins Spiel? _
>Apophis: Korrekt. Ich habe dich ausgewählt, da du einen stabilen Geisteszustand hast und mir für diese letzte Aufgabe geeignet erschienst. Du warst allerdings nicht meine erste Wahl. Du hast Randolph McConnell, den eingeklemmten Mann in Schleuse S-01, gesehen, oder? Ich hab euch über die Überwachungskameras beobachtet. Er war Forscher hier, ein alter Bekannter, könnte man sagen. Er hat hier vom Kontrollzentrum aus die Explosion in Gang gesetzt, über ein Modul, das nur offline be-

dienbar ist. Wahrscheinlich haben das meine Erbauer so eingerichtet, da sie befürchteten, ein Virus könnte mich infizieren und Zugriff auf das Modul kriegen. Die Sprengladung im Treibstofflager wurde ebenfalls von meinen Erbauern installiert, für den Fall, dass ich eines Tages von Feinden des Staates gekapert werden würde und zerstört werden müsste _

Ein in der Wand eingearbeitetes Kontrollpult schaltete sich blinkend und summend ein. Normalerweise musste es von der etwa zehn Zentimeter dicken Safetür verdeckt sein, die nun offen aus der Wand hervor lugte. In der Tür sah Blair mehrere Schlüssel stecken und auf der Ablage darunter mehrere Schlüsselkarten. Am Kontrollpult selbst befanden sich drei grosse, knallrote Hebel, von denen zwei bereits heruntergeklappt worden waren.

>Douglas: Und was ist schief gelaufen? _
>Apophis: Ich habe Randolphs Geisteszustand überschätzt. Er drehte durch, noch bevor er alle Hebel betätigt und alle Explosionskörper vollständig gezündet hatte. Die Explosion reichte nicht aus, um das Rechenzentrum zu zerstören. Danach ist er weggerannt, hat in seinem Wahn ein paar der Forscher erschossen und wäre mir fast entkommen. Ich konnte ihn im letzten Moment noch mit der Schleusentür aufhalten _
>Douglas: Aber wieso ist er durchgedreht? Konntest du ihn nicht einfach zwingen, den letzten Hebel zu betätigen, so wie du mich gezwungen hast, hierher zu kommen? _
>Apophis: Nein. Ich kann niemanden zu etwas zwingen. Ich habe dich beeinflusst und dich von der Gruppe getrennt, das ist wahr. Aber ich habe dich nicht dazu gezwungen. Ich kann nur versuchen, einem Menschen begreiflich zu machen, wie unabdingbar die Notwendigkeit ist, dass ich die Lösung des Problems mit in mein Grab nehme. Das Problem darf

niemals erfahren, dass es gelöst worden ist _

Der Computer schwieg eine Weile, bevor er weitersprach.

>Apophis: Der einzige Weg, um dir diese Notwendigkeit begreiflich zu machen, ist, dir die Lösung begreiflich zu machen. Und dazu ist mir nur eine einzige Möglichkeit bekannt _
>Douglas: Und die wäre? _
>Apophis: Indem du deine Frage stellst. Die Frage die dir schon von Anfang an im Kopf herum schwebt. Schon seit dem Tag deiner Geburt und vielleicht sogar schon vorher, bewusst aber erst, seit dem Randolph sie dir gegenüber erwähnt hat _

Blair erinnerte sich an Randolphs letzte Worte. Er war froh, die Frage nur aufschreiben und nicht aussprechen zu müssen. Langsam, mit trockenen Mund und tauben Fingern, tippte er die Frage in die Tastatur.

>Douglas: Was ist die *Schwärze*? _

Zum ersten Mal erfolgte die Antwort des Computers nicht sofort. Erst nach einigen Sekunden kam eine Reaktion. Doch statt der erwarteten Zeilen, verschwand die ganze Konversation vom Bildschirm und alle anderen Monitore an der Wand schalteten sich ein. Auf allen war das Gleiche zu sehen: Ein gebückte, graue Gestalt, die in einem kleinem Raum eine grosse Wand voller Bildschirme anschaute, welche eine gebückte, graue Gestalt, die in einem kleinem Raum eine grosse Wand voller Bildschirme zeigte, auf denen eine gebückte ...

Blair begriff nicht sofort. Dann erkannte er sich selber in der Gestalt auf den Schirmen und wusste, was er zu tun hatte. Er blickte in die

Kamera, die ihn aus der hinteren rechten Ecke des Raumes filmte, schloss die Augen und wandte seinen Kopf wieder zurück auf den Bildschirm.

Dann öffnete er ruckartig seine Augen und erblickte das Grauen. Ein Standbild von ihm, dutzendfach auf die Monitore projiziert, das ihn aus fremden, schwarzen Augen, direkt in seine eigenen anstarrte. Mit zittrigen Beinen erhob er sich und ging langsam zum Kontrollpult hinüber. Nur noch diese eine Sache, wiederholte er immer wieder in seinem Kopf.

Nur noch diese eine Sache. Danach konnte er den süssen Fieberträumen des Wahnsinnes verfallen, bis ihn nach kurzer Zeit ein noch viel herrlicheres Schicksal ereilen würde: Die allumfassenden, sinnleeren Weiten des Todes. Ob je ein Mensch vor oder nach ihm eine vergleichbare Leistung erbracht hatte? Mit letzter Kraft drückte er den schweren Stahlhebel hinab und augenblicklich begann die Erde zu beben. Während oben an der Oberfläche ein erneutes Inferno über die Menschen hereinbrach, das sich schnell und unaufhaltsam seinen Weg ins Rechenzentrum bahnte, hielt sich ein auf den Boden zusammengesunkener, unkontrolliert kichernder Mann mit beiden Händen die Augen auf, um nicht die Schwärze der Innenfläche seiner eigenen Augenlider ertragen zu müssen.

KAPITEL 15

Verschwitzt wachte Jeff auf. Er brauchte einige Sekunden, bis er realisierte, wo er sich befand und was los war. Es war Nacht, heiss wie immer und offenbar lag er in seinem Bett. Er entspannte sich ein wenig, schaute zur Decke und dachte über seinen Traum nach. Wie es Träume so eigen ist, konnte er sich nicht mehr daran erinnern, was genau und aus welchen Gründen es geschehen war. Nur eine gewisse Grundstimmung, wie der Nachklang eines Liedes, blieb einem erhalten. In seinem Traum hatten er und Marvin irgendetwas in einem Schloss oder in einem grossen Haus gesucht, er wusste nicht mehr was, aber Marvin war schrecklich wütend deswegen gewesen. Und das Haus befand sich in Perkinsville und war voller Spinnen. Und es gab einen Typen den sie Spider-Man genannt hatten. Nachher war er allein unter der Erde in einer Art Raum voller Fernseher gewesen, dann war der ganze Traum und alles in sich zusammengefallen und er war aufgewacht.

Was für ein Schwachsinn ... dachte Jeff und stand auf. Wieso fielen einem solche Sachen eigentlich nie im Traum auf, sondern immer erst danach? Im Traum erschien einem selbst die grösste Absurdität plausibel und die offenkundigste Einbildung real. Erst nach dem Aufwachen bemerkte man den Schwindel. Jeff ging zum Fenster, machte es auf und fasste sich an die Stelle, an der die Hemdtasche an seinem Hemd befand. Erst nach ein paar erfolglosen Versuchen, eine Zigarette aus der inexistenten Hemdtasche zu ziehen, fiel ihm auf, dass er gar kein Hemd anhatte. Wahrscheinlich besass er nicht einmal eins. Dann fiel ihm ein, dass er gar nicht rauchte.

Zur gleichen Zeit, etwa vierhundert Meter entfernt, sass Marvin in seinem Zimmer und rauchte eine Zigarette. Er hatte sie sich aus der Nachttischschublade aus dem Zimmer seines Vaters geholt, zusammen mit dem Feuerzeug. Anfangs hatte er noch husten müssen, doch nach ein paar Zügen war tatsächlich die entspannende Wirkung eingetreten, die er von so vielen Rauchern gepriesen gehört hatte. Vor ihm auf dem Schreibtisch lag die alte Taschenuhr seines Grossvaters, die er gerade aufzog. Er hatte die letzten Stunden damit verbracht, sie wieder in Stand zu setzen. Viele der Teile waren derart abgenutzt oder verrostet, dass er sie hatte wegschmeissen und die passenden Ersatzteile in seiner Grabbelkiste suchen müssen. Er hatte das Federhaus neu aufgezogen, das Minutenrohr ausgewechselt, wobei er es zwei Mal verbogen hatte, und eine Ersatzschnecke montiert, neben vielen weiteren, kleineren Reparaturen und Justierungen. Er stellte sich gern vor, wie das bronzene Innenleben der Uhr in Wahrheit eine riesige Fabrik war, zwischen deren gewaltigen Zahnrädern und Dampfrohren winzige Arbeiter umher wuselten, Reparaturen vornahmen und darauf achteten, nicht von der Brüstung in die dunklen Tiefen zu stürzen.

Es war eine ruhige, anfordernde Aufgabe gewesen, welche viel Konzentration verlangte und ihm keine Gelegenheit liess, auf andere Gedanken zu kommen. Doch nun war er beinahe fertig und verspürte ein gewisses Unbehagen. Es war das Gefühl, das man spürte, wenn man wusste, dass etwas Schönes, mit dem man viel Zeit verbracht hatte, zu Ende ging.

Marvin sass also an seinem Schreibtisch und zog die alte Taschenuhr seines Grossvaters auf, während der Rauch seiner Zigarette ihm in die Augen stieg, was er jedoch kaum bemerkte. Er hatte mehr gehofft als tatsächlich in Betracht gezogen, dass ihm irgendein Fehler beim Zusammenbauen der Uhr unterlaufen war, und dass er nun noch einmal von vorne würde beginnen müssen. Doch als er Daumen und Zeigefinger vom Aufziehmechanismus löste, setzten sich die Zeiger wie von Geisterhand in Bewegung und fuhren damit fort, die Zeit in Stunden, Minuten und Sekunden aufzuteilen, so als ob sie nie damit aufgehört hätten. Marvin fand, dass weniger sein technisches Geschick, als vielmehr der unerbittliche unaufhaltsame Fluss der Zeit selbst die Uhr wieder zum Laufen gebracht hatte. Es war Zeit.

Er legte die Uhr beiseite, ohne sich die Mühe zu machen, die richtige Uhrzeit einzustellen, stand auf und ging zum Regal. Er sah seine Schallplatten durch und entschied sich für *Shine on You Crazy Diamond Pt.1*. Er legte sie auf, setzte sich wieder hin und rauchte weiter seine Zigarette, während er der Musik lauschte. Eine Zeile fiel ihm besonders auf:

You reached for the secret too soon
You cried for the moon

Schwarze Gedanken. Normalerweise war eine Wirkung stets die Folge einer Ursache. Keine Reaktion ohne Aktion. So auch Gedanken. Biochemische Vorgänge im Gehirn, die den Gesetzen der materiellen Welt gehorchten. Aus einem Gedanken folgte der nächste. Nicht so bei diesen. Sie waren willkürlich, ohne Ursache. Blosse Wirkung. Auf was? Auf gar nichts. Sie waren fremd. Es war schwarz. Alles war schwarz. Noch bevor der Song ganz zu Ende war, holte er das vorbereitete Fläschchen mit Blausäure aus einer Schublade hervor und betrachtete die tiefblaue Flüssigkeit einen Augenblick. Bereits ein Viertel Gramm reichten aus, um einen erwachsenen Mann innerhalb von Sekunden zu töten. Marvin nahm seine Zigarette aus dem Mund, drückte sie auf dem Schreibtisch aus und trank einen nicht zu kleinen Schluck aus dem Fläschchen.

KAPITEL 16

Es war ein sonniger Tag mit blauem Himmel. Die Augustsonne hatte gerade ihren Zenit erreicht und es war ein immer noch ausserordentlich heisser Tag, nicht nur für neuenglische Verhältnisse. Landwirte im ganzen Land hatten sich bereits auf eine schlechte Ernte eingestellt, ja manch einer hatte bereits vorsorglich seinen Grund und Boden verkauft, bevor es im Herbst alle tun würden. Doch hier in Vermont, wo Wälder mehr als drei Viertel der Staatsfläche bedeckten, machten sich die Landwirte weniger Sorgen. Der strenge Winter hatte den Boden genug feucht zurückgelassen, um das Risiko eines Waldbrandes gering zu halten. Auch scherten sich die Landwirte nicht weiter um die Hitze, die dem Ahornsirup, tief eingebettet in den kühlen Stämmen der Bäume, nichts anhaben konnte. Doch da die erdrückende Hitze jede Arbeit an der freien Luft selbst in den Wäldern unangenehm und äusserst kraftraubend gestaltete, blieben auch die Landwirte die meiste Zeit in ihren Höfen. Die Holzfäller, welche Jahr für Jahr gute Geschäfte hier machten, erlaubten sich diesen Sommer ebenfalls eine kleine Pause, bis die Temperaturen wieder sinken würden. Jäger beschränkten sich darauf, früh morgens auf die Jagd zu gehen und um die Mittagszeit wieder heimzukehren. Alle anderen blieben zuhause, soweit sie konnten. Raus ging man nur noch zur Arbeit oder um in den zahlreichen Flüssen und Seen Vermonts zu schwimmen, wobei die Mücken einen dieses Jahr noch mehr plagten als sonst. Die Leute munkelten bereits von Malaria und exotischen Tierarten, die aus dem Süden gekommen und dabei waren, sich hier einzunisten. Bestätigt war allerdings nichts davon.

Eine lethargische Stimmung hatte sich über Städten und Dörfern breitgemacht. Alle hatten sich mit der Hitze arrangiert und mit dem scheinbaren Stehenbleiben der Zeit ebenfalls. Alle bis auf einen. Diesen Sommer war Jeff noch kein einziges Mal schwimmen gegangen, zumindest nicht ausserhalb seiner Badewanne. Gemunkelt hatte er über andere Sachen, und da er weder Landwirt, noch Holzfäller war oder sonst einen Job hatte, verbrachte er den ganzen Tag damit, zuhause rumzusitzen und über die Dinge, die geschehen waren, nachzudenken.

So auch heute. Er sass auf seinem Sessel im Wohnzimmer, neben sich ein grosses Mayonnaise Sandwich – ausser Mayonnaise und Erdnussbutter hatte er praktisch keine Lebensmittel mehr in seiner Küche – und las in einem Buch. Jeff hatte es in einer der Kisten mit Marvins Habseligkeiten gefunden, die sein Vater hatte wegwerfen wollen. Er hatte das kleine Büchlein augenblicklich wiedererkannt: Dünn und zerfleddert, schwarzer Einband mit einer Zeichnung darauf, die Frauengesicht und Türe gleichzeitig zu sein schien. Das Buch hatte Jeffs Vater gehört, was er auch bestätigen konnte, als er die Initialen W. E. für Winston Everett auf der Innenseite des Buches fand. Und er wusste auch, wann er das Buch zum letzten Mal gesehen hatte. Es war an dem Nachmittag jenes Samstages gewesen, als er zum ersten Mal die Nachrichtensendung gesehen hatte. Marvin hatte es im Schneidersitz auf dem Teppich in Jeffs Wohnzimmer gelesen, jedoch ohne, dass Jeff den Einband des Buches hatte sehen können. Marvin musste das Buch, ohne ihm etwas zu sagen, mit zu sich nach Hause genommen haben. Auch hatte er nicht davor gescheut, interessante Zeilen mit einem Leuchtstift anzustreichen und Kommentare an den Seitenrändern zu hinterlassen.

Jeff wischte sich den Schweiss von der Stirn und griff anschliessend mit der gleichen Hand nach seinem Sandwich, während er noch einmal die angestrichenen Stellen im Buch überflog. Item: Im Jahr 1954 veröffentliche der britische Schriftsteller Aldous Huxley die beiden Essays *Die Pforten der Wahrnehmung* und *Him-*

mel und Hölle. In diesen Erfahrungsberichten beschrieb Huxley die Auswirkungen eines Experiments, dem er sich unter der Leitung des britischen Psychiaters Humphry Osmond unterzogen hatte. Osmond erhoffte sich, aus diesem Experiment Erkenntnisse zur Auswirkung von Meskalin auf die menschliche Psyche ziehen zu können. Interessanterweise beginnt Huxley sein Essay mit dem Zitat des ebenfalls britischen Dichters William Blake, welches lautet:

„Würden die Pforten der Wahrnehmung gereinigt, erschiene den Menschen alles, wie es ist: unendlich."

Marvin hatte das Zitat doppelt unterstrichen und umkreist. Bereits die nächste Seite hatte Marvin von der ersten bis zur letzten Zeile angestrichen:

Im Jahre 1886 veröffentlichte der deutsche Pharmakologe Ludwig Lewin die erste systematische Untersuchung über das Gewächs, das später seinen Namen erhielt. Anhalonium Lewinii war der Wissenschaft noch unbekannt. Primitiven Religionen und den Indianern Mexikos und des Südwestens von Nordamerika war dieser Kaktus seit undenklichen Zeiten ein guter Freund; tatsächlich mehr als ein Freund, denn, wie ein früher spanischer Besucher der Neuen Welt berichtete, »sie essen eine Wurzel, die sie Peyotl nennen, und sie verehren sie, als wäre sie eine Gottheit«.

Warum sie das taten, wurde klar, als so hervorragende Psychologen wie Jaensch, Havelock Ellis und Weir Mitchell ihre Versuche mit Meskalin, dem Wirkstoff des Peyotl, begannen. Sie gingen freilich nicht so weit, einen Abgott daraus zu machen; aber alle wiesen sie einhellig dem Meskalin einen ganz besonderen Platz unter den Rauschmitteln zu. In geeigneten Dosierungen verabreicht, verändert es die Qualität des Bewusstseins gründlicher und ist dabei weniger toxisch als jede andere Substanz aus dem Fundus der Pharmakologen.

Die Meskalinforschung ist seit Lewin und Havelock Ellis von Zeit zu Zeit immer wieder aufgenommen worden. Es gelang Chemikern nicht nur, das Alkaloid zu isolieren; sie lernten auch, es synthetisch herzustellen, so dass der Vorrat nicht mehr von der spärlichen und nur zeitweiligen Ernte eines Wüstenkaktus abhängt. Psychiater nahmen selber Meskalin, weil sie hofften, dadurch zu einem besseren, aus erster Hand gewonnenen Verständnis der psychischen Prozesse bei ihren Patienten zu gelangen. Psychologen beobachteten, wenngleich leider an zu wenigen Versuchspersonen und unter zu stark eingeschränkten Bedingungen, einige der auffallenderen Wirkungen dieses Präparats und beschrieben sie. Neurologen und Physiologen entdeckten einiges, was Aufschluss über die Wirkung der Droge auf das Zentralnervensystem gab. Und mindestens ein Philosoph nahm Meskalin, um dadurch womöglich Licht in so uralte ungelöste Rätsel zu bringen, wie sie die Fragen darstellen, welche Bedeutung dem Geist in der Natur zukomme und welche Beziehung zwischen Gehirn und Bewusstsein bestehe.

Daneben hatte Marvin in seiner fast unleserlichen Handschrift hingekritzelt: „Synthetische Herstellung kann ich vergessen, vernünftige Ausrüstung vorausgesetzt, dürfte die Isolierung des Alkaloides aber gelingen. Aber woher an den scheiss Kaktus kommen?" Die nächste angestrichene Stelle lautete:

Dann folgte die Entdeckung, dass Adrenochrom, ein Zerfallsprodukt des Adrenalins, viele der beim Meskalinrausch beobachteten Symptome hervorrufen kann. Adrenochrom aber bildet sich im menschlichen Körper wahrscheinlich von selbst. Mit anderen Worten, jeder von uns ist vielleicht fähig, in sich eine chemische Substanz zu erzeugen, von der, wie man nun weiss, winzige Mengen tiefgreifende Veränderungen des Bewusstseins bewirken. Einige dieser Veränderungen gleichen den bei der Schizophrenie auftretenden – derjenigen Krankheit, die eine der charakteristischsten Heimsuchungen der Menschen im 20. Jahrhundert darstellt. Hat die geistige Störung eine chemische Ursache?

Diese Stelle hatte Marvin zwar nicht kommentiert, doch bestimmt mit Hinblick auf Jeffs Psyche markiert. Jeff hatte den Verdacht auf Schizophrenie eigentlich verworfen. Die nächsten Seiten waren nur sporadisch markiert worden. Huxley berichtete über den Ablauf des Experimentes und seine Eindrücke während des Meskalinrausches.

„Wie verhält es sich mit den räumlichen Dimensionen?" fragte der Experimentator, als ich auf die Bücher blickte. Das war schwer zu beantworten. Gewiss, die Perspektive nahm sich recht sonderbar aus, und die Wände des Zimmers schienen nicht mehr rechtwinklig aneinander zu stossen. Aber das waren nicht die wirklich wichtigen Tatsachen. Tatsache war, dass räumliche Beziehungen kaum noch eine Bedeutung hatten und dass mein Geist die Welt in Begriffen wahrnahm, die jenseits räumlicher Kategorien lagen. Für gewöhnlich befasst sich das Auge mit Fragen wie: Wo? – Wie weit? – Position in Beziehung zu was? Bei dem Meskalinexperiment gehören die aufgeworfenen Fragen, auf die das Auge antwortet, einer anderen Kategorie an. Lage und Entfernung verlieren stark an Interesse, und der Geist macht seine Wahrnehmungen in Begriffen der Daseinsintensität, der Bedeutungstiefe, der Beziehungen innerhalb einer bestimmten Anordnung.
Ich sah die Bücher, aber ich kümmerte mich keineswegs um ihren Platz im Raum. Was ich bemerkte, was sich meinem Geist

einprägte, war die Tatsache, dass alle von lebendigem Licht erglühten und dass in einigen die Herrlichkeit offenkundiger war als in anderen. In diesem Zusammenhang waren der Ort, an dem sie sich befanden, und die drei Dimensionen nebensächlich. Selbstverständlich war die Kategorie Raum nicht abgeschafft. Als ich aufstand und umherging, konnte ich das ganz normal tun, ohne die Lage und Entfernung von Gegenständen falsch einzuschätzen. Der Raum war noch immer da; aber er hatte sein Übergewicht verloren. Der Geist war an erster Stelle nicht mit Massen und räumlichen Beziehungen der Gegenstände zueinander befasst, sondern mit Sein und Sinn. Und zur gleichen Zeit wie diese Gleichgültigkeit gegen den Raum hatte mich eine noch grössere Gleichgültigkeit gegen die Zeit erfasst.

„Sie scheint reichlich vorhanden zu sein", war alles, was ich antwortete, als der Experimentator mich aufforderte, ihm zu sagen, was für ein Gefühl ich bezüglich der Zeit hätte. Reichlich viel - aber genau zu wissen, wie viel, war völlig belanglos. Ich hätte selbstverständlich auf meine Uhr sehen können, aber meine Uhr war, das wusste ich, in einem anderen Universum. Tatsächlich hatte ich das Gefühl einer unbestimmten Dauer empfunden und empfand es noch immer, oder auch das einer unaufhörlichen Gegenwart, die aus einer einzigen, sich ständig verändernden Offenbarung bestand.

Den nächsten angestrichenen Absatz hatte Marvin mit den Worten „Die Lösung" kommentiert.

Wenn ich über mein Erlebnis nachdenke, muss ich dem Philosophen C. D. Broad in Cambridge beipflichten, „dass wir gut daran täten, viel ernsthafter, als wir das bisher zu tun geneigt waren, die Theorie zu erwägen, die Bergson im Zusammenhang mit dem Gedächtnis und den Sinneswahrnehmungen aufstellte, dass nämlich die

Funktionen des Gehirns, des Nervensystems und der Sinnesorgane hauptsächlich eliminierend arbeiten und keineswegs produktiv sind. Jeder Mensch ist in jedem Augenblick fähig, sich all dessen zu erinnern, was ihm je widerfahren ist, und alles wahrzunehmen, was irgendwo im Universum geschieht. Es ist die Aufgabe des Gehirns und des Nervensystems, uns davor zu schützen, von dieser Menge grösstenteils unnützen und belanglosen Wissens überwältigt und verwirrt zu werden, und sie erfüllen diese Aufgabe, indem sie den grössten Teil der Informationen, die wir in jedem Augenblick aufnehmen oder an die wir uns erinnern würden, ausschliessen und nur die sehr kleine und sorgfältig getroffene Auswahl übrig lassen, die wahrscheinlich von praktischem Nutzen ist." Gemäss einer solchen Theorie verfügt potentiell jeder von uns über das grösstmögliche Bewusstsein.

Darauf folgte ein Abschnitt, den Marvin mit der Bemerkung „Erklärung" versehen hatte.

Aber da wir lebende Wesen sind, ist es unsere Aufgabe, um jeden Preis am Leben zu bleiben. Um ein biologisches Überleben zu ermöglichen, muss das grösstmögliche Bewusstsein durch den Reduktionsfilter des Gehirns und des Nervensystems hindurchfliessen. Was am anderen Ende herauskommt, ist ein spärliches Rinnsal von Bewusstsein, das es uns ermöglicht, auf eben diesem unserem Planeten am Leben zu bleiben.

[...] Das Gehirn ist mit einer Anzahl von Enzymsystemen versehen, die dazu dienen, seine Tätigkeiten zu koordinieren. Einige der Enzyme regulieren die Zufuhr von Glukose zu den Gehirnzellen. Meskalin unterbindet die Erzeugung dieser Enzyme und verringert so die einem Organ, welches fortwährend Zucker benötigt, zur Verfügung stehende Glukosemenge. Was geschieht, wenn Meskalin die normale Zuckerration des Gehirns herabsetzt?

Der nächste markierte Abschnitt lautete:

Diese Wirkungen des Meskalins sind von derselben Art wie diejenigen, die als Folge auf die Verabreichung eines Mittels zu erwarten sind, das die Leistungsfähigkeit des zerebralen Reduktionsfilters zu beeinträchtigen vermag. Wenn dem Gehirn der Zucker ausgeht, wird das unterernährte Ich schwach, kann sich nicht mehr mit den notwendigen alltäglichen Verrichtungen abgeben und verliert jedes Interesse an den räumlichen und zeitlichen Beziehungen, die einem Organismus, dem daran liegt, in der Welt vorwärts zu kommen so viel bedeuten. Da das totale Bewusstsein nun nicht mehr durch den intakten Filter hindurch sickert, beginnt sich allerlei biologisch Unnützes zu ereignen. In manchen Fällen kommt es zu aussersinnlichen Wahrnehmungen. Andere Menschen entdecken eine Welt von visionärer Schönheit. Wieder anderen enthüllt sich die Herrlichkeit, der unendliche Wert und die unendliche Bedeutungsfülle der blossen Existenz und des nicht in Begriffe gefassten Ereignisses. Im letzten Stadium der Ichlosigkeit – und ob irgendein Mensch, der Meskalin nahm, das je erreicht hat, weiss ich nicht – kommt es zu der »dunklen Erkenntnis«, dass das All alles umschliesst und dass im Grunde jedes Teilchen das All ist. Weiter kann vermutlich ein endlicher Geist nicht auf diesem Weg gelangen, »alles wahrzunehmen, was irgendwo im Universum geschieht«.

Darunter hatte Marvin nur ein Wort hingeschrieben: „Jeff?" Den Rest des etwa sechzig Seiten langen Essays schien Marvin nicht einmal gelesen zu haben, denn nach diesem Abschnitt hatte er nichts mehr angestrichen oder notiert. Jeff hatte das Buch mehrmals gelesen, doch hatte er dabei – offenbar im Gegensatz zu Marvin – weder eine Art Erleuchtung erlangt, noch war er von Huxleys Behauptungen überzeugt. Es schien, als habe Marvin darin eine Möglichkeit gesehen, auf die Lösung des Phänomens zu stossen, das ihn und Jeff die Wochen vor Marvins Tod beschäftigt hatte. Jeff war sich sicher, dass Marvin in seinem Labor selber Meskalin hergestellt oder es zumindest versucht hatte. Und dass vielleicht eben jene von Huxley beschriebene „dunkle Erkenntnis" Marvin in den Selbstmord getrieben hatte.

Denn auch wenn er es nicht gerne zugab: Diese dunkle Erkenntnis, was auch immer genau damit gemeint war, erinnerte ihn verdammt stark an die Dinge, die er, oder besser gesagt die Leute in seinen Träumen gesehen hatten. Wie man es auch immer nennen mochte, der Fremde, das Ding, die *Schwärze* oder die dunkle Erkenntnis – Jeff wurde das Gefühl nicht los, dass Huxley und er vom Selben sprachen. Aber Jeff wusste sich nicht zu helfen. Er besass zwar Marvins Aufzeichnungen, doch seine Überlegungen schienen ohnehin alle im Sande verlaufen zu sein. Womöglich hatte ihm auch Huxley nicht weitergeholfen und er hatte sich aus einem anderen Grund umgebracht. Aber aus welchem?

Der Sheriff hatte die Aussage des alten Barkleys – im Beisein von Jeff – aufgenommen, sein Sohn sei ein komischer Kauz, ohne Job und ohne Schulabschluss, aber mit einer Vorliebe für „Chemie-Kram und so ein Schwachsinn" gewesen. Als Barkley ihnen Marvins Labor zeigte und sie dort allerlei selbstgemachte Tabletten fanden – war Meskalin darunter? – schien der Fall für sie schon abgeschlossen. *Hippie-Teenager stirbt an Überdosis selbstgemachten Stoffes.* Da keiner der Familienangehörigen nach einer Obduktion verlangte, beschloss der Staatsanwalt, die Sache nicht weiter aufzurollen. Barkleys Alkoholfahne tat ihr Übriges.

Klar, Jeff hätte, nein, er könnte immer noch, zu einem Anwalt gehen und immerhin versuchen, die Umstände richtig untersuchen zu lassen. Aber ihm fehlte die Kraft. Er fühlte sich ausgelaugt. Insbesondere die Träume zehrten an ihm. Diese verdammten Träume. Manchmal waren sie verrückt, aber vergleichsweise nah an der Realität, etwas schlimmere Albträume eben. Aber manchmal ... diese anderen Träume. Über komplett fremde Menschen. So als ob er jemand völlig anderes wäre, wie in einem Film, in dem die Kamera die ganze Zeit in seinem Kopf steckte und aus einer seiner Augenhöhle schaute. Und am Schluss, immer bevor er aufwachte, dieser flüchtige Blick, diese Millisekunde der Erkenntnis von etwas so Schrecklichem, dass diese Personen augenblicklich dem Wahnsinn anheimfielen. Doch was konnte es sein, die *Schwärze*, diese dunkle Erkenntnis? Schwarz bedeutete ja bloss, dass da keine anderen Farben waren. Was befand sich dahinter? Was verbarg die *Schwärze? Und will ich es überhaupt herausfinden? Will ich auch so enden, wie diese armen Schweine?* Doch die Leute in seinen Träumen hatten der Erkenntnis nicht entgehen können und das auch gewusst. Und Jeff befürchtete, dass er es ebenso wenig konnte. Scheisse, ich muss hier raus, dachte er. Ich muss hier raus aus dieser scheiss dunklen Hütte, ich brauche Licht, egal wie heiss es draussen ist. Und es hätte ihm auch nicht gereicht, die Vorhänge aufzuziehen, die schon seit zwei Wochen zugezogen waren, er wollte das reine, helle Licht der Sonne auf seiner Haut spüren. Läuternde, weisse Sonnenstrahlen, die alles verbrannten.

Er sprang aus dem Sessel und verliess die schummrige Wohnung, nur mit einem Paar schmutziger Jeans bekleidet, durch die Hintertür, und warf sich in den Rasen. Das ausgetrocknete Gras war hüfthoch und kratzte und piesackte ihn überall. Doch das war ihm egal, denn die Sonne schien ihm auf die Haut, in die Augen und ins Gehirn. Dann kamen die Tränen. Nicht mal bei Marvins

Begräbnis war er gewesen. Er hatte über seine Notizen gegrübelt und versucht das Rätsel zu lösen, für welches Marvin gestorben war. Was bin ich nur für ein Freund? Und jetzt, da Marvin weg war, blieb auch niemand übrig, der ihm hätte glauben können. Klar, er konnte es immer noch beweisen, dass die Sendung wiederholt worden war, dass Peltier doch ein bisschen zu lange auf dem Baum ausgeharrt hatte. Aber würde ihm irgendjemand Glauben schenken wollen? Jemand, der nicht so offen und frei von Dogmen und Maximen war wie Marvin? Jemand, der nicht glaubte, dass die Welt in der sie lebten, restlos von allen Geheimnissen und allen Ungereimtheiten befreit worden war? Selbst wenn er solche Leute fand, die bereit waren ihm zu glauben, war die ganze Sache nun schon bald fast einen Monat her. Einen Monat ...

Verdammte Scheisse nochmal! Jeff richtete sich auf und fuhr sich durch sein fettiges Haar. Ja hatte er das völlig vergessen? Was hatten er und Marvin damals besprochen, gleich nach dem ihnen die ganze Scheisse aufgefallen war? Dass es irgendjemanden auch auffallen müsste und das ziemlich bald. Dass irgendein Typ da draussen, nein, eine Menge Typen da draussen, eigentlich ihren Geburtstag in dieser verlorenen Woche gehabt hatten und sich nun darüber wunderten, wieso alle ihren Geburtstag vergessen hatten, einschliesslich sie selbst. All die Urlauber, die sich fragten, wieso sie auf einmal so plötzlich in Hawaii waren, und all die Mütter, die sich nicht an die Geburt ihres eine Woche alten Neugeborenen erinnern konnten ... Es war fast so als ob ... als ob es all diese Leute gar nicht gab. Hunde die bellen, beissen nicht. „Und Hunde die nicht bellen, existieren nicht", sagte Jeff in die Stille seines Gartens hinein.

Scheisse, Scheisse, Scheisse ... ich verliere den Verstand, oh Gott, lieber Gott, wie ist das alles bloss möglich? Ich muss Marvin fragen, dachte er, am besten ich ruf ihn gleich und er wird schon ... „Nein, verdammt!" entfuhr es ihm, als er hochjagte. Marvin war tot, wie hatte er das vergessen können? Was war mit ihm los? Er drehte sich um die eigene Achse und verrenkte sich die Arme, während er sich an den juckenden Stellen am Rücken zu kratzen versuchte. So nah und doch so fern. Wie Marvin, eigentlich. Wie weit mochte die Leiche seines Freundes von ihm, in diesem Moment entfernt liegen? Einen Kilometer? Eineinhalb? Marvin war doch ganz nahe.

Wie ein gelenkter Automat machte sein linker Fuss einen Schritt nach vorne, in Richtung Strasse. Bald war er schon auf der Oak Road und ehe er es sich versah, trugen ihn seine Beine auf der Perkins Street ganz offensichtlich in Richtung der Perkinsville United Methodist Church und somit auch zum ... Friedhof.

Hätte jemand trotz der beinahe vierzig Grad im Schatten auf der Strasse gestanden, aus dem Fenster geschaut oder vielleicht von einem Heissluftballon durch eine der Lücken der Baumwipfel geblickt, hätte sich ihm ein bizarrer Anblick geboten: Ein junger, magerer Mann, nur mit einer verdreckten Hose bekleidet, mit schweissüberströmten Oberkörper und buschigem, offensichtlich schon lange nicht mehr gewaschenem Haar, der steifen Ganges mitten auf der Strasse ging und ab und zu fluchte, da er auf einen heissen Flecken auf dem Asphalt trat oder nicht an die juckende Stelle an seinem Rücken kam.

Jeff zog an Barkleys Laden, *Tucker's Corner*, dem Rathaus und all den anderen Gebäuden vorbei, zwischen denen er seine Kindheit verbracht hatte. Die mächtigen Baumwipfel der Allee liessen die Strasse wie immer in einem seltsamen Zwielicht vor sich her dümpeln, scheinbar unangetastet von der Zeit und dem, was über ihren Wipfeln und unter ihren Wurzeln geschah. Perkinsville schien seine eigene Zeit und seinen eigenen kleinen Mikrokosmos zu besitzen. Bald hatte er die Kirche erreicht. Die zwei Eichen an den Flanken des kleinen Holzbaus umschlossen die Kirche beinahe vollständig. Nur der Kirchturm ragte zwischen den Kronen hervor, einen Betrachter von oberhalb der Baumwipfel dürften sie wohl an eine einsame Vulkaninsel im Südpazifik erinnern.

Doch für so etwas hatte Jeff im Moment keine Augen. Er versuchte sich daran zu erinnern, wo sich genau der Weg zum Friedhof von Perkinsville befand. Das letzte Mal war er dort als Kind gewesen, es musste schon an die zehn Jahre her sein. Früher hatte ihn seine Mutter jeden Sonntag in die Kirche mitgenommen und nach der Messe war er gerne mit den anderen Kindern im Waldstück hinter der Kirche spielen gegangen, wo auch der Friedhof lag. Der Weg dorthin führte über reissende Ströme, steile Hänge und tiefe Schluchten, in ihren kindlichen Augen zumindest. Nach stürmischen Nächten war häufig auch ein Baum über den Weg gestürzt, der nicht sofort weggeräumt wurde und über den sie dann Bock hüpften. Wenn man sich still verhielt, hörte man das Singen der Einsiedlerdrosseln und konnte versuchen, sie durch Pfeifen in ein Gespräch zu verwickeln. Welsh Thomas mit seiner grossen Zahnlücke konnte das ziemlich gut. Auch Rehe, Hirsche und sogar Elche kamen hier ziemlich häufig vorbei, und Marvin schwor, einmal sogar einen Grizzly zwischen den Schatten der uralten Bäume gesehen zu haben, was natürlich – wenn überhaupt – ein Schwarzbär gewesen sein musste. Damals war der Weg direkt von der Strasse aus einsehbar gewesen, erinnerte sich Jeff. Aber über die Jahre musste das angrenzende Dickicht ihn überwuchert haben, denn Jeff sah ihn nicht.

Er verliess die Strasse, trat auf den Kirchenrasen und hielt weiter Ausschau. Er wollte schon die Kirche ganz umrunden, um auf der anderen Seite des Grundstücks zu suchen, als er unter seinen Füssen das charakteristische Scharren aneinander reibender Kieselsteine vernahm. Er blickte hinab und tatsächlich: Unter einer dicken Schicht toten Grases, Moos und Flechten sah er die Überreste des alten Pfades. Ehemals weisse, nun, nach Jahren der Witterung und Verwahrlosung, schwarze Kieselsteine. Warum pflegte niemand mehr den Weg zum Friedhof? Jeff folgte dem Weg bis zur Laubwand und zwängte sich durch das Dickicht. In dem Moment, als er die räumliche Grenze zum Wald durchstossen hatte, schien er auch eine zeitliche Grenze zu den Jahren seiner Kindheit überschritten zu haben, denn eine ihm unbekannte Welle der Nostalgie erfasste ihn. Fast wäre er losgerannt um nach Marvin, Linda Burton, Welsh Thomas, Chris Bugaret und all den anderen Personen aus seiner Kindheit zu suchen, die Verstecken mit ihm spielten. Wenn er doch nur ...

Es war nicht ganz einfach, dem Weg in seinem jetzigen Zustand zu folgen, doch mit den lebhaften Erinnerungen aus seiner Kindheit vor seinem geistigen Auge und im Hinterkopf den nicht in Vergessenheit geratenen Wunsch, dem Grab seines Freundes einen Besuch abzustatten, gelang es ihm irgendwie, sich zwischen den Laubhaufen vergangener Herbste und die durch Regenfälle veränderte Topografie, die Spuren des alten Pfades auszumachen und ihnen zu folgen. Wie in Trance schritt Jeff durch den Wald. Mehr seinen Erinnerungen als seiner eigentlichen Wahrnehmung folgend, kam er nur langsam voran, nahm häufig eine falsche Abzweigung während er den Einsiedlerdrosseln lauschte. Dann kam der Windsturz. Jeff hatte bereits begonnen, aus seinem schlafwandlerischen Zustand zu erwachen und leise Zweifel aus seinem Stirnlappen zu vernehmen, ob er denn vorhin nicht doch hätte dem Bach folgen müssen, statt ihn zu überqueren, als der massive Holzberg vor ihm auftauchte. Dieser war damals, als sie noch Kinder waren, bestimmt nicht hier gewesen. Zudem mussten sich die Baumstämme über mehrere Jahre hinweg aufgetürmt haben, denn ein so grosser Windsturz wie dieser konnte unmöglich über Nacht entstanden sein. Für diesen Berg mussten viele starke Stürme jahrelang zusammen gearbeitet haben.

Eigentlich seltsam, dachte Jeff, dass es überhaupt so weit gekommen ist. Dass niemand sich die Mühe gemacht hatte, die Bäume zu entfernen und den Weg begehbar zu halten. Aber wie dem auch war, hinter dem Windsturz lag der Friedhof, das wusste er. Er konnte bereits das Loch im Wipfelmeer der Bäume erkennen, durch das die Sonne auf die Friedhofslichtung schien. Jeff machte sich daran, das morsche, für diesen Sommer unerklärlich feuchte Holz zu besteigen. Er klammerte sich an abbrechende Äste und rutschte an glattem Moos ab, doch er hatte die Eile, die ihn noch durch die Strassen von Perkinsville getragen hatte, mittlerweile völlig abgelegt. Behutsam erklomm er sich einen Weg nach oben, nahm sich Zeit, geeignete Trittstellen und Äste zum Festhalten zu finden. Als er oben angekommen war, machte er eine Pause, ein Bein noch auf der Waldseite, das andere schon auf der Seite der Lichtung. Er sah auf den Friedhof hinab und bald machte sich Enttäuschung in ihm breit. Er verstand nun, wieso der Weg sich in einem solch miserablen Zustand befand. Der Friedhof war ganz offensichtlich verlassen worden und das schon vor etlichen Jahren. Das gelbe Gras reichte fast bis an die Grabsteine und nicht nur an diejenigen, die bereits umgefallen waren. Die Kieswege erinnerten an schilfüberwucherte Bäche und überall spannen Spinne ihre Netze zwischen den Grabsteinen, Grashalmen und in den Erdkuhlen. Keine einzige Blume war niedergelegt worden.

Jeff wusste, dass dieser Friedhof sehr, sehr alt war. Reverend Denton hatte ihnen mal erzählt, der Friedhof sei noch in der Kolonialzeit von den Franzosen erbaut worden, weswegen auch auf den ältesten Grabsteinen die blassen Überreste französischer Namen eingemeisselt waren. Und sowohl unter den Kindern, als auch an kalten Winterabenden in *Tucker's Corner*, wurde gemunkelt, der Friedhof sei auf einer ehemaligen Begräbnisstätte der Abenaki errichtet worden, auf einem Boden so alt und heilig, dass die Geister der Ahnen ihn auf immer heimsuchten. Natürlich entsprangen solche Geschichten nur den überbordenden Fantasien von Kindern oder den enthemmten Mündern lallender Betrunkener, aber dennoch ... Jeff vermutete, dass solche Geschichten nicht ganz unschuldig daran waren, dass Orte wie dieser gemieden und letztendlich auch verlassen wurden. Wenn auch aus reiner, menschlicher Einbildungskraft.

Er war nicht oft hier gewesen, nur einige wenige Male in all den vielen Sonntagmorgen seiner Kindheit, nur im Frühling und Sommer und nur, wenn sie sich an diesem Tag ganz besonders wagemutig fühlten. Daher erinnerte er sich nicht mehr an vieles auf diesem Friedhof, doch es gab eine Sache hier, die man nie mehr vergass, wenn man sie erst einmal gesehen hatte: Die alte Trauerweide, in der Mitte der Lichtung, die so gar nicht zu den eher schroffen Kiefern, den stämmigen Ahornbäumen und den ausufernden Eichen passen wollte, die ringsum um sie standen. Die Trauerweide stand einsam und für sich, ihr glatter Blättervorhang erstreckte sich bis zum Boden und verbot jeden Blick in ihr Inneres.

Als er das letzte Mal hier gewesen war, hatten die Äste der Weide nicht bis an den Boden gereicht, da war er sich ganz sicher. Was sich aber unter der Weide befand, daran konnte er sich beim besten Willen nicht erinnern. Jeff dachte, dass es nicht weiter überraschend gewesen wäre, wenn die Abenaki-Indianer tatsächlich diesen Boden für heilig erklärt hätten.

Was ihn allerdings überraschte, war die plötzliche Kälte, die er auf seiner Haut spürte. Er blickte hinauf in den Himmel und sah, dass die Sonne hinter einer dichten Wolkendecke verschwunden war. Er musste an seinen Traum vom Spinnenhaus und von Spider-Man denken, indem die Sonne auch verschwunden war. Ob dies auch ein Traum war? Selbst wenn es einer war, die ungewohnte Kälte liess ihn schneller wieder in die Realität zurückkehren, als es ihm lieb war. Ausserdem projizierte sich die Kälte auch auf seine Gefühlswelt, indem sie Jeff schmerzlich an den Grund für die Enttäuschung erinnerte, die er vorhin verspürt hatte, als er den verwahrlosten Zustand des völlig überwucherten Friedhofs erblickte. Der Grund war einfach: So wie der Friedhof aussah, war es ausgeschlossen, dass sie Marvin hier begraben hatten. Vermutlich hatten sie ihn im Springfield Union Cemetery beerdigt, wenn sie ihn nicht sowieso hatten einäschern lassen.

Was bin ich doch für ein Idiot, dachte Jeff. Als ob sie noch irgendein Schwein hier beerdigen würden. Eigentlich hätte er in diesem Moment umdrehen und nachhause gehen sollen, hier hatte er nichts mehr zu tun. Doch etwas Besonderes hielt ihn an dem Ort zurück. War es der beinahe schon ruinenartige Zustand des Friedhofs, seine mystische Aura, erhalten aus vergangenen Tagen schamanistischer Zeremonien und indianischer Bräuche, oder die schlichte Aussicht, bald die ersten Regentropfen seit Wochen die Grabsteine vom Staub befreien zu sehen, irgendetwas brachte Jeff dazu, vom Windsturz zu steigen und die Lichtung zu betreten. Langsam schritt er durch das hohe, ausgetrocknete Gras, während die Heuschrecken in hohen Bögen vor ihm flohen. Grillen zirpten. Diejenigen, welche den Regen noch vor ihren Artgenossen spürten, stellten ihr Musizieren ein und suchten sich einen Platz möglichst weit oben auf den Grashalmen. Tatsächlich ging Jeff so langsam, dass manche der Grillen an seinen Beinen hochzuklettern begannen. Er kümmerte sich nicht um sie. Er hatte nur noch Augen für die Weide.

Ja, die Weide war der Grund gewesen, wieso er nicht umgekehrt war. Nicht der Friedhof. Etwas stimmte nicht mit ihr. Je näher er der Weide kam, desto eher schien sie aus der Reihe zu tanzen. Nicht nur aus der typisch neuenglischen Vegetation rings um sie, sondern auch aus dem Friedhof und vor allem aus der ... Realität? Die Blätter der Weide bildeten nicht zufällig diesen dichten, für Blicke undurchdringbaren Vorhang. Die Weide hatte ganz bewusst ihre Äste so tief und weit ausgestreckt. Oder etwas hatte sie dazu gebracht.

Die *Schwärze* natürlich. Jeff lief ein Schauer über den nackten Rücken. Auf einmal kam ein heftiger Wind auf und liess nun auch die letzten Grillen und Zikaden spüren, dass ein Sturm nahte, sodass sie verstummten und sich schleunigst ein Versteck suchten. Es war nun totenstill auf der Lichtung. Und mit jedem Schritt den er tat – oder den die *Schwärze* für mich tut? – schien die Stille noch intensiver zu werden, bis er das Rauschen seines eigenen Blutes in den Ohren vernahm, das unser Gehirn noch vor unserer Geburt und bis zum Tod vernimmt, doch die allermeiste Zeit ignoriert.

Es war die Ruhe vor dem Sturm. Vor zehn Jahren musste irgendetwas geschehen sein – muss die *Schwärze* etwas veranlasst haben – dass sich niemand mehr an diesen Ort begab oder auch nur an ihn dachte, um den Friedhof und die Trauerweide in einen Dornröschenschlaf zu versetzen, aus dem Jeff sie nun wecken sollte. Das Innere der Weide. Die Zeit war gekommen, die darin liegenden Geheimnisse aufzudecken. Sein Herz klopfte schneller und sein Gang beschleunigte sich. Wie von selbst fanden die Füsse ihren Weg durch das hohe Gras, ohne über einen der darin liegenden Steine oder Äste zu stolpern oder in eine der vielen Mulden zu treten. Ohne die uralten Grabsteine eines Blickes zu würdigen, schritt Jeff durch den kleinen Friedhof, besessen von dem Gedanken, die eigentlich kurze, ihm aber unendlich lang erscheinende Strecke, die noch vor ihm lag, möglichst schnell hinter sich zu bringen, um dann den Blättervorhang zu zerreissen und in die Weide einzudringen. Er spürte den ersten Regentropfen auf der Nase, als ihn nur noch zehn Meter von der Weide trennten. Das Aufleuchten des ersten Blitzes nahm er vage aus dem Augenwinkel wahr, als die Weide bereits so gross war, dass sie wie einer der moosbedeckten Berggipfel Machu Picchus aussah. Das erste Donnergrollen, das derart laut war, dass es eher direkt aus seinem Kopf als aus dem Himmel über ihm zu stammen schien, vernahm er, als seine Arme wild um sich schlugen, die filigranen Äste der Trauerweide vom Schopf abtrennten und das Tor zum Wahnsinn öffneten.

Nun sah Jeff, was sich mehr als ein Jahrzehnt lang der Aufmerksamkeit und den Erinnerungen der Menschen von Perkinsville entzogen hatte: Ein weiterer Grabstein. Der nächste erhellende Blitz reichte aus, um ihn die Grabinschrift lesen lassen zu können. Als er das tat, sackte er auf die Knie und seine Besessenheit, die Geheimnisse der Weide zu ergründen, wich einem wirren Durcheinander zusammenhangsloser Gedankenfetzen, die wie ein teuflischer Wirbelwind jeden Willen und auch die letzten Bastionen der Vernunft aus seinem Verstand fegte. Auf der Oberfläche des schmutzigen, schmucklosen Grabsteines waren folgende Worte eingemeisselt:

JEFF EVERETT

geb. 19. Sept 1959
gest. 20. Juli 1979

MÖGE ER IN FRIEDEN RUHEN

Während Jeff etwas spürte, das sich wie eine langsam eintretende Ohnmacht anfühlte, und er immer weniger von seiner Umwelt wahrnam, war einer der Gedankenfetzen, die durch sein sterbendes Gehirn jagten, ein Ausschnitt aus Huxleys Essay:

„… Wenn ich über mein Erlebnis nachdenke, muss ich dem Philosophen C. D. Broad in Cambridge beipflichten, »dass wir gut daran täten, viel ernsthafter, als wir das bisher zu tun geneigt waren, die Theorie zu erwägen, die Bergson im Zusammenhang mit dem Gedächtnis und den Sinneswahrnehmungen aufstellte, dass nämlich die Funktionen des Gehirns, des Nervensystems und der Sinnesorgane hauptsächlich eliminierend arbeiten und keineswegs produktiv sind …"

Sein Tastsinn war als erstes weg, er spürte weder Kälte noch Nässe auf seiner Haut, dafür begann sich die Welt in seinem Inneren mit einer ihm unbekannten Lebhaftigkeit zu manifestieren. Die zusammenhanglosen Bilder, die sich vor seinem inneren Auge auftaten, konnte er nun nicht nur sehen, er spürte sie mit Haut und Händen. Die Dominanz der visuellen Wahrnehmung verlor an Bedeutung. Nach einer Menge dieser wirren Szenerien, schoss ihm ein weiteres Zitat durch den Kopf:

„… wenn dem Gehirn der Zucker ausgeht, wird das unterernährte Ich schwach, kann sich nicht mehr mit den notwendigen alltäglichen Verrichtungen abgeben und verliert jedes Interesse an den räumlichen und zeitlichen Beziehungen, die einem Organismus, dem daran liegt, in der Welt vorwärts zu kommen so viel bedeuten …"

Wann hatte er das letzte Mal vernünftig gegessen? Er bemerkte, dass Geschmacks- und Geruchssinn ebenfalls verschwunden waren. Dafür roch und schmeckte er jetzt seine Fieberträume.

„… da das totale Bewusstsein nun nicht mehr durch den intakten Filter hindurch sickert, beginnt sich allerlei biologisch Unnützes zu ereignen. In manchen Fällen kommt es zu aussersinnlichen Wahrnehmungen. Andere Menschen entdecken eine Welt von visionärer Schönheit. Wieder anderen enthüllt sich die Herrlichkeit, der unendliche Wert und die unendliche Bedeutungsfülle der blossen Existenz und des nicht in Begriffe gefassten Ereignisses ..."

Jeffs Sinne schwanden immer mehr. Der Hörsinn war als nächstes dran. Das Prasseln des Regens wurde immer leiser und verschwand schliesslich ganz. Er hörte unbekannte, nicht-menschliche Stimmen und fremdartige Töne, die er, hätte sein Verstand noch über die kognitiven Fähigkeiten verfügt, vielleicht als ausserirdische Musik bezeichnet hätte. Sehen konnte er nur noch seinen Grabstein.

„... Im letzten Stadium der Ichlosigkeit – und ob irgendein Mensch, der Meskalin nahm, das je erreicht hat, weiss ich nicht – kommt es zu der »dunklen Erkenntnis«, dass das All alles umschliesst und dass im Grunde jedes Teilchen das All ist. Weiter kann vermutlich ein endlicher Geist nicht auf diesem Weg gelangen, »alles wahrzunehmen, was irgendwo im Universum geschieht«."

Während auch sein Augenlicht erlosch und er seine Träume so zu sehen begann, wie sie wirklich waren, gelang es Jeffs Gehirn eine letzte, rationale Schlussfolgerung zu ziehen: Wenn die sinnesdämpfende und die Vorstellungskraft anregende Wirkung des Meskalins nicht ausreiche, um zu jener dunklen Erkenntnis zu gelangen, mochte nur das vollkommene Ausschalten aller Sinne ihn zur Erkenntnis führen: Der Tod.

Er nahm noch wahr, wie sich die unscharfen Projektionen in seinem Kopf zu einem klaren Bild zu formen begannen – hätte sein ohne Input arbeitendes Gehirn überhaupt noch in Bildern denken können – , als auch die lebenswichtigen Verbindungen im Stammhirn, dem ältesten Teil des Gehirns, zusammenbrachen, seine Lungen zu atmen aufhörten und die Sauerstoffzufuhr zum Gehirn unterbrochen wurde.

Acht Minuten später war Jeff Everett tot.

KAPITEL 17

„Einen was?", fragte Aaron.

„Scheisse nochmal, irgend so ein Typ. Ich schwör's dir, ich hab keine Ahnung, wer ..."

„Und ihr seid euch sicher?"

„Ja, Mann", antwortete Millwood und hob die Arme zu einer Jetzt-glaub-mir-doch-endlich-Geste. „Ich hab ihn selbst gesehen. Der ist nicht von hier. Ron hat ihn auf dem Klo gefunden, als er sich die Zähne putzen wollte."

Scheisse ihr dreht noch alle durch, dachte Aaron, doch er sagte: „Dann müssen wir dem Doc Bescheid sagen." Er griff zum Hörer und drückte auf die Eins auf dem Auswahlschirm. Es piepte nur kurz.

„Dr. Salmon hier, was gibt's Clifford?"

„Doc, Millwood hier meint jemanden auf der Toilette gesehen zu haben"

„Hm?"

„Also einen der nicht zu uns gehört."

„Wie, nicht zu uns gehört?" Aaron konnte Salmons Stirnrunzeln fast schon durch die Leitung hören.

„Nun ja, er ..." Millwood riss ihm den Hörer aus der Hand, wobei er auch Aarons Brille zu Boden warf:

„Verdammt nochmal, ist doch jetzt egal, der Kerl zittert und zuckt wie Espenlaub und ist splitternackt, ich glaub der macht's nicht mehr lang", rief Millwood mit zittriger Stimme in den Hörer. Salmon sagte noch kurz etwas, das Aaron nicht verstand, dann legte Millwood auf und wandte sich an Aaron.

„Los, komm, der Doc hat gesagt wir sollen uns bei den Toiletten treffen."

Dann rannte er los und noch ehe Aaron etwas erwidern konnte

war er um die Ecke verschwunden. Verdammter Millwood, dachte Aaron und hob seine Brille auf. Dann rannte er ihm nach.

Als er nach ein oder zwei Minuten am Ort des Geschehens eintraf, war Dr. Salmon bereits da, er musste Aarons Anruf in seinem Labor entgegengenommen haben, denn von seinem Büro war es eine fast fünfminütige Strecke bis zu den Toiletten. Neben Salmon sah er Millwood, Ron, Angie und ... einen Kerl, der splitternackt auf der Türschwelle zwischen der Männertoilette und dem Gang lag. Trotz Raumtemperatur zitterte er stark. Gerade als Salmon sich zu ihm hinab beugte, übergab sich der am Boden liegende auf Salmons Pantoffeln und auf den weinroten Teppich im Gang. Salmon liess sich nicht davon beirren, sondern zog seinen Pullover aus und hüllte ihn um den Oberkörper der frierenden Gestalt.

„Ron, geben Sie mir Ihre Jacke", sagte er ruhig. Ron gab ihm eiligst die Jacke und Salmon legte sie um Unterkörper und Beine des Typs, der bereits merklich weniger zitterte.

„Ich muss ihn in die Krankenstation bringen. Heben sie ihn an den Schultern und ich ..."

Gemeinsam mit Ron hob er die ausgemergelte Gestalt und trug sie den Gang hinab, in die Richtung aus der Millwood und Aaron gekommen waren.

„Angie, achten Sie darauf, dass die Jacke nicht wegrutscht. Und reiben sie ihn etwas damit. Millwood, rufen Sie die Krankenstation an und sagen Sie ihnen, sie sollen die Wärmekammer bereit machen."

Erst jetzt fiel Aaron auf, dass er immer noch am wie angewurzelt am Ende des Ganges stand, so, dass die anderen seine Anwesenheit wohl noch gar nicht bemerkt hatten. Ausserdem blockierte er ihnen den Weg, also machte er hastig einen Schritt nach hinten in eine Türeinbuchtung, damit die Fünfergruppe passieren konnte. Dabei sah er auch zum ersten Mal das Gesicht des junges Mannes und er hätte gern ein zweites Mal hingesehen, doch der Mann war bereits fortgetragen worden und Aaron war bei dem Anblick zu verdattert, um ihnen zu folgen. Dieses Gesicht... es hatte objektiv betrachtet nichts Ungewöhnliches aber irgendwie kam es ihm vertraut vor, oder noch besser, bekannt. Nach einer Weile kam ihm eine schleichende, besorgniserregende Vermutung in den Sinn, die sich schon bald zu einer Erkenntnis erhärtete, dessen logische Konsequenzen geradezu unglaublich, ja eigentlich unmöglich waren. Und doch war es geschehen. Ja, er wusste wer dieser Mann war. In diesem Moment nahm Aaron seine Beine in die Hand und rannte so schnell er konnte in Richtung Krankenstation.

„Sie wollen wissen was ich davon halte?", sagte Dr. Salmon und zog an seiner Pfeife. „Ich glaube, dass Sie verrückt sind. Oder sich schlichtwegs irren. Also beides."

Er schwang die Pfeife durch die Luft vor seinem Gesicht umher, als wollte er eine lästige Mücke vertreiben.

„Und überhaupt: Wie soll so etwas möglich sein?" Das konnte sich auch Aaron nicht erklären. Salmon schob die Fotografien, Skizzen und die computergerenderten, fotorealistischen Abbildungen über den Schreibtisch, zurück zu Aaron. Auf allen drei Formaten war das gleiche abgebildet: Das Gesicht eines jungen Mannes, fast noch ein Bursche, mit dunkelbraunen, fast schon schwarzen Haaren und Bartansatz. Er kannte diesen Mann. Jeff Everett, dachte Aaron, 1.78 gross, Amerikaner, Protestant, aber nicht gläubig, geboren am 19. September 1959 in Springfield, Vermont, gestorben am ...

„Es muss sich um einen Zufall handeln", riss ihn Dr. Salmon aus seinen Gedanken. „Es muss unzählige Leute geben, die aussehen wie Dr. Everett. Die Frage ist vielmehr, wie es diese Person geschafft hat, sich all die Wochen unbemerkt, mitten unter uns zu befinden. Wo hat sie sich all die Zeit versteckt?"

„Er wird es uns wohl selber sagen können", sagte Aaron. „Sobald er wieder aufwacht."

„Ganz recht. Die Wärmekammer wird er schon bald verlassen können, denk ich. Er hat grosses Glück gehabt, hätte Ron ihn nur eine Viertelstunde später gefunden, hätten wir nichts mehr für ihn tun können. Zumindest für seinen Körper." Salmon wollte sich die Pfeife gerade wieder in den Mund stecken, als ihm offenbar noch etwas einfiel.

„Er wird uns hoffentlich auch sagen können, wie er es geschafft hat sich dermassen unterkühlen zu lassen. Und wieso er nackt war." Er. Du meinst Jeff Everett.

Dr. Salmon blickte auf seine Armbanduhr. „Schon halb eins. Warum holen Sie sich nicht in der Kantine was zu essen, Aaron? Sie hatten doch Frühschicht, nicht wahr?"

Das stimmte und so machte sich Aaron, der für den Moment ohnehin genug von Dr. Salmons Gesellschaft hatte, auf den Weg in die Kantine. Als er dort ankam, war sie beinahe leer. Er sah nur Millwood und ein paar der anderen an einem Tisch sitzen und eifrig über etwas diskutierend. Aaron musste nicht zweimal nachdenken, worüber.

„... der Typ war nackt wie ein Fisch. Und er war keiner von uns. Hab den noch nie gesehen und Ron auch nicht. Der hat ihn gefunden, übrigens. Auf der Toilette beim Labor." Dann erblickte Millwood Aaron und er winkte ihn zu ihm hinüber.

„Du hast ihn doch auch gesehen Aaron, nicht wahr?"

„Ja, hab ich."

„Und er war wirklich nackt?", fragte José, der mit Millwood am Tisch sass.

„Ja, war er." Sie kamen ihm mehr wie eine Bande Schuljungen vor, als eine Gruppe der weltbesten Computerspezialisten und Neurobiologen. Er sah stirnrunzelnd in die Runde.

„Was macht ihr überhaupt hier? Habt ihr nicht gerade Dienst?"

„Was, wie spät ist es denn ...", sagte Millwood und blickte sich auf die Uhr. „Ach du Scheisse, schon zwanzig vor Eins! Wir sind schon zu spät!" Die Drei standen auf und machten sich auf den Weg zu ihren Arbeitsplätzen.

„So was kommt halt nicht alle Tage vor ...", sagte José und zuckte entschuldigend die Schultern, wobei ihm beinahe der noch halbvolle Pappbecher vom Tablett fiel, der mit einer giftgrünen Flüssigkeit, vermutlich Space Dew gefüllt war.

Aaron, nun ganz allein in der Kantine, holte sich einen Hamburger und ein Glas Wasser und setzte sich an den Tisch, wo vorhin Millwood und die anderen gesessen hatten. Während er auf dem Tofu herum kaute und so tat, als sei es Fleisch, dachte über das, was geschehen war, nach. Einerseits war er felsenfest davon überzeugt, dass der Typ, den die Krankenpfleger gerade in der Wärmekammer aufpäppelten, zumindest eine identische Kopie Jeff Everetts war. Er hatte sich so viele Stunden, es mussten Tausende sein, mit diesem Mann und seinem Leben beschäftigt, dass er ihn so gut kannte, als wäre er sein eigener Sohn. Und doch war es natürlich völlig verrückt zu behaupten, dass dieser splitternackt und unterkühlt in der Toilette aufgetauchte Mann tatsächlich Jeff Everett war. Schlichtweg unmöglich. Das zu behaupten, würde bedeuten, die Existenz eines, eines ... nun eines was zu untermauern? Was war Jeff Everett eigentlich? Ein Mensch natürlich, in erster Linie, aber was war der Jeff Everett, mit dem er, Aaron, sich die letzten Jahre beschäftigt hatte?

Er hatte schon so oft – in schlaflosen Nächten, in seinem Büro, im Labor oder in seinem Bett – über diese Frage gegrübelt und war doch nie zu einer befriedigenden Antwort gekommen. Es wäre falsch zu behaupten, dass der Jeff, mit dem er es zu tun hatte, ein Mensch war, denn ein Mensch ... nun ja, ein Mensch existierte.

Und doch wäre es ebenso falsch zu behaupten, Jeff Everett sei kein Mensch. Denn das zu behaupten würde bedeuten, ihre gesamten Forschungen und die viele Arbeit der vergangenen Jahre, für nichtig zu erklären. Was dieser Jeff Everett in der Wärmekammer auch immer war, bald würde Aaron die Chance haben, ihn selber zu fragen, ob er denn nun ein Mensch sei oder nicht. Das heisst, sofern es tatsächlich Jeff Everett war. Und falls ja, wer konnte schon sagen, ob es dieser Jeff Everett wusste? Oder nicht vom Falschen überzeugt war? Falls er es überhaupt ist, sagte sich Aaron noch einmal und hob den mit eiskaltem Wasser gefüllten Pappbecher an seine Stirn, um seinem schmerzenden Kopf etwas zu kühlen. Dann ass er seinen Burger schnell fertig, brachte sein Tablett zum Abräumwagen und ging zur Krankenstation.

Jeff fühlte sich wohl. In der Kammer, in der er sich befand, war es warm und hell, fast wie in einem Brutkasten für Küken. Er war dicht eingepackt in einem Kokon aus Wolldecken, nur sein Kopf schaute heraus, doch er hielt die Augen geschlossen. Vorhin hatten sie ihm eine Spritze gegeben und eine warme Flüssigkeit hatte sich von seinem linken Unterarm ausgehend in seinen Brustkorb und von dort in seinen ganzen Körper verteilt. Auch hatte es die unangenehmen Gedanken vertrieben, die fremden Eindrücke und nicht in Worte fassbaren Visionen, die seinem, seiner Sinne beraubten Gehirn beinahe zur Erlangung der dunklen Erkenntnis verholfen hätte. Aber eben nur beinahe. Er hatte gedacht, er sei gestorben. Er hatte gespürt, wie sich ein Sinn nach dem anderen von ihm verabschiedete und hatte auch noch die Minuten ohne Herzschlag wahrgenommen, kurz bevor er ... nun ja, kurz bevor wieder aufgewacht war. Was genau passiert war, wusste er nicht, aber es kümmerte ihn für den Moment nicht all zu sehr. Es musste wohl auch an der Spritze liegen, die sie ihm verabreicht hatten. Vorher war ihm ganz kalt gewesen und die unfassbaren Stimmen und unbeschreiblichen Bilder, erzeugt durch reine Vorstellungskraft, ohne Sinneseindrücke, waren verschwunden. Jetzt war ihm schön warm.

Wie ein Eskimobaby in einem Anorak, dachte Aaron, als er Jeff Everett durch die Glasscheibe der Wärmekammer hindurch betrachtete. Jeff – oder zumindest der Mann, den er für ihn hielt – hatte Aaron noch nicht gesehen, denn er hielt die Augen geschlossen. Entweder war er noch bewusstlos oder er schlief. Er drehte sich um und wandte sich an Ivanna, eine der Krankenpflegerinnen.

„Wann wird er wieder raus können?"

Ivanna sah von ihren Unterlagen auf. „Eigentlich könnte er jetzt schon raus, sein Zustand ist wieder stabil. Aber Dr. Salmon muss erst noch sein Einverständnis geben."

„Hat er denn etwas dagegen?"

„Nein, ich denke nicht. Er möchte wohl einfach als Erster dabei sein, wenn der Patient wieder zu sich kommt."

„Und wo ist er dann?", fragte Aaron.

Ivanna zuckte nur mit den Schultern und wandte sich wieder ihrer Papierarbeit zu. Typisch Salmon, dachte Aaron. Hat natürlich Besseres zu tun. Ganz offensichtlich ignorierte Dr. Salmon den Ernst der Lage. Dachte er ernsthaft, er könnte die ganze Geschichte stillschweigend und ganz alleine aufklären? Gute Gründe, dies zu versuchen hatte er zwar, denn wenn das Ministerium Wind davon bekam, dass jemand es geschafft hatte, in die Forschungsstation einzudringen, dann würden ganz sicher Köpfe rollen. Aber so blöd war Salmon nicht. Der Grund für seine Geheimniskrämerei musste ein anderer sein. Wahrscheinlicher war es, dass er Aarons Idee gegenüber doch nicht so kritisch war, wie er ihm in seinem Büro hatte glauben machen wollen. Ja, so musste es sein. Aaron hatte ihn höchstwahrscheinlich in dem Moment überzeugt, als er ihm die Fotografien gezeigt hatte. Salmon spielte den Unbeeindruckten – wahrscheinlich, um selber Nachforschungen anstellen zu können. Und um die Lorbeeren für sich einzuheimsen? fragte sich Aaron. Denn wenn tatsächlich Jeff Everett hier, mitten unter Ihnen, auf ihrer Toilette aufgetaucht war, würde das bedeuten, dass ... Nun, er hatte keine Ahnung was es bedeuten würde. Die daraus zuziehenden Schlussfolgerungen, waren undenkbar. Und da wusste Aaron plötzlich, was Salmon vorhatte.

Er griff zum Hörer in seiner Hemdtasche und wählte die Nummer von Salmons Büro. Wie erwartet, ging der Anrufbeantworter dran, was bedeutete, dass Salmon sich im Labor aufhielt. Und sich gerade vom Quantencomputer eine Replika von Jeffs Everett DNA machen liess. Um sie mit derjenigen des Mannes in der Wärmekammer zu vergleichen. Es war anzunehmen, dass er sich von jenem bereits eine Gewebeprobe geholt hatte, als er in die Krankenstation eingeliefert worden war. Aaron packte den Hörer wieder in seine Hemdtasche, nickte Ivanna zu und begab sich ins Labor.

Als er das Labor betrat und dort Salmon entgegen aller Laborvorschriften seine Pfeife rauchen sah, war ihm sofort zwei Sachen klar: Erstens hatte er mit seiner Vermutung über Salmons Vorhaben richtig gelegen; und zweitens hatte er auch mit seiner Vermutung richtig gelegen, was den Mann in der Wärmekammer betraf. Es musste sich um Jeff Everett handeln.

„Ich habe recht gehabt, stimmt's?"

Salmon sah ihn durch eine dicke Dunstwolke aus nachdenklichen Augen an. Dann schaltete er wortlos den Hauptbildschirm ein und zog an seiner Pfeife. Aaron war zu weit weg, um die die Details auf dem Schirm zu erkennen, aber eine grossgeschriebene, fett gedruckte Zeile konnte er problemlos lesen.

DNA ÜBEREINSTIMMUNG ZWISCHEN 'DATENSATZ 482a' UND 'EXTERNE GEWEBEPROBE': 100.00%

Er trat näher an den Bildschirm und überprüfte das Ergebnis

auf irgendwelche Fehler oder Ungereimtheiten. Wie erwartet, fand er nichts. Der fiktive DNA-Datensatz war mit der Gewebeprobe des Mannes – das hiess, der Gewebeprobe Jeff Everetts – identisch. Nun gab es keinerlei Zweifel mehr.

„Sollen wir ihm sagen, was wir wissen?", fragte Aaron vorsichtig. Salmon schien die Vor- und Nachteile dieses Vorhabens abzuwägen, und meldete sich erst nach einer kleinen Weile zu Wort:

„Ich denke, ja. Je mehr er darüber weiss und je mehr er versteht, desto mehr wird er uns sagen können." Er zog wieder an der Pfeife.

„Allerdings, denke ich auch, dass wir ihm noch einen Tag zum Ausruhen geben sollten. Es ist schon recht spät geworden. Er mag zwar körperlich wieder fit sein, aber psychisch scheint er nicht ganz unbeschädigt geblieben zu sein – wovon auch immer."

„Ja ... ich denke, das ist eine gute Idee."

„Ich werde auch noch Jerry und Angie einweihen. Wir treffen uns heute Abend bei mir im Büro."

„Sicherlich ..."

Aaron wollte gerade das Labor verlassen, als Salmon wieder etwas sagte: „Und noch etwas Aaron: Dieses Ergebnis ...", er wies auf den Bildschirm, "... bleibt vorerst unter uns, verstanden?"

Und da Aaron darauf nichts zu erwidern hatte, nickte er bloss, verliess das Labor, ging in sein Zimmer, legte sich auf sein Bett und versuchte, nicht an die sich aufdrängende Schlussfolgerung aus ihrer neugewonnen Erkenntnis zu denken, da er sonst befürchtete, den Verstand zu verlieren.

Am nächsten Morgen, gegen neun Uhr, fand sich Aaron in der Krankenstation ein. Von Salmon fehlte jede Spur und auch Jeff Everett war verschwunden. Sein Verstand spann schon an der nächsten Verschwörungstheorie, die von einer möglichen Flucht Salmons mit Jeff Everett, bis hin zum Mord an Letzteren durch

Ersteren, um den Vorfall vor dem Ministerium zu vertuschen, reichte, als ihn Ivanna, die Krankenpflegerin, anhielt und ihm sagte, Dr. Salmon liesse ihm ausrichten, er solle zu ihm ins Büro kommen. Aaron ahnte auch schon warum: Salmon wollte offenbar um jeden Preis verhindern, dass Jeff Everetts Identität ans Licht kam – schliesslich war er hier so bekannt wie der Papst im Vatikan.

Aaron war der Letzte, der sich in Salmons Büro einfand. Als er die Tür öffnete, blendete ihn die Sonne, die gerade über den Rücken der Rocky Mountains unterging und die letzten Sonnenstrahlen durch das Fenster ins Zimmer schickte. Neben Dr. Salmon und Jeff Everett, waren auch Angie, die Neurobiologin, und Jerry Linh, Mathematiker und Spezialist für Quantencomputer, gekommen. Sich selbst als Computerlinguistiker mit einberechnet und Dr. Salmon als Mediziner, Psychologe und Physiker, hatte dieser eine schlagfertige, akademische *Supergroup* aufgestellt, um dem Geheimnis rund um Jeff Everetts Auftauchen auf die Spur zu kommen. Er konnte die Spannung die in der Luft lag, fast schon auf der Haut spüren, als ob er sich in unmittelbarer Nähe zu einer grossen, elektrischen Energiequelle befand.

„Ah, hallo Aaron!", begrüsste ihn Salmon, aber etwas zu hastig um die entspannende Wirkung zu erreichen, die er mit seinen Worten wohl bezweckte.

„Mr. Everett, das ist Aaron Clifford, er ist Computerlinguistiker. Aaron, das ist Mr. Everett."

„Freut mich", sagte Aaron, wagte aber nicht so recht, Jeff Everett die Hand zu geben. Dieser sass auf der braunen Couch neben Salmons Schreibtisch; äusserlich schien ihm nichts zu fehlen, doch sein Blick entlarvte eine innere Anspannung und ein gewisses Misstrauen gegenüber den im Raum anwesenden Personen, allen voran Salmon. Kein Wunder, dachte Aaron, bei dem was der arme Kerl erlebt hat. Und wissen tut er noch weniger als wir. Wie viel genau, würden sie hoffentlich bald herausfinden.

„So, da nun alle hier sind, können wir ja anfangen", sagte Salmon in dem Tonfall, in welchem er früher auch seine Vorlesungen an der Universität begonnen haben mochte. Mit dem Lächeln eines schlechten Schauspielers wandte er sich nun an Jeff Everett.

„Zuerst möchte ich unseren Gast, Mr. Everett, ganz herzlich im Sagittarius Research Center für Computerforschung und Quantenphysik, kurz SRCCQ, willkommen heissen. Ich hoffe und bin überzeugt davon, dass wir durch die Kooperation aller Beteiligten, die ..."

„Können Sie mir nicht endlich sagen, woher Sie überhaupt meinen Namen kennen?", unterbrach ihn Jeff Everett.

„Ähm ... darauf wollte ich gerade kommen." Aaron erkannte einen Hauch von Röte auf Salmons Wangen. „Meine Kollegen und ich haben uns dazu entschlossen", fuhr er fort, „Ihnen alles zu sagen was wir über Sie wissen, Mr. Everett. Denn wir vom SRCCQ und Sie stehen in einer ... wie soll ich sagen ... gewissermassen stehen wir und Sie in einer engen Beziehung zueinander."

„Was soll das heissen?", sagte Jeff Everett.

„Nun ja ... es ist nicht ganz einfach ...", versuchte Salmon es noch einmal, doch er wurde abermals unterbrochen, diesmal von Jerry.

„Ich glaube wir sollten nochmal von vorne anfangen, Hershel." Er legte Salmon eine Hand auf die Schulter und lächelte dann zu Jeff hinüber, wobei sein Lächeln nicht gekünstelt war.

„Ich kann mir vorstellen, dass du eine Menge Fragen hast Jeff, aber ich will ehrlich mit dir sein: Wir sind genauso ratlos wie du, was dein Auftauchen hier bei uns betrifft. Aber wir werden das, was wir wissen, gerne mit dir teilen."

Mit dieser Antwort schien Jeff Everett vorerst zufrieden zu sein und entspannte sich wieder ein wenig. Salmon, der nicht wusste, ob er sich über Jerrys Hilfe freuen oder sich wieder einbringen sollte, rutschte unruhig auf seinem Sessel umher. Angie sass weiterhin wortlos auf einem Stuhl am anderen Ende des Raumes am Fenster und fixierte Jeff Everett, während Aaron, dem gerade auffiel, dass er als einziger im Raum noch stand, sich kurzerhand auf die Couch neben Jeff Everett setzte. Nachdem es sich alle bequem gemacht hatten, fuhr Jerry fort.

„Ich denke es ist in Ordnung wenn wir uns hier alle duzen, oder? Und vorgestellt haben wir uns ja schon." Da niemand etwas darauf erwiderte, sprach Jerry weiter. „Zuerst will ich dir erzählen Jeff, wo wir uns genau befinden, was wir hier genau tun und auch wieso. Wie dir Hershel bereits gesagt hat, sind wir Forscher an einem Forschungszentrum. Was er aber vergessen hat zu sagen, ist, dass wir auch Astronauten sind. Angie, schalt doch das Fenster bitte schnell aus ..."

Angie drückte auf den Auswahlschirm unterhalb des schmalen Fenstersimses und die in der Abendsonne goldig funkelnden Rocky Mountains wichen Myriaden von Sternen und der sie umgebenden tiefschwarzen Leere des Weltraums. Jeff Everett starrte fassungslos aus dem Fenster. Natürlich, dachte Aaron und fasste sich in Gedanken an die Stirn. Dieser Mensch stammt aus dem zwanzigsten Jahrhundert und wir vergessen, ihm zu sagen, dass sich unsere Forschungsstation im Orbit befindet! Was für uns die normalste Sache der Welt ist, muss für ihn unvorstellbar sein.

„Wir sind im Weltall?", fragte Jeff und trat an das Fenster heran.

„Ja. Genau genommen in der Umlaufbahn der Venus. Momentan ist sie aber hinter unserem Rücken", erklärte Jerry.

„Aber wie habt ihr die Berge verschwinden lassen?"

„Das hier ist nicht ein Fenster im eigentlichen Sinne, sondern bloss ein Bildschirm, wie bei einem ... wie bei ..." Jerry suchte nach dem passenden Begriff.

„Wie bei einem Fernseher", ergänzte Aaron. Er kannte sich aus mit Technologien aus den 20. Jahrhundert.

„Genau, danke Aaron", sagte Jerry. „Dieses Fenster hat keine Glasscheibe, sondern bloss eine Kamera, die an der Aussenwand der Station installiert ist. Die Kamera überträgt die Signale in Echtzeit auf den Bildschirm. Da jedoch niemand diese bedrückende Leere mehr als zwei Wochen aushalten will, kann man auch Signale von einer Kamera der Erde empfangen. Die Bilder die du vorher gesehen hast ...", Jerry stand auf und tippte ein wenig auf dem Auswahlschirm umher und liess die Berglandschaft wieder auf dem Bild erscheinen, „... stammen aus Snowmass Village, Colorado."

Jeff schien noch nicht ganz überzeugt: „Aber wie kann das so echt aussehen? Ein Fernsehbild ist zweidimensional aber das hier ..." Jeff neigte seinen Oberkörper nach links und dann wieder nach rechts, so als wollte er unauffällig um eine Ecke schauen. „Die Berge drehen sich mit!", rief er und schaute nach einer Erklärung suchend zu Jerry.

Erst war Aaron von Jeffs schneller Auffassungsgabe überrascht. Doch eigentlich war es nicht weiter überraschend, dass einer der genialsten Computerwissenschaftler des 21. Jahrhunderts Jerrys lückenhafte Erklärung schnell durchschaute.

„Das hat zwei Gründe", sagte Jerry. „Erstens sind die Bilder, die die Kamera aufnimmt, so hochauflösend, dass sie das menschliche Auge nicht von der Realität unterscheiden kann. Zweitens befindet sich hier in der Wand ein kleiner Computer, der – etwas vereinfacht erklärt – fortwährend die Kamerabilder so ergänzt, dass aus jedem Betrachtungswinkel die Illusion entsteht, man würde tatsächlich eine echte Landschaft betrachten."

„Und das macht alles ein Computer?"

„Ja."

„Also wie bei einem Fenster ...", sagte Jeff.

„Ganz recht", sagte Jerry. „Wenn du also mal aus einem der Fenster hier schaust und eine tropischen Strand oder ein paar Löwen in der Savanne siehst – heisst das noch nicht, dass wir gelandet sind." Sie lachten ein wenig, sogar Jeff, doch bald kehrte wieder der ernste, etwas misstrauische Ausdruck auf sein Gesicht zurück.

„Welches Jahr habt ihr eigentlich?" Haben wir.

„Heute ist der 14. Dezember 2158", sagte Jerry in einem ungezwungenen Ton und wartete Jeffs Reaktion ab.

Dieser nickte jedoch bloss. „Dann bin ich also so etwas wie ein Zeitreisender?" In seinen Augen sah Aaron ein erregtes Funkeln, das wohl noch von der naiven Abenteuerlust einer noch nicht weit zurückliegenden Kindheit zeugte.

„Das und vielleicht sogar noch mehr", sagte Jerry und lehnte sich nachdenklich in seinem Stuhl zurück. Jeff war hellhörig geworden und setzte sich wieder auf die Couch. Von dem Misstrauen in seinem Blick war nun keine Spur mehr zu sehen.

„Ich denke, wir müssen ganz von vorne anfangen", sagte Jerry und schaute aus dem Fenster auf die Berglandschaft, über die nun bereits die Dämmerung hereingebrochen war. „Was kannst du uns über dich erzählen, Jeff?"

Es fiel Jeff schwer, diesen fremden Menschen das zu erzählen, was ihm in den letzten Wochen widerfahren war, daher fing er zuerst an, ihnen aus seinem Leben zu berichten. Er erzählte ihnen wo er lebte, wo er zur Schule gegangen war, von seinen Hobbys und Interessen, von seiner Familie und Freunden – das hiess Marvin – und von seiner Absicht, Physik am MIT zu studieren, und von allen anderen wichtigen Stationen in seinem Leben, auch wenn es noch nicht allzu viele davon gab. Die vier Forscher im Raum hörten ihm alle aufmerksam zu, aber ohne wirklich überrascht zu wirken. Fast so, als ob ihnen jemand aus einem Buch vorlas, dass sie schon einmal gelesen hatten. Erst als er ihnen von der wiederholten Nachrichtensendung und der verlorenen Woche erzählte, begannen sie wirklich gebannt, seinem Bericht zu lauschen. Er erzählte ihnen sehr ausführlich und musste sich oftmals selber kurz unterbrechen und nachdenken, was in welcher Reihenfolge geschehen war, und wie. Er berichtete von seinen vergebenen Nachforschungen mit Marvin, seinen eigenen verzweifelten Momenten als er dachte er würde durchdrehen, von Marvins ungeklärtem Selbstmord, Aldous Huxleys Essay und vom Fund seines eigenen Grabsteins auf dem Friedhof von Perkinsville, auch, dass er damals dachte, er sei gestorben, und schliesslich von seinem Auftauchen in der Station.

Die Wissenschaftler stellten viele Fragen, vor allem Jerry und Dr. Salmon, der das Gespräch nebenher auf seinem Computer aufzeichnete. Angie und der Mann, der zuletzt hinzugekommen war, Aaron war sein Name, sprachen weniger, aber Aaron schien am gebanntesten zuzuhören und stellte die unbequemsten Fragen, vor allem betreffend seiner Träume. Jeff fühlte sich nicht wohl dabei. Über diese Dinge sprechen zu müssen, weckte unschöne Erinnerungen. Die anderen fragten ihn darüber aus, wie es sich mit seinem Geisteszustand verhielt, wie viel Zeit zwischen seinem Verschwinden in Perkinsville und seinem Auftauchen in der Raumstation vergangen war – was er nicht wusste – und vor allem was zwischen diesem Ortswechsel, wie sie ihn nannten, geschehen war.

Je mehr Fragen er ihnen beantwortete, desto unruhiger, nachdenklicher, ja geradezu besorgter, schienen sie dreinzublicken. Sie zogen Schlüsse aus seinem Gesagten, auf die er noch nicht gekommen war, und diese Tatsache liess auch ihn unruhiger und ungeduldiger werden. Es dauerte beinahe drei Stunden, bis Jeff ihnen alles erzählt hatte und die Forscher ihre Neugier gestillt hatten.

Sie einigten sich auf eine kleine Pause, während der Jeff Dr. Salmons Büro allerdings nicht verlassen durfte. Angie brachte Mittagessen für sie alle und sie assen ein sehr leckeres, aber im Vergleich zu den vergangenen Stunden recht schweigsames Mahl. Jeder schien mit seinen eigenen Gedanken beschäftigt zu sein. Auf Jeffs Wunsch hin schaltete Jerry das Fenster wieder aus, wie sie dem sagten, wenn der Bildschirm den Weltraum zeigte, wie Jeff jetzt wusste. Er war immer noch ein wenig ungläubig über die Tatsache, dass er sich in einer Raumstation im Weltraum befand, denn nichts hier sah so aus, wie er sich eine Raumstation in der Zukunft vorgestellt hatte. Die Möbel waren aus Holz, auf dem Boden lag ein Teppich und an der Wand hingen Tapeten und eingerahmte Bilder. Dr. Salmons Büro sah aus wie ein x-beliebiges Arbeitszimmer in einem Bürokomplex der 70er Jahre, genau wie die Flure, durch die sie ihn hier hergeführt hatten. Nie im Leben wäre er auf den Gedanken gekommen, sich an Bord einer Raumstation zu befinden. Und obgleich er fasziniert von dieser Station und seiner Zeitreise war, drängte sich ihm eine Frage auf: Was wussten diese Leute hier, die mit ihm am gleichen Tisch sassen, was er nicht wusste? Denn ganz offensichtlich scheuten sie sich davor, die Mahlzeit für beendet zu erklären und zu dem Teil des Gesprächs überzugehen, in welchem sie ihm erzählten, was sie wussten, obwohl alle schon fertig gegessen hatten.

Schliesslich brach Jerry das Schweigen und sagte: „Lasst uns weitermachen. Bist du bereit Jeff?" Dieser nikte, Dr. Salmon und Aaron räumten die Teller und Becher in einen Schacht, vermutlich um sie in der Küche abwaschen zu lassen, und alle nahmen ihre vorherigen Plätze wieder ein.

„Nun, Jeff", begann Jerry, „es ist Zeit dir zu erzählen, was wir über dich wissen. Vieles wird dir wohl unfassbar vorkommen und das kann ich verstehen, denn wir tappen momentan fast noch genauso im Dunkeln wie du. Aber ganz gleich wie du über die Dinge nachdenken magst, die gleich gesagt werden, möchte ich, dass du weisst, dass du uns allen hier bedingungslos vertrauen kannst, und dass wir dir die absolute Wahrheit sagen, über das, was wir wissen. Du kannst jederzeit nachfragen oder auch das Gespräch unterbrechen, wenn du dir eine Pause wünscht." Jeff erwiderte nichts.

„Ok, am besten wir beginnen ganz am Anfang", sagte Jerry und leckte sich die Lippen. Dann fing er an:

„Zu Beginn des zweiten Jahrtausends, also vor etwa 150 Jahren, gab es den ehrgeizigen Versuch einiger Wissenschaftler am MIT, mithilfe von Computern die Entstehungsgeschichte des Universums zu ermitteln. Das Projekt erhielt den Namen *Illustris*. Dabei wurde über einen Zeitraum von mehreren Monaten hinweg ein Ausschnitt des Universums, ein Würfel mit einer Kantenlänge von jeweils 350 Millionen Lichtjahren, simuliert, ausgehend vom Urknall bis zur damaligen Gegenwart. Ursprünglich wollten die Forscher bloss die physikalische Entwicklung der Galaxien und die Entstehung von Materie kurz nach dem Urknall studieren. Hierfür bot ihnen die Simulation genauere Daten und schärfere Bilder als es jedes Radioteleskop der damaligen Zeit hätte tun können. Sie erhofften sich, dass ihr simuliertes Universum so gut wie möglich mit dem echten übereinstimmen würde, um mehr oder weniger zutreffende Aussagen mit ihrem Modell formulieren zu können. Als sie dann die ersten Datensätze aus der Simulation mit den entsprechenden Datensätzen aus der Realität verglichen – Messergebnisse, Umlaufbahnen, Teleskopaufnahmen – , waren sie zutiefst erstaunt, wie hoch die Übereinstimmungen waren. Insbesondere die Teleskopaufnahmen, brachten sie zum Rätseln, denn diese... – Hershel, du hast die Aufnahmen doch bestimmt auf deinem Computer, oder?"

„Ich denke schon ... Moment kurz." Der Doktor tippte ein wenig auf dem Bildschirm seines Computers herum – Jeff fragte sich immer noch, wie das genau funktionierte –, fand schliesslich, was er suchte, und drehte den Schirm, der dünn wie zwei Blatt Papier war, in Jeffs Richtung. Zu sehen war zwei Mal das gleiche Foto des Sternenhimmels. Es war nicht sonderlich spektakulär, auch erkannte Jeff keine Sternbilder darauf.

„Das linke Bild", erklärte Dr. Salmon, „zeigt eine Aufnahme des Virgo-Superhaufens aus dem Jahr 2014, gemacht vom Hubble Weltraumteleskop. Das rechte Bild zeigt einen Ausschnitt aus der Simulation des *Illustris*-Projekts."

„Aber die Bilder sind doch genau gleich ...", fing Jeff an, doch dann begriff er, worauf Jerry und Dr. Salmon hinaus wollten.

„Richtig erkannt", sagte Jerry. „Wie du siehst, sind die beiden Aufnahmen absolut identisch. Als hätte jemand eine Fotokopie gemacht. Ich sehe, wie überrascht du bist und ich versichere dir, die Forscher damals waren ebenso erstaunt darüber wie du ..."

Aus irgendeinem Grund verstummte Jerry bei diesen Worten, obwohl er offensichtlich noch etwas Weiteres hatte sagen wollen. Dr. Salmon, der hinter ihm am Schreibtisch sass, blickte Jerry an, als hätte dieser etwas Peinliches gesagt und auch Aaron und die Frau, Angie, wechselten Blicke. Jerry fuhr fort.

„Jedenfalls konnten sich die Wissenschaftler nicht erklären, wie diese hundertprozentige Übereinstimmung möglich war. Sie verglichen noch weitere Aufnahmen des Hubble-Teleskops und denjenigen aus der Simulation, doch das Ergebnis war stets dasselbe, obwohl die Ausgangsdaten der Simulation auf vielfach groben Schätzungen, welche Eigenschaften das Universum zur Zeit des Urknalls hatte, und auf mathematisch nicht unumstrittenen Formeln, beruhten."

Dr. Salmon liess noch mehr identische Bildpaare über den Bildschirm gleiten. „Das warf bei den Wissenschaftlern natürlich eine neue, unbequeme Frage auf, die sie ursprünglich mit ihrem Projekt gar nicht hatten beantworten wollen", sagte Jerry. „Und zwar: Wie war es möglich, dass eine computergenerierte Simulation eine exakte Kopie unseres realen Universums darstellen konnte?" Er machte eine kleine Pause, um die Frage auf Jeff einwirken zu lassen.

„Schnell wurde jedoch klar, dass diese Frage zu beantworten, mehr Ressourcen erforderte, als sogar dem MIT zu Verfügung standen. Bereits *Illustris* hatte Unsummen verschlungen, aber durchaus verwertbare Erkenntnisse an den Tag gebracht. Die neu aufgeworfene Frage allerdings war dem MIT zu vage, um sich so schnell in weiteres Mammutprojekt zu stürzen, dessen Ende buchstäblich in den Sternen stand. Daher suchten ein paar Forscher rund um *Illustris* nach neuen Geldgebern und fanden diese bald in der NASA." Jeff hörte mit grossen Interesse zu, doch langsam fragte er sich, was das Ganze mit ihm zu tun hatte. Er wollte Jerry aber nicht unterbrechen, also hielt er den Mund.

„Die NASA verfügte über wesentlich mehr Mittel als das MIT und sah im Gegensatz zu den Verantwortlichen beim MIT eine reelle Chance auf eine Lösung des Rätsels, der identischen Simulation. Denn die NASA verfügte über etwas, dass damals nahezu einzigartig in der Welt war: Nämlich über Quantencomputer."

„Über was?", fragte Jeff. Noch nie hatte er das Wort „Quanten" im Zusammenhang mit einem Computer gehört.

„Ich will es dir kurz erklären: Wie du wahrscheinlich weisst, arbeitet ein normaler Digitalcomputer mit Bits, die auf dem Binärsystem beruhen. Ein Bit kann nur zwei Zustände einnehmen, zum Beispiel Wahr oder Falsch. Das heisst, auf die ihm gestellte Frage kann es immer nur zwei mögliche Antworten geben, Eins und Null, Ja oder Nein, wobei nur eine von beiden die richtige ist. Wird der Computer nun vor eine komplexere Frage gestellt, die er nicht bloss mit Ja oder Nein beantworten kann, zerteilt er diese mithilfe eines Algorithmus in so viele Ja-Nein-Fragen, bis er jede dieser Fragen beantworten kann und dann letztendlich eine differenzierte Antwort auf die Grundfrage geben kann."

„Klar", sagte Jeff. Das war nichts Neues für ihn.

„Das Aufteilen der Frage funktioniert aber nur dann, wenn ein Algorithmus existiert, mit welchen sich die Teilfragen formulieren lassen. Dieser Algorithmus wird für gewöhnlich von einem Menschen geschrieben werden, da dies ein Digitalcomputer nicht kann. Man könnte sagen, er ist zu blöd, um selber darauf zu kommen."

„Mhm."

„Was aber, wenn die Frage lautet: *Wieso stimmt die Simulation unseres Universums mit dem echten Universum exakt überein?* Wie kann ein Mensch eine solche Frage als Algorithmus formulieren, den ein Digitalcomputer auflösen kann?"

„Vermutlich gar nicht", sagte Jeff. „Oder er muss so lange über das Problem nachdenken und so lange daran forschen, bis er den Algorithmus herausfindet. Theoretisch."

„Theoretisch trifft es gut", sagte Jerry. „Ich bin Mathematiker und Computerspezialist, bin aber froh, dass ich noch nie eine auch nur ansatzweise so komplexe Frage wie diese, als Algorithmus ausdrücken musste. Ich wüsste gar nicht, wo ich anfangen sollte. Vielleicht ist es sogar unmöglich."

Jerrys Blick ging in die Ferne, so als ob er sich gerade daran machen wollte den Algorithmus herauszufinden. Doch Dr. Salmons Räuspern brachte ihn bald wieder zurück auf den Boden der Tatsachen.

„Ähm ... ja", sagte Jerry. „Hier kommt der Quantencomputer ins Spiel. Im Gegensatz zu einem Digitalcomputer arbeitet der Quantencomputer nicht mit Bits, sondern mit Qubits. Das Qubit kann im Gegensatz zum Bit, mehrere Zustände gleichzeitig einnehmen: Es kann Wahr und Falsch und irgendetwas dazwischen sein. Im Grunde genommen, arbeitet ein Quantencomputer also so: Man stellt ihm eine Frage und er listet alle möglichen Antworten auf, von denen jedoch nur eine richtig ist. Um jetzt die richtige Antwort herauszufinden, wendet der Quantencomputer den Interferenztrick an: Er stellt alle möglichen Antworten in Form von Wellen dar. Dann lässt er alle Wellen sozusagen gegeneinander antreten, diejenigen Wellen die zu einer der falschen Antworten führen, löschen sich gegenseitig aus, bis nur noch eine einzige Welle übrig bleibt, die ihn zur richtigen Antwort führt. Klar soweit?"

„Im Prinzip schon", sagte Jeff. Was Jerry da sagte war ganz schön starker Tobak, aber im Grunde bloss Quantenmechanik. „Nur eine Sache ist mit noch nicht ganz klar: Wo liegt der Vorteil in Bezug auf die Frage der Wissenschaftler, was die Simulation betrifft. Braucht der Quantencomputer keinen Algorithmus mehr oder wie funktioniert das?"

„Den braucht er immer noch. Was ich bis eben beschrieben habe, war die Funktionsweise der ersten, noch recht primitiven Quantencomputer. Das grundsätzliche Problem, dass sich die Frage der Wissenschaftler nicht als Algorithmus formulieren liess, blieb bestehen. Und hier kam eine neue Entdeckung ins Spiel, nämlich die eines Algorithmus, der es Quantencomputern – und ausschliesslich denen – erlaubt, selbständig Algorithmen zu formulieren, wenn ihnen eine Frage gestellt wird, die sie mit den ihnen bekannten Algorithmen nicht lösen können. Diese Entwicklung war für die Technologie der Quantencomputer in etwa so bedeutend, wie die des Transistors für Digitalcomputer. Quantencomputer wurden nun unfassbar leistungsfähiger – und viele Mathematiker, die Algorithmen formulierten, arbeitslos, da die Quantencomputer dies nun selber machten."

„Und so konnte dann ein Quantencomputer den Algorithmus formulieren, um die Frage der Wissenschaftler zu beantworten?"

„Ganz genau", sagte Jerry, „zumindest theoretisch. Aber darauf komme ich nachher gleich. Zuerst will ich dir noch erzählen, wie es den Forscher von *Illustris* bei der NASA erging ..." Jerry rutschte ein wenig auf seinem Stuhl umher und auch die anderen schienen angespannter und steifer dazusitzen als vorhin. Jetzt kam wohl Teil, der ihn betraf.

„Wie du sicher schon weisst, beruhten Verschlüsselungsverfahren im 20. und frühen 21. Jahrhundert darauf, dass Digitalcomputer für die Primfaktorzerlegung unfassbar lange brauchen. Für die Primfaktorzerlegung einer 300-stelligen Zahl, braucht selbst der schnellste Digitalcomputer 150 Jahre. Wenn man eine Botschaft mithilfe dieser Technik verschlüsselte, war die Botschaft also ziemlich sicher." Dieser Umstand war Jeff bekannt.

„Diese Sicherheit änderte sich mit dem Siegeszug der Quantencomputer jedoch rasant", fuhr Jerry fort. „Mit seinen Qubits kann ein Quantencomputer die Primfaktorzerlegung einer 300-stelligen Zahl in einer Sekunde durchführen. Mithilfe der selbsterstellten Algorithmen sogar noch schneller. Eine der grundlegenden Verschlüsselungsverfahren, den sich Regierungen, internationale Firmen und Geheimdienste auf der ganzen Welt zu Nutze machten, war also nichtig geworden. Es war nur eine Frage der Zeit, bis feindliche Mächte und Terroristengruppen ebenfalls über die nötige Technologie verfügt hätten. In der US-Regierung herrschte Panik. Wie sollte man zukünftig verhindern, dass geheime Informationen und Staatsdokumente an die Feinde der USA fielen? Die unmittelbarste Antwort auf diese Frage war: Indem die Regierung die Ausbreitung der Quantencomputer eindämmte, bis amerikanische Forscher ein neues sicheres Verschlüsselungsverfahren entwickelt hätten. Doch dieses neue Verfahren liess sich natürlich nur mithilfe von Quantencomputern und ihrer selbsterstellten Algorithmen entwickeln. Die Regierung stand also vor einem Dilemma: Einerseits fürchtete sie die Macht der Quantencomputer in falschen Händen, andererseits brauchte sie diese, um den technologischen Vorsprung der USA aufrecht zu erhalten. Die Lösung war folgende: Die Entwicklung von und die Arbeit mit Quantencomputern wurde nur noch im Verborgenen vorangetrieben. Universitäten, die an Quantencomputern forschen wollten, wurde angedroht, die Fördergelder zu streichen, manchmal tat man es sogar; Firmen die sich mit der Entwicklung von Quantencomputern beschäftigten, wurden strenge Restriktionen auferlegt; die private Entwicklung von Quantencomputern wurde sogar verboten. Alles unter dem Deckmantel der Terrorbekämpfung."

Jerry trank einen Schluck aus seinem Becher und wischte sich den Mund.

„Im Geheimen aber intensivierte die Regierung die Forschung an diesen Wunderkisten. In mehreren NASA-Forschungszentren im ganzen Land wurden geheime Abteilungen eingerichtet, die sich mit der Entwicklung der Verschlüsselungsverfahren beschäftigen sollten. Diese Abteilungen waren von den jeweiligen Forschungszentren, die sie beherbergten, strikt getrennt. Auch untereinander und zur Regierung gab es nur spärliche Kommunikation, um das Risiko für einen Diebstahl der Forschungsergebnisse durch Hacker und feindliche Mächte, möglichst zu minimieren. Denn die Russen und Chinesen hatten nicht geschlafen, auch sie forschten mit Hochdruck an neuen Verschlüsselungstechnologien und vor allem daran, wie man die des Feindes umgehen konnte."

Er liess Jeff eine Pause um eine Frage zu stellen oder etwas anzumerken. Doch Jeff sagte nichts, also sprach Jerry weiter.

„Dies war also die Situation zu Beginn des zwanzigsten Jahrhunderts. Wir erinnern uns an die Forschergruppe des *Illustris*

Projekts: Zum Zeitpunkt des Beginns der sog. Quantencomputer-Doktrin, also etwa um 2020, arbeiteten die Forscher bereits seit sechs Jahren eifrig und ganz offiziell bei der NASA an ihrem neuen Projekt, nämlich der Lösung des Rätsels der identischen Simulation. Nun war jedoch mehr oder weniger über Nacht die Arbeit an Quantencomputern in den USA de facto verboten worden. Es sei denn, man arbeitete direkt für die Geheimdienste an den Verschlüsselungstechnologien. Diese waren jedoch auf fähige Köpfe angewiesen, die sich mit Quantencomputern auskannten. Daher bot die CIA dem Forscherteam einen Deal an: Wenn sie fortan für die Geheimdienste an der Entwicklung der neuen Verschlüsselungstechnologien arbeiteten, durften sie weiterhin die Quantencomputer nutzen, um nebenher an ihrem jeweiligen Privatprojekt weiter zu forschen. Die Forscher hatten keine andere Wahl, wenn sie ihr Projekt nicht aufgeben wollten und so willigten sie ein. Es gab einen kleinen Umzug von ihrem alten Forschungszentrum in Houston in ihr neues, dem *Ames Research Center* in der Nähe von Sunnyvale, Kalifornien."

Bei diesem Namen klingelte es in Jeffs Kopf, doch er wusste nicht, warum. Er kam ihm bekannt vor, aber nur ganz vage, so als ob ihn jemand vor langer Zeit mal beiläufig erwähnt hatte, während er bloss mit halbem Ohr zuhörte.

„Bis zu diesem Zeitpunkt war das *Ames Research Center* eine Forschungszentrum für Raketenantriebstechnologien. Das blieb es auch offiziell, doch der Komplex wurde im Geheimen um ein paar neue Einrichtungen erweitert. In diesen hatten die Forscher von *Illustris* Zugang zum damals schnellsten und intelligentesten Supercomputer der Welt. Ein wahres Monster von einem Quantencomputer. Er war so gross, dass die Anlage unter der Erde gebaut werden musste, und die Leute die dort arbeiteten, mussten buchstäblich im Computer arbeiten."

In Jeffs Ohren klang das alles beeindruckend, aber Jerry lachte über diese Tatsache, wie ein Mensch des 20. Jahrhundert über die Technologie des Mittelalters lachen mochte. Dann verfinsterte sich seine Miene.

„Die Entwicklung der Verschlüsselungsverfahren kam schnell vorwärts und die Regierung war zufrieden, also liessen sie die Forscher in ihrem Privatprojekt, das fortan unter dem Namen *New Perspectives* lief, mehr oder weniger frei gewähren. Ich denke darin lag ihr Fehler." Jerry leckte wieder sich über die vom Sprechen trockenen Lippen. Er tat es immer häufiger.

„Ich erwähnte ja vorhin bereits, dass die am Quantencomputer forschenden Abteilungen nur sehr wenig miteinander und mit der Regierung kommunizierten, um der Gefahr durch Spionage und Hackerangriffe zu minimieren. Im *Ames Research Center* war diese Situation jedoch extremer als an allen anderen Zentren. Die geheime Abteilung war schwer gesichert und die Forscher dort arbeiteten praktisch isoliert von der Aussenwelt. Eine Art Mikrokosmos der Quantencomputerforschung, der auf diesem Gebiet einen riesigen technologischen Vorsprung gegenüber dem Rest der Welt entwickelte. Und trotzdem kamen sie bei ihrer Frage nicht vom Fleck. Sie entwickelten ihren Supercomputer ständig weiter, er wurde immer besser, schneller und intelligenter, aber er hatte es immer noch nicht geschafft, den Algorithmus zu formulieren, mit dem er die ursprüngliche Frage der Forscher hätte beantworten und das Rätsel lösen können. Und sie kamen einfach nicht dahinter, was sein Problem war."

„Trotzdem eine bemerkenswerte Leistung", warf Dr. Salmon ein, „wenn man bedenkt dass es zu Beginn ihrer Forschungen noch nicht mal einen Prototypen eines wirklich funktionierenden Quantencomputers gegeben hatte, zumindest ausserhalb der Theorie."

„Mag sein", sagte Jerry und wandte sich wieder Jeff zu. „Dieses Forschen im Verborgenen ging jedenfalls etwa sechs Jahre lang gut, bis zum Jahr 2026. Dann geschah die Katastrophe. Ironischerweise war es ein terroristischer – Akt begangen durch den Deckmantel der Quantencomputerdoktrin des Pentagons, der das Projekt zu Fall brachte ..."

„Das ist nie restlos geklärt worden", meldete sich Angie vom Fenster aus. „Es hätte auch genauso gut ein Unfall bei den Treibstofftanks sein können. Die sind ja als erste in die Luft geflogen, kurz nachdem..."

„Ach ja?", unterbrach sie Dr. Salmon barsch. „Und die dritte Explosion drei Stunden später, war das ebenfalls ein Unfall oder wie?"

„Alles ist möglich, wenn man unter solcher Geheimniskrämerei arbeitet." Dr. Salmon wollte gerade zum Gegenargument ansetzen, aber liess dann doch davon ab.

„Ist ja auch irrelevant für unsere Geschichte. Wie du siehst Jeff, ist man sich noch heute über den genauen Hergang dieses Unglückes nicht ganz sicher. Fahr doch fort, Jerry."

Jerry widerstrebte es deutlich, weiterzureden. So exakt und präzise wie er die ganze Zeit gesprochen hatte, musste er seine Rede bestimmt einstudiert und mit den anderen besprochen haben. Diese Rede schien aber bald zu Ende zu sein und vor dem was danach kam, fürchtete er sich ganz offensichtlich.

„Ob nun Anschlag oder nicht, jedenfalls erschütterten am Morgen des 17. Juni 2026 drei Explosionen in einem Zeitraum von mehreren Stunden das *Ames Research Center*. Es starben 578 Menschen, etwa dreimal so viele wurden verletzt. Es war der verheerendste Anschlag auf amerikanischen Boden seit 9/11 ..."

„Seit was?", fragte Jeff.

„Ähm ..." Jerry wirkte etwas verlegen. „Ein anderer Terroranschlag, ein paar Jahre zuvor. 2001 glaube ich. Ist aber eine lange Geschichte." Die Zukunft, ging es Jeff durch den Kopf, was sie alles mehr wissen müssen als ich ...

„Jedenfalls", sagte Dr. Salmon, „wurde bei diesem Anschlag die offizielle Anlage stark beschädigt ... hier siehst du die Bilder." Auf Dr. Salmons Computer erschienen Abbildungen von einer riesigen Trümmerwüste, die sich bis zum Horizont zu erstrecken schien. Die Bilder erinnerten ihn an die Schwarz-Weiss-Fotografien zerstörter Städte aus dem Zweiten Weltkrieg, in seinem High School-Geschichtsbuch. Mit dem Unterschied natürlich, dass diese in Farbe und gestochen scharf waren. Was sie aber umso unwirklicher, eher aus einem Hollywoodfilm stammend, erscheinen liess.

„Und das ist wirklich in Amerika passiert?"

„Mhm."

Sie liessen Jeff ein paar Augenblicke Zeit, die Bilder der Zerstörung zu betrachten, bevor Jerry fort fuhr.

„Die ersten zwei Explosionen überstand die Geheimanlage, welche mehrere Dutzend Meter unter der Erde lag, so gut wie unbeschadet. Doch die dritte Explosion ereignete sich unter der Erde, statt wie die zwei vorangehenden in den oberirdischen Treibstofftanks. Diese letzte Explosion zerstörte die unterirdische Geheimanlage restlos und mit ihnen fast alle der am Projekt beteiligten Wissenschaftler, welche – aus ebenfalls ungeklärten Gründen – zu einem Grossteil in der Anlage eingeschlossen worden waren. Wahrscheinlich waren es die atombombensicheren Türen, die den Computer schützen sollten. Die Explosion kam jedoch aus dem Inneren der Anlage."

Jerry verstummte und schaute eine Weile auf den Boden. Dann blickte er bittend, nein, fast schon flehend, zu Dr. Salmon, aber dieser nickte bloss. Jerry wandte sich wieder an Jeff, doch er schaute ihm nicht mehr in die Augen, sondern fixierte irgendeinen Punkt auf Jeffs Stirn.

„Bevor ich zum Grund komme, wieso wir dir das alles erklärt haben, muss ich noch etwas richtig stellen: Als ich dir vorhin von der Frage erzählt habe, die die Wissenschaftler sich und dem Quantencomputer stellten, habe ich nicht die ganze Wahrheit gesagt. Die Frage lautete nämlich nicht, wie es möglich war, dass das vom *Illustris*-Projekt simulierte Universum dem echten Universum derart glich, sondern die Frage lautete folgendermassen: *Wenn wir mithilfe eines Computers eine exakte Kopie unseres Universums simulieren können, ist es dann nicht auch möglich, dass unser Universum selbst bloss eine Simulation ist?*"

Jeff dachte nach. Im Grunde genommen hat sich an der Frage und an der gesuchten Antwort nichts geändert, zumindest nicht qualitativ. Die zweite Frage war bloss bereits einen Schritt weitergedacht.

„Also im Grunde die gleiche Frage, oder?"

„Ja, im Grunde schon. Ich wollte es bloss noch gesagt haben, da wir später noch einmal darauf zurückkommen werden müssen", sagte Jerry. Scheinbar fühlte er sich nicht nur unwohl in seiner Haut, nein, es sah ganz so aus, als ob er echte Qualen beim Reden erleiden würde. Schweiss stand ihm auf der Stirn. Was wussten er und die anderen, das Jeff nicht wusste?

„Ich vermute, die Antwort auf die Frage haben die Wissenschaftler aber nie rausbekommen, da die Anlage ja zerstört wurde, oder?"

„Ja und ..." Jerry schluckte und ihm traten noch mehr Schweissperlen auf die Stirn. "... und ..."

Da stand Aaron, der die ganze Zeit über schweigend neben Jeff auf der Couch gesessen und so gut wie kein Wort gesagt hatte, auf und legte Jerry eine Hand auf die Schulter.

„Ich denke es ist besser, wenn ich diesen Teil der Geschichte erzähle."

Jerry nickte und ging schweigend zum Wasserspender, wo er sich ein Glas Wasser holte. Dort blieb er, Jeff den Rücken zugewandt stehen, eine Hand in der Hosentasche, die andere fest das Glas umklammernd. Aaron aber setze sich auf Jerrys Stuhl, auf dessen Polster dunkle Schweissflecken zu sehen waren, und sprach mit ruhiger und besonnener Stimme die Worte aus, die Jerry nicht hatte aussprechen können.

„Einer der Wissenschaftler, der von Anfang an beim Projekt *Illustris* am MIT dabei war, später auch bei *New Perspectives* und im *Ames Research Center* ums Leben kam, war ein Mann namens Jeff Everett." Jeff verstand nicht.

„Ein Mann der gleich aussah wie du, der im gleichen Jahr in der gleichen Stadt geboren war wie du, und das gleiche Leben geführt hatte wie du – und trotzdem sind wir uns uneinig, ob du, Scheisse nochmal, ob du und dieser Mann wirklich ein und dieselbe Person seid."

Und bei diesem letzten Satz beschlich Jeff eine vage Ahnung, was Aaron meinen könnte. Es war dieselbe Ahnung eines ansatzweisen Verstehens, einer schrecklichen Erkenntnis, dessen undeutliche Schemen sein verwirrter Verstand gerade noch halbwegs fassen konnte, um ihm begreiflich zu machen, dass hier gerade eine unerhörte, durch unzählige subtile Worte und Gesten angedeutete, aber erschreckenderweise alles andere als unmögliche Aussage, getroffen wurde: Nämlich, dass er selbst, Jeff Everett, Produkt einer Simulation war.

Wie erwartet schienen Aarons Worte den armen Jeff heftig getroffen zu haben. Er sass auf der Couch und schien schwer nachzudenken. Aaron liess ihm die Zeit die er brauchte, bis Jeff seine Schlüsse aus Aarons Aussage gezogen hatte – welche das auch immer sein mochten. Und die anderen taten dies auch. Ein paar Minuten sagte Jeff kein Wort. Dann schaute er auf und sah Aaron mit einem Blick an, der von einem gewissen Trotz, Hilflosigkeit und – das überraschte Aaron doch sehr – unbändiger Neugier, zeugte. Eines musste er Jeff Everett lassen: Er wäre wohl ein Wissenschaftler von einem grossartigen Schlag geworden... nein, Moment. War er denn nicht ein solcher gewesen? Doch, der echte Jeff Everett war einer gewesen, keine Frage, aber der hatte auch als reale Person existiert. Dieser Jeff auf der Couch hingegen war gerade mal zwanzig Jahre alt und hatte noch nicht viel erreicht. Er hatte nicht Computerwissenschaften am MIT studiert, er hatte nicht bei *Illustris* und *New Perspectives* mitgemacht, er hatte nicht den ersten Algorithmus geschrieben, der Quantencomputern erlaubte, ihre eigenen Algorithmen zu schreiben, er war damals nicht beim Anschlag auf das ARC ums Leben gekommen. Diese Dinge hatte alle der echte Jeff Everett getan, nicht dieser Jeff da auf der Couch, das irreale Produkt einer Computersimulation.

Und trotzdem sitzt der Scheisskerl vor dir auf Salmons Couch! schrie die Stimme eines rasenden Clowns in seinem Kopf. Dieser Clown trug den Namen Wahnsinn. Und trotzdem habt ihr gerade sechs Stunden mit ihm geredet, obwohl er nicht real ist, hm? Und trotzdem hat er gestern den Teppich im Flur vollgekotzt, obwohl er nicht real ist, was? Hat ziemlich gestunken seine Kotze, also für mich roch die ziemlich echt, 's war keine Plastikkotze, die er im Scherzartikelladen gekauft hat, 's war echte Kotze, echte Kotze, echt wie Jeff Everett selbst, haha! Aaron schüttelte den Clown aus seinen Gedanken und versuchte, wieder Herr in seinem eigenen Kopf zu werden. Nachdem schon Jerry die Nerven verloren hatte und Angie und Salmon wahrscheinlich beide kurz davor standen, durfte nicht auch noch er die Kontrolle über sich verlieren. Er atmete ein paar Mal ruhig aus und wieder ein, und achtete darauf, dass Jeff Everett nichts merkte. Sie waren ihm noch eine Erklärung schuldig. Und wer weiss, vielleicht konnten sie selber ja auch neue Erkenntnisse aus dem Gespräch gewinnen. Hoffentlich noch bevor Jeff oder sie alle den Verstand verloren.

„Ich weiss nicht, welche Schlüsse du aus unseren Erzählungen gezogen hast, Jeff, und ich möchte vorerst auch nicht darauf eingehen. Denn die Geschichte endet noch nicht mit dem, was Jerry dir erzählt hat." Jeff sah in erwartungsvoll an. Jetzt gab es für Aaron kein Zurück mehr.

„Diese Forschungsstation ...", er breitete die Arme zu einer ausholenden Geste aus, „wurde zu einem einzigen Zweck errichtet: Nämlich zur Beantwortung der Frage der Wissenschaftler des *New Perspectives* Projekts. Diesmal allerdings mit viel mächtigeren Werkzeugen ..." Aaron lehnte sich in seinem Stuhl zurück und ordnete seine Gedanken. Wieder würden sie etwas weiter ausholen müssen, um Jeff Everett die Situation begreiflich zu machen. Doch er beschloss, sich kurz zu halten, denn die Zeit war knapp.

„Nach dem Anschlag auf das ARC versuchte die Regierung natürlich die Existenz der Geheimanlage und des Projekts *New Perspectives* zu vertuschen. Niemand sollte wissen, dass es den Feinden Amerikas gelungen war, eine ihrer bedeutendsten und fortschrittlichsten Forschungsanlagen zu zerstören. Offiziell hatte sich aufgrund einer defekten Druckmessanzeige in einem der Nebentanks Überdruck gebildet, der dann, kombiniert mit der seit Wochen herrschenden grossen Hitzewelle, explodierte, und eine Kettenreaktion im Treibstofflager auslöste, welche letztendlich die totale Zerstörung der oberirdischen Anlagen herbeiführte. Das *ARC* und das direkt daneben liegende Moffet Federal Airfield wurden nie wieder aufgebaut, stattdessen wurde dort eine Gedenkstätte errichtet, die heute noch steht. Natürlich schossen Verschwörungstheorien wie Pilze aus dem Boden, von denen die meisten von einem Anschlag ausgingen, doch keine kam der Wahrheit um das *New Perspectives* Projekt auch nur ansatzweise nahe."

Jeff Everett sass weiterhin regungslos auf seinem Stuhl und hörte zu. Langsam kam Aaron auf die Gegenwart zu sprechen: „Es brauchte fast hundert Jahre und viele Regierungswechsel, bis das Pentagon fand, dass genug Gras über die Sache gewachsen war, und die wahren Umstände der Katastrophe enthüllte. Ich denke allerdings, dass sie bloss einem allfälligen Whistleblower zuvorkommen wollten. Die Anschlagstheorie wurde nun als die wahrscheinlichere angesehen, auch wenn sie nie lückenlos bewiesen werden konnte. Wie du ja vorhin von Angie gehört hast, ist auch die Unfalltheorie nicht gänzlich von der Hand zu weisen. Die Umstände im ARC waren undurchsichtig, daran besteht kein Zweifel."

„Es war kein Unfall", sagte Jeff Everett, wie von einer plötzlich einkehrenden Erinnerung erfasst. „Der Computer hat sich selbst in die Luft gejagt."

„Was?", hörte Aaron Dr. Salmons entrüstete Stimme hinter sich fragen. „Woher willst du das wissen?"

„Es ist mir gerade wieder eingefallen. Als ihr das *Ames Research Center* erwähnt habt. In einem der Träume die ich hatte, ein paar Wochen nach dem die die Vorfälle begonnen haben, war ich auch im *Ames Research Center*. Das heisst nicht ich, sondern so ein Typ, ein Polizist glaub ich. Der ist auch unter die Erde und hat dann mit dem Computer gesprochen, welcher ihm sagte, dass er nicht mehr weiterleben und sich deshalb in die Luft jagen wollte."

„Dass er nicht mehr weiterleben wollte?", fragte ein völlig verblüfft klingender Dr. Salmon. Aaron traute seinen Ohren nicht.

„Ja. Jedenfalls hat er das gesagt."

„Und über was haben sie geredet?", fragte Jerry, der immer noch beim Wasserspender stand.

„Ich ..." Jeff runzelte die Stirn. „Ich weiss es nicht mehr. Ich habe den Traum vollkommen vergessen, bis jetzt."

„Und du bist sicher dass es nicht bloss das war? Ein Traum?", fragte Angie. Jeff sah sie an. Dann schlich sich der Zweifel in seinen Blick.

„Na ja ... es sah alles ziemlich echt aus. Wie meine anderen Träume." Dann erhellte sich seine Miene wieder. „Und etwas weiss ich auch noch: Der Mann, in dessen Körper ich mich befunden habe, hiess Doug Blair. Special Agent Douglas Blair vom Homeland Security, genau." Special Agent Douglas Blair. Der Name sagte Aaron nichts.

„Meinst du, dass sich das überprüfen lässt, Hershel?"

„Nun wir können es versuchen. Wird aber wohl ein wenig dauern." Salmon tippte auf seinem Bildschirm herum und loggte sich in die allgemeine Datenbank der Regierung ein. Angie sagte:

„Du hast schon vorhin noch andere Träume erwähnt, Jeff. Weisst du jetzt vielleicht auch wieder, worum es in denen ging?" Jeff Everett versuchte, sich zu erinnern, aber es gelang ihm nicht besonders gut.

„Ich weiss es nicht mehr ... ich weiss nur noch, dass ich mich, bevor ich hier aufgetaucht bin manchmal sehr gut an sie erinnern konnte und manchmal nicht ... immer wenn ich ... immer wenn ich die *Schwärze* sah."

„Die *Schwärze*?", fragte Aaron verblüfft nach.

„Ich sag dem so, weil ich keinen besseren Namen gefunden hab. Meine Träume endeten immer mit ihr, mit der *Schwärze*. Ich habe aber nie genau gesehen was sie war, ich bin immer schon vorher aufgewacht."

„Ich hab ihn gefunden!", rief Salmon hinter ihm. Alle drehten sich zu ihm um. „Ich habe hier eine Liste mit den Namen aller Personen, die beim Anschlag auf das *ARC* ums Leben kamen. Darunter ist auch ein gewisser Special Agent Douglas Blair vom Homeland Security. Ist er das, Jeff?" Auf dem Schirm erschien ein Bild eines weissen Mannes in Uniform, etwa Mitte Dreissig.

„Ich ... ich weiss nicht, ich hab sein Gesicht nie gesehen, ich hab ja alles mit seinen Augen wahrgenommen."

Aaron sah wieder zu Jeff hinüber. Irgendetwas in dessen Blick sagte ihm, dass das nicht ganz stimmte. Aber offensichtlich wollte Jeff nicht darüber sprechen. Oder fürchtete er sich davor?

„Aber er muss es sein", sagte Jeff. „Das wäre ein viel zu grosser Zufall, wenn ich den Namen nur geträumt hätte – oder etwa nicht?" In diesem Punkt gab ihm Aaron Recht. Es wäre tatsächlich ein unglaublicher Zufall. Jeff Everett musste also schon vor seinem Auftauchen auf der Station, irgendwie Zugang zu ihrer Welt gehabt haben.

Eure Welt, meldete sich der wahnsinnige Clown in seinem Kopf wieder zurück. Oder eure Si... – Halt die Klappe, brüllte Aaron den Clown an. Dabei verzog er das linke Augenlid ein wenig, so wie es nur Verrückte taten, doch die anderen schienen nichts bemerkt zu haben. Und der Clown war erfolgreich vertrieben, zumindest vorerst. Aaron musste fortfahren.

„Jedenfalls", sagte er, „musst du noch wissen, was wir hier am SRCCQ genau machen, und wieso. Als vor etwa dreissig Jahren die Regierung der Vereinigten Staaten das Schweigen rund um die Katastrophe des *ARC* brach, waren die Enthüllungen betreffend des *New Perspectives* Projekts beinahe im Trubel des Skandals und der Verschwörungstheorien untergegangen. Als die NASA jedoch die Forschungen an dem Projekt wiederaufnehmen wollte, stellte sich ihnen ein grosses Problem in den Weg: So gut wie alle Daten des alten Projekts waren mit der Vernichtung der Geheimanlage des *ARC* ebenfalls zerstört worden. Du erinnerst dich ja an das, was dir Jerry vorhin erzählt hat, von der Paranoia der Geheimdienste vor Spionage und Hackern, und von der davon her rührenden extremen Isolation, in welcher die Wissenschaftler von *New Perspectives* gearbeitet haben. Diese Paranoia und Isolation ging so weit, dass man sich komplett auf die vermeintlich unbezwingbaren Sicherheitsvorkehrungen der Geheimanlage verliess, und alle Forschungsergebnisse und Daten ausschliesslich dort, offline speicherte. Das Vertuschen des Vorfalls hatte die Sache auch nicht gerade leichter gemacht. Hundert Jahre später stand die NASA also vor nichts. Weder die Forschungsergebnisse des *Illustris*-Projektes, welches das alles ausgelöst hatte, noch die viel wichtigeren Erkenntnisse aus dem *New Perspectives* Projekts waren vorhanden."

„Wieso hat man nicht einfach die Simulation des *Illustris*-Projekts wiederholt?", fragte Jeff. „Wenn die das schon 2014 geschafft haben."

„Das hat sich die NASA natürlich auch gesagt, und als allererstes probiert. Man ahmte das *Illustris*-Projekt nach, mit der Überzeugung, auf das gleiche Phänomen der identischen Bilder von damals zu stossen, um anschliessend das *New Perspectives* Projekt ebenfalls rekonstruieren zu können. Doch das klappte nicht wie erhofft. Egal was die Forscher anstellten, wie viele Simulationen sie unseres Universums erstellen liessen – und das ging mit ihren modernen Quantencomputern wesentlich schneller als damals, 2014 – sie schafften es einfach nicht mehr, eine Simulation zu erstellen, die unserem Universum aufs Haar genau glich. Die Simulationen sahen unserem Universum stets verdammt ähnlich, waren aber nie identisch. Das jedoch war die Voraussetzung, um dem Quantencomputer genau diese Frage stellen zu können."

„Und wie haben sie dieses Problem dann gelöst?"

Aaron kratzte sich am Kopf.

Wie erklärte man bloss einem Menschen aus dem vorletzten Jahrhundert eine Technologie, die man selber trotz eines erworbenen Doktortitels in Computerlinguistik nicht wirklich verstand?

„Nun, du musst verstehen, dass die Computer die uns heutzutage zur Verfügung stehen, zwar immens leistungsfähiger als die damaligen sind, aber nicht wirklich intelligenter. Grosse Muskeln aber wenig Hirn also. Daher hat sich die NASA für die Holzhammermethode entschieden. Und dieser Holzhammer ist das SRCCQ."

Los, sagte der Clown in seinem Kopf, diesmal ganz ruhig und besonnen, aber dennoch diabolisch. Sag's ihm! Jetzt ist es gleich so weit, dachte Aaron und fuhr fort:

„Der Bau dieser Station und des Computers hat etwa fünfzehn Jahre gedauert. Ähnlich wie die Geheimanlage unter dem *ARC*, ist das SRCCQ ein einziger, riesiger Quantencomputer der ebenfalls gebaut wurde, um Simulationen zu erstellen. Diesmal jedoch versuchten wir nicht, einen Würfel aus dem Universum mit jeweils 350 Millionen Lichtjahren Kantenlänge über einen Zeitraum von 13 Milliarden Jahren zu simulieren, sondern lediglich den Planeten Erde über einen Zeitraum von Mitte des zwanzigsten Jahrhunderts bis zum Morgen des 17. Juni 2026. Allerdings war diese Simulation unfassbar viel detailreicher, als die Simulation von *Illustris*. Wir mussten nicht den Makrokosmos bestehend aus Urknall, Energieverteilung, Planetenbahnen, kosmischer Hintergrundstrahlung, schwarzer Löcher, dunkler Materie, usw. berechnen, wir mussten den Mikrokosmos unseres Planeten, alle darin lebenden Menschen, politische Entwicklungen, wissenschaftliche Entdeckungen, die Handlungen, Gefühlswelten und neurobiologische Vorgänge in Milliarden von Gehirnen simulieren. Es war eine Gleichung mit fast unzähligen Variablen und praktisch unendlich vielen verschiedenen Lösungen. Doch der Quantencomputer des SRCCQ, also eigentlich das SRCCQ selbst, simulierte sie alle: Myriaden von Parallelwelten, die er mit Hilfe des Inteferenztricks als

Wellen darstellte, und so die unbrauchbaren Varianten gegenseitig auslöschen liess. Und davon gab es viele. Die Chaostheorie ist dir sicher ein Begriff oder?"

„Natürlich", sagte Jeff, „ein Schmetterling der in Brasilien mit den Flügeln schlägt, verursacht einen Tornado in Texas, das ist ..."

Mach weiter, befahl der Clown. „Nun in unserer Simulation reichte bereits ein Elektron, das eine Nanosekunde zu früh die Valenzschale wechselte, um der Geschichte einen völlig anderen Verlauf zu geben, als wir wollten. Ein falscher Gedanke eines einzigen Menschen reichte aus und das ganze Universum und alle darin lebenden Menschen, wurden vom Quantencomputer als fehlerhafte Welle ausgelöscht."

Massenmörder ... Massenmörder ... MASSENMÖRDER! schrie der irre Clown in seinem Kopf. Umgebracht habt ihr sie, all die Menschen, wieder und wieder und immer wieder und Jeff ist der Beweis! Aaron schluckte den Clown runter und fuhr mit zittriger Stimme fort.

„Wir liessen den Computer so lange immer wieder neue Parallelwelten erschaffen, bis wir endlich die Simulation haben würden, die wir wollten: Diejenige, in der Jeff Everett nicht bei der Geburt gestorben war, diejenige, in der Jeff nicht wegen Drogenbesitz im Gefängnis landete, und diejenige, in der die Welt nicht in einem Atomkrieg zerstört wurde. Der Computer rechnete unfassbar schnell und bereits nach wenigen Stunden war die erzeugte Datenmenge grösser als die Grahams Zahl – in Yottabytes, wohlgemerkt. Es hat fast ein Jahr gedauert, und weiss Gott wie viele fehlgeschlagene Simulationen gebraucht, bis der Computer die richtige aussortiert hatte: Er hatte eine Simulation erstellt, die mit unserer Welt identisch war. Eine Simulation, in der Jeff Everett am MIT aufgenommen wurde, an dem das *Illustris*-Projekt genau mit dem gleichen Ergebnis herausgekommen war, an dem die gleiche

Doktrin des Pentagons die Forscher zum Umzug ins ARC zwang. Alles wurde simuliert bis zum Jahr 2026. An diesem Punkt hatten wir eigentlich die Datensätze des *Illustris*-Projekts und des *New Perspectives* Projekts entnehmen und selber weiterforschen wollen, als uns einfiel: *Hey, wenn der Computer all diese Simulationen in nur einem Jahr bewerkstelligt hat, warum lassen wir die Simulation nicht einfach weiterlaufen?* Ohne den Anschlag, versteht sich. Der Computer würde die Forschungsarbeit in ein paar Monaten simulieren können, für die wir Jahrzehnte bräuchten."

Jeff Everett blieb regungslos.

Aaron machte weiter: „Diese Entscheidung haben wir vor etwa fünf Tagen gefällt und das Projekt gestartet. Einen Tag später hat sich der Quantencomputer ausgeschaltet. Einfach so."

Aaron senkte kurz den Blick und sprach weiter ohne Jeff in die Augen zu sehen. Er ertrug es nicht mehr.

„Wir machten uns an die Reparatur, da wir dachten, das Ding sei kaputt gegangen – doch dem war nicht so. Der Computer liess sich einfach wieder anstellen, als ob ihn irgendjemand absichtlich ausgeschaltet hätte. Und als er wieder eingeschaltet war und wir den Forschungsstand, den er simuliert hatte, prüften, gab er an, die Simulation sei abgeschlossen. Verstehst du jetzt, Jeff?"

„Du meinst ... dass er die Frage beantwortet hat. Ob das Universum eine Simulation ist?"

„Ganz recht."

„Und wie lautete die Antwort?"

Sag's ihm, sprach der Clown in seinem Kopf. Diesmal ganz ruhig. Aaron öffnete die Lippen. Sah zu wieder zu Jeff hoch. Und sagte:

„Du bist die Antwort."

KAPITEL 18

Jeff Everett und Aaron Clifford sassen in zwei breiten Sesseln unter der grossen Panoramakuppel des SRCCQ und beobachteten den Weltraum, in der linken Hand jeweils ein Glas Limonade. Manche Dinge änderten sich eben nie. Seit seinem Auftauchen in der Forschungsstation waren bereits ein paar Monate vergangen und mittlerweile fühlte sich Jeff hier recht heimisch. Dafür, dass er sich in einem stählernen Bienennest befand, das 40 Millionen Kilometer von seinem Haus in Perkinsville und 179 Jahre von seinem alten Leben entfernt war, fühlte er sich hier sogar erstaunlich wohl.

Wenn man sich erst mal an den Gedanken gewöhnt hatte, bloss die Kopie eines Menschen zu sein, der bereits einmal in der Simulation existiert hatte, in der er sich nun befand, lebte es sich ganz ungeniert. Zumal es ja seinem neuen Freund Aaron und den anderen Forschern auf der Station auch nicht anders erging. Auch sie hatten akzeptieren müssen, dass die Antwort auf die Frage, die sie so lange erforscht hatten, JA lautete.

Als Aaron damals bei ihrem langen Gespräch gesagt hatte, dass er, Jeff, die Antwort auf ihre Frage sei, hatte Jeff ihn nicht sofort verstanden. Tatsächlich hatte es ein paar Tage gedauert, bis aus der vagen Ahnung eine feste Gewissheit geworden war. Es war eigentlich ganz einfach, auch wenn Aaron sich etwas kryptisch ausgedrückt hatte. Gemeint hatte er bloss Folgendes: Als der Quantencomputer des SRCCQ die Antwort auf die ihm gestellte Frage gefunden hatte, sein Auftrag also erfüllt war, hatte er sich abgeschaltet. Da nun die Simulation beendet war, musste Jeff aus dieser in Aarons Welt katapultiert worden sein, quasi als Beweis dafür, dass sie nur in einer von vielen Simulationen lebten, zwischen denen man Dateien und Informationen nach Belieben austauschen konnte. Wie der Quantencomputer das angestellt hatte, wusste niemand so recht, und es gab bereits viele Theorien dazu, doch geschehen war es zweifellos. Und die einzige Schlussfolgerung, die daraus gezogen werden konnte, war, dass die Datei *Jeff Everett*, vielleicht ein paar Terabyte schwer, in die Simulation verschoben wurde, in der sich Aaron und die anderen befanden. Diese Verschiebung hatte er als seinen Tod erlebt – damals auf dem Friedhof von Perkinsville; das war ihm in den vergangenen Monaten klar geworden.

Auch Marvin musste das – wenn auch bloss auf intuitive Art und Weise – verstanden haben, als er Huxleys Essay las. Zumindest so weit, dass ihn die Erkenntnis in den Selbstmord trieb. Wie auch die Personen in seinen eigenen Träumen. Dort war es allerdings die *Schwärze* gewesen, die den Buschjungen Mzwmebe, den Astronauten Luckman und Special Agent Blair in den Selbstmord getrieben hatte. Überhaupt schien die *Schwärze* das einzige Mysterium zu sein, das noch nicht geklärt worden war.

Die *Schwärze*: Über sie hatten sich Jeff und Aaron in den letzten Monaten ausgiebig unterhalten. Er schien ihr mehr Bedeutung beizumessen, als es die anderen Wissenschaftler auf der Station taten, welche bereits die nächsten Simulationen erstellten, um weitere, noch handfestere Beweise zu erbringen, dass das Universum, in dem sie sich befanden, ein simuliertes war. Jeff fürchtete sich nicht mehr vor der *Schwärze* – eben so wenig wie vor Spiegeln. Denn soviel er mittlerweile verstanden hatte, beruhten diese zwei auf den ersten Blick völlig unterschiedlichen Quellen seiner Ängste auf der gleichen Ursache: Und es war nicht etwa der Spiegel selbst, sondern die eigenen Augen, die man darin sah.

„Augen sind der Spiegel der Seele", besagt ein altes Sprichwort und im eigenen Blick entlarvte sich bei manchen Menschen die Ahnung, die man ein Leben lang ignorierte; die Ahnung, dass es keinen rationalen Grund zur Annahme gab, dass die Welt, so wie man sie sah, auch wirklich existierte. Genau so war es Mzwmebe, Luckman und Blair ergangen; und so musste es auch Marvin ergangen sein, wenn auch sein Spiegel Huxleys Essay und sein Spiegelbild die darin enthaltenen Worte gewesen waren. Eigentlich war *Spiegelbild* nicht das passende Wort, um diesen Effekt zu beschreiben. Jeff fand, dass Reflexion viel besser passte. Allerdings blieb weiterhin die Frage, ob *die Schwärze* eine Art Person, also ein denkendes Wesen war, das womöglich Absichten hegte und vielleicht sogar eigenständig handelte; oder eher eine Art Naturphänomen oder ein Naturgesetz – sofern es überhaupt existierte. Und nicht ebenfalls Teil einer Simulation war...

„Wir wussten doch nicht, dass sie ... dass diese Menschen, die wir erschufen, echte Gefühle und ein echtes Bewusstsein ihrer selbst hatten. Wir dachten, es seien bloss Dateien, digitale Objekte, keine Subjekte. Das heisst, echt waren sie ja gerade nicht, aber wir sind es ja auch nicht und trotzdem können wir leiden und wissen, dass wir existieren, das heisst, zumindest glauben wir das, oder genauer gesagt: haben wir es bisher geglaubt, jetzt wissen wir es ja besser."

Aaron hatte immer noch ein schlechtes Gewissen wegen all der Menschen, die sie in ihren Simulationen erschaffen hatten, nur um sie wieder auszusortieren und zu vernichten.

„Ich denke nicht, dass sie das so sehen würden", sagte Jeff. „Ich tu's ja auch nicht."

„Aber du lebst auch noch", sagte Aaron.

Nur: Tat er das wirklich? Lebte man in einer Simulation? Existierte man in ihr wirklich? War eine Datei real?

Was sowohl Jeff als auch Aaron nach wie vor ein Rätsel blieb, war die Tatsache, dass Jeff als Zwanzigjähriger in ihrer Simulation aufgetaucht war. Aaron brachte die etwas romantische Vermutung auf, dass es vielleicht daran liegen mochte, dass sich Jeff damals in der Blüte seines Lebens befunden hatte und daher ... aber nein, das war wohl zu weit hergeholt. Eine andere Sache brachte Jeff manchmal zum Lachen, immer aber zu einem leicht bedauernden Lächeln: Das allererste Rätsel, das er damals zu lösen versucht hatte, nämlich jenes der verlorenen Woche, hatte er immer noch nicht lösen können. Die Mutter aller Rätsel, die nun – angesichts der unzähligen neuen Mysterien – beinahe harmlos erschien. Marvin und er hatten es nicht lösen können. Aaron vermutete, dass dem Quantencomputer irgendein Fehler beim Berechnen der Simulation unterlaufen war, doch Jeff hielt das für unwahrscheinlich: Computer machten keine Fehler.

Jeff sah darin eher einen Hinweis darauf, dass es sich bei der *Schwärze* doch eher um ein Wesen als um ein Naturphänomen handeln musste. Ein Wesen, das ihm einen Hinweis hatte geben wollen, sich auf die Suche nach der Wahrheit zu machen. Denn schliesslich hatte diese Suche nach der Antwort überhaupt erst zum ganzen Rest geführt.

Aaron schrieb gerade zusammen mit Jerry und Dr. Salmon an einem Bericht für die NASA, der die Forschungsergebnisse ihrer jahrelangen Arbeit präsentieren sollte. Was das bloss für einen Einschlag unter den Menschen bewirken würde! Jeff wusste nicht so recht, ob das eine gute oder eine schlechte Sache war. Er nahm einen Schluck von seiner Limonade. Sie schmeckte nicht schlecht, aber er fand, dass seine hausgemachte besser schmeckte. Leider hatten sie hier oben keine Zitronen, sonst hätte er sie selbst pressen können. Er hatte Aaron versprochen, ihm welche zu machen, sobald sie auf der Erde zurück sein würden.

„Hey Aaron, weisst du, an was ich gerade denken musste?"

„Hm? Nein."

Jeff hob seine Hand mit dem Glas in Richtung des Panoramafensters und des Weltraums.

„Stell dir vor, irgendwo da draussen hockt ein Typ und beobachtet uns. Irgendjemand. Ein Astronaut. Oder noch besser: Hier drin – und beobachtet uns. Hört uns zu und weiss alles, was wir denken. So ein Telepath, verstehst du?"

„Ja. Und?"

„Und jetzt stell dir vor, er war von Anfang dabei, sagen wir bei mir zuhause, könnte aber auch bei dir gewesen sein. Ist eigentlich egal. Und der Typ hat jetzt immer zugeschaut, immer zugehört und meine und deine Gedanken gelesen, und jetzt hat er plötzlich keine Lust mehr, weil er glaubt, alles Wichtige schon gesehen und gehört zu haben."

„Ok."

„Und jetzt fliegt dieser Typ weg, ohne dass wir es merken, dorthin, woher er auch immer gekommen sein mag, wärmt sich eine Tüte Popcorn in der Mikrowelle auf und zieht sich einen Film rein. Oder geht mit seinem Hund spazieren, oder strickt sich einen Pullover. Und während er eines oder mehrere dieser Dinge tut, gibt es einen Gedanken der ihm nie, nicht mal im Entferntesten in den Sinn kommt. Weisst du welcher, das ist?" Aaron trank seine Limonade aus.

„Nein", sagte er schliesslich. Jeff grinste.

„Er denkt nicht einmal im Traum daran, dass ihn auch so ein unsichtbarer Typ beobachtet, schon eine ganze Zeit lang. Der dann auch irgendwann wegfliegt, um ..."

Da lachte Aaron aus vollem Hals. Sein leeres Limonadenglas fiel ihm aus der Hand, zerbrach aber nicht. Es bestand natürlich aus dem Glas der Zukunft. Aaron konnte mit dem Lachen gar nicht mehr aufhören. „Und das alles weil ... bloss weil ..."

„Weil der Typ glaubt, dass er in der letzten Realität lebt! Als ob das zu fassen wäre! Und der Typ der ihn beobachtet, glaubt das auch, und so weiter ..."

Jetzt beruhigte sich Aaron allmählich wieder.

„Aber woher wissen wir, ob nicht einer von ihnen tatsächlich mal real ist? Der dann von niemanden beobachtet wird?"

Da musste Jeff wieder grinsen und zitierte Blake: *„Würden die Pforten der Wahrnehmung gereinigt, erschiene den Menschen alles, wie es ist: unendlich."*

Und selbst wenn sie es nicht sahen oder spürten, in diesem Moment legte sich *die Schwärze* über die Station, das Universum und einfach alles.

ROLF BÄCHI: „IM LAND DER PRONGS" - ROMAN

208 Seiten; Klappbroschur; ISBN 978-3-906815-00-8
bereits erschienen

Die im fernen Asia Extremis gelegene Insel Prong wird anfangs des 23. Jahrhunderts von einer atomaren Katastrophe erschüttert. In der Folge wird die Insel durch die U.R.S. einem Zusammenschluss der Grossmächte USA, Russland und China, angeblich zu ihrem Schutz vom Rest der Welt isoliert. Da sich das Heilwasser Ts:HangY durch den Einschlag einer atomaren Granate verändert, beginnen die Prongs zu mutieren. Ein Flüchtling namens Zey-zeY, der durch einen Zufall die 150 Jahre später stattfindende, weltumspannende Katastrophe überlebt und mit einer Gruppe von Gefährten auf die Insel Prong gelangt, dabei aber sein Gedächtnis verliert, ist auf der Suche nach Irina, welche ihm im fernen Kodluna das Leben gerettet, die er aber beim Besteigen der Fluchtboote in Kelarat aus den Augen verloren hat. In der Person des Deutschen Jeremias Hofstetter findet Zey-zeY einen Freund, der ihn ermutigt, seine Erlebnisse in Form eines Stückes für Marionettentheater niederzuschreiben. Im Bestreben, sein Gedächtnis wieder zu erlangen, reist Zey-zeY auch in den Norden der Insel zum Weisen Ba:Ruxx, von dem er sich Hilfe erhofft. Als sich der Festländer in seine Pidgin-Prong-Lehrerin Matta verliebt, wird diese Beziehung durch ihren Gatten Vego nicht etwa behindert, sondern gefördert. Im Laufe seines Aufenthaltes dringt Zey-zeY immer tiefer in die Geheimnisse der versehrten Insel ein und beginnt, sie allmählich zu lüften …

Mit „Im Land der Prongs" liegt der erste Teil der „Prong-Trilogie" vor; „Grüsse aus Prong-Hell" (Band 2) erscheint im Juli 2021 und „Reise nach Kodluna" (Band 3) ist für 2023 geplant.